KB129506

아이를 잘 만드는 여자

아이를 잘 만드는 여자

김영희 지음

예담

노란 민들레가 뮌헨 근교에 한없이 쏟아져 깔리고 있었다.
키니네 봉지를 쏟아 급히 주워 담으며 느끼던 노란 현기증의 어린 시절,
그 어지럼증이 나른한 봄날 속에 핑그르르 맴돌고 있었다.

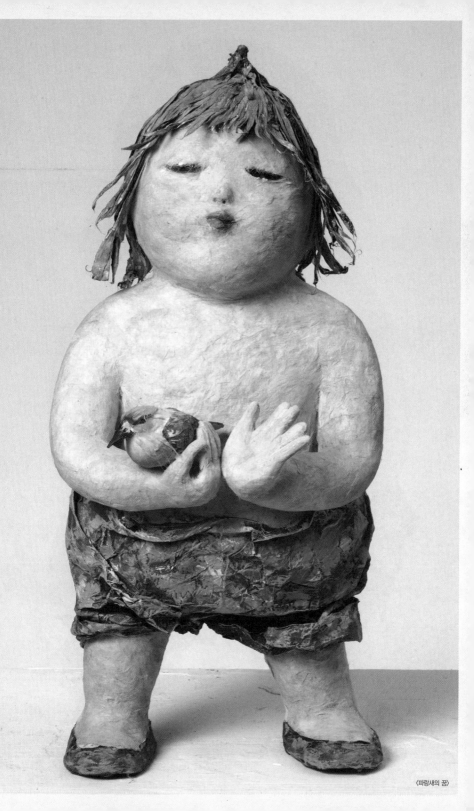

〈파랑새의 꿈〉

〈보름달을 안은 아이〉

"장수야. 네가 몹쓸 병을 앓았으면서도 공부를 잘해 고등학교에 들어가서 엄마는 너무 좋아. 업어줄까?"
나는 한국말로 물었다. 그래도 장수는 그전같이 독일말로 하라고 핀잔을 주진 않았다.
그리고 눈이 째진 넓적한 동양 여자인 엄마를 부끄러워하지 않았다.

내가 외로워할 때 윤수가 큰 힘이 되어주었다. 윤수는 말하곤 했다.
피아노 치는 걸 쉽게 생각하고 일등을 하곤 했을 때는 우쭐대는 마음으로 피아노에 열중하지 못했다고.
열일곱 살 윤수의 예술과 자신에 대한 성실한 모습은 늘 내게 자극이 되었다.

〈독 짓는 모자〉

젊은 예술가의 초상

독일에서의 타향살이가 어언 30여 년이 차고 있습니다.

내 젊은 날의 사랑과 모성에 관한 이야기를 모두 묶어 고향에 보냈더니 아름답다고, 가슴이 찡했다고, 여러 사람들에게 많이 많이 칭찬을 받았습니다. 그 찬사의 영양소가 뿌려져 내 예술을 무럭무럭 자라나게 했습니다. 그래서 나는, 고향에 대고 감사하고 또 감사하다고 절을 수없이 했던 세월이었습니다.

새삼 그 시절 내 청춘의 사랑이 애틋하기만 합니다. 아이들은 낯선 이국 땅에서 잘 자라주었고, 부족함 없이 많은 사랑이 있었기에 그 고향의 동산에 따뜻하게 등을 대고 이제 예술가로 힘있게 뿌리를 굳혔습니다.

예술이란 무엇인가? 여자의 인생이란 무엇인가?

이 나이까지 이 질문들에 대한 답을 얻지 못한 것 같았습니다.

그런데 찬란한 바바리아의 초여름날 무성한 장미 덩굴의 그림자 아래 나로서는 대단한 답을 얻었습니다. 그것은 바로 '사랑' 이라는 것이었습니다.

흔하게 떠도는 사랑이란 단어가 유행가 가사 속에서 또는 영화의 한 장면 속에서, 한 권의 시집 속에서도 녹아드는 달콤한 그 단어를 나는 거부하지 않았습니다. 사랑은 인생의 옹골진 씨앗이었습니다. 그 씨앗은 수많은 사람들의 가슴속에 싹을 틔우고 찬란하게 꽃을 피웠습니다.

사랑은 거짓이 없습니다. 순수한 사랑은 흐려지지 않습니다. 그래서 투명하게 비치는 고운 햇살 아래 흐르는 맑은 시냇물 같습니다. 맑은 시냇물가에는 많은 꽃새들이 목을 축이려 몰려듭니다. 사랑은 결코 시들지 않고 싱싱하게 늘 다시 태어납니다.

지나온 세월을 뒤돌아보니 고향에 대한, 떠나온 내 나라에 대한 또 다른 형태의 사랑을 발견했습니다. 그 사랑의 꽃은 내 마음속 깊은 곳에서 붉고 진하게 피고 있습니다.

예술가의 가슴속에 피어나는 그 향기 나는 꽃을 여러분에게 자랑하고 싶습니다.

2008년 장미꽃 피는 계절에

김영희

차례

뮌헨의 노란 민들레

그가 꽃을 가져올 때마다 '꽃다발에 비해 좀 큰 남자구나' 하는 생각을 했었다. 4월의 뮌헨에는
눈이 내렸다. 그러다 갑자기 금싸라기 같은 햇빛이 퍼졌고, 또 어느 순간에 눈발이 흩날렸다. 그 변덕 많은 4월의 날씨에도 잘은 꽃
들이 눈더미 속에서 고개를 내밀었다.

_엄마의 나팔소리

노란 민들레가 뮌헨 근교에 한없이 쏟아져 깔리고 있었다.

키니네 봉지를 쏟아 급히 주워 담으며 느끼던 노란 현기증의 어린 시절, 그 어지럼증이 나른한 봄날 속에 핑그르르 맴돌고 있었다.

지천에 핀 민들레 때문일까?

저쪽 끝에는 드물게 보는 푸른 하늘에 나풀나풀 까만 머리칼을 날리며 한국의 어린아이들이 놀고 있었다. 토마스는 내 이마를 만져주며 외로우냐고 물었다. 그럴까? 그 외로움이 봄날의 내 생각과 풍경을 뒤범벅시키고 있는 걸까?

뮌헨에 정착한 뒤로 바늘로 찌르는 듯한 심한 외로움을 느꼈다. 나의 외로움은 심하게 줄다리기를 하여 이국 생활을 힘들게 했다.

그날도 그랬다.

아이들이 제법 익숙해진 독일말로 "토마스! 토마스! 날 잡아봐!"라고 외치며 뒤따라오고 있었다.

내 체구를 감당하지 못할 만큼의 흔들림을 느끼며 그만 잔디에 주저앉자 "욱" 하고 헛구역질이 났다. 끝없이 맹물을 뱃속으로부터 토해냈다.

"임신이구나!"

나는 낮은 소리로 외치며 잔디에 드러누워버렸다. 말간 하늘에 구름이 새털처럼 흩어지고 뽀얀 구름들은 내 눈가에 흐르는 눈물을 닦아주고 있었다. 겁도 없이 또 하나의 우주를 당돌하게 품게 된 것이다. 토마스의 아이를!

스물세 살 독일 청년 토마스에게는 첫 번째 아이지만 내게는 네 번째 임신이었다. 나는 독일아이의 어머니 역을 또 맡아야 했다. 나는 그때까지만 해도 늘 한국에 돌아가야 한다고 생각하고 있었다. 매일같이 입버릇처럼 되뇌었다. 이곳에서는 절대 못 살겠다고…….

나는 이제 독일아이의 어머니가 된 것이다. 부드러운 밤색머리의 토마스는 연인이라는 감상적인 끈을 둘러매고 있었을 뿐 남편이라는 생각은 조금도 들지 않았다. 그래서 그 끈을 언제고 풀고 집집마다 김치 먹는 고향으로 돌아갈 수 있다고 생각했다. 내 속내를 감지한 토마스는 자신의 공부가 끝나면 한국으로 돌아가자고 내 등을 쓰다듬며 위로했다. 두 사람 사이를 이어주던 감상적인 끈 대신에 질긴 태아의 끈이 우리 둘의 존재를 동여매게 된 것이다. 나는 독일 여편네로 낯선 이국 땅에서 살아가야 하는 것이다. 이제.

내가 조롱조롱 아이 셋을 데리고 보따리도 주렁주렁 그만큼 달고 뮌헨의 공항에 내렸을 때, 마중을 나온 장발의 토마스는 환하게 웃으며 손을 흔들었다. 그의 등 뒤로 펼쳐진 폭설의 하얀 풍경들. 나는 모든 것이 의아하기만 했다. 토마스가 볼이 빨간 앳된 청년인 데 새삼 놀랐고, 거리마다 스키를 끌고 다니는 울긋불긋 방한복 차림의 독일사람들도 신기하게만 보였다.

나는 우주의 저 끝에서 이 끝으로 온 것이었다. 나는 꼼짝없이 마술에 걸린 중년 여자 신세임을 차츰 깨닫고 토마스를 만난 기쁨보다는 서러움이 목으로 목으로 치밀어 올랐다. 어쩌자고 이랬지……

"엄마 여기가 미국이야? 미국엔 눈이 되게 많이 왔다."

윤수는 신이 난 듯 팔을 높이 흔들었다. 회사에서 특별휴가를 내고 마중 나온 토마스의 아버지는 깊은 포옹으로 우리를 반겨주었다. 집에는 그의 어머니가 따뜻한 음식을 준비해 놓고 아이들에게 입을 맞추며 일일이 이름을 물어주었다. 그녀는 유진, 윤수, 장수 세 아이의 이름을 독일식 발음으로 수첩에 적고 몇 번이고 연습해 보았다.

점심을 먹고 난 후 토마스는 우리가 살 집은 다른 곳에 있으니 그리로 가자고 했다. 아이들은 독일말을 알아듣지 못해 소 닭 보듯이 멍하니 눈만 굴리고 있다가 눈치껏 따라나섰다.

토마스가 말한 '우리 집'이란 곳은 뮌헨 중앙역에서 전철을 타면 20분만에 닿을 수 있는, 특징이 없는 평범한 도시 '그레벤젤'이라는 곳에 있었다. 얼핏 보면 내가 살던 개봉동과도 닮은 데가 있는 전철 구역권이었다. 토마스가 한국말로 우리 집이라고 다시 설명하자 아이들이 환호를 질렀다.

"야, 큰 집이다."

"미국 침대도 있네."

토마스는 크리스마스 과자를 굽고 따뜻한 차를 끓이며 즐겁게 노래를 불렀다. 자고 나면 눈이 수북수북 쌓였다. 그해 겨울 내내 눈이 내렸다. 온천지가 하얗고 밤새 내린 눈을 치울 사이도 없이 눈은 하염없이 내리고 또 내렸다. 새 학기가 시작되지 않아 아이들은 집에서 한국말로 재잘대고 놀았고, 결혼하느라 한 학기를 쉰 토마스는 새 학기 준비를 하고 있었다. 눈 속에 갇힌 짐승들처럼 깊은 겨울 굴속에서 우리는 그렇게 하루하루를 지냈다.

토마스는 레히너 박사에게 편지를 썼다. 우리는 겨울 쥐처럼 동굴 속에 갇혀 산다고.

어느 한가한 오후, 쌩하며 반사되는 햇살로 흰눈이 곳곳에서 보석처럼 빛나고 있었다. 잘디잔 보석들은 찬란한 빛으로 오후를 수놓고 있었다. 그 반사되는 눈들의 눈부신 빛 속에서 나는 섬뜩 불안을 느꼈다. 그 불안감은 점점 형체를 뚜렷이 드러내며 곁으로 다가오고 있었다.

이렇게 다 놀면 어쩌나. 누군가 한 사람은 벌어야 하는데…….

'날마다 시장에 가서 쌀도 사고 버터도 사고 우유도 샀는데, 그 돈은 다 어디서 났을까?'

내 머릿속에는 저질스런 경제학이 떠오르고 있었다.

'언제나 환하게 웃는 평화로운 저 독일 청년은 무슨 생각을 하고 있을까.'

나는 서툰 독일어로 어느 날 밤 조심스레 토마스에게 물었다.

"돈은 어디서 나지?"

그는 멍하니 눈만 껌벅이고 있다가 부스럭거리고 일어나더니 저금통장을 보여주었다. 끄트머리에 붙은 숫자는 아주 적은 액수일 뿐이었다.

그는 설명했다. 결혼 백금반지 얼마, 한국에 갔다 오는 데 든 비용 얼마, 또 집세 보증금 얼마…… 세세목목 그 설명은 잘고 정확했지만 정작 우리에게 필요한 돈은 없는 것이었다. 우리 집이라고 하는 곳은 작은 정원과 꽤 큰 응접실, 방 여섯 개짜리 3층 연립주택인데 많은 돈을 지불해야하는 월세 집이었다. 나는 어이가 없어 멍하니 있다가 차츰 얼어오는 손발과 심장이 멎는 듯한 냉혹한 현실에 경악해 버렸다. 다섯 명으로 구성된 우리 식구 전체가 '무직'인 셈이었다.

이제 꼼짝없이 직업이 없는 가장을 중심으로 거친 바다에 뜬 배는 항해를 계속해야만 했다. 한국에 다시 돌아갈까도 생각했으나 고국에도 내 재산이라곤 한 푼도 없었고 체면까지도 잃어버린 상태였다. 개봉동에 있던 스무 평 아파트를 판 돈은 독일 오는 이사비용과 비행기 값으로 쓰고 여섯 달이 지나자 그나마 조금 남아 있던 돈도 바닥이 나기 시작했다. 그때 토마스로서는 꿀같이 달콤한 신혼의 시기였지만, 마흔 살 가까운 한국 여자는 근심 걱정과 불안에 떠는, 낭만이라고는 전혀 없는 여자로 변해 있었다.

그는 날마다 사랑의 고백을 했다. 사랑의 운율은 폭포처럼 흘러넘쳤지만 내 머릿속은 반대로 간단한 경제학으로 꽉 차 있었다. 독일 청년의 성실한 사랑의 기쁨이 내게는 서글픔으로 다가왔다. 사랑의 모험으로. 나이 든 과부가 젊은 남자에게 반한 것까지는 좋다 하여도 전 남편과의 사이에 낳은 세 아이의 미래는 어떻게 되는 건가?

눈이 멎을 때면 통통한 방한복을 입은 아이 셋을 데리고 집 뒤의 벌판으로 산책을 나서곤 했다. 노을이 훨훨 타올라 하얀 지평선에 부딪치며 펼쳐졌다. 고개를 들어 하늘을 보면 어느새 어둠이 내리고 있었다.

새떼들은 서쪽으로 서쪽으로 이동을 하고…….

"너희들은 좋겠다. 식구끼리 모두 고향으로 날아갈 수 있으니."

나는 웅얼거리며 땅거미 지는 들녘에서 이방인으로 헤매 다녔다. 철없는 아이들은 끝없이 재잘대고…….

"엄마 새들은 어디로 날아가지?"

유진이가 묻는 말에 "김일성 때려잡으러 간다!"며 엉뚱하게 윤수가 대답을 했다. 윤수는 그때 왜 늘 '김일성 코 빼고 눈 빼고' 같은 잔인한 말들만 했던 것일까.

개봉동 시절 학교에서 친구들과 보통 지껄였던 말이었다고 했다.

"엄마 나는 이 미국에 온 거 좋다. 왜 그런 줄 알아? 전두환 대통령 연설을 텔레비전에서 보고 선생님이 감상문 쓰라는데 난 생각이 안 나서 못 썼거든. 선생님은 내가 슬쩍 안 낸 걸 모르고 혼내지 않고 있었다. 그런데 나는 들키기 전에 미국으로 와버렸잖아. 신나지, 히히히……."

아이들은 항상 독일을 미국이라고 불렀다.

그럭저럭 독일 생활은 이어져갔다. 아침에 개봉동인가 하고 눈을 부스스 뜨면 외국 여자가 창밖에서 왔다 갔다 하는 것이 보였다. 부지런한 프리들 아줌마가 이른 아침 청소를 하는 풍경이었다.

아, 이곳은 독일이구나. 나는 한국과 독일이라는 두 개의 현실 사이에서 매일 당황해 했다. 두 나라는 환상이 아니라 진짜 현실이었다. 한국은 과거의 현실이었고 독일은 지금 일어나고 있는 현실의 나라였다.

시장에도 가고 청소도 하고 생활 속의 여자로 사는 내게 독일사람들은 가끔씩 물어왔다. 토마스와 어떤 사연으로 결혼했느냐고.

아이 셋 가진 과부가 미래를 위해서는 남편이 꼭 필요하다는, 사회보장제도가 잘 된 나라에서 자란 독일인다운 질문이기도 했고 독일의 젊은 처녀도 시집을 못가는 경우가 수두룩한데 늙은 동양 여자가 장래가 창창한 독일 청년을 가로채다니……, 하는 가시 돋친 질문이기도 했다.

나는 좋건 싫건 그와의 결혼을 자세하게 고백해야만 했다. 마치 진술서를 쓰듯 곧이곧대로 얘기하곤 했다.

"이히 리베 디히."

그 이유는 결혼의 큰 줄기인 리베(사랑)의 고백 때문이었다. 내가 너를 사랑한다는 그 말은 세상을 살아가는 데 얼마나 무궁무진한 얘기를 담게 될 커다란 약속인가…….

사랑의 고백서는 1981년 봄부터 시작된다. 1981년 봄, 나의 첫 번째 유럽 전시. 뮌헨 시립박물관 전시회가 끝나고 토마스는 밤 산책을 하자고 제의했다.

마리안 광장에는 행인들의 발길이 뜸했고 딸랑딸랑 돌아가던 인형탑도 멈춘 시간이었다. 한적한 밤거리의 골목을 이리 기웃 저리 기웃하며 거닐었다.

밤 맥줏집에서는 간간히 웃음들이 흥겹게 흘러나오고 있었다. 뮌헨의 밤거리 골목은 정적에 휩싸여 있었다. 자잘한 돌들이 모자이크 무늬를 이루며 깔린 골목길은 가도 가도 침묵의 터널 같았고, 그 고요함 속으로 옷을 스치는 소리까지 쏟아졌다. 오랫동안 잊고 지낸 고요함이었다. 그 조용함이 어색하게 내 몸을 감쌌다. 내 곁에는 이십대의 성실한 청년이 걸어가고, 나는 무슨 말을 꺼낼까 궁리를 했다. 한국말은 안 되겠고, 독일어는 한마디도 못하고 결국 영어로 해야 되는데 어색한 분위기를 걷어낼 능숙한 문장을 만들기에는 실력이 모자랐다. 그 침묵은 점점 두껍게 다가와 숨까지 막히게 했다. 여자와 남자의 동행이란 이런 것일까.

햇볕 아래에서는 영어도 곧잘 지껄였고 그에게 이거 해라 저거 해라 부려먹으며 안내원 이상으로 생각해 보지 않았는데, 그 똑같은 남자가 지금 다른 느낌으로 압력을 가하고 있었다.

그 압력은 밤의 정적 때문이었다. 우리는 걷고 또 걸었다. 그렇게 걸을 수밖에 없었다. 침묵이 오래 계속되자 끈기 없는 나는 가슴이 뛰고 얼굴이 달아올랐다. 어색한 것도, 정적도 부자연스러움을 넘어 부끄러움까지 몰고 오고 있었다. 얼굴이 뜨거워졌다.

'밤이라 나행이다. 내 얼굴빛을 못 봐서……. 내가 너무 혼자 외로운 생활을 해서 별것 아닌 일들을 너무 과장하는 건 아닐까.'

나는 반성까지 하며 계속 그와 나란히 걸었다. 뮌헨의 아기자기한 골목들을 벗어나자 큰 광장이 나왔다. 좀 숨이 트이는 것 같았다. 나는 생각했다. '내일부터는 절대로 둘이서 밤 산책은 하지 말아야지. 이런 곤욕은 다시 치르지 말아야지' 하고 말이다. 나는 될 수 있는 대로 한국에 두고 온 아이들을 생각하려고 애썼다. 그리고 계속 따라 걸었다. 광장으로 나오자 나는 용기를 내어 물었다.

"우리 맥주 마실까?"

나의 물음에 "노"라는 간단한 대답을 흘리고 토마스는 계속 걷기만 했다. 내 물음은 어색하게 어둠 속에 희미하게 묻혀버리고, 정적은 다시 계속되고, 가로등은 졸고 있었다.

"이히 리베 디히."

토마스가 나의 어깨를 꽉 조이며 그 사랑의 단어들을 독일 시처럼 읊조렸다. 그의 긴 머리카락들이 내 얼굴 위로 물결처럼 쏟아져 내렸다.

갑작스런 일들이었다. 참 어이없고 말이 안 되는 것이었지만 여자에게 사랑이란 말같이 향기롭고 반할 말이 또 어디 있을까. 그 말들은 문장이기 이전에 사람의 냄새가 묻어나는 언약이었다. 나는 기막힘의 상식을 넘어 감동하고 말았다. 사랑 고백을 저렇게 진지하게 할 수 있을까. 아…… 그랬다. 내가 못 느꼈을 뿐 뮌헨 공항에서부터 그는 아름다운 눈길로 나를 바라보았다. 그리고 아침마다 나의 숙소로 꽃을 들고 찾아왔다. 아름다운 몸짓을 하는 청년도 있구나 하고 나는 가볍게 감동을 했다. 매일 나는 그 꽃들을 병마다 꽂아 놓았다. 콜라병, 찻잔, 작은 유리병……. 그리고 가끔씩 그는 자기 집 정원에서 지난 가을에 딴 것이라며 찌그러진 사과도 가지고 왔다…….

그가 꽃을 가져올 때마다 '꽃다발에 비해 좀 큰 남자구나' 하는 생각을 했었다. 4월의 뮌헨에는 눈이 내렸다. 그러다 갑자기 금싸라기 같은 햇빛이 퍼졌고, 또 어느 순간에 눈발이 흩날렸다. 그 변덕 많은 4월의 날씨에도 잘은 꽃들이 눈더미 속에서 고개를 내밀었다. 스뉘 크로케(눈꽃방울). 그것은 연하디 연한 애잔한 꽃들이었다. 그는 매일 그 꽃들을 작은 다발로 묶어 내게 전해주곤 했다. 꽃다발이라야 손바닥 크기보다 작은 것이었다.

밤이면 등불 밑에서 아이들에게 편지를 썼다. 엄마는 뮌헨에서 별거별거 다 보고 좋고, 유럽 여행을 포기하고 유진 윤수 장수 보고 싶어 빨리 한국으로 날아가겠다고, 편지를 쓰다 무심코 고개를 들면 흰 꽃들이 입을 오므리고 졸고 있었다. 달랑달랑 방울소리가 들리는 듯했다.

방을 휘둘러보니 구석구석에 튤립, 장미, 극락화, 그리고 잔잔한 방울꽃들이 가득했다. 문득 가슴속에 행복이 냇물처럼 찰싹거렸다. 아주 아주 오랜만에 느껴보는 감정이었다.

사랑한다는 고백을 들은 다음날엔 숙소에서 나가고 싶질 않았다. 그와 전시회를 보러 간다든지 음악회에 간다는 것은 어색한 내 감정으로는 불가능한 일이었다. 감기라는 핑계를 대고 나는 어머니의 위치를 찾고 싶어 하루는 꼼짝 안 하고 싶었다. 친구들에게 엽서를 쓰고 라디오 음악을 듣고 창밖을 멍하니 내려다보면서.

그가 가져다준 꽃들은 밤이 되자 일제히 속삭이기도 하고 외치기도 했다. "이히 리베 디히"라고, 중년 여자는 사랑의 마약을 마셔버린 것이다. 그 마약은 매일매일 몸속에 스며들어 취해버리고 말았다. 안 된다, 안 된다 고개를 저으면 저을수록 그의 사랑한다는 말이 진실로 여겨졌다. 그 말은 점점 더 선명하게 머리에 새겨지고 가슴속에선 훨훨 타올랐다. 미쳐도 단단히 미쳤다고 나는 매일 자신을 질책했다. 나는 취해 있으면서도 한 가지 묘안을 생각해냈다. 독일과 한국은 지도만 봐도 지구상의 양끝이었다. 나는 먼 동방에서 온 여행객이라는 사실을 뮌헨이라는 도시에서 깨달았다. 내가 이곳을 떠나는 날 사랑의 몽유병도 깨끗이 치유되리라 믿었다. 며칠간 그와 만나지 않았을 때에도 계속 그는 아침마다 꽃을 보내왔다. 꽃 속에 묻혀 커피를 마시고 음악을 들었다. 며칠 사이에 난 좀 튼튼한 신경을 갖게 되었다. 남자들은 수시로 아내를 두고도 바람을 피우는데 이곳에 있는 내게 무슨 일이 일어난들 누가 알겠는가, 더군다나 아무 일 없었다는 듯 입 싹 닦고 양치질까지 하고 고국으로 돌아가면 누가 알까 싶기도 했다.

나는 배짱 좋은 저질 여편네가 되기로 결심했다. 그쪽이 훨씬 마음이 편했다. 사랑은 무슨 얼어 죽을 사랑이냐고, 나는 질기고도 유치한 이유를 찾아내기에 골몰했다.

토마스가 플로렌스로 함께 여행을 가자는 제안을 했다. 나는 속으로 '무서울 것 없지 뭐' 하고는 "예스"라는 대답을 명랑하게 해버렸다. '이곳까지 와서 이탈리아 여행을 못하고 가는 것이 안타까웠는데 잘된 일이다.' 나는 계속 배짱 두둑한 마음을 다져갔다.

독일 국경선을 넘자 이탈리아의 훈훈한 봄바람이 토마스의 긴 머리카락 사이로 흩어졌다. 볼이 빨간 청년 토마스는 행복한 표정으로 운전을 했다. 휘파람을 불고 그가 좋아하는 바흐와 베토벤도 듣고, 그가 작곡한 재즈 피아노곡도 들었다. 독일에서보다 나뭇잎들이 꽤 넓적넓적했고 활짝 피어 있었다.

"플로렌스에는 고미술품이 많고 다양한 양식의 건물이 있어."

설명을 하는 그는 줄곧 나와 함께하는 여행에 흥분한 모습이었다. 고풍스런 호텔에 그는 방 두 개를 예약해 두었다. 우리는 날마다 교회와 공원과 성들을 둘러보며 다리가 아프도록 돌아다녔다. 어느새 토마스와 나는 손을 잡고 걷고 있었다. 플로렌스는 가죽제품이 유명하다며 치자색 양피코트를 선물하고 싶다고 했다. 그는 올리브 색 레인코트와 함께 가죽 코트를 상자에 싸게 했다.

그날 저녁을 먹은 후 나는 호텔 방에서 개봉동의 내 아이들에게 엽서를 쓰고 있었다. 그때 누군가 문을 두드렸다. 그는 큰 옷상자를 들고 빙긋이 웃으며 문 앞에 서 있었다. 나는 천장이 높고 우아한 거울이 있는 고풍스런 호텔 방에서 패션모델처럼 또 한 번 옷을 입어 그에게 보여야만 했다. 그는 맞은편 의자에 앉아 박수를 치며 아름답다고 했다. 그러더니 패션 경매장에서 하듯 손가락을 높이 추켜올리더니 큰 소리로 외쳤다.

"나는 두 벌의 외투와 패션모델까지 합쳐서 만 달러를 내겠다"라고, 사랑한다는 말도 이 나이 될 때까지 인색하게 들어왔는데, 아니, 거의 들은 적이 없는데 그 희귀했던 말들이 날마다 아주 자연스럽게 내 곁을 감싸고 있었다. 나는 배짱 좋은 여자 주인공 노릇을 버리고 황홀한 감상에 젖은 여자로 변해 있었다. 한참의 침묵 속에서 그윽한 눈길로 나를 바라보더니 그는 부스럭대며 지갑을 뒤졌다. 그리고 나에게 몇 장의 사진을 보여주었다.

그것은 유진, 장수가 빙그레 웃고 있는 사신이었나. 개봉동 내 방의 고가구 위에 놓여 있는 인형이 함께 찍힌 사진.

1980년이었을 것이다. 그해 가을 독일문화원의 친지를 통해 한 예술가를 만나고 싶어 하는 독일 청년이 있다는 전화를 받았다.

"오라고 하지 뭐."

나는 거절을 하지 못해 건성으로 대답해 버렸다.

갑자기 유명해진 작가 김영희를 보기 위해 일주일이 멀다 하고 외국인들이 구름처럼 몰려오고 있었다. 세계적인 잡지 《내셔널 지오그래픽》에 크게 보도된 까닭이었다. 스무 평 남짓한 작은 아파트는 쉰 명이나 되는 외국인들로 북새통을 이루었다. 특히 화장실이 문제였다. 화장실 앞에 총총히 늘어선 모습은 끔찍한 희극이었다. 화장실에 가려고 우리 집을 찾았나 할 정도로 수선스럽고 복잡했다.

"잡지에 난 당신을 한국에서 만나니 너무 기쁘다"며 손을 잡고 수다를 떨었다. 그런 칭찬이 처음 몇 번은 즐거웠지만 드물게 보던 하얀 피부의 외국인들을 신물나게 보게 되자 외국인도 그저 그렇구나 하고 심드렁해졌다. 나는 세 아이와 얌전한 시어머니와 함께 둥지에 깃든 새처럼 살던 집이 난장판으로 변해가는 것이 점점 싫어졌다.

그 무렵에 토마스가 내게 왔다. 어떤 코쟁이가 한 명 또 오는구나 생각했다. 짧은 머리에 키가 큰 애송이 독일 청년 두 명이 우리 집을 방문했다. 둘 중에 토마스라고 부르는 앳된 청년이 인형과 내 아이들에게 사진기를 들이대고 열심히 찍었다.

그날 밤 침대 시트 위에 널려진 몇 장의 사진들은 그때 그가 찍은 것이었다. 나는 온몸에 짜릿한 전율을 느꼈다. 사진 뒤에는 또박또박 쓴 한글로 유진, 장수라고 적혀 있었다. 그리고 인형 사진 뒤에는 김영희 집, 개봉동이라고 적혀 있었다. 아! 그랬다. 희한하게도 그때 그는 아이들 이름을 묻던 첫 번째 외국인이었다. 그러더니 그는 만년필을 꺼내 정성스레 수첩에다 그 이름들을 한글로 쓰던 기억이 났다. 별 젊은 이도 다 있다는 생각을 했던 것 같다.

"까불이 윤수는 없어."

토마스는 한국말로 어색하게 말했다. '그래, 윤수는 진득하게 한곳에 붙어 있는 아이가 아니라서 사진을 못 찍었을 거야.' 토마스는 그때 벌써 한글을 쓸 줄도, 읽을 줄도, 뜻도 아는 터였다. 열여덟 살에 시작한 태권도에 반해 한글과 한국의 역사를 꽤 깊이 공부한 뒤 한국을 방문했던 것이다. 그저 가볍게 그를 보았던 내 눈은 점점 진지해져갔다.

"너무 긴 여행 아니었어?"

나는 그렇다고 고개를 끄덕였다.

"아이들이 엄마를 보고 싶어할 거야."

"……."

그는 그윽하고 깊은 눈길로 나를 바라보더니 중얼거리듯 낮게 속삭였다.

"당신 아이들은 참 예뻐. 그 예쁜 아이들에게 아버지가 꼭 필요해."

나는 그의 말에 빙긋이 웃었지만 없는 아버지를 어디서 사오랴 생각하며 혀를 찼다. 잠깐의 침묵 끝에 그는 여러 가지 내 신상에 대해서 물었다. 재혼에 관한 것, 남자친구가 한국에 있는지, 외로울 때는 어떻게 하는지, 운동을 하는가 아니면 술을 마시는가 등등을…… 그리고 나의 경제능력까지도. 그가 묻는 질문에 내가 '예'라고 대답할 것은 하나도 없었다. 그는 그날 밤 자신의 방으로 돌아가지 않고 내 침대에서 나와 함께 비좁게 잤다.

"나는 너와 함께 자고 싶어."

그가 너무도 당당히 말했기 때문이다.

플로렌스 교외의 맑고 푸른 하늘. 그 다음날은 그 푸른 하늘에 얼굴을 묻고 허전해서 그가 사준 외투로 몸을 감쌌다.

뮌헨으로 가는 도중에 들른 베로나 원형극장에는 이탈리아 노동자들이 돌을 깎고 거대한 보수공사를 하고 있었다. 원형극장을 배경으로 그는 열심히 사진을 찍고(그때 어느 여성 잡지로부터 나는 기행문 청탁을 받은 상태였다) 그러더니 그는 황급히 극장 밑으로 뛰어내려가 팔을 독수리처럼 벌리고 크게, 크게 외쳤다.

"토마스는 영희를 사랑한다!"

나는 한 편의 진지한 오페라 가극을 보는 듯한 착각에 빠졌다. 나는 펑펑 울었다. 그날은 꽤 오랫동안 많은 눈물을 흘렸다.

뮌헨 공항에서 우리는 이별을 했다. 그 이별은 눈물로 범벅이 되어 한마디 말도 꺼낼 수가 없었다. 왜 울었는지 모른다. 우리들 사랑의 장난은 그것으로 끝난 것인데……

토마스는 나를 꼭 안으며 울면서 속삭였다.

"영희! 너는 예쁜 아이들과 함께 꼭 내 곁에 다시 온다. 그리고 우리는 다시 만나 행복하게 살 거야"라고 어이없는 다짐을 했다.

"이히 리베 디히."

뮌헨을 떠나 파리의 어느 호텔에 여장을 풀었던 며칠 동안은 밤마다 천둥이 쳐댔다. 나는 그 천둥소리를 들으며 갑자기 생의 공포에 휩싸였다. 혼자 평생을 외롭게 산다는 것이 정말 자신이 없었다. 남편을 산에 묻고 내려오던 날 시어머니 치맛자락을 붙들고 나는 얼마나 울부짖으며 맹세했던가. "저를 아들처럼 믿고 사세요"라고.

그 후로 5년, 나는 맥 빠진 사춘기 소녀로 변해버렸다. 토마스는 밤마다 국제전화로 나의 안부를 물어왔다. 1981년 한 유럽 여행으로 나는 거듭 다른 여자가 되어버렸다. 고만고만한 아이들은 엄마가 왔다고 좋아라 몸에 착 달라붙었다. 오랫동안 못 본 탓에 꽤 자란 모습이었다. 아이 셋을 양손으로 안아 무릎 위에 앉히고 한참 얼굴을 묻고 있었다. 큰 죄를 지은 어미가 속죄라도 하듯.

"우리 엄마랑 다 같이 자자!"

아이 셋을 한 이불 속에 넣고 나는 유럽 얘기보따리를 풀었다.

뮌헨에는 높은 건물이 없다는 것, 전부 5층 이하로 짓게 하는데 그건 양파같이 생긴 교회 탑을 가리지 말라고 그랬다는 것, 뮌헨 중심의 시청 탑에는 아침저녁으로 인형들이 북을 치며 돌아가고, 골동품 가게, 사탕 가게 등등 그 많은 가게들을 그들은 몇백 년 동안이나 그대로 지키고 있다고, 너희들이 오늘 먹는 사탕도 아주 오래된 과자가게에서 사온 것이라고……

"엄마는 독일말 못 한다면서 어떻게 그렇게 혼자 돌아다녔어?"

윤수는 신기하다는 듯 물었다.

"생각나니? 지난 가을에 미국사람 둘이 우리 집에 와서 사진 찍고 콜라 먹고 갔지? 그 사람 중에 토마스라는 사람이 안내를 한 거야. 그 사람은 미국사람이 아니라 독일사람이야."

나는 아이들에게 토마스에 대한 얘기를 해주며 목이 메는 것을 느꼈다. 호기심이 많은 윤수가 물었다.

"그럼 독일말 못 하는 엄마랑 한국말 못 하는 독일사람이 어떻게 얘기를 했어? 벙어리 둘이 만난 거네, 히히……"

윤수는 기가 차다는 듯이 다시 낄낄댔다. 그리고는 그 독일 아저씨가 머리가 짧고 꼭 군인같이 생겼다며 진짜 독일 군인인가 물었다. 혹시 히틀러 졸병은 아니냐며 자못 심각한 표정으로.

"엄마가 뮌헨 공항에 도착했을 때는 토마스가 예쁜 사람으로 변해 있었어. 머리를 길게 늘어뜨리고 옷도 청바지 차림이고……"

나는 이렇게 설명하면서 그를 향한 그리움에 젖어들었다.

사람이 반하려면 예뻐 보인다거나 한다는데 뮌헨 공항에서 토마스와의 두 번째 만남은 무척 신선했다. 나는 그를 잘 알아보지 못했다. 누구냐고 그에게 물었을 정도였다. 그가 토마스라고 인사를 하며 악수를 청했을 때 비로소 희미하게 개봉동에 들렀던 그 청년의 모습이 떠올랐다. 달라졌다고 말하자 그는 그때는 군대에서 제대하고 곧장 한국에 가서 군인같이 보였을 거라고 설명했다. 어쨌든 그는 부드러움이 넘치는 전형적인 바바리아 청년이 되어 있었다.

나는 아이들에게 그날 밤 토마스 얘기를 무척 많이 했다. 넉살 좋은 윤수는 토마스를 만나고 싶다고 했다.

"그 형 우리 집에 다시 오면 내가 우리 반 애들에게 자랑해야지."

유럽 전시 여행 후 한국으로 돌아와 보낸 첫 밤은 시차 때문이기도 했지만 몽글몽글한 조무래기 아이들을 안고 밤새도록 뒤척였다. 속수무책으로 미래를 모르는 여자의 불안과 아이들에 대한 연민, 그리고 반대로 꺼지지 않는 열정이 뒤따라오고 있었다. 그 무렵 독일문화원 원장으로 있던 레히너 박사에게 독일에 잘 다녀왔노라 인사를 드리러 갔는데, 몇몇 여자 직원들이 수군대고 있었다. 무슨 일이냐고 물을 수도 없었다. 늘 명랑했던 원장은 그날따라 좀 부자연스럽게 공식적인 말만 했다. 그 주변의 수군댐이라든지 분위기가 뭔가 석연치가 않았다. 뮌헨에서 토마스와 가깝게 붙어 다닌 걸 누가 보고 저러는 걸까 하는 의구심이 고개를 들었다. 레히너 박사는 내 독일전시회 일정의 교섭과 경비, 숙박 문제 등 자잘한 일들까지 전부 해결해준 정열적인 중년 남자였다.

그가 독일전시회 축하 겸 송별회를 자신의 이태원 집에서 해주었을 때, 아이들은 독일 소시지를 자르며 수선을 떨었다. 레히너 아저씨는 우리 아이들의 다정한 일등 미국(?) 아저씨였다. 늘 아이들을 초대해 식사도 하고 음악회에도 안내하는 등 자상하고 명랑한 사람이었다. 그날 밤 그는 종이 몇 장을 주었는데 그 종이 위에는 한 달 동안의 독일에서의 일정과 나를 안내할 사람들의 주소까지 자세히 적혀 있었다. 혼자 떠나는 유럽 여행이 은근히 겁이 났던 터라 그의 배려에 안심을 하며 그가 권하는 붉은 포도주를 거듭 마셨다. 레히너 박사는 즐거운 표정으로 동양 여자의 첫 유럽 여행에 큰 관심을 나타냈다.

"당신이 독일 가서 꼭 하고 싶은 일이 뭡니까?"

그는 이렇게 물으며 나의 요구사항을 첨가해서 다시 교섭하고 싶다고 했다.

"젊고 예쁜 남자와 꼭 한 달만 연애하고 오는 것이에요"라고 술김에 농담으로 대답했다. 나의 농담을 그는 의외로 심각하게 받아들여 화난 표정까지 지으며, "당신이 만일 그런 일을 저지르면 아이 셋을 다 뺏어와 내가 양육하겠다. 연애하는 여사는 좋은 어머니가 될 수 없다"라고 말했다.

그의 얼굴은 화가 나서 붉어져 있었다. 나는 술이 확 깨는 느낌이었다. "참, 농담 한마디 했기로서니"라고 중얼거리며 나는 어색한 표정을 지었다.

"당신은 훌륭한 예술가다. 그리고 좋은 어머니다. 당신은 좋은 아이 셋을 가진 복된 여자다. 당신의 그 위치를 계속 지켜주는 것이 나 개인의 바람이다."

그는 조용한 목소리로 나를 타이르듯이 말을 하곤 어느새 꾸벅꾸벅 조는 장수를 무릎에 앉혀 재우고 있었다. 나는 그의 진실한 충고에 애틋한 정을 느꼈다. 입이 있다고 함부로 말을 뱉는 게 아니라더니 입을 놀린 그대로, 나는 꼬박 한 달을 젊은 독일 청년과 연애를 한 꼴이 되어버렸다.

그해 서울의 6월은 지루하고 답답했다. 이러지도 저러지도 못하는 감정의 갈등 속에 작품은 손에 잡히지 않았고 아이들은 학교 성적이 떨어지고 있었다. 유럽 여행의 감상을 묻는 친구들에게는 늘 "그저 그랬어"라고 시들하게 대답했다. 길을 걷다가도 혼란스런 생각들이 뒤범벅이 되어 현기증이 나곤 했다.

"영희야, 내가 죽고 난 후에 연애하지 마라. 남자란 그렇게 좋은 사람들이 못돼." 그(유진 아빠)는 내 손을 붙잡고 누누이 그렇게 얘기하곤 했다.

"내가 남자라서 남자를 잘 알아. 남자의 세계는 너희 여자의 세계와는 달라. 특히 애기 같은 너에게는 실망과 상처만 주게 될 거야. 미안해, 영희. 너는 오로지 우리 애들 잘 키우는 엄마가 되어야 해. 내가 지하에서도 힘껏 너를 밀어줄게."

그는 뭐라고 또 말했던가.

"형님 내 눈을 못 감겠소. 벌어 놓은 돈도 없고 아이 넷만 놓고 죽으니 어찌하면 좋소. 형님 철부지 영희 잘 부탁해요."

남편은 친정 오라비를 붙잡고 마지막 임종을 힘들게 했다. 아이 넷이란 나를 포함한 숫자였다. 밖에는 우수수 떨어지는 가랑잎 때문에 눈이 어지러웠다. "어떡하지……." 나는 헛소리만 중얼거렸다. 새카맣게 아무것도 모르는 백치가 되어, 강보에 싸인 여섯 살짜리 장수를 쓰다듬으며 헛소리를 계속했다. '어떡하지……'라는 그 소리만 매일 되풀이했다. 그 무서운 가을이 다섯 번 지나가고 남편이 하지 말라는 연애를 한 것이었다. 제법 더워진 초여름 서울 거리를 배회하며 나는 속으로 투덜대고 있었다.

'나 외로워서 이대로 못 살겠어. 언제까지 이 외로운 형벌을 감당해야 해요. 아이 셋이 귀중한 보배인 줄 알지만 내 외로움은 누가 덜어주나요. 외로운 엄마가 애들 잘 키우기 만무하다오. 내가 예술가라는 정식 간판을 땄지만 그 작가라는 이름이 나에게 준 것이 무엇인가요? 돈이 왔나요, 편안함이 왔나요?

나는 죽은 남편에게 싸우는 것처럼 덤벼댔다. 마치 그가 살아 있는 것처럼……

내가 서른네 살에 작가(?)로 데뷔한 것은 전혀 뜻밖의 일이었다. 남편이 나를 배반하고 저승으로 갔던 그 배반에 대한 보복이었다. 그때 그 가을, 남편을 산에 묻고 돌아와 거울을 들여다보니 얼굴은 반쪽이 되어 있었다.

"아빠는 미국 잘 갔을까?"

아이들은 아빠가 미국 간 줄 알고 돌아오기를 기다리고 있었다. 벌써 미국 장난감 사오리라 기대하고 기쁨에 들떠 있었다.

남편의 임종이 가까워오자 나는 친정 오빠와 의논을 해서 눈이 또렷한 애들은 친정으로 보냈다.

"오빠, 애들이 무슨 죄가 있수. 유진 윤수한테 저 꼴(장례식) 보여주고 싶지 않아. 이 서방 저리 못된 줄 몰랐어, 날 버리고 가버리려고 해."

큰 사랑의 배반에 나는 분노하며 슬퍼했다. 뜨거운 3년 연애 끝에 가족의 불 같은 반대 속에 치렀던 결혼이 이 죽음으로 끝이 난 것이다.

어쨌든 나는 서른네 살의 과부가 되었다. '난 당신 때문에 눈물 흘리지 않으려 해요.' 나는 다짐을 하며 이승의 줄을 끊고 간 그를 원망했다. 나는 하늘이 무너지는 슬픔 속에 복수의 구멍을 찾아야 했다.

간힌 들쥐가 살아야 될 구멍을 판 것이 예술이라는 행로였다.

내 삶의 터널이기도 한 일은, 하고 싶은 일로 연결되기를 원했다. 따뜻한 고향으로 돌아가고 싶고 숨 쉬고 살아 있는 한순간 한순간을 꼭 하고 싶은 일만 하고 싶었다. 그런 생각은 남편의 옷장 정리를 하다가 퍼뜩 지나간 섬광이었다. 차곡차곡 쌓인 속옷들, 나란히 걸려 있던 넥타이들, 그 밑 서랍에는 매달 붓던 적금통장. 방을 휘둘러보니 그가 좋아하던 시집들과 그해 신문 연재 중이던 박완서 소설을 가위로 오려낸 스크랩 등이 있었다. 사람은 가고, 모두 다 남아 있었다. 나는 분노와 슬픔 이전에 삶의 가치를 점검해야만 했다. 나는 감정을 다스리려 해도 정신착란증이 계속되고 있었다. 자다가 깨면 옆에 누워 있던 그가 없었다. 나는 현실의 가치조차 식별하지 못했다. 나는 차라리 미쳐 고통이 없기를 바랐다. 그러다 문득 시야에 들어오는 아이 셋의 코 고는 소리……. 아이 셋은 무방비 상태에 놓여 있는 가엾은 천사들이었다.

천사들을 보호할 사람은 이제 아무도 없었다. 그들은 나의 책임이었다. 그때 나에게는 직업이 있었는데 시골 중학교 미술교사였다.

아들 낳고 딸 낳고 꼭 원했던 남자와 연애결혼하고, 둘이 벌어 저금도 하고, 책도 사고, 음악도 듣고, 셋방에서 돈 모아 집도 사서 이사하고……. 깨가 쏟아지던 시절이었다.

장례식 후 모든 주변 사람들이 안심을 했다. 적어도 그 과부는 돈을 벌 수 있는 여선생이라서, 빌붙는 가난뱅이 과부는 되지 않을 거라고, 또 이웃 노인들은 입을 모아 나의 직업을 칭찬했다.

"배우고 볼 거여. 김 선상은 애들 안 굶기겠잖어. 여자치고 선상 자리같이 좋은 데가 어디 있으려구……."

그들이 말하는 영원한 밥벌이의 줄을 끊고, 집을 팔고 무작정 상경했다. 제천읍 고속버스 터미널에서 눈물도 없이 손을 흔들며 오라비와 작별했다. 졸망졸망한 짐 꾸러미들, 노후에 접어든 시부모, 유진 윤수 장수를 태우고 정처 없는 길, 서울로 향했다.

그 후 친정어머니는 말하곤 했다. 그 처량한 행렬을 보고 친정 오라비가 밤새 눈물지었다고. 무작정 상경이란 시골 여자의 계획에 동의해 준 사람은 단 한 사람, 친정 오라비뿐이었다.

"가거라. 하고 싶은 일을 해. 찬 도시락 싸가지고 월급 타러 가는 선생 노릇 너는 더 못할 거야. 이 서방 살았을 때는 재미라도 있었지. 사도의 긍지도 자신이 없으면 소용없어. 살다 보면 좋은 수도 생기고 아무튼 죽는 일보나 나 나은 일일 거다."

그리고 그는 덧붙여 말했다.

"영희야, 우리 산에 철마다 많은 나무를 심었다. 그놈들이 꽤 커서 돈이 되고 있어. 윤수 크는 만큼 나무도 크면 다 잘 될 거야."

그가 말한 어찌어찌 될 거라는 믿음은 곧 나의 믿음이었다. 고속버스 창밖으로 제천읍 풍경이 미끄러져 내려갔다. 나의 젊은 날 새댁의 영혼이 흠뻑 고여 있는 읍내 거리였다. 신혼살림을 차린 곳이기도 했고, 아이 셋을 치마폭에 담아 받은 곳이기도 했으며, 우리가 많은 것을 샀던 상점 거리가 있는 곳이기도 했다.

제천읍에 장이 서면 우리는 냄비를 사러 쏘다녔고, 찻잔도 사 모으고, 새로 나온 책도 사곤 했다. 하루 종일 이미자의 유행가를 틀어놓는 전축 가게에서 할부로 전축을 사기도 했다. 살림은 늘어가고, 임신을 하고, 그리고 입덧에 시달리는 임산부를 위해 남편은 겨울 포도를 사러 서울로 가는 기차를 타기도 했다.

왜 그리 우리는 유별나게 살았을까. 아이가 유치원에 들어가고 서넛 정도 자식을 가지게 되면 좀 점잖고 때가 적당히 묻은 부모로 변하기도 하건만, 그와 나는 해가 갈수록 유치해져가는 부부였다. "가랑잎이 지리산에 많이 쌓인다 가자!" 하고 외치면 아이를 들쳐 업고라도 따라나섰다. 밤에는 불을 밝히고 음악을 듣고 인쇄 잉크 냄새도 채 가시지 않은 신간 서적에 황홀해 하기도 했다.

빤히 들여다보이는 손바닥만한 읍내 거리에 혼자 밤마실을 가다가도 문득 내게 그가 골목 어귀에 나타나리라는 예감이 들면 술기운이 약간 있는 그가 어김없이 다가왔다. 나는 그와 만남의 예감을 늘 갖고 있었다. 시장 거리에서, 출장길에서, 느닷없이 귀가하는 시간까지도. 내가 그 예감을 가까운 학교 동료나 친정어머니에게 고백하면 혀를 끌끌 차며 싫어했다.

"사사로운 생각 마라."

냉정한 어머니의 대답이었고 주위 사람들은 수군댔다. "해로운 일 닥치려고 잉꼬짓을 한다"고 작은 읍내에 작은 소문이 난 부부였다. 김 선생과 이 서방이 우연히 길에서 따로 만나면 사춘기 애들처럼 얼굴이 빨개진다는 둥, 신혼도 지난 부부가 꼭 손을 잡고 걷는다는 둥, 밤거리 산책에 그 부부는 입을 열 번 맞추며 다녔다는 둥 소문이 나 있었다.

"애 어미가 됐으면 좀 점잖아지거라."

친정어머니는 그 소문을 달갑지 않게 여겼다. 처녀도 아닌, 결혼한 딸 내외가 정답다는데 뭐 꺼릴 게 있으랴마는 그가 내심 우려한 것은 딴 이유였다. 별나게 정이 좋으면 해롭다는 게 그 이유였다.

어머니의 불길한 예감은 적중했고 나는 그를 제천읍의 한 산에 묻고 그 도시를 떠났다. 나는 그와 함께 제천읍의 모든 자잘한 서정스러운 신혼 이야기를 하얗게 망각하고 싶었다. 그 기억은 아픔이었고 그 아픔은 날마다 골이 깊게 패였다. 떠났다! 그도 떠나고 서른네 살의 내 청춘도 떠났다. 제천읍을 떠나면서 무섭게 그 추억들을 물리쳤다. 아무것도 모르는 아이들은 개봉동 작은 아파트 생활에도 신나는 구멍만 찾고 좋아했다.

나는 작가로 데뷔하려고 그동안 만들어두었던 나의 작은 인형들을 보따리에 싸서 시내로 향했다. 용기를 내어 어느 백화점 화랑을 찾아 갔다. 그 화랑 담당자 앞에 나는 보따리를 풀었다. 몇십 년 주물렀던 내 영혼의 산물인 인형을 탁자 위에 놓자 인형은 보지도 않고, 나의 짧은 이력서를 들여다보더니, "당신은 우리 화랑 격에 안 맞는다"고 했다. 그 이유는 첫째 교수가 아니고, 둘째는 국전 경력이 없으며, 더군다나 민간 미술공모전에서조차 대상 수상경력이 없기 때문이라는 것이었다. 다 맞는 말이었다. 그 나이가 되도록 꿈을 꾸며 신혼살림만 한 여자이니까. 국전이다 공모전이다 조각가협회다 어느 곳에도 발을 들여놓은 데가 없었다. 몇 달 참았던 눈물이 목구멍까지 차올라왔다.

'이렇게 예쁜 인형인데…….' 전철 속에서 계속 인형을 쓰다듬으며 '괜찮아! 괜찮아!'를 속으로 되뇌었다. 고구마라면 팔다 안 팔리면 먹기라도 하련만…….

어릴 적부터 홍익대 조각실에서까지 주무르며 예술이라고 다짐했던 나의 종이 인형을 애잔해 했다. 못난 아이 치마폭에 가려 집으로 데려가는 어미의 심정이었다. 봄볕 깔린 툇마루에서 인형을 만들고 있으면 그는 곧잘 칭찬을 했었는데……. 집안에서 칭찬받던 인형은 아무도 쳐다보는 이 없이 도시 속에서 외로웠다.

"아깝다. 한번 발표하지 그래?"

신혼 시절, 남편의 제안에 나는 언제나 피식 웃기만 했다.

"발표하는 것은 징그러운 일이야. 뽑아주지도 않겠지만, 나는 이렇게 행복한데 뭐 그리 번잡스러운 일로 시간을 뺏겨."

나의 그때 똘똘 뭉친 행복한 생활에 국전이라든지 어느 협회 활동이라든지는 관심이 없었다. '상이라고는 국민학교 때 정근상 한 번 받은 것밖에 없는 내가 더군다나 나라 전체를 상대로 하는 상을 받을 리가 있겠나?' 나의 그 당시 생각이었다. 나에게 맞는 화랑이라고 생각했는데……. 신인이 발표할 장소는 어디에도 없었다. 하늘보다 높은 거리의 화랑을 격 높게 고른 것도 아닌데 단번에 딱지를 맞다니. 나는 다른 화랑을 찾아볼 엄두를 못 내고, 밤새도록 이 궁리 저 궁리를 하다가 슬퍼 울어버렸다. 작가가 되기가 어려울 것 같다는 예감이 들었다. 나는 직업상 작가라는 소박한 딱지를 붙이고 평생 예술의 도를 닦는 수녀처럼 살려고 했지 크게 바란 것은 없었다.

조각가 김정숙 교수를 찾아가서 하염없이 서글퍼하자 그이도 이렇게 말했다. "내 그랬잖아. 국전 응모도 하고, 학교 때 부지런히 상이라도 좀 타놓으라고."

영어를 잘하시는 선생님이 힘겹게 전시장 하나를 마련해 주었다. 조선호텔 미국인 매니저를 만나 그 호텔 2층 복도를 얻어냈다. 10년째 비어 있는, 말이 화랑이지 호텔 2층의 외진 곳이었다.

나는 뛸 듯이 기뻤다. 내 작품들이 사람들 앞에서 노래도 하고 놀기도 하는 모습을 보여줄 수 있다는 것만으로 기뻤다. 그러면서도 이 인형들이 과연 작품이 될까 하는 의구심도 들었다. 젖 먹던 힘까지 모아 그 조그만 사람들을 만들어냈다. 도둑질 빼고는 다 할 수 있다고 강하게 마음을 먹었다. 전시 초대장만 찍으려 했더니 친정 오라비는 폼 나게 카탈로그를 만들어보라고 권했다.

오라비의 선물로 카탈로그도 나왔고, 그의 제재소에서 통나무를 네모반듯하게 정성껏 밀어 전시대로 쓰라며 트럭으로 싣고 왔다. 나는 하룻밤 새에 구박받는 의붓딸에서 신데렐라가 된 것 같았다. 정말 허벅지를 꼬집어보고 싶었다. 신문마다 촌부의 얼굴이 크게 소개되고 인형작가라는 면류관을 쓰게 된 것이다.

"경찰과 기사는 상종하면 안돼."

돌아가신 아버님의 말씀이었다. 그 무섭고 고약하다는 기자들……. 그러나 그들은 내 인생에 전환점을 가져다준 이들이었다. 가난한 시골 과부에게 '작가'라는 이름을 붙여준 것이 그 당시 기자님들이었고 나는 그들이 감사할 뿐이었다. 나는 그때부터 기자라 하지 않고 지금까지도 '님' 자를 꼭 붙인다.

백이나 안면이 있어야 대도시 서울을 헤엄칠 수 있다는 그 당시 고정된 생각과 우려를 뒤엎고 돈 없던 무명인이 작가가 된 것이었다. 제천읍에서 보낸 오랜 생활로 나의 시야와 말투는 서울 사람보다 어눌하고 옷차림도 단순했다. 그 당시 내 눈에 비친 서울은 거대한 공룡이었다. 작가가 된 후에도 개봉동 전철과 아파트 단지 내 반찬가게가 내가 아는 전부였다. 그리고 우리 애들 다니는 학교 운동장.

시아버지는 돈을 아끼려 전철을 타지 않고 영등포시장에서 싼 푸성

귀를 구해 오시고, 시어머니는 장수 돌잔치를 하느라 대추시루떡에 미역국도 끓이시고, 그 중에 틈틈이 신작을 만들어 데뷔 1년 만에 공간화랑에서 고 김수근 씨와 김정숙 선생님이 테이프를 끊고 두 번째 전시회를 하게 되었다.

나는 그때 갑자기 언론에 줄기차게 소개가 되어 그 물결에 나가떨어지는 꼴이 되지 않을까 불안해했다. 그래서 꼼짝 않고 아이들 숙제 봐주는 것과 인형 만드는 일에만 전념했다.

여류라는 이름이 얼마나 시금털털한 것이랴. 금도금한 면류관을 쓴 여류보다 나는 그때 꼭 진짜 쟁이가 되고 싶었다. 첫 전시회 때보다 더 통통해진 작품을 내놓았다.

입구에는 비매품이란 빨간 글씨를 크게 써서 붙여 놓았다. 비매품이란 빨간 글씨를 보고 많은 사람들이 의아해 하며 물어왔다. 왜냐하면 나의 첫 전시 성공 뒤에 구박받던 사연이 있어서였다. 그것은 거센 마나님들의 치맛바람이 내 전시장을 휩쓸고 다녀서였다.

나의 첫 전시회는 발표하는 데만 급급한 심정이었지 판매라고는 꿈에도 생각지 않았다. 전시 장소를 얻게 된 것만으로도 감사하고 내 인형 작품을 봐주는 이들만 있으면 감사하다고 생각했기 때문이다. 전시회를 꾸미느라 정신없는 나에게 어느 점잖은 분이 인사를 청했다. 서울 시내 한 호텔의 화랑을 경영한다는 남자였다. 그는 내가 신작을 발표하는 신인이므로 모르는 것이 많을 거라며 도와주겠다고 했다. 외롭던 차에 너무 반가워 인사를 그저 꾸벅꾸벅 해댔다. 그때는 이미 《중앙일보》에 내 전시회에 관한 인터뷰 기사가 크게 실렸을 때였다. 그의 손에는 나의 인터뷰 기사가 실린 신문이 들려 있었다. 그는 전시회를 하려면 목차와 가격을 예의상 적어 놓아야 한다며 전시 준비로 바쁜 중에 그가 묻는 대로 목록을 쓰게 했다. 작품 가격…? 그것은 정말로 꿈밖의 세계였다. 그때 훤칠한 영국 신사로 소문난 서양화가 이대원 교수를 찾아가 그 문제를 상의했더니 "인마, 발표도 하기 전에 값은?" 하며 즐거운 듯이 핀잔을 주더니, "히히히" 계속 웃으시며 얼마로 정할까 하며 나를 쳐다봤다. 나는 소 닭 보듯, 그 가격에 대해 무심할 정도로 아는 지식이 없었다.

그런데 전시회가 시작되고 의외로 사람들이 장사진을 이루었다. 신문 문화면의 호평 때문이었다. 그리고 모든 사람들이 내 인형을 보며 자신을 발견한 듯 좋아했다. 나의 인형들은 곧 나이고 나의 아이들이므로 사람들은 결국 우리 가족을 좋아하는 것이라고 생각했다. 선량한 우리 가족 전체가 사람들의 환영을 받을 때도 있구나 하고 쥐구멍에 볕이 든 듯 감개무량해서 뒤돌아서서 찔끔찔끔 울었다.

나의 심정과는 반대로 호텔 화랑 대표가 오더니 그가 대동한 마나님들과 내 인형들을 사겠다고 법석이었다.

"저거는 내 꺼."

"저거는 니 꺼."

이런 식으로 그들은 전시장에서 인형들에게 손가락으로 찜을 하고 있었다. 거만한 그들은 나를 힐끗 쳐다볼 뿐 인사는 물론 할 줄도 몰랐고, 그저 내 분신인 인형들에만 관심이 가 있었다.

나는 조심스레 화랑 대표에게 다가가 소곤거렸다.

"제가 판다는 소리는 안 했는데요? 이 전시회 경비 일체, 교섭 등 다 제 편에서 했는데……."

그랬더니 니트 디자이너라고 하는 분이 그 말을 옆에서 듣고는 나를
호되게 야단쳤다.

"처음이라서 얼떨떨한가 본데, 이거 다 예약됐어요. 전시회를 하면
도덕상 산다는 건 팔아야지, 이제 무슨 소릴 하고 있어. 돈을 낸다는데
왜 그래."

나는 그의 위풍당당한 야단에 기가 폭 죽은 국민학교 학생처럼 입도
벙긋 못하고 서 있었다.

그 전시회를 돕던 명숙이(홍익대 후배)는 "아유 분해, 아유 분해……"
하며 가슴을 쳤다. 나의 후배들과 친정 오라비는 전시회가 끝나는 날
밤 황급히 인형들을 모두 싸가지고 개봉동으로 달렸다. 꼭 도적떼들 같
았다. 나는 그 인형들을 비닐봉지에 싸서 한약방처럼 천장 시렁에 매달
아 놓았다. 스무 평 좁은 아파트에 여섯 식구가 사는 터라 보관할 곳이
달리 없었다. 참 별 세상이 다 있다고 생각했다. 성공리에 끝난 전시회
에 엉뚱한 여자들이 나의 머리를 후려치고 있었다. 아무 약속도 없던
ㅁ씨와 부잣집 마나님이라던 그 사람들 안 만나면 그만이라고 생각했
다. 잊어버리자 작정하니 마음이 편했다. 그런데 그 니트 디자이너라는
여자가 달갑지 않게 자주 전화를 걸어왔다. 거의 협박조로……. 첫 전
시회에 그런 행동 하면 작가로서 가망이 없다고 짓눌렀다. 뭘 하는 여
자들이길래 안면도 없던 나를 이토록 혼낼까?

내 자존심은 아랑곳하지 않고 그들은 자주 전화를 걸어왔다. 이제
나는 그 전화에 자존심은 모두 없어졌다. 인형을 내놓으라고 독촉이
었다. 빚독촉도 이만은 안 하리라고 생각하며 만신창이가 된 신인 작
가는 비틀거리고 있었다. 그 전화의 자세한 내용은 아무 날 아무 때에

그가 우리 집에 와서 일시불로 지급하고 몽땅 인형을 가져가겠다는 것이다.

서울에 들른 친정 노모에게 분한 심정을 토로했더니, 어머니는 인형을 내주라고 했다. 그리고 가라앉은 목소리로 동화를 읊듯 중얼거리셨다.

"좋은 일에 뒤끝 하나는 꼭 켕기는 법이다. 다 주어버리고 힘 좋은데 또 만들어라. 제천읍 사흘 장판에 니 인형 판을 벌이면, 국수 한 그릇하고 바꾸자 해도 나설 사람 한 사람도 없다. 서울이 좋긴 좋다. 누가 사재는 사람이 있으니. 이럴 때일수록 키를 낮춰야지. 그 드센 여편네들 인형만 내어주고 다시는 안 만나면 된다. 시달리는 것보다 낫다. 이 서방도 죽고 없는데 니는 종이로 만든 그 물건이 그리 소중하냐. 그까짓 것 가지고 맘 상하는 니가 불쌍타."

그랬다. 남편을 저승으로 보내고 1년 후 현실세계에 코를 박은 건방진 속물 여자가 되었나보다 하고 나도 혼자서 혀를 끌끌 찼다.

첫 전시회 인형은 그리하여 하나도 남김없이 내 품에서 다 날아가버렸다. 천장에 매달아놓은 인형들은 약봉지 떼듯 하나하나 천천히 떼어다 내주어버렸다. 혹시 내 인형이 가 있는 거처라도 알아보려고 손이 매끈한 마나님께 넌지시 물어보았더니 얼굴을 못 내놓는 높은 사람들의 마나님이라서 거처는 묻지도 말란다. 그 거만한 마나님의 손에는 다이아몬드가 유난히 번쩍거렸다.

"예술품은 밀수품이 아니라서 얼굴을 내밀어도 되는데……."

그 인형들은 까만 세단에 실려 떠나고 내 손에는 전시 비용의 10분의 1도 안 되는 얄팍한 돈뭉치가 초라했다.

그날 밤 나는 평생 처음으로 술이란 걸 마셨다. 혼자 밤거리를 쏘다니며 그저 마시자고 마셔댔다. 그래서 순경이 만취한 부도덕한 여자를 시어머니 앞에 던져주고 떠났다.

공간화랑 전시회의 취재는 세 번의 인상 깊은 인터뷰로 내가 다시 작가로서의 긍지를 얻게 했다. 그중에《조선일보》의 정중헌 씨는 김영희 탐방 기사를《공간》지에 썼는데, 그는 전철을 타고 와서 조용히 인터뷰를 해갔다. 그는 주로 듣는 편의 사람이었다. 그의 글 내용은 서민 아파트촌에 사는 김영희의 작가 됨됨이를 꼭 내 꼴에 가깝게 써주어서 허풍선이가 된 몇 달 간의 내 생활에 정서적인 안정감을 주었다. 참으로 과장 없는, 김영희에 대한 훈훈한 글이었다. 남의 글에서 내가, 작가 김영희를 만난다는 것은 크나큰 즐거움이었다. 그 김영희가 참여자로 있는 크기 그대로 보일 때가 더 정다웠다. 나도 사람이구나 하고 차츰 자존심이 올라왔다.

그리고 또 한 여자 조남진 씨는 애들 주라고 과자봉지와 밤톨을 그득 담은 바구니에 작은 장난감까지 사와서 내놓곤 했다. 그녀는《서울신문》에 낼 기사를 썼는데, 그녀 자신이 시어머니, 시이모 등을 모시고 사는 애 둘을 둔 어머니라 그런지, 보통 생활을 서로 이해할 수 있는 여성으로 만나자마자 말이 통했다. 얌전하면서 모성적인 그 여자의 따뜻함은 그 기사 이전에 나를 감동시켰다. 그 감동은 독일 10년 생활에 늘 계속되었다. 그의 정겨운 선물들이 수시로 한국에서 날아왔다. 꼭 필요한 애들 속내의, 애들 티셔츠 등, 그리고 봄누리 모시 치마 저고리 등을 보내와 외로운 독일 생활에서 아름다운 우정을 느꼈다. 나는 그를 볼 때마다 얼굴 납작한 마리아를 보는 듯했는데 그녀는 독실한 천주교 신자였다.

그리고 지영선 기자는 기찬 필치로 여성문제를 다루던 똑 소리가 나던 사람이었는데, 그녀는 이름 있는 기자답지 않게 갈 데가 그리 없는지, 저녁나절이면 전철을 타고 와서 이런저런 세상 얘기를 서로 나누곤 했다. 올 때마다 비싼 바나나, 동화책 등을 들고 와서 애들은 지영선 아줌마 오는 날은 뭐가 없을까 하고 기다리고 있었다. 너무 많이 알고 똑똑해서 가끔 정이 떨어지는데, 그 한쪽에는 그리도 아기같이 속없이 착하고 약한 면을 보고는 저 극적인 성격 때문에 시집은 못 갈 것 같다 생각했다. 남자들은 어중간한 여자를 좋아하는 것을 많은 오라비들과의 삶의 체험으로 알아서, 똑똑하면서도 바보 같은 여자는 시집가기도 힘들고 세상 살아가기도 힘들 기라 내 딴에 동정했다. 독일 생활 10년 후에도 들리는 소식은 그녀는 물론 아직 처녀이고, 《동아일보》를 사직하고 《한겨레신문》으로 그의 소신을 굳혔다 했다. 나의 예감이 악담이 됐나 싶었는데, 그 후 전시장에 한 아름의 꽃다발을 들고 온 그녀에게서는 삶의 긍지가 생생히 남아 있었다.

5월의 공간 전시실에 어느 외국 중년 신사가 회색 홈스펀 윗도리의 자그마한 체구로 웃으며 찾아왔다. 따뜻한 눈길로 인형 하나하나를 감상하더니 내 앞으로 뚜벅뚜벅 걸어왔다. 그는 두 손을 가슴에 모으고 너무너무 아름다운 작품이라고 눈가에 습기까지 보이며 감동을 했다. 그는 독일문화원 원장이라고 자기소개를 했다.

서울 천지에 아는 사람이라고는 취재해 간 기자뿐이었는데, 청하지 않는 외국 사람이 와서 진지하게 칭찬을 해서 기뻤다.

공간 전시는 대성황이어서 발 디딜 틈이 없었다. 나는 그때 무언가 자신을 느끼게 되었다. 그것은 내 어릴 적 우리 동네 구멍가게 할머니 말씀 때문이었다. "영희야 돈 없어도 매일 오너라." 그러면 나는 체면 차릴 것도 없이 용돈이 없어도 그 할머니에게 가곤 했다. 할머니는 내 입 안에 엿사탕 한 알을 달랑 떨구어주곤 했다. 할머니는 나를 복돼지 라고 불렀다. 복돼지 '짱구(나의 별명)'가 나타나면 사람이 들끓는다는 것이었다. 두부 사러 오는 아줌마부터, 초를 찾는 할아버지는 물론, 개 구쟁이들까지도 모여들었다. 나는 어느새 사람 끌어모으는 힘이 나한 테 있음을 느끼게 되었다. 그 묘한 느낌은 지금까지 살아온 평생을 따라다녔다. 심지어 부산시절 피난살이에서도, 사춘기를 보낸 대전에서 도, 신혼시절을 보낸 제천읍에서도, 그리고 심지어 독일에서까지 그 예감은 따라다녔다.

한가한 오후, 아이를 들쳐 업고 독일 정육점에 들어서면 깨끗이 정 렬된 고기들은 고기라기보다 진열 잘 된 장식품 같았다. 소시지, 치즈, 쇠고기 저민 것 등. 유리진열장 안으로 눈을 돌리면 그 오후의 정적이 한없이 깔린다. 정육점의 그 한산한 기운 속에 나 혼자 고기를 사고 뒤 돌아 집으로 올라치면 내 뒤에 조용히 기다리는 독일사람들의 행렬을 볼 수가 있었다. 내가 정육점을 들어설 때와는 딴판으로.

나는 그럴 때 묘한 기분에 휩싸이곤 했다. 한국 같으면 저 주인 여자 가 벌써 알아채고 소시지 한 개라도 더 줄 텐데……. 관념적이고 논리적 인 독일 여자는 아무것도 모르는구나, 하고 혀를 끌끌 찼다. 가령 개봉 동 반찬가게 아줌마 같으면 "유진 엄마, 내일 마수하러 오슈. 내 돈 안 받을게. 당신 들른 날하고 안 들른 날하고 매상이 천지 차이야" 했다.

"뭘 그럴라구요." 나는 시들하게 대답했지만 나는 나의 사람 끌어들이는 그 예감에 점점 우울해져갔다.

말하자면 그것도 신기(神氣) 있는 여자로 들어가는 게 아닐까 하고, 교사시절 동료에게 이런 사연을 말하면 "장사를 시작하지 직업을 잘못 선택했어요"라고 농담들을 하며 나의 심각함을 빈정거렸다. 나는 동네 구멍가게에서 귀염받는 여자였다. 그래서 그 신기가 정말인가 하고 제천읍에서 예쁜 식료품 가게를 차린 적이 있었는데 그 예상을 뒤엎고 석 달 만에 문을 닫았다. 그래서 남은 과자, 통조림, 주스 등을 애들과 둘러앉아 실컷 먹었다. 남편은 내 짱구를 쓰다듬으며 "너의 환상은 진짜가 아니었어"라고 말했다. 그 환각은 그때 잠시 막을 내렸다. 그러다 개봉동 시질 그 신기가 슬금슬금 다가온다는 예감을 다시 느꼈다.

사실 그 신기라는 말을 나는 대단히 싫어했다. 어릴 때 공연히 복돼지라는 별명과 함께 가게에 가면 내 등 뒤에 와글거리고 사람이 몰려드는 그 예감을 싫어했고, 그래서 그 신기가 사실인가 시험하려고 미술선생다운 아주 예쁜 식료품 가게를 차리지 않았던가. 그때 친정 식구들은 한심해 했다.

"너 돈에 미쳤구나. 우리 형제가 장삿술은 없는데……"

많은 적자를 내고 문을 닫았지만 그 신기가 내 몸에 붙지 않았다는 일종의 안도의 한숨을 내쉬었다. 사람들은 식료품 가게가 실패한 원인은 고급스런 미술관같이 꾸며서라고 했다. 시골 사람들이 그렇게 깨끗한 곳에는 들어가기 싫어해서였다 한다. 나는 그때 생각했다. 신기가 있는 여자라면 미술관 같거나 어쨌거나 사람들이 깡통을 사러 모여야 하지 않을까 하고. 어쨌든 나의 신기의 불안은 막을 내렸다. 사실 그 신기의 불안은 옛 친구 영자를 만난 후로 시작되었다.

내가 송학면 중학교 발령을 받고 근무하던 어느 날 아이들은 밀물처럼 다 빠져나가고 오후 늦게 빈 운동장을 빙빙 돌며 일직을 하고 있을 때였다. 토요일 오후였다. 그때 중고등학교를 같이 다녔던 영자가 찾아왔다. 특별히 미인이었던 그녀를 나는 금방 알아볼 수 있었다. 나는 그녀가 늘 오드리 헵번 같다고 생각했기 때문이다. 그러나 그때 그녀는 남루한 옷차림과 헬쑥한 얼굴이었다. 우리는 말없이 시내버스에 올라탔다. 그녀는 도로변 코스모스의 꽃구름을 보고 참 아름답다고 감탄을 했다. 그 큰 눈동자에는 가을이 그득 담겨 있었다. 보통 축의 미모에도 낄까 말까 했던 나는 한동안 그 미인에게 반했던 시절이 있었다. 왜 그 미인은 풀기 하나 없이 삭은 보자기처럼 저리 초라하게 되었을까.

읍내 다방에 마주앉아 커피를 마시며 나지막이 말을 꺼내는 그녀의 과거사에 나는 흠뻑 빨려들어가, 늦은 저녁나절이 어떻게 지나는 줄도 몰랐다. 영자가 고등학교 2학년 때 젖먹이 막내 동생을 놔두고 그녀의 어머니가 병으로 세상을 떠났다고 했다. 그 후 그녀는 학교를 그만두고 젖먹이 남동생을 키우는 어머니 노릇을 했다. 그 남동생이 다섯 살 되던 해 홍역으로 앓기 시작해 다른 병까지 겹쳐 죽자 그녀의 슬픔은 이루 말할 수가 없었다. 그러던 어느 날 밤 꿈에 어린 남동생이 나풀나풀 나타나더니 누나와 오래오래 살겠다고 맹세를 했단다. 그 후 그녀 가슴에는 그 어린 동생이 생생히 살아 숨 쉬었다 했다.

그러던 어느 날 갑자기 그녀에게 신열이 오르더니 병원에 가도 열은 내리지 않았다 한다. 그 열이 서서히 내리던 어느 날부터 동생은 그녀의 몸 전체를 속속들이 지배하기 시작했다. 가령 이웃집에 놀러 가면

"누나 누나, 그 아저씨 지금 막 교통사고 당했어" 하고 외쳐댄단다. 그래서 그녀는 소문에 소문이 퍼진 아기점쟁이로 유명해졌다. 점칠 때의 그녀의 음성은 성숙한 처녀의 음성이 아니라 죽은 동생의 목소리였기 때문이었다.

"어머! 니가 그 유명한 점쟁이였구나!"

풍문에 미소녀가 아기점쟁이 노릇을 한다고 들은 적이 있었다. 나는 감탄하며 생각 없이 물었다.

"돈은 많이 벌었겠구나."

그녀는 설레설레 고개를 저었다. 그녀는 돈을 한 푼도 안 받았단다. 돈에 아무 재미가 없어서였단다. 손님들이 억지로 자리 밑에 눌러놓고 간 산돈푼만으로노 살던 초가집에 혼자 입에 풀칠은 충분히 할 수 있었고, 더군다나 그때는 거의 식욕이 없어서 돈이 필요가 없었단다. 먹는 것과 돈의 가치를 연결시키는 순수한 그녀를 말없이 나는 바라보았다. 그녀의 말이 전부 진실인 것 같았다. 점쟁이 노릇을 계속하여 유명해질수록 그의 몸은 반대로 죽어가다시피 말라들어 갔다. 사람들이 줄을 서서 그녀의 초가집 마당에 기다리는 것만큼 어린 동생은 계속 쉴 사이 없이 그녀에게 천만 가지 사건을 속삭였기 때문이었다. 가슴속에 동생이 잠든 밤에 그 성숙한 처녀는 제 위치로 돌아와 자신의 생활을 되돌아보니 한심하고 무서웠단다.

그녀는 그 길로 달 밝은 밤길을 달려 곧장 절로 가서 부처님 앞에 엎드렸다. 그녀는 부처님 앞에서 동생이 그녀 곁에서 떠나가길 빌어댔단다. 그녀는 절 생활 한 해 만에 원기를 찾고 그때 만난 젊은 스님과 눈이 맞아 결혼을 했다고 한다.

"애기는 있어?"

나의 물음에 그녀는 고개를 저으며 서글프게 웃었다.

"이제 니 동생 용남이는 안 찾아오니?"

"아니."

그녀는 쓸쓸해 하며 또 빙긋이 웃는다. 그녀는 자기 친척 조카 졸업 앨범을 보다가 나를 발견하고 그냥 찾아왔단다. 그녀와 읍내 다방에서 헤어지고 돌아선 그 가을은 깊이깊이 보도 위에 떨어지고 있었다. 그 후 나는 나의 신기에 대해 점점 의구심이 커져갔다. '혹시?' 그러다가는 '사람 끌어들이는 여자라면 그 핑계로 돈이나 벌어보지 뭐' 라고 중얼거리며 헛배짱을 늘였다. 나는 신기란 걸 무서워하면서도 그 마술의 병을 열고 싶었다. 그 결과는 허상에 불과했다. 그리고 나는 신기 없는 여자로 다시 행복했다. 신기라는 연극의 막은 내렸는데도 늘어지는 휘장 밑으로 개봉동의 신기는 자주 기어 나왔다.

가령 독감에라도 걸려 반찬 가게에 못 들르면 그 주인 여자는 저녁 늦게 찾아와 팔다 남은 김칫거리를 다듬어 김치도 담아주고 나서며 "유진 엄마, 어서 일어나서 마수하러 와!" 하고 외치고 나갔다.

공간 화랑에서 또 서툰 환상에 휩싸였다.

'그렇다! 나의 사업이란 건 식품점이 아니라 '쟁이' 의 길이구나!'

나는 신기에 눌린 석연찮은 느낌을 털어내고 씩씩한 자신감을 느꼈다.

전시회만 하면 사람들이 모여든다! 이 얼마나 신나는 일이냐! 남편이 죽고 2년 만에 작가로서의 원기를 되찾았다. 작가는 내 운명의 직업이었다. 그것은 신기가 아니었다! 공간 전시회는 자그마한 규모였지만 마음에 흠뻑 드는 작품전이었다.

〈호박 든 아이〉〈쉬-〉〈부처님 오신 날〉〈밤마실〉〈꽃을 먹는 아이〉 같은 작품 제목을 달아놓았는데 거기에는 갓 걸음마를 시작하는 귀여운 장수의 모습이 많이 등장했고 그것은 내 절실한 모성의 표출이었다. 애비 얼굴도 모르고 자라는 녀석. 나는 장수를 볼 때마다 애처로웠다. 그 무렵 공간 전시실에서 만나 뵙던 《춤》 발행인 조동화 선생님이 〈탈춤〉이란 제목으로 원고지 다섯 매짜리를 하나 써달라고 했다.

"제가 어떻게 글을 써요? 중학교 때 작문 쓴 것 말고는 편지도 제대로 안 써봤는데요."

"당신 인형들 보니까 끼가 있는 여자야. 글도 끼가 있어야 쓴다."

그는 꼭 써가지고 오너라 하는 식으로 동생 타이르듯 말하였다.

글을 한번 번듯하게 잘 씨보려고 했지만 원고시 다섯 매도 꽤 많은 양이었다. 그 춤이란 글을 쓰는 데는 얼씨구 쿵덕덕 하고 흥이 있어야 하는데 완성된 내 글은 다듬어진 석고인형 같았다. 내 죄는 아니었지만 나의 작문 실력이 저절로 한심하게 느껴졌다.

그 이튿날 원고지를 떠나 탈춤인형을 만들기 시작했다. 그 인형이 완성되자 갓 배운 담배 한 대 꼬나물고 작품 감상을 하며 나는 얼씨구 얼씨구 궁둥이를 들썩거렸다. 그 인형에는 생동감이 있었다. 그날 밤 '탈춤'이란 글 다섯 매를 단숨에 써버렸다. 퇴고 없이 조동화 선생님께 드렸다. 고친다는 게 어떨 땐 얼마나 많은 생동감을 깎아먹던가.

조 선생님이 그 글을 보더니 "좋다! 좋아"라고 내 글을 칭찬하고 글씨 한번 되게 못 쓴다 하며 내 졸필에 또 한 번 놀랐다. 누가 내 자그만 글을 읽으랴 했는데 그 원고가 월간지 《춤》에 게재되자 《서울신문》 송정숙 선생님이 칼럼을 네 편 더 써보라고 해서 용기를 내서 썼다.

그럭저럭 일간신문, 여성 잡지 등에서 원고청탁이 들어와 나는 몹시 기뻐했다. 외로운 시간이 적어졌다는 것으로 나는 늘어나는 일의 양을 즐겼다. 낮에는 인형 만들고, 밤에는 글 쓰고, 참으로 이상적인 생활이었다.

그 무렵 독일문화원 비서실에서 전화가 왔다. 원장님이 만나고 싶어 한다는 전갈이었다. 나는 한동안 잊었던, 그 인상 깊은 중년의 외국 남자를 생각해냈다.

남산 중턱에 위치해 있는 독일문화원 건물 주변에 은행잎이 노랗게 깔려 있었다. 노란 융단인들 저렇게 예쁠까 감탄하고 있는데 그 중년 신사가 입구까지 나와서 기다리고 있었다.

레히너 원장은 악수를 청하며 내 인형들이 오래오래 그의 뇌리에서 떠나지 않았다고 인사를 건넸다. 그는 자그마한 키에 늘 옷을 잘 입는 신사였다. 그는 나의 신상에 대해 여러 가지 물었다. 나는 아이가 셋이라고 하자, 그는 활짝 웃으며 분명히 당신 아이들은 예쁜 아이들일 것이라고 그윽한 눈빛으로 나를 바라보며 말했다. "어떻게 예쁜 아이들인 줄 아느냐"고 반문하니 "당신 인형에서 당신 아이들을 발견했다"고 했다.

그때 이미 레히너 원장은 나의 작품을 독일에 전시하려는 계획이 서 있었다. 그는 나의 작품을 독일에 소개하고 싶으니 허락하겠냐고 물었다. 나는 멍하니 있다가 간신히 답을 했다. 시골서 올라온 지 두 해 남짓 넘어 일어나는 일들이라 정말 나는 어안이 벙벙했다. 레히너 씨는 다음 주 당신의 화실과 아이들을 보러 가도 되느냐고 제의했다. 나는 그의 제의에 덜컥 부끄러움을 느꼈다. 자고 먹고 인형 만들고 손님 대접까지 하며 연방 치워가며 방 하나 가지고 다 하는 실정이었기 때문이었다. 집이 좁다고 하자 "나는 당신 가족과 작품을 보러 가는 것이지 집 보러 안 간다"고 안심시켰다.

나는 가슴 설레며 그가 온다는 날 시어머니와 서둘러 닦고 또 닦고 쓸었다. 아이들에게 한두 시간만 개구쟁이 짓 좀 하지 말라고 이르고 남대문 꽃가게에서 사온 백합을 꽂고 기다렸다. 그는 생강차를 마시며 우리 아이 셋에 감탄했다. 귀엽고 영리하다고 했다. 그 중 제일 탐나는 아이가 장수라 했다. 그때 장수는 걸음마도 익숙했고 말까지 조잘대던, 뽀얀 밤톨같이 귀여운 때였다. 그때 장수는 "아저씨, 오줌 누고 자크 올릴 때 조심해! 고추가 자크에 끼면 큰일 나. 그리고 꼭 속빤쓰(바지) 입어야 돼 알았어!" 하고 으스댔다. 통역을 맡았던 미스 홍은 우습다고 야단이었다.

언젠가 장수는 쉬를 하고 청바지 앞을 올리다가 고추에 지퍼 쇠이빨이 끼어 병원으로 달려가서 의사가 그걸 빼낸 일이 있었다. 그래서 장수는 남자만 보면 주의를 환기시키곤 했다. 말도 어찌나 잘하는지, 장수는 온갖 재롱을 떨었다.

그 후 일주일이 멀다하고 그는 아이들 전부를 초대해서 저녁식사를 하곤 했다. 그리고 개봉동에서만 오물거리고 있던 아이들에게 롯데 호텔이나 하이얏트 호텔 등을 구경시켜 주고 아이스크림도 사주었고 서양음식도 소개해 주었다. 그때마다 나는 애들을 씻기고 닦아 윤수 장수는 정장을 입히고, 유진이는 긴 머리를 땋아 정성껏 예쁜 리본을 달아주는 법석을 떨었다. 그때 가끔 운전기사 노릇을 하던 사람은 회색 세단을 가진 고 김수영 시인의 부인이었다. 그는 우리 아이들과 식사를 하며 참 행복해 했다.

귀동냥으로 들은 바로 레히너 박사는 여자 친구가 꽤 있다는 소문이었다. 어쨌든 즐겁게 그와 우리 식구는 자주 만났다. 문화원에서 늦은 파티를 끝내고 어느 날 그는 나를 집에 데려다주면서 아이들이 자는 방에까지 들어왔다. 그 방은 낮에는 응접실이었다. 내가 이불 한 귀퉁이를 걷어치우고 그에게 자리를 권하자 그는 앉아서 아이들 자는 모습을 보며 어쩔 줄 모르는 표정을 지었다. 귀엽다는 말을 연신 되풀이했다. 그는 선천적으로 부성을 가진 남자였다.

삼청동 김 선생님의 호출이 있었다. 저녁이나 같이 하자는.

그녀는 조용히 저녁을 먹으며 내 숟가락에 반찬을 얹어주곤 했다.

"영희야. 서울은 넓은 것 같아도 좁아요. 너 요즘 레히너 씨와 자주 만난다는 소문이더라. 조심해요."

그렇다. 멋쟁이 중년 외국신사와 신문에 잡지에 갑자기 얼굴이 알려진 여자가 호텔 식당에 자주 보이니 소문이 날 만도 했다.

"애들과 다 같이 만나는데요 뭐"라고 대답하자 "하기사 그런 점잖은 분과 네가 재혼이라도 했으면 좋으련만" 하고 말끝을 흐렸다.

차가운 외모의 김정숙 선생님은 속은 따뜻해서 늘 작은 등불을 켜고 계셨다.

1979년 크리스마스가 다가오자 호텔 책방의 《내셔널 지오그래픽》에 나의 사진이 실렸다. 워싱턴에서 온 에드워드 김이란 세계적인 인문 지리 잡지의 수석기자가 호텔에 묵고 있다가 우연히 복도에 전시된 인형전을 보고 크게 반해 나의 작업실 사진을 실어준 것이다. 그의 인터뷰하는 태도나 사진 찍는 모습이 너무나 진지해서 나는 감동해 버렸다.

그는 인형이 예쁘다고 칭찬하며 취재 중에 어린 유진이와 농담을 꽤 많이 했다. "엄마는 안 예쁜데 너는 참 예쁜 처녀구나" 하고 농담을 하면 새침떼기 유진이는 "호호" 하고 웃었다.

온돌방에서 유진이와 인형을 만드는, 생생한 사실감을 담은 사진이었다. 둘째 놈 윤수는 그때 그 잡지를 보고 화가 단단히 났는데, 왜 자기는 안 찍어줬냐고 심통을 부렸다. 그는 언제나 가족사진에서 빠지는데, 그것은 진득하게 앉아 있는 성격이 못 되어서 그랬다.

내 속으로 품었다 세상 밖으로 내보낸 나의 아이 셋 유진, 윤수, 장수. 그들은 생긴 것도 조심씩 다르고 성격은 판이하게 달랐다. 유진이는 늘 조용하고 사리가 어른처럼 밝았다. "엄마 있냐?" 하고 고 김수영 시인 부인이 전화를 하면 "허둥지둥 옷 갈아입고 나가셨어요"라고 차분히 대답하고는 주소와 이름을 묻고 수첩에 적는 눈치더라고 그녀는 감탄해마지 않았다.

"철없는 에미에 뚝 떨어진 숙녀 하나 잘 낳았지……."

그녀는 혀를 찼다. 죽은 남편을 엉뚱하게 미국으로 병 고치러 갔다고 속인 지도 2년이 넘어서자 윤수는 조르기 시작했다.

"아빠 미국 약 먹고 병 다 나았어?"

"응."

"그럼 왜 아직 안 와?"

"아빠는 그곳에서 좋은 공부를 시작해서 그 공부가 꽤 오래 걸려."

나는 되는 대로 거짓말에 거짓말을 덧붙였다. 희망도 없는 언약이었다. 윤수는 그때 동네 애들에게 얻어맞고 곧잘 놀림을 당하곤 했다.

본시 다른 애보다 철이 늦게 든 탓이기도 하지만 늘 그는 안 지려고 우리 아빠 미국 갔다고 외쳤다. 직장인 아빠들로 구성된 소시민 가족들이 거주하는 아파트단지여서 아이들은 늘 작은 장난감을 자랑하려고 윤수를 불러냈다.

"우리 아빠가 어제 사온 거다!"

"우리 아빠는 더 좋은 것 미국서 사온다!"

"매일 미국 자랑해, 한번 보여줘 봐. 거짓말만 해."

"정말이다!"

"야, 울 엄마가 그러는데 니네 아버지 죽었대."

"안 죽었다."

윤수는 기를 쓰고 있었다.

그러나 처음 개봉동 시절 기고만장하던 아빠 자랑도 점점 퇴색해 갔다.

점점 윤수는 밖에 나가 노는 대신 할머니랑 엄마 치맛자락만 잡아당기고 무엇이든 졸라댔다. 성적은 중간도 못 되고 날로 떨어져갔다. 피아노 교실에는 가는 척만 하고 양지쪽에서 혼자 놀고 오는 날이 대부분이었다.

또다시 울긋불긋 크리스마스라는 서양 명절이 우리 가족에게 다가왔다. 명절이나 거리의 축제는 우리 가족에게 늘 외로움을 안겨주었다. 명절이라는 것은 아버지라는 가장을 중심으로 뭔가가 이루어지는 건데. 우리 식구는 꼭 건더기를 건져 낸 멀건 국솥 앞에 앉은 기분이었다. 참으로 허전한 잿빛 날들이었다.

그 잿빛의 어느 겨울날 반짝반짝 빛나는 반짝 종이(셀로판지) 안에 싱싱한 붉은 장미꽃과 런던 위스키를 보내온 이가 있었다. 일본 대사 스노베였다. 그것은 그의 의례적인 선물이었겠지만 나는 그날 단 한 사람이 나를 작가로 생각해 주었다고 여겼다. 일본 대사는 그때 전시회에 초대도 하지 않았는데 와서 자세히 인형들을 보고 무척이나 얌전한 말씨로 한국말을 유창하게 했다. 정치가나 공무원이나 다들 바빠서 예술은 생각할 여유도 없다는데, 평소 너무 싫어하는 일본인이 유독 정성어린 선물을 보내오다니…, 그것도 나올 것 없는 일개 가난한 작가에게.

나는 그 장미를 식탁에 꽂아놓고 여왕이 된 기분이었다. 위스키는 따서 독한 술을 가끔 즐기시던 시어머니께 한잔 드리고…….

즐기운 크리스마스이브였다. 나는 그때 큰 선물 하나를 또 외국인으로부터 받았는데, 예술인형이 찍힌 지질이 좋은 상품 달력이었다. 그 안에는 예쁜 연하장에 한글로 또박또박 쓴 글이 보였다. '성탄을 축하하오며 가족의 행운을 빕니다.'

그때 유진이는 연하장을 한참 들여다보더니 "열심히 문장을 베껴 썼어"라고 조용히 말했다. 독일에서 토마스라는 청년이 보낸 글이었다.

크리스마스가 지나자 윤수는 맥 빠진 듯 손만 빨고 있다가 또 떼를 쓰기 시작했다.

"아빠는 나쁜 놈이다. 장난감 하나 안 보내고, 편지도 없고. 나는 아빠가 돌아와도 처다보지도 않을 거야."

어느 날 저녁 밥상머리에서 윤수는 침착한 어조로 어른같이 말했다.

"아빠가 미국서 교통사고로 죽었는지 몰라. 편지가 안 오는 건 다 이유가 있어."

시어머니와 나는 먹던 밥상을 멀리했다. 밥상 밑에서 유진이가 윤수 발을 툭툭 치고 있었다.

그날 밤 유진이는 이를 닦으며 윤수에게 조용히 야단을 쳤다.

"이 바보야, 나하고 약속한 걸 벌써 잊었니? 엄마가 제일 싫어하는 것은 아빠에 관한 말이라고……."

"우리 아빠 죽었어?"

"몰라."

"죽었다."

"살았을지도 몰라."

목욕탕에서 들리는 소리였다. 나는 그의 죽음을 감쪽같이 숨기고 싶었다. 임종이 가까워오자 그는 아이들과 이별을 하고 싶어 했다. 미라같이 마른 몸으로 그는 아이들에게 기나긴 작별을 했다.

"아빠는 이곳에서 병이 낫지 않아서 미국 병원으로 간다. 내가 약잘 먹고 나아서 너희를 보러 꼭 온다."

언제냐고 묻는 윤수에게 "네가 초등학교에 입학할 때"라고 대답했다. 그는 아이들의 노래를 듣고 싶어했다. 윤수는 신나게 한 곡조 뽑았다. 유진이는 그때 유행하던 가수 장미화의 노래를 불렀다. 그는 아이들에게 저금하라고 돈을 나누어주고 떠났다. 그와의 작별은 두 아이 뇌리에 깊이 박혀 있었다.

1981년 서울의 여름이 찐득찐득 습기를 몰고 오고 있었다. 나는 그때 문예진흥원 원장이던 송지영 선생님께 독일 전시 보고도 할 겸 문안차 들렀더니 빙그레 웃으시며 "잘 됐어 잘 됐어"라고만 말씀하셨다.

무언가 겉도는 말 같았다. 비서실에서 들은 이야기는 경악할 만한 것이었다. 내가 독일에 있는 동안 벌어진 일은 쾰른 황 아무개 박사와 나에 대한 투서였다. 그 내용은 다음과 같았다.

'김영희 인형은 가난한 한국의 노동자 상을 나타내는 것으로 광주 민주화운동을 지극히 현실화시켜 뮌헨박물관에 발표했으며 그 전시를 주선한 레히너 박사는 독일 잡지에 5공화국을 신랄하게 비판한 자로 김영희와 모종의 스캔들이 있으며, 1981년 6월에 결혼할 것이고, 김영희의 도독 전시활동은 반정부적 요지가 있다.'

그 투서는 그 당시 황 박사 부인의 이름과 '황'이라는 그의 성이 서명되어 서울중앙정보부로 송달됐다고 했다. 그 정보부원이 노인 송 원장을 닦달해대고 서랍까지 뒤졌다는 것이다. 이제 막 사태는 진정되었지만 그 당시 그 젊은 정보요원들은 "왜 반정부 작가에게 돈을 대주었느냐"고 다그쳤다고 했다. 그때 레히너 씨의 주선으로 5분의 1 가량의 경비를 문예진흥원에서 댄 것이 이유가 되었다. 내가 토마스와 사랑병을 앓는 동안 엄청난 일이 벌어지고 있었던 것이다. 개봉동 아파트는 물론 본적지까지 조사를 끝냈고 문예진흥원에 대한 조사도 끝낸 참이었다. 그때 문예진흥원 김 부원장은 이북의 모략인가보다 생각하고 침착하게 그 조사에 임했다 한다.

그 이상한 일들이 일어난 이유는 따로 있었다. 사람의 만남이란 함부로 해서는 안 되는가 보았다. 공간화랑 전시를 끝낸 어느 가을날 《계간미술》 윤 기자와 훤칠한 키의 재독 한인이 나를 찾아왔다. 그는 독일의 한 박물관 직원이라 했다. 나는 기뻐서 레히너 씨가 독일전시회를 준비 중이라고 자랑하자 그는 "독일 오시면 정중히 모시겠다"고 점잖게 말했다. 그래서 그는 뮌헨 시립박물관에서 있었던 나의 전시회에 와서 계획에도 없던 개막식 인사까지 유창하게 해주었다. 나는 독일말 잘하는 문화인 한 사람을 알게 되어 내심 기뻐했다. 그리고 그는 이미 레히너 씨와 전시교섭이 되어 뮌헨시립박물관 다음으로 그의 개인 화랑에 내 그림이 초대 전시된다고 했다. 나는 너무 뜻밖이어서 그 계획은 들은 일이 없다고 그에게 말했다. 그러나 그는 이미 전시 계획이 서 있으니 쾰른의 자기 화랑에 꼭 한번 들르라고 했다. 귀신에 홀린 것 같았지만 그가 화랑을 가지고 있어 박물관 대신 그의 화랑에 계약이 됐다니 하는 수 없이 화랑 규모나 보자고 쾰른에 도착해 그의 화랑을 둘러보니 갓 문을 연 화랑이라 페인트 냄새도 가시지 않았고, 그때는 한국 도예가 5인전을 하고 있었다.

화랑경영은 지금은 이혼한 그의 부인이 하고 있었는데, 한국의 이름 있는 도예가들 작품이 그곳에서는 한 점당 만 원에 팔리고 있었다. 만 원이면 독일의 점심 한 끼 값이었다. 그런 전시 경영에 너무 놀란 나는 이 화랑에서는 도저히 전시를 못하겠다고 선언하고 뮌헨으로 가는 기차에 올랐다. 레히너 씨가 그런 화랑과 교섭할 리가 없다고 생각했다. 그 후에 안 일이지만 그가 임시직원으로 있던 박물관의 독일인 관장에게 레히너 박사가 교섭한 것인데 관장이 한국인 직원에게 그 소식을 통보하여 나는 결국 그의 개인화랑에 걸려든 셈이었다.

그 후 그는 끊임없이 내 숙소에 협박 전화를 했다. 한국에 돌아가면 봉변당할 줄 알아라, 자기 화랑에서 안하면 더 큰일 일어날 줄 알라는 등 박사라는 허울에 비해 그의 말은 평안도 사투리에 형편없는 저질이었다. 그는 심지어 나를 빨갱이로 몰 수도 있다는 전화 협박까지 했다.

자신의 고향 이북 사투리를 쓰는 중년의 그가 불쌍하게 느껴졌다. 두고 온 고향을 생각하면 어찌 그리 아무 데나 '빨갱이' 자를 붙일 수 있을까 하고.

후에 알았지만, 동베를린 사건 등 재독 한국사에는 슬프고 슬픈 사연들이 많았다. 수재들이 의학이나 공학, 음악, 철학 등을 공부하러 왔다가 그 얽히고설킨 한인들의 모략으로 희생된 경우가 많다고 했다. 그때까지 한국 내 사정이 어지러웠긴 했으나 그런 소리를 주변에서 못 듣고 살다가 독일에서 지내며 접한 그 정신적 어둠은 6·25 시절을 방불케 했다. 환갑이 될 때까지 고국을 잃은 채 노총각으로 사는 한국학자들이 꽤 눈에 띄었다. 빨갱이라고 들볶이다가 독일 정부의 구원으로 독일에 온 후에 영영 고국을 잃은 그들. 가엾은 철새들이었다. 나는 황 박사를 보고는 그같이 간사한 생각의 이들이 혹시 제 조국의 사람들을 잡는 데 이바지한 게 아닐까 의심했다. 그러던 중 독일 본에 있는 이화화랑 개막식 때 황 박사 내외가 청하지도 않았는데 나타나서 생떼를 썼다. 그때 대사관 직원이 저녁을 먹으며 나에게 말했다. 황 박사로부터 투서가 들어왔는데, 그 내용은 김영희 씨가 반정부 활동을 한다는 것이었다고 했다. 나는 대사관 직원에게 물었다.

"제가 뮌헨에서 뭘 했는지 아세요?"

나는 속으로 피식 웃었다. 토마스와 연애한 죄밖에 없는데.

"그 사람이 나를 반정부 활동하는 전시회를 했다고 했다지만, 그 투서한 본인도 반정부 활동이라는 전시회에서 개막식 인사까지 했는데요, 뭘."

그 젊은 직원은 쓸쓸히 웃었.

"너무 어이없는 투서라서요……."

그러면서 그는, 아직도 근거 없는 투서가 통하는 줄 알고 있는 그들의 정신 상태는, 20년 전 그들이 떠나올 때 조국 상황이 지금도 그대로일 거라는 생각을 버리지 못했기 때문이라고 덧붙였다. 그는 그 후에도 한국 작가에게 독일에서 초대전 해준다 속이고 작품을 가져가 되돌려 주지 않았다. 황 박사는 일종의 보복을 한 것이다.

그런데 그 정도로 그쳤으면 좋으련만 독일문화원에서 걸려온 전화는 경악할 노릇이었다.

토마스가 레히너 원장에게 전시 결과를 알려왔는데, 그 상황은 엄청난 것이었다. 내 작품 일흔네 점이 림부르크 전시실에서 증발되었다는 연락이 왔다는 것이었다.

나의 청춘과 외로움을 다 쏟아부어 만든 작품인데…….

모든 사물에 애착을 갖지 않으려 노력했지만 그 인형들은 나의 분신이었다. 그리고 나의 아픔이었다. 그것은 또한 나의 아픈 모성의 시(詩)이기도 했다. 나는 환장할 심정으로 가슴을 쳤다. 법치국가 독일에서 도둑을 맞은 것이다.

레히너 씨는 "나는 5공화국을 비판해서 한국 관청에는 발도 못 들여놓으니 당신이 주요 기관에 호소를 해라. 한국 작가가 독일에 가서 인형을 잃어버렸으니 독일 정부 책임으로 내놓으라고, 한국 정부 도장이 찍힌 편지를 쓰면 된다"고 했다. 그것이 제일 빠른 길이라 했다. 그러면 독일 정부가 빨리 손을 쓸 거라고. 그는 독일 정부와 한국 정부의 중간에 끼어 난처한 입장이라고 했다. 광주민주화운동의 책임을 물어 그는 독일 정부가 5공화국에 강경한 대응을 해야 한다고 주장한 사람이라 그의 처지를 나는 이해했다. 문화원 주변 사람들은 한국에서는 날지 못하는 새 격이 된 이가 레허너 씨라고 일러주었다. 뭔가 꼬여드는 느낌이었다. 나는 관청에 드나드는 일이 체질적으로 맞지 않아서 구청이나 갈 뿐 꼭 볼 일이 아니면 가본 적이 없었다. 그 알레르기성 체질의 여자가 이제 관청을 드나들어야 했다. 중앙청으로, 문공부로 다니며 나는 내 사정을 호소했다. 물론 내 하소연은 비서실 문 앞에서, 혹은 말단 공무원 자리에서 머물렀을 뿐이었고 그들의 반응도 성의 없이 건성 건성이었다.

내가 말을 꺼내면 그들은 여기서 저기로, 이 부서에서 저 부서로 가보라고 했다. 나는 공처럼 벽에 부딪히는 심정으로 굴러다녔다. 그것은 그러나 모두 헛된 일이었다. "정부 도장이 찍힌 편지 한 통이면 됩니다" 하고 간절히 애원했건만…….

나는 관청 입구의 말단 직원들을 찾아가 참 하기 힘든 말을 꺼냈다.

"저는 한국 작가이고 그 한국 작가가 만든 인형은 한국 재산입니다."

그러나 그 호소는 작은 새소리처럼 연약하게 그 대도시 서울 귀퉁이에서 쩍쩍거렸을 뿐이었다. 서울이 그렇게 큰 줄 몰랐다. 그리고 높은 사람 만나기가 불가능한, 즉 하늘에 별 따기보다 더 힘들다는 것을 그제야 알았다. 관계 부처의 높은 사람은커녕 말단 직원 만나는 것도 차례가 오질 않았다.

나는 그때 내가 우리나라에 살면서도 우리나라 사정을 전혀 모르는 미숙아란 걸 통감했다. 신문에 작가사진이 났으니까 그래도 사람 축에 낄 줄 알았는데 가뭄 끝 비렁뱅이 정도도 안 되는 문전 구박덩어리 신세일 뿐이었다.

결국 나는 정부 도장이 찍힌 편지 한 통을 못 얻어냈다.

그 일로 나는 자신을 한국의 인형작가, 조각가 등으로 생각한 그 교만했던 작가 의식을 버리기로 했다.

그러나 인형들은 김영희의 작품이므로 김영희가 찾아내야 했다. 그런데 독일말은 벙긋도 못하니 참으로 캄캄한 밤길에 놓인 어린아이 신세였다. 그래도 다시 독일로 가기로 결정 내렸다. 토마스에게서 다시 문화원으로 연락이 왔는데, 인형이 증발된 원인과 인형들이 있는 현지 주소가 확인되었다는 것이었다.

그 사정은 대강 이러했다.

림부르크 시청에서 전시가 끝나고 9월 초에 있는 베를린 달렘 박물관으로 가는 중간에 쉬고 있던 인형들이 증발된 것이다. 담당자는 여름휴가를 떠나고 림부르크 시청 보관실에서 쉬고 있던 인형들을 낯선 사람들이 데려간 것이다. 그 사람은 다름 아닌 황 박사였다. 그는 보관소 수위에게 박물관 직원 명함을 보여주고 다음 전시 관계로 작품을 인도한다며 인형들을 데리고 갔다 했다. 그 명함을 본 수위는 그가 박사인데다 박물관 직원이며 동양인으로 보기 드물게 유창한 독일말을 구사하여 아무런 의심 없이 인형들을 내주었다는 것이다.

황 박사는 제대로 일을 꾸몄던 것이다. 인형은 황 박사 개인화랑에 있었고 손으로 밀은 초라한 흑백 안내장이 돌려져서 이미 팔리고 있는 중이라 했다. 독일 전시 후 인사차 갔던 그때 쉬쉬 했던 이유를 그제야 할 것 같았다. 토마스는 레히너에게 영희가 큰 충격을 받을 것이니 천천히 그 소식을 전하라 부탁했단다. 그래서 레히너는 그 경황 중에도 농담을 했단다. "그 청년이 영희를 사랑한다"고.

나는 레히너의 전송을 받으며 독일행 비행기를 또 한 달 만에 집어 탔다. 찌는 듯한 서울의 여름과는 달리 뮌헨은 초가을 날씨같이 경쾌한 푸르름을 보이고 있었다. 공항에 나와 있던 토마스는 눈물을 글썽이며 손을 흔들었다. 우리는 사랑의 재확인보다는 인형을 잃어버린 슬픔 때문에 녹초가 되었다. 노천다방에 앉아 그를 바라보고 있는 나에게 그는 자신의 큰 손을 우산처럼 펴 나의 손을 덮어주었다. 우리는 꿈처럼 다시 만났다. 그것은 인형을 잃어버린 근심 속에서도 큰 기쁨이었다.

"왜 예쁜 머리칼을 잘랐어?"

토마스는 나의 물음에 겸연쩍은 듯 자신의 머리를 쓰다듬더니, 경찰이나 변호사를 만나는 데는 단정하게 짧은 머리가 더 낫기 때문이라 했다.

그는 쾰른으로 밤차를 타고 가서 아침에 내려 변호사 사무실에 들르고 경찰에 신고하는 등 분주하고 어려운 시간을 보냈다고 했다. 다행히 그때 그 일을 토마스가 대행할 수 있었던 건 내가 독일에 없는 동안 벌어지는 모든 일(나의 작품전시)은 토마스에게 위임시킨다는 위촉장에 내가 서명을 하고 떠났기 때문이었다. 물론 그 생각은 토마스에게서 나온 것이지만.

그는 위촉장을 들고 림부르크 시청에서 인형 증발 사건을 알아보고 곧바로 경찰과 변호사를 찾아갔다. 그가 황 박사가 운영하는 화랑에 들렀을 때는 이미 인형전 오프닝 파티가 시작되어 술잔이 돌려지고 있었단다. 그리고 인형은 만 원, 2만 원의 가격으로 예약 판매되고 있었다. 토마스가 전시장을 증거로 남기려고 사진을 찍으면 황 박사는 소매를 잡아끌어 밖으로 내쫓고, 밖으로 내쫓기면 토마스는 다시 들어와 전시장 내부를 또 찍고 하여 어렵사리 증거를 남겼다. 그리고 그 사진과 함께 경위서를 작성하여 법적 절차를 밟았다고 했다. 그 실랑이를 벌이며 찍은 전시장 모습 사진이 탁자 위에 놓여 있었다.

그는 또다시 그윽한 눈길로 나를 바라보았다. 그의 선량한 얼굴 위로 나무 그림자가 드리워지고 있었다.

"우리 아이들 잘 있어?"

"……."

"유진, 윤수, 장수 말이야."

그는 거침없이 '우리'라는 단어를 붙여서 나는 어리둥절하기만 했다. 그는 계속 우리 아이들이라 했다. 내가 의아해 하자 "세 아이는 영희 아이이기도 하지만 내 아이이기도 해. 그래서 우리아이들이야. 내가 너를 사랑하니까"라고 설명해 주었다.

투명한 햇살들이 짙푸른 상록수 위에 박히고 푸른 잔디는 아기 담요처럼 부드럽고 포근해 보였다. 주변의 정적들이 새삼스럽고 한없이 평화스러웠다. 나는 정말 토마스를 사랑한다고 느꼈다. 조금도 장난이 아닌, 사랑이라고, 내가 우주 끝을 날아서 그의 곁에 왔다는 사실이 회전목마를 탄 아이처럼 신기하기도 하고 어지럽기도 했다.

우리는 손을 잡고 끝없이 걸었다. 여전히 공원에는 해바라기하는 젊은이들이 느긋하게 누워 있고 강가에는 나체로 누워 있는 남녀들이 마치 에덴동산을 보는 착각에 빠지게 했다. 우리는 킬킬대며 시소를 탔다. 그는 나를 높이 올려놓고 바라보며 "이히 리베 디히"라고 속삭였다. 금지된 장난인 줄 알았던 그와의 만남이, 또 그와의 언약이 확고해지는 것을 느꼈다. 독일을 떠남으로써 해결되는 성인들의 유희가 진실한 매듭으로 이어져 감을 점점 느끼게 되었다.

그는 그 후 자주 말했다. 사랑한다는 말은 평생의 언약이었다고.

나는 건드리기 싫은 아픈 상처처럼 피해 가다 결국 내 인형 사건에 대해 모두 물었다. 변호사를 통해 통지를 보냈는데 8월 말까지 인형을 반환하지 않으면 이 사건은 법정으로 끌고 가야 한다고 했다. 그가 지금 인형을 내놓지 않으면 1년에서 2년이 걸리는 재판이 시작된다고 했다. 나는 눈앞이 캄캄해지는 절망감을 느꼈다. 꿈에 그리던 국제적인 베를린 달렘 박물관의 전시 일정이 9월 초로 정해져 있는데……

"황 박사는 이곳 법을 잘 아는, 독일사람이나 마찬가지야. 2~3년 계속될 소송 같은 것은 안할 거야. 만약에 그가 바보짓을 해서 소송을 한다 해도 3년 동안의 소송비용과 작가가 요구하는 손해 배상액을 다 지불해야 해. 그 돈은 엄청날 거야. 그는 그럴 만한 돈이 없어요. 다 잘 될 거야. 걱정하지 마."

그는 실의에 잠겨 있는 내 등을 다독거리며 힘을 주었다.

나는 토마스의 충고대로 베를린 행 비행기에 올라탔다.

달렘 박물관의 틸러 관장에게 내가 전시 사정을 이야기했더니, 전혀 이해할 수 없다며 서부극에나 나올 법한 이야기라고 의아해 했다. 이 전시회를 추진했고 언론기관에까지 전시계획을 알린 달렘 박물관 측은 난처한 입장에 놓이게 되었다. 9월은 가까워오고 해결책은 안 보이던 어느 날 황 박사가 인형들을 내놓겠다고 했다. 달렘 박물관은 전시 일정 사흘 전에 비행기로 그 인형들을 수송했다. 힘겹게 펼쳐진 전시회는 성황을 이루어 AP통신이 각국에 크게 알리고 베를린 일간지가 격찬을 했다. 전시장에 도착한 토마스는 너무 기뻐 어쩔 줄 몰라 했다. 내가 묵었던 집은 마술사이며 심장 전문의인 쉰스테트 박사 집으로, 한국에도 다녀간 적이 있는 레히너 씨의 지인이었다. 국제적인 마술사이면서 지휘자 카라얀의 주치의이기도 했다. 그는 기뻐하며 고풍스런 그의 아파트에서 큰 파티를 열어주었다.

나는 토마스와 뮌헨으로 돌아오며 행복한 신혼부부처럼 충만한 느낌이었다. 뮌헨에 도착한 후, 그는 나를 데리고 음악회 전시장 등을 돌아다녔고, 산책을 하거나 맥주를 마시며 즐거워했다. 그는 그의 젊은 친구들 앞에 나를 '나의 애인'이라고 서슴없이 소개했다. 그 즐거운 시간 속에서도 나는 그와의 이별을 생각하면 우울해졌다. 슈바빙의 재즈 음악회가 끝나고 어느덧 찬 밤거리의 가을을 느끼며 둘은 말없이 걸었다. 곧 우리는 이별을 해야 했다. 나는 한국으로 나의 아이들 곁으로, 토마스는 짧은 머리가 다시 길어지고 청바지에 젊음을 날리며 대학생활을 시작할 것이다. 우리의 애정행각은 한 점 조그만 점으로 찍히고 그 점도 점점 희미해져가고. 나는 계속 우울한 상상을 하면서 걸었다. 정말 그를 떠나기 싫었다. 토마스는 휘파람을 불더니 말했다.

"영희! 나는 이번 가을이 지나기 전에 너와 결혼하기로 했어"

나는 그의 말을 듣고는 있었으나 얼떨떨해져서 아무 생각도 할 수 없었다. 나는 그 자리에 그대로 주저앉고 말았다. 그의 결혼 신청은 충격적이었다. 그는 분필을 호주머니에서 꺼내더니, 광장 바닥에다 "나는 영희와 결혼한다"라고 크게 썼다. 그리고 영어로, 한국어로, 독일어로, 이렇게 세 나라 말로 청혼했다. 달빛은 미끄럽게 비쳐 그가 쓴 결혼신청 글을 뚜렷이 드러냈다.

그는 무척 즐거워했다. 그는 나의 응답을 듣지 않았다. 그의 계획은 이미 확고했다. 한국으로 떠나기 전 그와 함께한 알프스 등산은 그로서의 결혼을 시험한 행위였다. 배낭을 짊어지고 산을 올랐고 빵조각으로 점심을 때우고 걷고 또 걸었다. 안개 낀 산중턱을 오르면 일찍 찾아온 겨울이 싸락눈까지 뿌렸다.

그와 산을 내려와 스위스 촌락의 작은 은행에 들어갈라치면 달팽이도 뿔을 세우고 아기작아기작 뒤따라 들어갔다. 나는 달팽이가 치이지 않도록 문을 천천히 닫았다. '달팽이야, 너는 돈이 필요 없잖아?' 나는 속으로 물었다. 밖으로 나오니 아침 도로에는 달팽이가 지천으로 놀고 있었다. 우리는 등산화에 밟힐까 봐 이리 깡충 저리 깡충 뛰며 걸었다. 아기자기한 호수를 낀 스위스 촌락들. 가을이 흠뻑 물든 농촌의 손길은 바빴다. 붉은 농가 주변에서 고개를 들어 산정을 보면 눈이 벌써 덮여 흰 모자를 쓰고 있었다. 여름 한철 머물렀던 늙은 양치기는 하산할 준비를 하고 있었다. 우리가 길목에 있는 목동 집에서 하룻밤을 재워줄 것을 부탁하자 선량한 양치기노인은 허락을 하며 막 짜낸 우유까지 데워주었다. 그는 동양 사람을 처음으로 가까이 대한다면서 즐거워했다. 벽난로 불길은 오르고 우리는 아픈 다리를 펴며 양치기 노인의 사랑 이야기를 듣다 잠이 들었다.

토마스는 나를 흔들어 깨워, 건초 말리는 움막 옆의 방으로 데려갔다. 그날 밤 그는 내 귀에 대고 속삭이며 깊은 포옹을 해주었다.

"너는 나의 신붓감으로 합격점을 땄어. 나는, 다리가 튼튼해서 산을 잘 오르는 여자여야만 내 신붓감이라고 생각해왔거든."

그는 흥겨워했다. "독일에서 살려면 다리가 튼튼해야 돼" "다리가 튼튼한 엄마라야 우리 아이들이 행복해"라고 덧붙였다. 나는 그의 말이 기이하게 들렸다. 결혼이라든지 새 독일 생활이라든지 그의 설계가 당치 않다고 생각했지만 마음으로는 나도 모르게 그것들이 실현될 수 있는 것이라고 긍정하는 데 스스로 놀랐다.

알프스 산에서 내려와 취리히 공항에서 그와 마주앉자 나는 서서히 그와의 결혼이 불가능한 현실이라는 것을 깨달아갔다. 깜박 하고 지나간 사랑의 장난임을 나는 다시 깨달았다. 나는 천천히 문장 구사를 해가며 그에게 말했다. "우리의 유럽 여행은 꿈이었어. 나는 너를 우연히 알았고 너에 대해 아는 게 전혀 없어. 나이도 열네 살이나 어리고, 그리고 너는 생활능력이 없는 학생이고……." 나는 잘라 말했다.

"너는 우리의 결혼이 불가능하다고 생각할지 모르지만 나에게 우리 결혼은 절대 가능한 거야. 그리고 우리는 꼭 같이 살아야 돼. 사랑해, 영희."

그는 내 손을 힘껏 잡았다.

"10월 중순이면 나는 너에게 간다. 그리고 우리 아이들을 만나 한 달 살아보고, 우리들이 식구가 될 수 있나 실험할 거야. 그리고 결혼하자."

"안 돼! 오지 마, 한국에는!"

나는 소리쳤다. 그는 나의 입을 조용히 손으로 막았다.

독일사람이 왔다!

김포공항의 승객들 틈에 우뚝 서 있었다. 코흘리개 어릴 적 친구 영옥은 토마스를 마중하러 자신의 차를 끌고 공항에 미리 나와 있었다. 그녀는 조금 흥분한 모습이었다.

"열네 살이나 어린 남자야. 내가 지금 제정신인지 모르겠어."

나의 불안에 그녀는 내 손을 살며시 잡아주며 언니처럼 토닥였다.

"영희야, 우리 그이는 나보다 열네 살 위야. 사람 착하면 나이는 상관없어."

곱게 자란 그녀는 잔잔한 외모와는 달리 인생의 굴곡이 많았다. 그러나 그녀의 가정에 대한 헌신은 참으로 놀라웠다. 그녀는 토마스를 보면 자기 자신을 보는 듯하다고 했다.

"윤수, 유진, 장수! 나는 토마스라는 사람이야. 독일에서 왔어."

그는 아이들에게 손을 내밀었다. 그의 독일말에 멍하게 서 있는 아이들에게 토마스는 또박또박 한국말로 인사를 했다.

"야! 너 독일 형이구나. 그래 나하고 놀자."

윤수와 토마스는 그 자리에서 단박에 친해져서 잘도 놀았다. 말이 냇가이지 악취뿐인 냇가로 메뚜기도 잡으러 가고 사탕도 사러 가고 마냥 즐거워했다. 구박받던 동네 애들이 미국형이라고 으스대고, 거기다 윤수는 한술 더 떠서 말했다.

"우리 미국 있는 아빠 제일 친한 친구야."

토마스가 선물한 롤러스케이트, 미니카 등을 자랑하느라고 법석이었다. 동네 애들은 윤수를 우러러봤다. 키 큰 미국사람, 윤수 아버지는 당당히 미국에 살아 있어 그 친구를 보내고, 그리고 미제 물건도 보낸 것이었다. 미국말을 지껄일 줄 아는(?) 윤수는 더욱 부러운 존재였다. 어느덧 개봉동 아파트 단지에 미국 아저씨를 중심으로 조롱조롱 조무래기들이 웅성거렸다. 윤수는 이제 개선장군이 된 것이었다. 내가 시내에 볼일 보러 가거나 학교 강의를 나가면 토마스는 라면을 끓이고, 아이들에게 독일말을 가르치기도 하고, 청소를 하기도 했다.

나는 김 시인 부인에게 푸념을 늘어놓았다.

"골칫덩이(토마스)가 집에 왔어요."

"영희야. 너는 복도 많다. 골칫덩이가 아니라 복덩인 줄 알아야지. 니 아파트를 내가 사야겠다. 그 터에 복이 붙었나부지."

그녀는 기운차게 농담을 하더니 그 녀석 뭐하느냐고 물었다.

"빨래도 하고, 라면도 끓이고, 애들도 보고."

"네 시어머님 아시니?"

"……."

토마스가 오기로 한 사흘 전에 10년 이상 침식을 같이 한 그분을 속여서 큰 시누이 댁으로 가시게 한 것이다.

"미국에서 손님이 오니 집도 복잡하고, 그리고 어머님 고생도 많으셨으니, 한 달 푹 쉬시고 여행도 좀 하시고 오세요."

용돈을 두둑이 내놓으며 거짓말을 한 나는 그날 밤 내 꼴이 한심해서 한없이 울었다.

김 시인의 부인은 내 우울한 얼굴을 흘긋 보고는 그의 지난날을 들려주며 용기를 주었다.

"야, 너는 복두 많은 줄 알아라. 내가 나이 사십에 과부 돼서 두 놈 데리고 안 해본 것 없어요. 나는 김 시인에게서 신발 한 짝 얻어 신은 것 없었어. 운이 좋아 돈은 모였지만, 외로운 것 누가 달래주냐. 정직한 남자 나타나면 재혼도 생각했다만, 혹 두 개(두 아들) 있다니까 다

도망가요. 개중에는 돈 벌었다 소문나서 오는 놈팽이도 있고, 말 통하는 교수님도 있었는데 잘 나가다가 우리 아들 소리만 하면 소식도 없이 사라져요……."

그녀에게는 솔직하게 얘기를 풀어놓는 화술이 있었다. 도덕과 근면만 따지는 어머니와는 달라 나의 비밀을 대부분 털어놓곤 했다.

"너 그 독일사람 얼마 주고 샀어?"

"……."

"돈 한 푼 투자 안하고 호박이 거저 굴러왔구나. 혹 세 개(아이 셋)도 같이 끼워서 너를 가져간다니?"

그녀의 농담은 끝이 없었다. 나는 아이들을 '혹'이라고 부르는 것이 끔찍하게 싫었다. 서울 생활 몇 년에 싱거운 사람들이 생각도 않고 있던 내 재혼 문제를 화제에 올리곤 했다. 그 화제의 결혼은 늘 '혹 세 개나 돼서……' 식으로 끝맺곤 했다. 그럴 때 나는 늘 생각했다. '당신들이 우리 애들 안 봐서 혹이란 말 함부로 붙이지 얼마나 영리하고 귀여운데요' 하고 속으로 되뇌곤 했다. 천 명 남자하고도 혹 세 개는 바꾸지 않겠다고 내심 뻐기곤 했다. 그런데 그날은 김 시인 부인의 혹 세 개란 말이 꽤 다정하게 들렸다.

토마스는 매일 아침만 되면 우유를 마시다 말고, "오늘 우리 결혼 수속 밟자!" 하며 졸랐다. 결혼식까지는 안하더라도 결혼의 법적 절차는 밟아야겠다고 했다. 나는 이리 핑계 저리 핑계 대고 미루면서 생각에 생각을 거듭하였다.

그러던 중 토마스는 굳게 결심을 한 듯 사흘 내에 결혼 수속 신청을 하지 않으면 다니던 공대에 복학이 어렵다고 했다. 즉 군 입대증명서나 결혼증명서 둘 중 하나를 가져가야만 그 학교에서 안 쫓겨난다는 뜻이었다. 나는 겁이 덜컥 났다. 젊은 남자가 나 때문에 피해를 보다니……. 나는 정신 차릴 새도 없이 그와 함께 허겁지겁 독일 대사관에 들어섰다. 그 당시 일본 대사를 만나러 갈 때도 못 느꼈던 꼴을 독일 대사관 입구에서 보아야 했다.

꼭 닫힌 방탄 유리문, 동그랗게 뚫린 구멍으로 신청서를 내면 수위가 마이크로 이름을 불러 순번을 매겼다. 명령이 떨어진 사람에게는 잠겼던 유리문이 스르륵 열려져 입장 허가를 받았다. 나는 처음 보는 이러한 풍경이 아니꼽기만 했다. 토마스가 결혼 수속 때문에 왔다고 하니까 냉소적인 표정을 짓던 직원들. 아니꼽지만 그 날은 그것으로 끝났다.

그 아니꼽지만 간단한 절차로 되는 줄 알았던 국제결혼 신청은 엄청난 숫자의 서류를 구비해야 되었다. 그 현실이 황망하기만 했다. 죽은 남편 본적지에 가서 본적, 호적 증명서를 떼는 등등 준비 서류를 시일 내에 완비해야 했다.

죽은 남편의 고향에 재혼한다고 증명서 떼러 가는 것이 슬퍼서 조카 경희를 시켰더니 음전한 그녀는 그 뒤치다꺼리를 다 해주었다. 나는 결혼 절차를 밟으면서도 늘 조마조마했다. 길거리에 울긋불긋 쏟아지는 싸구려 스캔들. 남의 사생활들이 바쁜 현실에 왜 그리도 필요한지 마구잡이로 인쇄되는 싸구려 기사들. 모 재벌과 모 스타가 어쨌다는 것이 만천하가 다 알아야 하는 상식인 것처럼 길바닥에 굴러다녔다. 나는 그 개인생활이 큰 기삿거리가 된다는 것이 무서워 떨었다.

나의 결혼설이 알려진다면 재미있는 기삿거리가 되어 거리를 덮을 것

이다. 뻔한 제목들로. '작가 김영희 열네 살 연하의 독일 청년과 결혼.'

나는 공포감에 사로잡혀 밤잠을 설쳤다.

"토마스. 아파트에 있을 땐 방에만 있고, 거리에 다닐 때도 내 손은 절대 잡지 말고, 냉정한 표정으로 2미터쯤 떨어져 걸어라" 등등을 일러주었다.

토마스는 나의 이런 충고에 화가 잔뜩 나서 큰 소리로 항의했다.

"내가 병균이 있는 환자냐?"

"그게 아니고, 내가 싼 화제에 오르면 첫째 친정엄마가 자살하고 시어머님도 병이 나서 돌아가신다."

나는 그를 붙잡고 통사정을 했다. 내 외국어 실력이 서툴기 때문이기도 했지만 토마스는 내가 하는 말의 뜻을 하나도 납득할 수 없어 했다.

"너가 행복해지는데 왜 사람들이 죽어? 도덕이라는 단어가 재혼에 무슨 상관이 있어 자꾸 들먹이는 거야. 신문 기사도 행복한 부부로밖에는 더 이상 어떻게 못 쓸 거야."

그의 말은 그의 사고방식에서 나온 것으로 맞는 말이었다.

2미터를 떨어져서 걷자고 약속했건만 토마스는 내 손을 꽉 움켜잡고 구청 국제결혼과로 들어갔다. 간단히 신청하면 곧 허락하는 도장을 받을 줄 알았다. 그러나 상상을 뒤엎고 구청에는 진짜 미국사람들로 꽉 차 있었다. 외국인과 결혼하는 사람들이 나 혼자인 줄 알았는데 그곳에는 미국사람과 결혼하려는 나 같은 여자들이 껌을 짝짝 씹으면서 히히덕거리며 웅성거리고 있었다. 그 한국 여자들의 모습이라니. 나는 그때까지 살면서도 같은 한국 여자이면서도 완전히 다른 여자들이 있다는 것을 몰랐다. 그때서야 비로소 알게 된 것이다.

붉은 머리는 강아지같이 타서 오그라들고 빨갛게 칠한 손톱도 반쯤은 벗겨지고, 그들은 살찐 몸을 꽉 끼는 고무바지로 더욱 강조하였고 껌은 기술도 좋게 박자까지 맞추어 씹고 있었다. 그들은 미국말을 함부로 지껄여댔고 뭐가 그리도 좋은지 키득거리며 서로의 배를 찌르며 장난을 했다. 껌을 씹으면서 담배도 동시에 피울 수 있는 그녀들의 기술이 희한했다. 나는 소설 속의 기지촌 장면을 그곳에서 목격했다. 나도 꼼짝없이 그 장면 속의 한 인물이었다. 말하자면 다 똑같은 양색시인 셈이었다. 나는 겨우 얻은 기다란 나무 의자에 그와 나란히 앉아 차례를 기다리면서, 그 치욕스런 장소에서 빨리 빠져나가고 싶을 뿐이었다.

국제결혼이라는 것을 그만두고 싶었다. 불더미 위에는 앉아 있어도 이곳에서는 더 못 앉아 있을 것 같았다. 나는 본래 조금만 창피해도 못 견디는 감각적인 성격이라 참을 수 없는 부끄러움과 굴욕감 때문에 흑흑 울고 말았다. 어쩌다 이렇게 됐을까 하고…….

눈치 빠른 토마스는 내 두 손을 꼭 잡으며 참아야 한다고 했다. 내 불안을 눈치 챘는지 젊은 청년 하나가 다가와 자기가 대신해서 서류를 처리해 줄 테니 뒤쪽 구내식당에서 기다리라 했다.

우리는 그에게 서류를 건네주고 구청 구내식당에 가서 맹물 같은 커피 두 잔을 앞에 놓고 멍하니 기다렸다.

얼마 후 젊은 남자는 신청 서류를 얻어와 구비서류 난에 오만 가지 사항을 적어 가지고 다시 나갔다.

그 청년이 완비해온 결혼 신청서.

나는 나의 창피함을 대신해준 수고로 그에게 사례금을 주었다.

우리는 드디어 결혼을 했다. 청명한 날, 가을이 꽤 깊어 덕수궁에 노란 잎들이 수북수북 떨어져 쌓였다.

서울 시청 문이 열리자마자 들어가는 두 사람의 결혼 보증인을 세우고 법적인 절차를 밟아 결혼을 했다. 뒷줄에는 미군 병사와 한국 여자가 기다리고 있었다.

그때 결혼 보증인이 되어준 사람은 지영선과 김진숙이었다.

몰래몰래, 빨리빨리 결혼을 해치운 것이다. 국제결혼과 담당 시청 직원이 유창한 영어로 친절히 응해주며 평생 행복하라는 축하의 말도 덧붙였다.

그래서 1981년 10월, 나는 토마스의 아내가 된 것이다.

오라비가 상경해서 나를 불러냈다. 호텔 커피숍에 마주앉자 나는 내 결혼을 알렸다. 오라비는 무척 놀라며 손에 들었던 담배까지 떨어뜨렸다. 토마스가 복학하는 데 결혼증명서가 꼭 필요해 그 결혼을 했다니까, 오라비는 좀처럼 내지 않던 화까지 버럭 냈다.

"그놈이 무슨 개뼈다귄 줄 알고 그렇게 빨리 중대사를 결정했니? 또 그놈 사정이야 어떻든, 결혼증명서 필요해서 너한테 올 필요는 없잖아."

그는 연방 담배를 태웠다.

"아무도 모르는 결혼이니 물러도 된다. 종이 한 장 버린 셈 쳐라."

그는 이 말을 남기고 혼자 일어나 가버렸다.

두 번째로 나의 결혼을 물르라는 사람이 우리 집에 찾아왔다. 다름 아닌 레히너 씨였다.

그는 아이들에게 과자를 나누어주고 밖에서 좀 놀다오라고 이른 후 심각한 표정으로 토마스 앞에 앉았다. 레히너 박사는 우리의 결혼 소식을 독일 대사관에서 전해 듣고 몹시 놀랐다 했다. 철없는 독일 청년이 자리 잡고 잘 사는 작가 하나를 망가뜨리는 건 아닐까 하는 우려 때문에 그는 심각했다. 레히너 씨는 토마스에게 즉각 이 모험을 그만두라고 설득했다.

"한국은 인정이 많은 나라고 영희는 친척 도움과 친구들 속에 행복한 작가니 이 작가를 독일로 데려가지 말라"고 간곡히 설득했다.

논리적이고 이념적인 독일 국민성을 누구보다 잘 아는 독일 중년신사 레히너 씨는 오랜 외국생활과 숱한 경험을 한 연장자로서 진지하게 충고했다. 곧 이혼하라는 얘기였다.

결혼한 지 일주일 만에 이혼하라는 말을 두 번이나 들은 셈이었다.

두 번의 이혼 권유에 대해 토마스는 잘라 말했다.

"나는 토마스라는 사람으로 누구의 경험담에 의지하기보다 내 인생은 나 스스로 설계하고 싶다. 나는 영희를 행복하게 해줄 자신이 있다."

귀국할 날짜를 받아놓은 토마스는 결혼도 했으니 장모님을 뵙고 가야겠다고 우겨댔다. 천대받은 결혼식까진 괜찮지만 그는 당연히 처갓집을 찾아야 한다고 생각했고 인사도 드리고 싶어했다.

'초상날을 받으려고 저러나.'

나는 속으로 초조해 하며 그에게 친정 방문은 다음으로 미루자고 달랬다. 본시 고집이 센 그였다. 한 번 자신이 결정한 일은 번복하는 법이 없어서 지금까지도 싸움의 원인이 되고 있으니까.

그때 노모는 뭔가 집안에 양 냄새가 나는 것을 느끼셨단다. 자존심과 부지런함으로 평생을 줏대 있게 사신 분이었다. 그의 자존심에는 유교의 도덕성도 포함되어 있었다. 그때 여든을 바라본 그분의 심정에 내가 모진 찬바람을 일으킨 것이다.

평상시 천하게 여기던 순자네 집 앞도 어머니는 이제 다시 못 지나가게 된 것이었다. 같은 동네 순자가 미군과 결혼해서 미국 갈 수속을 밟고 있을 무렵, 그녀의 어머니는 미국 유학이란 말을 들먹이며 뻐기는 듯한 태도였다.

"미국 유학이란 말을 아무 데나 잘도 붙이지. 양색시가 된 딸을 가지고 쯧쯧 부끄러워서 자살이라도 할 지경인데, 딸 키워서 저 꼬라지 보려고……."

어머니는 이렇게 중얼거리셨다. 어머니 생전에 험한 꼴을 많이 보셨지만 가문에 수치 될 일은 없었다고 안심하셨었다. 김 씨 가문의 딸 둘이 평범한 한국 남자와 결혼한 지 오래이기 때문이었다.

나는 그때 어머니가 도덕관까지 들먹이며 순자네 집을 못마땅해 할 때 뭐라고 대답했던가.

"순자가 행복하면 돼요. 그 애를 내가 잠깐 가르쳤잖아요. 그 애가 퇴학당할 때 나는 그 아이가 더 험한 길로 빠지는 줄 알았는데, 그래도 결혼까지 한다니 다행이에요."

내가 순자를 만난 것은 제천읍 중학교 미술선생으로 있을 때였다. 그때 공교롭게도 순자가 내 작문 반에서 눈에 띈 것이다. 조그만 읍 중학교의 미술선생은 그때 상시 허드레 과목 선생이라는 이름이 붙어 있었다. 주당 스물네 시간 수업을 채울 수 없어 허드레 노동자처럼 나머지 빈 과목을 채워야 했다. 나는 전교 반에 다 한 번씩 얼굴을 내밀어도 그 법정 수업을 채울 수 없었다. 그렇다고 학교 측도 선생을 놀릴 수 없어 고문, 작문, 도덕 등 잔 과목을 하나는 맡게 했다.

그중에 고른 과목이 작문이었다. 도덕은 내가 도덕적인 여자가 못 되어 못 맡았고, 고문은 선생 자신이 공부를 꽤 해야 되었다. 그저 적당히 넘어갈 수 있는 것이 작문이었다. 그래도 나는 밤늦게까지 작문법을 독학해서 대강이나마 학생들 앞에 권위를 세우고 싶었다. 나는 수업 계획안을 작성하고 시작법까지 독학해서 꼼꼼히 가르치고 싶었다. 그런데 한 달이 지나자 바닥이 나는 느낌이었다. 전공도 아닌 과목의 수업을 이어나갈 실력이 없었다. 내가 그 고민을 동료 선생에게 털어 놓자 "김 선생 순진도 하슈. 제일 편한 과목인 줄도 모르고……. 작문 쓰라 일러놓고 김 선생은 슬슬 교단 앞을 왔다 갔다 하며 노는 거야요, 미술 과목이라는 것도 그렇지. 꽃 그려라, 사람 그려라, 손 그려라 일러놓고 놀면 되지. 김 선생은 복도 많지. 그 좋은 전공을 택했으니……" 동료들의 농담에 나는 어이가 없었지만 사실 선생 노릇을 몇 달 하는 동안 내게도 요령이 생기고 있었다.

그때 봄이 뭉글뭉글 피고 있었다. 복사꽃이 온 천지를 덮고 아지랑이인지 안개인지 모를 봄의 그 아스므레한 습기가 땅 위에서, 늪가에서, 두엄 주변에서 피어오르는 계절이었다. 나는 그때 대학 때 시작한 첫사랑을 심하게 앓고 있어서 그 봄의 습기에 가슴이 저렸다. 그 첫사랑은 대학 졸업 후에도 결말이 나지 않은 채 나는 시골 중학교 교단에 섰던 것이다. 그때 나는 보송보송 피어나는 소녀들에게 작문을 하라고 일렀다. 제목은 '봄' 이었다. 아이들은 그 헤엄칠 수도 없는 봄이란 제목에 어리둥절해 했다. "봄이 어쨌다는 거야." 어느 아이가 속삭였다.

나는 봄이란 제목에 설명을 붙여야 했다. 그림에도 색깔이 있듯이 글에도 색깔이 있어야 한다고, 이제 주변에 사람 미치게 만드는 복사꽃이 어우러져 퍼지면 너희들도 감동이 좀 있을 테니, 그 색깔을 글로 써 보라 했다. 꼭 그 색깔은 사물에서만 오는 게 아니고 사랑이라는 마음 속의 색깔에서도 찾을 수 있다고 했다. 아이들은 사랑이란 말에 킥킥 웃어댔다.

작문 시간에 선생이 빙빙 노는 것까지는 좋은데 작문 채점까지는 그렇지가 않았다. 읽고 또 읽고, 참으로 그것은 중노동이었다. 남의 글을 읽는다는 것은 남의 말을 듣는 것보다 더 어려울 때가 있다. 말에는 표정과 음성이 있는데 글에서 표정을 찾기란 힘들기 때문이다. 그 중노동 속에 나는 쾅 가슴을 치는 글 한 편을 읽었다.

제목은 '봄사랑'이었다. 애절하고 가슴 아픈 사랑의 노래가 내 가슴을 울렸다. 그 말이 내 말인 것 같았다. 그 아이 이름을 다시 보니 순자였다. '천재다' 하는 감동이 일었다. 문장 구사법도 자연스럽지만 감정의 표출이 보통이 아니었다. 그 다음 수업시간에 순자를 찾아냈다. 뛰어난 미모의 아이였다. '빨간 장미다' 하고 속으로 감탄했다. 나는 그 아이의 글을 반 아이들 전체에게 읽어주며 칭찬했다. 특히 봄 빛깔과 사랑을 연결시킨 상상력을 칭찬했다. 하지만 나의 열띤 칭찬과는 달리 애들은 빈정거리는 표정인데다 킥킥거리며 웃어서 수업 분위기를 어지럽혔다.

그 얼마 후 순자는 훈육주임 선생의 어망에 걸려 교무회의 도마 위에 있는 고기였다. 책가방 조사를 하였는데 순자의 소지품 가운데 가공할 만한 것이 나왔다는 것이었다. 음란소설과 피임약이 발견되었다고 했다. 자유를 외치고 정신의 유토피아를 외치고 반 고흐의 생애와 마티스의 따뜻함을 외치던 대학 캠퍼스의 인간사랑은 이 중학교 교무실에서는 아무 상관이 없었다. 아이들이 체육시간에 교실을 비우면 훈육교사들이 도덕을 빙자해서 소녀들의 꿈이 담긴 책가방을 뒤지는 일이 비일비재하였다. 나는 어린 소녀를 재판하는 한 사람으로 앉아 있어야 했다. 훈육주임은 질서정연하고 논리 있는 연설을 한 뒤 퇴학으로 순자를 몰고 갔다. 물론 그의 책상에는 증거물이 놓여 있었고, 그 결정은 여러 선생님들의 투표로 가부를 결정했다. "안돼요!" 나는 소리쳤다. 흥분을 해서 잘 안 나오는 말을 그날 해버린 것이다. 남녀의 성관계는 원초적이다, 두 남녀의 사랑이 비밀에 부쳐져 사회에 해독이 없었는데, 공연히 책가방을 뒤져서 일을 벌였다고 나는 훈육주임을 비난하는 투의 말을 해버렸다. 나는 그 어린 소녀가 퇴학을 당하면 갈 데라곤 한 곳도 없는 불운의 소녀가 될 거라고 덧붙였다.

나는 다시 강조했다. 어린 소녀들의 꿈을 담은 책가방을 훈육이라는 이름 아래 빼앗아버리는 행위는 비인간적이라고 외쳤다.

결국 순자는 퇴학을 당했고 나는 훈육주임과 원수가 되어 그 후로 학교생활을 원만하게 하지 못했다. 동네 골목길에서 본 순자는 코흘리개 아이로 기억되었는데 그 아이가 어느새 자라서 성숙한 소녀가 되어 필치 있는 작문을 썼던 것이다. 나는 그때 그 아이가 소설가가 될 거라는 기대를 했다. 그 후로 그녀의 소문을 간간히 들었다. 양색시가 되어 미제 물건을 어머니에게 듬뿍 가져다주는 효녀(?)가 되었으며, 집에 올 때마다 같이 오는 미군이 바뀐다는 것이었다. 나는 그 무렵 결혼을 해 아기를 낳은 어머니가 되어 있었다. 그때 순자가 정식 절차를 밟고 미국으로 떠난다는 소식에 나는 진심으로 기뻐했다. 여류 소설가는 못되었지만 예쁜 아이니까 미국에 가서 잘 살리라고 확신했다.

딸 가진 어머니는 함부로 남의 말을 못한다더니, 그 순자가 미국서 근사한 아파트에 사는 사진을 보내오고 소문도 점점 긍정적으로 되어갈 무렵, 꿈에도 생각 안 했던 뼈대 있는 김 씨 집 막내딸이 과부가 되고 몇 년 후에는 양코배기와 재혼한다니, 그 사건은 엄청난 현실로 친정식구들을 괴롭혔다.

"내가 일찍 죽었어야 저 꼴 안 보는 건데……."

어머니는 수치와 슬픔에 자리를 깔고 누우셨다 했다. 다행히 이웃과 친척들은 아무도 몰랐다. 나는 그런 상황 속에서 오라비에게 통사정하는 전화를 했다.

"오빠 나 좀 살려줘. 마지막 부탁이야. 내가 독일로 떠나면 오빠 괴롭힐 일이 뭐가 있수. 토마스가 어머님 뵙고 싶어하니 허락해 줘. 이대로 독일 가면 언제고 토마스가 날 구박할 거예요. 그가 우리나라 도덕을 이해하기는 어려워요. 문전에서 내쫓더라도 토마스는 친정 문 앞까지는 가봐야 돼!"

나는 있는 힘을 다해 전화에 대고 호소했다. 그리고 덧붙였다.

"토마스 집은 개뼈다귀 집이 아니야. 고풍한 가문에서 태어났어요. 그 집에도 가보고 외가의 자동차회사에도 가봐서 난 사람 됨됨이를 안단 말야. 너무 양코가 높다고 사람까지 짐승 취급하지 마."

조카 경희의 영어선생이라고 연극을 꾸며 경희와 토마스는 친정으로 떠났다. 토마스는 독일에서 준비해온 술과 기독교 신자인 둘째 오빠에게 주려고 가죽 표지의 독일어 성서를 챙겨 고속버스에 올랐다.

"어머님 경희가 잠깐 다니러 온답니다. 미국 영어선생도 따라온다
해서 허락했어요."

오라비의 말에 "영어선생이든지 나발이든지 어쨌든 양코배기가 오
면 나는 냄새 나서 같이 못 있는다" 하며 눈치 빠른 어머니는 퉁명스럽
게 대답하시고 농장으로 떠나버리셨다. 농장으로 떠나신 어머니는 가
랑비 온다는 이유를 삼아 다시 집으로 오셔서 옆 눈으로 토마스를 살
짝 보시더란다. 그러면서 폭우가 내리면 버스길이 막혀서 농장에 갇히
게 될까 봐 오셨다는 변명을 올케에게 계속 하셨다 했다.

옆 눈으로 토마스를 관찰하다 들켜 돌아서시는 어머니를 토마스는
꽉 안아서 얼굴을 바싹 갖다 대고 인사를 했다 한다. "제가 토마스입니
다. 잘 보십시오." 물론 그는 한국말을 했다.

"떠나거라."

오빠가 밤중에 전화로 한 말이었다.

토마스는 떠나고 윤수는 개봉동에서 초라해진 아이가 되어버렸다. 공
항에서 윤수는 철철 울었다. 독일 형과 헤어지기 싫어 울고 또 울었다.
영옥이와 나는 그런 윤수가 의아하기만 했다. 저렇게 빨리 정이 들 수 있
을까 하고. 토마스는 윤수를 달래며 그의 귀에 대고 속삭였다. 크리스마
스에는 온 가족이 크리스마스트리 만들며 보내자고. 물론 독일에서.

윤수는 독일 형을 앞에 내세우면서 한동안 동네에서 얼마나 으스대
며 지냈던가.

"우리는 미제 깡통만 먹는다. 라면 같은 건 안 먹어. 저 미국 아저씨

가 다 가져오거든. 그리고 우리 미국 아저씨가 그러는데 우리 아빠는 미국 병원에서 미제 약 먹고 병이 다 나아서 큰 집도 사고 차도 두 대 사고 별거 별거 다 해놓았대. 우리 아빠는 한국에 안 온단다. 한국이 시시해서. 그래서 우리 아빠가 비행기로 우리를 초청한대. 우리는 비행기 타고 미국 가서 자가용만 굴리고 살 거야."

맨 아래층에 자리 잡은 우리 아파트 베란다에서 윤수가 떠드는 소리가 허허롭게 들렸다. 윤수는 그동안 아빠가 없어서 맺힌 슬픔들을 그런 식으로 으스대며 풀려 했다. 동네 조무래기들은 윤수의 뻐기는 말들을 잠자코 들어주었다. 토마스가 떠난 후로 윤수는 밖에 나가 놀지 않고 집 안에서 손만 빨았다.

토마스가 남편 자격으로 아내의 가족을 모두 초청하는 초청장이 공증인의 도장이 찍혀서 왔고 나는 독일행 수속을 했다. 아파트를 팔려고 내놓으니 살 사람이 없었다. 아파트 시세가 떨어질 대로 떨어진 시기였다. 아이들 속내의도 싸고, 쓰던 반짇고리도, 책도 꾸리는 한편 여권 수속을 밟으려고 외무부에 드나들면서 나는 분주하게 서둘렀다.

어머니는 내가 이주 준비를 하는 것을 노엽게 생각하여 호령을 내렸다.

"너 살던 땅 떠나는데 그리도 신나느냐. 가려거든 남세스러우니 야밤을 택해 떠나라!"

"어머니, 야밤에 떠나는 비행기가 없습니다."

그런데 여권과에서 독일을 갈 수 없다는 통지가 왔다.

"못 가다니. 토마스가 정식 남편인데 남편 곁으로 아내가 간다는 걸

막는 법이 어디 있다구."

나는 급히 외무부로 달려갔다. 담당 직원이 상세히 설명해 주었다.

"왜 이 서류가 검열에 걸렸나 조사하면서 혹 아주머니가 대학 때 데모를 한 적이 있나 생각하고 엉뚱하게 다른 쪽으로 조사를 했습니다."

"데모한 적 없어요!"

나는 소리쳤다.

그가 들고 있는 내 신청서류에 빨간 도장이 찍혀 있었다.

"그런데 아주머니 성분은 이상 없는데 다시 알아본 결과 '가짜 결혼'이란 판정이 나왔습니다. 처음에 남편 되시는 분이 열네 살 위인 줄 알고 이 서류를 올렸는데 나중에 알고 보니 열네 살 연하라 이 말입니다. 아주머니, 생각해 보십시오. 누가 믿나……. 이런 예가 허다합니다. 미국 젊은 실업자들에게 돈을 주고 하는 국제정략결혼이 연간 300건에 달해서 국위 손상이 이만저만 아닙니다. 어떤 미국 놈팽이는 한국 여자와 10번이나 되는 이혼 경력을 갖고 있습니다. 이제까지 독일은 이런 케이스가 없었는데 첫 케이스입니다."

"우리는 정말 결혼했어요."

나는 초조하게 다시 강조했다.

"아주머니, 가짜 국제결혼은 결혼사진까지 붙여서 신청하는데, 그 결혼이 미국 정부 조사기관에 걸려 다 가짜로 판명됩니다. 이제 한국은 그런 여자들로 국제 망신을 안 당해야 합니다. 아주머니는 겉으로 봐도 가짜 결혼할 분은 아닌 것 같은데, 혼자 사시려니 힘들어서 독일로 이주하려는 생각인 것 저도 짐작합니다. 윗선에서 이것이 가짜로 판명되어서 안 됐습니다만 외국행 포기하셔야겠습니다."

그는 예의를 갖추어 설명했다. 나는 다시 애원했다. 크리스마스 전까지는 도착해야 한다고. 그는 그러면 여러 부처에 다시 돌아가 더 확실한 증빙 서류를 갖춘 뒤 오라고 했다. 나는 이 사정을 토마스에게 국제전화로 알렸다. 그는 말이 안되는 소리라고 몹시 화를 냈다. 너에게는 말이 안되는 소리지만 우리나라 사정으로는 말이 되니 뮌헨에서 둘이 찍은 사진들을 몽땅 속달로 보내달라고 애원했다. 그는 국제 법에 우리 결혼 건을 올리겠다고 단호하게 말했다.

"토마스 제발 그러지 마. 창피한 일 보려구 그러니?"

나는 육하원칙에 따라 토마스와 만난 내력을 관청 구내에서 자세하고 길게 썼고, 뮌헨 시립박물관에서 한복을 입고 토마스와 그의 어머니와 함께 찍은 사진을 '약혼사진'이라고 적어서 제출했다. 토마스가 보내온 독일 변호사의 공증을 받은 결혼 진실서를 첨가해서……

초겨울이 사르륵 내렸다. 하얀 서리가 아파트 단지 내에 은빛으로 깔리고 나는 서울을 떠날 채비를 했다. 김, 미역, 멸치 등을 봉지 봉지 싸서 인천에 사는 사촌언니가 보따리에 넣어주고, 나는 황황히 짐을 꾸렸다. 밤 도망하라는 어머니의 말씀을 어기고 우리는 오후 비행기를 탔다.

시어머니 치맛자락에 엎드려 죽을죄를 지은 며느리를 용서해 달라 마음속으로 빌었다. "애들하고 너 공부 잘해라." 시어머니는 유학 간다고 속인 며느리 말을 의심 없이 믿고 눈시울을 적셨다. 그 잔잔한 모습의 축축한 눈언저리는 독일 생활 10년 동안 내내 내 가슴을 적셨다. 윤수는 자신의 공갈이 사실로 되자 너무 기뻐 껑충껑충 뛰었다. 그는 동경의 나

라인 미국에 가는 일을 상상도 못 해본 것이다. 윤수는 동네 애들을 모아
놓고 쓰던 장난감을 나누어 주면서 다시 한번 으스댔다.

"내일 비행기 타고 미국 간다! 미국 가면 영어로 편지할게."

어머니와 오라비는 우울한 얼굴로 공항에서 아이들과 작별했다.

"오빠 쉬 다니러 올게."

"올 것 없어, 우리나라에도 작가가 많으니 전시회 할 생각 마. 세계
적인 작가라면 몰라도……."

슈넬브 프랑스 문화원장은 과자를 사서 기내에까지 들어와 전송을
했다.

긴 긴 겨울 나그네

두번째 이야기

나는 뮌헨의 여름을 만끽하게 되었다. 한국의 초가을 날씨 같은 바바리아의 여름. 그런 날은 머리를 감고 짜릿한 여름 햇살 속에 머리를 말린다. 눈을 감으면 상념도 감겨져 그저 평화스럽기만 했다. 잔디에 누워 엷은 녹음의 그림자를 즐겼다. 이리 쾌적한 여름인데 게르만 민족은 "덥다, 덥다" 하며 웃통을 벗었다.

_이 몸이 새라면

밤새 눈이 내리면 어느새 사르르 얼어붙어 겨울나무들은 크리스털 같이 반짝반짝 빛났다. 큰 아이 둘을 앞세우고 장수는 썰매에 앉혀서 끌고 토마스는 그레벤젤 초등학교로 향했다. 토마스는 털모자에 달린 방울을 달랑거리며 아이들과 노래를 불렀다. 나는 손을 호호 불며 그 뒤를 따라 나섰다. 한국 아이들이 독일 초등학교로 전학을 하러 가는 길이었다. 나의 애들은 길가에서 썰매질을 하고 눈을 던지며 한참을 신나했다. 큰 눈덩이를 굴리던 윤수는 유진에게 물었다.

"독일 선생이 '안녕' 하고 인사하면 나는 뭐라고 하지?"

"'안녕하세요' 인지 '안녕히 계셔요' 란 말인지 구별이나 할 줄 알 어?"

유진이는 톡 쏘아댔다. 유진이는 심각한 표정이었다. 머리가 긴 토마스는 인디언 머리띠까지 매고 떨어진 청바지 차림으로 교장 앞에 앉 았다.

교장은 나에게 영어로 여러 가지를 묻더니 무척 한심하다는 표정을 지었다. 유진이는 한국에서 3학년, 윤수는 2학년 중간에 이곳으로 왔다. 둘 다 1학년 코흘리개 반으로 들어가기로 결정을 보았다. 키가 작은 교장선생님은 하얀 수업 가운을 입고 친절하게 배웅을 하며 수업시간이 되어서 그의 담당인 4학년 반으로 들어갔다. 육중한 휘장, 피아노, 우승메달, 화려한 화분들이 놓여 있는 권위 있는 곳이 교장실인 줄 알았는데 이 학교의 교장실엔 책상 하나만 달랑 놓여 있었다. 그리고 교장이란 직책도 수업을 하지 않고 이미 교사와는 다른, 쳐다볼 수도 없는 감독자인 줄 알았는데 그가 총총히 수업을 하러 들어가는 뒷모습을 보면서 나는 독일 학교로 전학시킨 것에 안심했다.

나는 매일 학교 샀다 오는 애들을 붙잡고 물었다.

"오늘 어땠니?"

"나는 독일말 다 알아듣는데 유진이는 하나도 못 알아들었어" 하고 윤수는 으스댔다.

"아이구 이 녀석아. 반죽 하나는 좋아가지고……. 어쩌 며칠 되지도 않았는데 독일말을 다 알아들어."

나의 말에 윤수는 히히 웃었다. 유진이는 새초롬한 표정으로 학교에 갔다 오면 "엄마!" 하고 부르곤 금세 눈에 눈물이 가득 고였다.

"엄마, 우리 언제까지 여기서 살아야 돼?"

노르끄레한 얼굴에 검고 큰 눈망울을 굴리며 물었다. 독일말을 한마디도 못 알아듣겠다고 했다. 갑자기 나는 머리를 심하게 얻어맞은 기분이었다. 나는 대답을 잃어버렸다. 잃어버린 미래이기에. 에미라는 여자가 영어 몇 마디 주워 지껄이고 연애해서 아이 셋을 무작정 이곳으로 끌고 오다니…….

그래도 나는 매일 아침 유진이의 머리를 남보다 더 예쁘게 땋아주고 리본도 달고 구두도 반짝 윤나게 닦아서 학교에 보냈다. 어떤 날은 학교 간 지 1시간도 못 되어 되돌아왔다. 그날이 공휴일이라는데도 말을 못 알아들어서 빈 운동장만 밟다 왔다고 했다. 수위가 나와서 손짓 발짓 하며 집에 가라고 해서 대강 눈치 채고 왔다는 것이었다.

토마스는 학교에서 돌아오면 아이들 공책 검사를 했다. 애들은 ABC를 칸에 맞추어 그렸다.

유진이는 몸집이 초등학교 1학년 반에서도 제일 작았는데 비해 궁리는 빨래서 외로워했다.

"엄마, 내 옆 짝은 코딱지를 뜯어먹고 있어."

한국에서는 3학년 반에서 숙녀 노릇을 하다가 코흘리개 1학년 반에서 가, 갸, 거, 겨를 배우는 셈이니 그 애는 처량해 했다.

봄이 되자 교장은 우리를 호출했다. 몇 달 만이었다. 아이들을 2학년으로 올려 보내야겠다는 것이었다. 그는 아이들이 쓴 알파벳에 감탄하며 영리한 아이들이라고 칭찬했다. 그는 유진, 윤수의 공책을 여러 번 넘기며 봤다. 그런 식의 뛰어넘기를 석 달씩 해서 유진이는 1년 만에 3학년이 되었다. 말하자면 월반을 한 셈인데 좀 늦은 편이긴 했지만 제자리를 잡은 것이었다. 이제 유진이에게는 말이 통하는 엘리자벳이라는 친구도 생겼고 코딱지 뜯어먹는 코흘리개 1학년과 수업을 받지 않아도 되었다. 유진이는 좋아라 했다. 학교에서는 화제의 동양 아이들이었다. 왜 그렇게 영특하단 소릴 들었을까. 그것은 천사 같은 앞집 프리들 아줌마의 기원이 있었기 때문이리라.

어느 날 윤수가 독일 형을 뭐라고 부를까 토마스에게 물었다.

"토마스라고 불러."

토마스는 말했다. 독일에 처음 도착하던 날 아이들은 시차에도 불구하고 피곤하지도 않은지 아침 일찍 일어나 복도와 층계를 뛰어다니며 좋아했다.

"엄마 어디 있어?"

아이들은 엄마를 찾았다. 내가 토마스와 한 침대에서 자는 걸 본 윤수는 유진이에게 속삭였다.

"엄마는 독일 형과 같이 잔다. 결혼했나 봐."

"너 몰랐니? 나는 비행기 탈 때부터 알았는데."

"그럼 우리 친아버지는 어떻게 돼?"

"우리 아버지는 옛날 옛날에 죽었어."

그들의 대화가 문틈 새로 흘러들어왔다.

"그럼 독일 형은 새 아빠네."

"그런 셈이지."

유진의 말에 "나는 독일 형이 좋아" 하고 윤수가 말했다.

"독일 형이라 그러지 말고 토마스라고 그래. 어떻게 형이 되니?"

그 후 아이들은 "토마스!" "토마스!"라고 부르며 잘도 따라다녔다.

어느 날 현관에 까만 십자가가 그려진 흰 봉투가 떨어져 있는 것을 보았다. 그 봉투 안에도 까만 십자가가 인쇄되어 있었고 몇 줄의 글도 적혀 있었다.

나는 정말 답답한 문맹자였다. 그 의미를 몰라 사전을 찾고 또 찾아

대강 알아낸 결과는 옆집 노인의 죽음이었다. 부음을 알리는 안내장이었던 것이다.

결혼식에는 안 가더라도 초상집에는 가야 한다고 나는 토마스와 함께 그 장례식을 끝까지 지켜봤다. 나는 잘 알지도 못하는 노인의 죽음에 펑펑 눈물을 쏟으며 울었다. 타향살이의 설움과 유진 아빠의 죽음이 되살아나 서러워서. 눈물은 그치지 않았다.

관이 땅속에 묻힐 때 준비한 붉은 장미꽃을 관 위에 던졌다.

검은 정장을 한 문상객들은 차를 마시고 흩어졌다. 얌전하게 검은 모자를 쓴 부인이 내 곁에 와서 조용히 속삭였다. 장례식이 끝나면 당신이 우리 집에 꼭 들르길 바란다고. 그녀는 우리들의 프리들 아줌마였다. 독일 생활 10년 동안 언제나 따뜻했던 우리들의 이웃. 그녀와의 인연은 이렇게 시작되었다.

건축을 전공하는 딸이 아름다운 커피 타임을 마련했다. 꽃과 촛불과 예쁜 냅킨과 갓 구워낸 과자들…….

그녀는 영어와 독일어를 섞어가며 우리를 환영했다.

"불편한 점이 있으면 언제든지 찾아오세요."

나는 그녀의 말이 너무나 반가웠다. 그 얼마 전 혹독한 추위의 겨울에 아이들과 잠시 나갔다가 자동 현관문이 잠겨서 홑옷 신세로 눈 위에서 벌벌 떨었던 기억이 새로웠다. 열쇠를 가진 토마스는 언제쯤 온다는 기약도 없었고 열쇠마저 집안에 있어서 그 오후부터 밤까지 우리는 죽음에 가까울 정도의 추위에 시달렸다. 돈이라도 있으면 찻집에라도 들어가련만 호주머니에는 한 푼의 돈도 만져지질 않았고, 우리는 이웃집의 환히 켜진 불빛을 하염없이 바라보며 점점 얼어오는 몸을 녹이느라 동동거렸다. 어린 장수는 이를 딱딱 부딪치며 떨어 그 앨 업고 골목을 왔다 갔다 했다. 나는 낯선 땅에 완전히 혼자 몸이었다. 이웃집에 초인종을 누르고 사정하고 싶었지만 누군지도 모르는 처지에 어떻게 호소를 하랴. 그때의 두려움이 일상생활에 늘 묻어났다.

나는 이웃 아줌마 프리들에게 자잘한 일상사를 의논하기 시작했다. 우리는 김치를 먹는 한국사람인데 여기에도 어지간히 큰 독이 있느냐, 아이들의 숙제는 어떻게 봐줘야 하느냐, 고등학교 가려면 점수는 얼마까지 따야 되느냐 등등.

반벙어리 독일어를 용케도 잘 알아듣는 유일한 아줌마였다.

어느 날 아침 현관문을 여니 탄탄하고 반질반질 윤이 나는 제법 큰 갈색 독이 놓여 있었다. 불론 그녀가 구해다 놓은 김칫독이었다. 이곳 바바리아의 신맛 나는 양배추를 담는 독이었다. 아이들이 숙제를 이해 못 하면 급히 그녀에게로 달려갔다. 그러면 그녀는 차근차근 숙제를 봐주고 구운 케이크도 먹여서 흠뻑 칭찬까지 해가며 아이들을 돌봐주었다.

윤수, 유진이의 독일어 실력이 놀랍도록 하루하루 늘어가는 것을 마징거 선생님은 침이 마르게 칭찬했다. 자기가 교직생활을 하는 동안 외국 아이들을 꽤 많이 접해봤는데 동양 아이들은 처음이라며 영리한 아이들을 만나서 대단히 기쁘다고 했다. 마징거 선생님은 머나먼 동양의 나라 한국에 대해 알고 싶어했다. 윤수는 부지런히 한국 책을 학교로 들고 갔다간 뺏기곤 했다. 유진이는 마징거 선생님의 권유로 또 월반을 했다. 고등학교와 실업학교 중 한쪽을 택해야 하는 4학년으로 올라가게 된 것이다.

토마스는 그 월반이 너무나 자랑스러워 자신 있게 새 선생님 마이어를 만났다. 허허, 웃는 너털웃음에 사람 좋아 보이는 뚱뚱한 풍채를 가진 사람이었다. 그는 우리에게 악수를 청하며 이렇게 말했다.

"유진이의 월반은 마징거 선생의 과욕에서 이루어진 것이라, 유진이가 어려운 4학년 과목을 따라갈지 나로서는 의문이라"고. 그리고 덧붙여서 독일에 산 지 2년도 안 된 외국 애가 어떻게 어려운 독일어를 이해할지는 자기로서는 상상이 안 간다고 했다. 즉 간단히 말하면 유진이는 실력 미달의 외국 아이라는 소리였다. 마징거 선생님이나 교장 선생님의 견해와는 완전히 상반되는 말이었다.

우리는 기가 푹 죽어 아무 말 없이 집으로 돌아왔다. 그렇다고 책상까지 맡아 놓고 4학년이 된 유진이가 3학년으로 다시 내려갈 수도 없고, 학교의 결정을 따라야 하는데 정작 그 담임은 유진이가 4학년 자격이 없다지 않는가(독일 학제는 실력이 모자라면 매학기 진급을 보류하고 유급제도를 쓴다).

프리들 아줌마에게 이 사정을 떠듬떠듬 독일어로 하소연했더니, 그녀는 유진이가 독일 학교로 온 지 2년도 안돼 4학년으로 올라가는 건 힘든 일이지만 우리 유진이는 특별한 아이니까 꼭 성취할 수 있을 거라고 힘을 주었다. 그녀는 '우리'라는 단어를 유진이 이름 앞에 붙였다. 그리고 그녀는 나에게 다음의 몇 가지 사항을 제의했다. 방과 후 숙제는 물론이고 독일 문법을 차근차근 일곱 달 계획으로 끝내기로 유진이와 함께 노력하는 데 찬성하겠느냐고 물었다. 나는 송구하고 고마워서 그렇게 해달라고 부탁하며 몇 번이나 허리를 굽혀 절했다.

생활이 어려워 과외비도 낼 수 없는 상황에서 이렇게 정성을 들여서 애들을 돌봐주는데 어떻게 내가 절을 하지 않을 수 있었겠는가. 젖이 부족한 에미는 갓난애를 위해 젖동냥을 하는 게 상식이거늘, 사람에게 지식의 젖 줄기를 공급한다는 것이 아닌가. 나는 그녀에게 깊은 존경의 마음을 표시했다.

그녀는 시계와 같이 정확했다. 애들이 공부에 흥미를 갖게 하려고 늘 맛있는 과자를 구워 놓고 수업에 임했다. 오후에 약속한 수업은 어김없이 정확히 진행되었다. 유진이는 몇 달 안가서 정확한 독작문을 쓸 수 있게 되었다(독작문 실력이 없으면 고등학교에 갈 자격을 주지 않는다).

나는 과외 수업료를 낼 수 없고 하여 꽃을 사들고 감사를 표시하러 프리들 아줌마에게 가끔 들렀다. 귀찮지도 않은지 매일 정성껏 공을 들이는 그녀의 수업에서 나는 부처님의 정성을 느꼈다.

프리들 아줌마는 내가 감사의 마음을 표시하면 오히려 자신이 유진이 같은 동양 사람의 영특한 면을 볼 수 있는 기회를 갖게 해준 하나님께 감사한다고 말했다. 유진이는 수업을 받으면서 한 단어도 떨어뜨리는 일 없이 머리에 집어넣는다고 했다. 그녀는 한국인을 존경한다고도 덧붙였다.

유진이의 칠흑 같은 긴 머리칼을 정성들여 솔빗으로 빗겨주며 "공부 잘하거라" 하고 타이르면 "엄마, 마이어 선생님이 나를 미워해" 하며 기죽은 목소리로 속삭였다. 유진이는 어미인 나와는 다르게 눈치채는 데는 타고난 재질이 있었다. 유진이의 말이 맞을지도 몰랐다.

"그럴 리 없어. 좋은 사람 같아 보이던데 너를 왜 미워하겠니?" 하며 유진이를 달래서 학교 정문 앞까지 바래다주고 돌아섰다. 유진이는 날로 표정이 어두워져갔다. 유진이는 담임인 마이어 선생님이 자기를 미워한다는 생각을 떨쳐버리지 못했다. "어떻게 널 미워해?" 나는 혹시나 하고 차근차근 물어보았다.

"저 앞에 앉은 까만 머리칼의 애를 봐라. 독일 온 지 1년 좀 넘은 사이에 벌써 독작문을 하는데 너희 독일 애들은 뭐하느냐고 마이어 선생이 그랬어."

"아이구 유진아 그건 칭찬이지 미워하는 게 아니야."

"나도 처음엔 엄마 말대로 그런 줄 알았어. 그런데 그게 아니야. 어제는 뭐라고 그러는 줄 알아. 독일에는 외국인이 너무 많이 들어와서 독일 고유의 문화가 점점 없어져가고 독일인들이 노력해서 번 돈을 외국인이 먹는다고. 그런 말을 하면서 나를 빤히 쳐다봐. 그리고 오늘은 터키 청소부 아줌마를 나무라면서 외국인은 바닥도 못 닦는 둔한 사람들이라고……. 독일 청소부 같으면 이러질 않는데 그리고 또 나를 쳐다봐."

유진의 말을 들으니 점점 뭔가 석연치 않고 이상한 느낌이 들었다. 나는 토마스를 붙잡고 자초지종을 얘기했다. 그는 사람 좋아 보이는 마이어 선생이 그럴 리가 없다며 오해하는 것 같다고 했다. 그럴지도 모른다고 생각했다. 말 못하는 외국인들이 이곳에서 늘어가는 것은 눈치뿐이고 또 오해를 잘하게 되는 이상한 성격이 형성된다고 하지 않는가?

날이 갈수록 유진이의 우울한 얼굴 위로 짙어지는 슬픔이 거울처럼 비쳐왔다. 그런데 유진이의 눈치가 사실로 정확히 드러나고 있었다.

4월. 부활절이 가까워오자 4학년 학기 총점수를 가지고 고등학교에 들어갈 수 있는가 아니면 실업학교에 들어갈 점수인가를 판정하는 때가 가까워졌다. 우리는 담임에게 가서 유진이가 고등학교에 갈 수 있는지를 진단했다.

"유진이는 똑똑하지만 독일어 점수가 미달이어서 못 갑니다."

그는 웃으며 대답했다.

토마스가 점수를 타진하자 최하 점수(6점, 가에 해당함)가 몇 개나 독일어 과목에 들어 있었다. 그럴 리가 없다고 토마스가 따지자 시험지를 보여주었다. 유진이는 이름만 쓰고 첫줄에만 답안을 썼던 것이다. 그 결과는 물론 최하 점수였다. 당연했다. 나는 집으로 돌아와 유진이에게 물었다. 어떻게 그렇게 최고 점수를 받다가 엉뚱하게 최하 점수를 맞느냐고 하자, 유진이는 눈물을 뚝뚝 흘리며 분해서 독일에서 살기 싫다고 했다.

"엄마, 내가 시험지 답안을 막 쓰고 있는데 외국인 독일어 시간이 됐다고, 특별수업(수요일마다 있는 외국인을 위한 독일어 시간) 선생이 나를 불러내 가잖아. 내가 답안 못 쓰는 건 내 죄가 아닌데 최하점수를 주었어."

토마스는 그제야 뒤늦게 비정상적인 담임의 성격을 감지하고 교장에게 항의해서 시험시간을 유진이가 빠지는 수요일에서 바꿔달라고 했다. 최선을 다했으나 유진이는 독일어 미달 점수를 받아 결국 고등학교에 못 간다는 결과가 나왔다. 그때 마이어 선생은 우리에게 빙그레 웃으며 말했다.

"외국인인 유진이에게 제일 맞는 직업은 내 생각으로 재봉사인 것 같습니다. 그러니 기술학교 쪽으로 가는 게 좋겠네요."

"유진이는 책 읽기를 좋아하고 대학까지 가길 원합니다."

토마스의 대답이 이어 나는 애원했다. 무슨 방법이 없겠느냐고, 그는 없다고 잘라 말했다. 나는 앞이 캄캄해서 층계를 내려올 수도 없이 현기증을 느꼈다.

나는 독일 시어머니에게 전화를 걸었다. 유진이가 고등학교에 합격했을 텐데 독일어 때문에 못했다고. 그녀는 그럴 리가 없다고 펄펄 흥분을 감추지 않으며 분해 했다.

아이들을 이곳까지 끌고 와서 고등학교도 제대로 못 보내다니……. 나는 몇 밤을 뜬 눈으로 새웠다. 토마스가 뮌헨 교육청으로 가서 유진이의 성적표를 보여줬더니 무척 의아해 했다고 했다. 독일에 온 지 2년밖에 안 된 외국 아이 독일어 점수가 3점(미에 해당함)이면 법적으로 보너스 점수를 올려 2점(우)이 되므로 유진이는 우수한 성적이니까(수학, 자연이 최고 점수였다) 고등학교 합격 점수가 된다고 했다. 그래서 교육청 도장이 찍힌 합격 판정서가 초등학교 교장에게로 날아가서 유진이는 고등학교에 가게 되었다. 토마스가 유진이 졸업하는 날 마이어 선생에게 손을 내밀고 악수를 청하자 그는 이렇게 말했다. "유진이는 여섯 달 안에 고등학교에서 떨어집니다. 그때 날 찾아오시오"라고.

여섯 달 후 토마스는 그를 찾아갔다. 고등학교 성적 최고 점수 여섯 과목을 들고……. 이래저래 유진이는 초등학교에서 화제가 된 아이였다.

나는 마이어 선생의 능글거리는 웃음을 뒤통수로 느끼며 속으로 중얼거렸다.

"독일에는 나치가 아직 남아 있다는데, 혹시?"

나는 그제야 비로소 유진이가 "마이어 선생이 나를 미워해" 하던 소리를 납득하고 역시 그 애의 눈치가 맞았구나 생각했다.

고등학교를 골라서 신청해 놓고 나니 그레벤젤에는 녹음(綠陰)이 그득그득 들어차고 있었다.

토마스의 머리는 점점 길어져 어깨까지 흘러내렸다. 애들이 학교에 가고 난 후 집안이 조용해지면 어린애가 되어 졸랐다.

"영희야 내 머리 좀 감겨줄래?"

나는 그의 머리에 비누칠을 해서 기품을 내고 물을 부어 부드러운 머리를 감겨주었다. 우리는 느긋한 충만감을 느꼈다. 유진이의 고등학교 사건으로 심신이 다 지쳐버린 우리들이었다. 외로운 새들처럼 양지쪽에서 서로 간지럼을 부리로 쪼아 가며 털을 털어내고 지냈다.

"토마스. 나는 독일에는 좋은 사람만 있는 줄 알았어. 나는 무서워. 유진이가 가는 고등학교에 또 마이어 같은 사람이 있으면……."

"안 그래, 내가 지난주 루이슨 고등학교 교장을 만났어. 그는 신사고 인간미가 듬뿍 느껴지는 사람이야."

교장 크르츠 박사는 이름 있는 교육자였다. 토마스가 긴 머리와, 찢어진 청바지, 맨발로 크르츠 박사를 방문했을 때 그는 참으로 유쾌하게 웃고 기뻐했다고 한다.

"나는 아이 넷을 가진 아버지입니다"라고 토마스가 자기소개를 하자, 그는 벌떡 일어서며 "나도 자식이 넷이오. 동료를 만났군요!" 하고 손을 덥석 잡았다고 했다. 중년을 훨씬 넘긴 그 박사는 스물다섯 살 청년을 아무 사심 없이 인격으로 대한 것이었다. 크르츠 박사의 진보적인 교육관은 이름이 나 있었고 각종 세미나를 통해 토마스는 그를 무척 좋아했다.

가지 많은 나무에 바람 잘 날 없다더니 바람도 있었고 강풍도 불었고 때로 훈풍이 있기도 했다. 윤수는 명랑한 소년으로 독일을 좋아했고 그의 담임인 히칠 베이커 선생을 존경했다. 그리고 물론 독일 형이라 불렀던 토마스도 잘 따랐다.

밤이면 토마스와 윤수는 피아노를 쳤고……. 토마스가 베토벤 소나타를 치면 본시 시샘이 많은 윤수는 나도 쳐봐야지 하면서 피아노 앞에 매달리듯 앉았다. 윤수는 저녁나절 내내 피아노 앞에 붙어 있게 되었다.

"영희야, 윤수는 피아노에 특별한 재능이 있어."

"그럴까?"

나는 그렇지는 않을 거라고 덧붙였다. 개봉동 피아노 교실에 윤수를 보낸 적이 있었다. 시어머니는 남들 다 피아노를 가르치니, 윤수도 기죽지 않게 한번 시켜보자 했다. 그런데 피아노 치라고 보냈더니 그 앤 가방 들고 양지쪽에서 놀다가 오곤 했다. 그때 피아노 선생님이 시어머니에게 윤수는 가망 없는 애이니 데려가라 했다고 시어머니는 슬퍼했다. 애비가 없으면 뭐든지 악착같기라도 해야 할 텐데, 푸념을 하셨다.

토마스는 윤수를 자전거 뒤에 태우고 피아노를 가르치러 다녔다. 윤수의 솜씨는 날로 늘어갔다.

"윤수는 훌륭한 예술가가 될 거야."

토마스는 내게 말했다.

토마스는 윤수에게 큰 애정과 기대를 쏟고 있었다. 유진와 장수도 각각 바이올린과 첼로를 배워 셋이서 삼중주를 하기도 했다.

입덧이 점점 심해져갔다. 나는 자리에 누워 천장이 빙빙 도는 현기증을 느꼈다. 토마스는 신 귤과 아프리카 과일을 사다 날랐지만 구역질은 멈추지 않았다. '두부찌개 한 번 먹어봤으면……' 그때 내 최고의 소원이었다. 그 당시 뮌헨에서는 라면 한 개 구할 길이 없었다. 전철을 타면 노리끼리한 치즈 냄새가 독일사람에게서 났다. 그 냄새는 그들이 뿌린 향수 냄새와 범벅이 되어 내 입덧을 더 심하게 했다.

아무도 없는 오후.

나는 부엌 바닥에 털썩 주저앉아 '이 무슨 전생에 죄를 지어 이 낯선 땅에서 벌을 받게 되었는가' 한탄하며 하염없이 울었다. 울었다기보다 울어 젖혔다. 그 끝없는 눈물줄기를 타고 입덧이 좀 멎는 듯했다. 말(언어)의 맛을 차단당하고 입맛 또한 끊어져버리고, 우리들의 냄새를 흘려버린 채 한 동양의 동물은 이곳에서 무엇을 하는 걸까, 짙은 회의에 휩싸였다.

나는 생각했다. 냄새만 해도, 새우젓 삭은 냄새가 다르고, 멸치젓 냄새 다르고, 수정과 냄새 다른 것이었다. 그 오만 가지 음식 냄새를 한 구멍도 없이 다 틀어막고 진공상태로 살고 있는 셈이었다. 나는 천형의 땅에 선 여자였다. 내 존재를 잃어버린 슬픔으로, 임신한 배를 쓰다듬으며 나는 또 울었다.

뮌헨의 거리거리마다 깨끗한 창가에 제라늄 꽃이 곱게 진열되어 화려했다. 찻집마다 예쁜 휘장들, 예쁜 촛불을 밝혔고, 색깔 맞는 식탁보를 깔았고……. 어디로 눈을 돌려봐도 바바리아 전체는 잘 정리되어 있었고 나지막한 키로 그들의 아름다움을 자랑하고 있었다. 그 아름다움에는 옛날부터 숨쉬어온 때 묻은 아름다움이 스며 있었다. 동화 같은 바바리아의 풍경이 점점 가공된 사실들처럼만 여겨졌다. 임신 중의 비정상정인 생각이었을까? 모든 것이 내 생동감을 위축시키는 빛깔을 띠고 있었다. 한쪽 손으로만 먹던 짭짤한 한국 음식 대신 어디를 가나 이제는 두 손을 놀려 가며 식사를 해야 했다. 아이들은 식사를 할 때마다 전쟁을 치르는 것 마냥 땀을 흘렸다. 큰 고깃덩이를 한쪽 삼지창으로 누르고 한쪽 손으로 칼을 대고 잘랐다. 그럴 땐 힘이 밀려 고기는 안 잘라지고 접시가 미끄러져 땅에 떨어졌고 결국 박살이 났다. 몇 번 그런 지경을 당하게 되면 독일식 식사에 두려움이 일게 되었다. 저녁 초대만 받으면 나는 벌벌 떨었다. 한국 아이들 셋을 데리고 전쟁터에 나가야 하는 것처럼 식사 초대는 무서웠다. 그러니 맛이라는 것은 아예 느끼지를 못했다. 그들은 식탁에 보기 좋게 흰 식탁보를 깔았다. 그리고 반듯하게 다림질을 했고, 잘 닦은 은수저, 손으로 깎은 유리잔들을 놓았다. 거기에는 밥 먹는 자유라곤 하나 보이지 않았고, 오로지 조심해야만 되는 식탁의 예의만 기다리고 있었다. 식사를 하는 도중에 아이들이 국물 한 방울이라도 흘리면 그것은 총알처럼 내 가슴에 박혔다. 흘린 국물은 흡사 핏자국처럼 흰 식탁보 위에 얼룩졌다.

나는 그때 죄는 어느 때고 받게 된다는 자책감에 사로잡혔다.

대학 시절 연애 상대자를 고를 때는 사랑의 밀어를 나누는 곳이 은

촛대의 불빛이 은은하고 장미꽃이 꽂힌 흰 식탁보의 양식집이어야 한다고 생각했다. 그 무슨 억지스러운 고정관념인지 몰랐다. "곰탕을 먹으러 갈까요?"라고 넌지시 제의하는 남자는 촌놈으로 여기고 딱지를 놓았다. 그 죄를 지금 받는 것이었다.

또 나는 그들의 정리정돈에 질려버리곤 했다. 그들의 한 치도 어긋남이 없는 완벽성에 짙은 외로움을 느꼈다. 어쩌다 그들의 열려진 서랍장을 보기라도 하면 공장에서 새로 나온 속내의를 파는 가게의 진열장처럼 정리해 놓은 것을 볼 수 있었다. 그들의 빨고 다림질하는 습성은 가공할 만한 것이었다. 심지어 행주까지 깨끗이 다려 쌓아 놓았다. 여하튼 독일은 완전히 다른 나라라고 경계하며 외로워했다.

토마스는 나의 임신을 무척 기뻐했다. 나의 임신이라기보다 그의 임신이었으므로 그는 커다란 환희를 느꼈다. 아이의 태동이 시작될 즈음 그는 아이의 소리를 들으려고 배에 귀를 갖다 대곤 했다.

그는 말했다. 아기가 잠자는 아늑한 나라라고. 한 여자에게 임신은 1년간 다른 우주를 만드는 기적을 행하는 일이었다. 태동이 확실히 귀에 전달되면 그의 눈에는 어느새 눈물이 고였고, 그는 먼 나라로 기억을 더듬으며 여행을 떠났다.

"영희, 나는 너희들을 본 기억이 나. 내가 열여섯 살 때 피아노를 치고 있었어. 그때 하얀 종이가 현관에 떨어졌는데 거기엔 아이들 셋이 놀고 있었어. 까만 머리의 아이들. 그 대낮의 환영이 내가 한국 갔을 때 이어졌어. 개봉동 마루에서 피아노를 치며 너를 기다리고 있을 때 종이가 한 장 떨어지고 그때 유진 윤수 장수가 놀고 있었어. 까만 머리의 아이들! 나는 환상이 현실로 된 걸 보고 무척 놀랐어."

그는 독일 국민 모두가 그렇듯이 합리주의자였다. 눈으로 보고, 만지고, 계산해서 답이 나와야 말을 하는 사람이었다. 그가 전공한 컴퓨터 과학과 부전공인 수학도 그 합리주의 원칙을 보고자 함이라고 그는 늘 말해왔다.

그런데 관념의 합리주의자였던 그가 뚜렷한 환상과 사실을 경험하고는 늘 의아해 했다.

"정기적으로 태아 검사를 해야 해요."

의사의 말이었다.

토마스는 나를 데리고 산부인과로 갔다. 내가 다리를 벌리고 검진을 받는 진찰실까지 그는 따라와 서 있어야 했다. 독일 의사의 빠른 말을 내가 이해할 수 없었던 것이다. 의사는 임신한 동양 여자를 진찰하고는 고개를 돌려 토마스에게 자초지종을 이야기했다. 진찰 한 번 하고 고개 돌려 토마스에게 지껄이고, 진찰 한 번 하고 또 고개 돌려 그에게 이야기하고…….

나는 속으로 픽 웃었다.

'이 무슨 희극일꼬…….'

말 못하는 설움은 그뿐이 아니었다. 생활하는 데 필요한 것은 음악과 그림만이 아니었다. 빗자루, 주걱, 쓰레받기 등 필요한 게 오만 가지는 되는 듯했다. 한 번은 마당비를 사러 시장엘 가서 얼마냐고 물었다. 몇만 원이라고 했다. 나는 깜짝 놀라 너무 비싸다고 했더니 그 빗자루의 내력을 얘기해 주었다. 손으로 일일이 만든 것이고 쉬 부서지지 않으니 그 값은 내야 한다고 했다. 안 속이는 사람들이니 비싼 빗자루 한번 산다고 돈을 냈더니, 거슬러주는 돈이 엄청났다. 나는 그의 바바리아 사투리를 못 알아들은 것이었다. 아주 싼값의 빗자루였는데 엄청난 가격으로 잘못 알아들었다. 큰 슈퍼마켓이란 델 가면 정가도 붙어 있었고 돈만 내면 쉽게 살 수 있었지만 독일에는 아직도 작은 가게들이 많이 있었다. 사탕가게, 빵 만들어 파는 100년 된 집들. 꽃집. 옷가게, 정육점 등등이 저마다 전통을 자랑하며 큰 기업에 밀려나지 않고 아직도 사랑을 받으며 운영되고 있었다. 나는 말의 곤욕을 늘 치러야 했다. 시장 가기 전에는 독일어 회화 책을 한참 들여다보고 달달 외워 나갔지만 애들과 도중에 한국말 몇 번 주고받다 보면 다 까먹었고 정작 물건을 못 사고 말았다. 무생채를 만들려고 강판을 사고 싶어 겨우 문장을 익혀 갔지만 가게 앞에 서면 뭘 달랄지 몰라 쩔쩔매고 말았다.

물건 사는 데만 말이 필요한 게 아니었고, 학부형으로서 선생과 상담을 하는 데도 말이 필요하였다. 에미 된 도리로 학교에 성의를 한 번쯤은 보여야 했다. 일주일에 한 번 학부형과 선생의 상담 시간이 있었는데, 문제점에 대해 서로 의견을 나누었다. 물론 우리 애들이 외국 애들이라 문제가 더 많을 텐데 술술 시원하게 그 문제를 표현하지 못하니 죄 지은 가슴을 어찌할 수 없었다. 앞집 프리들 아줌마가 상담에 필요한 질문들을 써준 문장을 달달 외며 학교 정문까지 가서 문을 열고 선생 앞에만 서면 외웠던 독일어 문장들은 하얗게 표백되고 나는 천생 벙어리 학부형으로 선생의 말만 듣다가 오곤 했다.

제일 곤란했던 건 전시회에 관한 신문 인터뷰였다. 반벙어리의 말을 대강 듣고 독일 기자들이 써주어 고맙기는 했지만, 텔레비전, 라디오 생방송은 내게 죽음으로 몰고 가는 듯한 창피함이었다.

스위스의 휴양도시, 라파스빌 호반의 거리에 나는 포스터를 붙였고 전시회도 대성공을 거두어 생계를 유지할 돈이 생겼다. 그때 라디오 인터뷰 요청이 와서 나는 크게 당황했다. 그래서 생각해낸 꾀가 나는 한국말을 하고 토마스는 그 알량한 한국말 실력을 동원해 알아듣고 통역하는 식이었다.

물론 그 의미는 비슷했겠지만 동서남북 방향의 말이었다.

나는 양심의 가책을 느꼈는데 토마스는 그런 나를 위로했다.

"영희야. 라파스빌이란 이 도시에는 한국사람 없으니 괜찮을 거야. 스위스 사람이 독일말만 알아듣고 한국말은 그저 그런가보다 하고 듣는 거야."

입덧과 말의 갈증에 겹쳐서 또 문화의 갈등이 새어나오고 있었다. 어른인 나는 그러려니 참을 수 있었지만 어린 장수는 고통을 느끼곤 했다.

"엄마 애들이 내 눈을 찔러봐. 눈이 이상하게 생겼다고."

"애들이 변소에서 오줌을 나한테 뿌리면서 싸."

그레벤젤 동네에 중국(?) 아이를 처음 본 조무래기들은 신기한 게 아니라 이상하고 싫어서 노란 머리 아이들끼리 모여 기이하게 쳐다보는 것이었다. 아이들은 천사란 말을 하지만, 그 한쪽에는 가히 악마라고도 할 수 있는 잔인성이 원천적으로 있었다. 그것은 미움이나 사랑 이전의 동물적인 욕구인 듯했다. 그 잔인함은 유치원에서 흔히 보였다.

색깔이 다른 동물이 우리 안에 들어오면 모두 쪼아대는 닭들처럼. 장수는 유창하게 그저 독일말을 익혔는데도 유치원 갈 시간만 되면 송아지 끌듯 끌고 가야만 했다.

어린 장수를 유치원에 데려다놓고 돌아서면 답답하게 조이는 가슴이 병이 되어 한밤중에 나를 괴롭혔다.

독일의 이질적인 문화가 곳곳에 침투해서 평상적인 한국 사고에 공포를 주고 있었다. 가령 밤에 자다 깨 적적한 어둠에 잠을 설치기라도 할 때면 달빛에 그리스 석고상처럼 우뚝한 콧날을 한 뚜렷한 프로필의 남자가 옆에 누워 있었다. 나는 흠칫 놀라, 온몸에 알레르기를 일으키곤 했다. 토마스가 나의 남편이라는 것을 깨달을 때까지 과거와 현재의 교차선을 한참 헤매야 했다. 나는 당황한 현실에 심한 죄스러움을 느껴 토마스를 안고 "사랑한다"는 말을 연방 속삭였다.

서른여덟 살까지 살아온 나의 습관들. 말하고 냄새 맡고, 먹고 자고 보는 등등, 태어나서부터 현실적인 것과 추상적인 것을 몽땅 체험한 한국 여자가 기저귀는 안 찼지만 멀쩡히 눈 뜨고 커다란 아기가 되어 새로운 삶을 바라보며 손을 빨고 있었다.

한국문화로 세포조직이 짜인 한국 여자가 확고히 완성된 세포들을 다시 하나하나 교정해야 한다는 것은 무척 아픈 현실이었다. 보통 일들을 어렵게 생각하고 살아야 하니 하루하루가 짐스럽기만 했다. '국자'라는 단어가 학문적인 것도 아닌데, 그걸 몰라 쩔쩔맸다.

"무얼 찾아?" 토마스가 부엌에서 서성거리는 나를 보고 물었다.

"음음, 그거 그거 말이야." 나는 반벙어리처럼 신음을 했다.

국자. 생활 속 작은 단어들을 몰라 내 일상은 괴로웠다. 부부간의 애정은 말에서부터 나온다는데, 말로 천 냥 빚 갚는다는데……. 말의 전달은 그와 나 사이에서 곧바로 되지 않고 망가진 안테나를 통해 듣는 것처럼 깨끗하지가 않았다. 한국 같으면 자다 깨도 한국말이 불쑥 나왔고 꿈에서도 한국말을 했다. 그런데, 어느 공간이고 이제 독일말만 통하는 이상한 나라의 앨리스 신세가 되었다.

언젠가 무서운 꿈에 시달려 한밤중에 소리를 지른 적이 있었다. 가위에 눌린 것이었다. 토마스가 나를 흔들어 깨워 식은땀을 닦아주며 자꾸 물었다. 무슨 꿈을 꾸었냐고. 그런 때는 그 밤중의 현실이 독일인지 한국인지 분간을 못해 매번 당황을 했다. 무쇠 도끼를 들고 따라오는 험악한 남자를 꿈속에서 만났다. 나는 꿈의 내용을 보통으로 지껄일 수도 있으련만 독일어로 말하려고 머리를 독일 문법으로 고쳤지만 도끼라는 단어가 영 떠오르지 않았다. 하는 수 없이 도끼라는 말을 칼이란 단어로 대치해서 이야기했다.

애틋한 사연을 반도 전달 못하고 사는 부부였다. 쫄깃쫄깃한 말의 맛을 못 느끼는 것도 문제였지만 제대로 말이 전달되는지도 의문이었다. 전치사 하나 바뀌면 문장이 전혀 엉뚱해지고 말았다. 가령, "너 불란서 전시회에 가면 호텔은 정했니?" 하고 독일 친구가 물으면 "아니, 나는 독일 대사와 함께 잔다"고 대답해서 토마스는 경악했다.

"너 나 말고 다른 남자와 잔단 말이지?" 하고 토마스는 농담을 했지만 나는 서글픔이 앞섰다. 대사의 사택에서 잔다는 말을 잘못한 것이었다.

친구 집을 방문할 때 신발을 나의 습관대로 벗으면서, 만류하는 친구 글로리아에게 말했다. "너의 집 마루가 너무 더럽기 때문에 내가 신을 벗는 거야." 물론 그 반대의 말이었다. 그래서 나는 본의 아니게 희극배우가 되어서 살고 있었다. 서당 개 3년이라고, 독일말을 한 번도 정식으로 배울 기회가 없이 생활했지만, 이제는 신문도 읽고 대강 알아듣게 된 독일말 때문에 생활이 훨씬 수월해졌다. 그런데, 이제 귀동냥이 늘어 잘 이해하게 된 그들의 말이지만 내 머릿속에 근사한 말들이 입을 통해 나올 땐 유치하고 간단한 독일말로 둔갑하곤 했다. 생생한 장미가 쓰레기로 둔갑한 꼴을 종종 보았다.

점점 그 흔한 모임에도 가지 않고 말의 허상 때문에 차라리 잠이나 자는 게 편하다고 생각해서 집에 머무는 시간이 더 많아졌다.

어느 날 토마스가 전시회를 몇 번 하지 말라디니 독일어학교를 가지 않겠냐고 물었다. 이것저것 다 따져보니 갈 수 없는 실정이었다. 아이들 점심은 누가 해주며 전시회를 서너 번 거절하고 나면 기회가 다시는 안 올 것이고 등등의 이유에서였다. 게다가 본격적인 외국어학교는 하루 종일 매달려 있어야 하기에 어려웠다. 나는 혹이 여럿 달린 주부임을 핑계 대고 주저 앉아버리고 말았다. 그 속에는 내심 하기 싫은 독일어를 배운다는 게 용기가 안 났다.

슬픈 언어의 둔갑, 고상한 한국말을 하던 그 입이 다시 저질 독일어를 말하게 되는 일상, 나는 점점 피곤이 쌓여갔다. 그래서 토마스와 아무것도 아닌 작은 일로 신경질적인 싸움을 벌여 죽고 살고 할 정도로 극에 달하게 되었다. 물론 내편에서 건 싸움이었다. 그는 자연스럽게 독일말을 술술 하고 음식도 조심하지 않고 먹으니 편안할 수밖에.

나의 짜증은 날이 갈수록 늘어서 김치 먹고 나서 양치질하고 창문을 열어 놓고 하는 일들이 이제는 싫어졌다.

"엄마, 된장 끓이는 냄새가 골목 입구에서부터 나."

유진이가 학교에서 돌아오면서 이렇게 얘기하면 나는 빙긋이 웃고 만다. 일상적인 냄새 하나까지도 신경을 써야 되니 나는 사는 것이 꼭 이래야 되나 허무했다.

"너는 너무 신경을 써. 김치라는 음식에 냄새가 있는데 그걸 먹으면서 감추려고 그러니까 네가 피곤한 거야. 냄새 나면 어떻고 안 나면 어때. 좀 만사를 내버려두고 좋은 것만 생각해."

그의 위로지만 밖에 나갔다가 집에 들어서면 퀴퀴한 별난 냄새가 났다. 그 냄새는 나를 위축시켰다. 그렇게 한국 음식을 즐길 줄도 알고 이해도 하는 토마스지만 그의 정리벽과 꼼꼼한 것은 독일사람으로서 예외가 아니었다. 내가 본 독일사람들은 잔 쥐 털 하나 뽑아서 그대로 그 구멍에 끼울 수 있는 사람들이라고 생각했다. 그것은 정확성에서 나온 그들의 습관화된 문화의 일면이지만 그 꼼꼼한 성격이 경이롭다 못해 쩨쩨해서 고개를 돌리게 된다. 긍정적으로 고개를 끄덕이며 그 쩨쩨함을 좋은 면으로 보긴 보지만 숨이 답답해온다.

"엄마, 그러니까 독일제 기계가 빈틈없이 완벽하잖아. 그러니 잘 사는 나라가 된 거야."

우리 애들은 나의 불평에 그렇게 답하곤 했다. 스스로 자기는 게르만 민족에 속한다기보다 토마스 하이멜이라는 한 인간이라고 선언하는 그이지만 행동은 영락없는 독일인이다. 사고의 자유는 무궁무진하다고 치더라도 표출되는 일상사는 꼼꼼 쩨쩨하다 못해 기계를 보는 듯했다. 그의 서재를 보면 문방구 겸 책방을 연상케 한다. 영수증이나 잔

돈 등 오만 가지를 전부 수집하여 종류별로 묶어 책꽂이에 꽂아둔다. 심지어 애들 이 빠진 것까지 모아 놓는다.

그들의 정리벽에 한동안 존경을 보내며 나도 따라하려니 내내 땅과 서랍과 장롱 속만 보고 사는 생활이 되었다. 닮아간다는 것은 슬픈 일이었다. 나는 그림 그리고 요리하는 것을 좋아했다. 그림 한 장 못 그리고 농 정리만 하면 어떡하나 하는 삶의 두려움이 닥쳐왔다. 독일이란 나라에서 혼자 지저분하게 산다는 게 창피하기는 했지만 나의 집을 보는 이들이 몇 명이나 될까?

나는 생활에서도 갈등을 느끼기 시작했다. 그들은 천천히 행복하게 그리고 꾸준히 일했다. 구두 하나 닦는 것도 요리조리 살피고 연구하며 닦는다. 그들의 소시민적인 일상사는 나의 예술에 독약처럼 뿌려지고 있었다.

"나는 예외의 사람이다" 하고 어느 날 혼자 꽥 소리를 질렀다. 한국 여자가 이곳에서 덤으로 사는 인생인데 그들의 정리벽이나 흉내 내려고 왔나. 나는 덤으로 사는 인생을 나의 아이들과 예술이 아닌 다른 것에 한 시간도 낭비하고 싶지 않았다. 누가 억지로 독일에 거주하라고 누른 것도 아닌데 나는 이 땅에서의 삶이 억울하고 분했다. 억울하고 분하면 출세를 하라던 한국의 농담이 퍼뜩 떠올랐다.

나는 점점 그 소시민적 생활권에서 멀어져 갔다. 저만치서 내려다보는 독일의 생활사는 어찌 보면 흥미롭다. 요렇게 하면 저렇게 되고, 조렇게 하면 이렇게 된다는 모든 생활사가 규범에서 나온다. 단 한 가지라도 즉흥적으로 나오는 일들을 거부하고 산다. 그래서 비교적 말이 없고 부지런한 그들임을 볼 수 있다. 나는 지금도 독일사람들의 얼굴 표정을 읽을 수가 없다. 흥분한 사람을 거의 못 본다. 뮌헨거리에서 허둥대고 흥분하는 건 김영희 한 사람뿐인 것 같았다. 세월이 가고 그들의 신비가 벗겨지자 합리적이고 흥분할 줄 모르는 그들의 습관화된 생활의 연극 뒤에 그들의 외로움은 빙산같이 얼어 속병을 앓고 있는 것을 알았다.

외로움에서 시작되는 병들, 그들이 생의 목표로 삼는 자립정신, 모든 일은 자기 하나로 출발해서 자기가 다 책임진다는 사고방식들. 그래서 그들은 불평도 없고 원망도 없다. 잘해도 자기 탓이고 못해도 자기 탓이다. 죽음도 자기 혼자 결정한다. 완벽한 그들이 자살을 한다. 생의 막을 내리는 것도 자기 혼자 결정한다. 식구가 슬프거나 말거나 또 그렇게 교육을 시키는 그들이다.

어찌 보면 엄청나게 좋은 교육이라고 나도 따라가다가 멈춰서 생각해 보니 그도 옳은 것만은 아니었다. 자립정신을 누가 싫어하랴. 인간의 삶의 근원인 애정이 그들에게는 결핍되어 그 문제는 사회 전반에 심각한 요소로 등장하게 되었다. 여기저기 정신치료상담소, 정신병원이 눈에 띈다. 그런 병원은 문전성시를 이룬다. 이혼해도 의사에게 상담하고, 자식이 이상해도 의사에게 상담하고, 그저 이론적인 원리가 보여야 그들은 속 시원했다.

가족문제는 치고 받고 싸우고 반성하고 그러는 중에 가족이란 감정을 느낄 텐데 그들은 예의 바른 가족관계를 유지하길 바란다. 나의 이웃인 똑똑한 젊은 여자는 일곱 살 난 딸애가 예의 없는 행동을 자주 하고 성격이 난폭하다고 의사에게 정신치료를 받고 있었다. 그 어머니가 딸애를 끌고 매일 의사에게 가는 모습을 보면 나는 독일 사회의 한 슬픈 단면을 보는 것 같아 우울했다.

천 번 만 번 기다리는 게 에미라고 시어머님은 말씀하셨다. 내가 아이들과 문제에 부딪칠 때 꼭 한국 시어머니의 말씀만 명심했다. 천 번 만 번 참고 기다리자고. 독일의 유식한 어머니들이 자식을 정신치료하다 미치게 만들어 정신병원에 수용된 이들이 얼마나 많은가. 내 주변에서도 그런 사람이 꽤 있었다. 저 정도 갖고 의사에게 가다니…….

나는 독일 남자와 사는데 나의 문화를 고집하는 싸움이 제일 급한 문제였다. 내가 존재하지 않는 이상이나 교육, 미래는 없는 것 같았다. 아이들이 독일식으로 나에게 도전하면 나는 딱 잘라 말했다.

"미안해. 너희들은 안됐지만 한국 엄마 뱃속에서 태어났으니 한국식 유교 교육에서 제외될 수 없어."

피피거리면서도 아이들은 나의 한국식 교육에 차츰차츰 다가오고 있었다.

"한국 것도 좋은 것 많아!"

어느 날 윤수가 도서관에서 공자를 독일어로 읽고 와서 유교사상 속에서 자란 엄마의 교육을 긍정했다.

"개인적인 사고방식은 너희들의 세계야. 그런데 한국사람 꼴에 한국식 예의도 아름다워."

나는 토마스와 가정교육 문제의 차이로 충돌이 잦았다.

"영희야, 애들을 감상적으로 키우지 마. 지나치게 보호해서 약하게 하지 마. 애정을 갖고 그리고 자유를 그들에게 주어라. 자유 속에서 그들이 자립정신을 배워야 해."

배가 점점 불러 이제 동산만큼 부풀었다. 토마스는 큰 호박이 영글었다고 말했다. 아이들은 어미 곁에 보다 토마스 곁에 있는 시간이 더 많았다. 화내는 법이 없고, 이야기도 잘 해주고, 뭐든지 서두르는 법 없이 아이들에게 시간을 주고, 학교에서 쓰던 독일말을 그와 계속 연장할 수 있는 편함이 있어서다. 토마스는 늘 행복한 사람이었다.

독일 남자가 독일에 사니 불편한 점 없이 행복하겠지. 그의 말을 빌리면 그가 원했던 여자와 결혼했고 또 똑똑한 아이 셋을 한꺼번에 식구로 맞아 더욱 행복하다고 했다. 애들은 행복한 남자에게 늘 모여 놀았다. 지치고 피곤한 엄마는 그저 그런 존재였다. 눈치기 놀이도 하고 등산도 가고 윤수는 아는 게 더 많은 토마스와 바흐나 베토벤에 대해서 이야기하고 서로 낄낄대고 씨름도 하고……. 큰놈 윤수는 항상 토마스 무릎에 앉는 버릇이 생겼다.

"윤수야. 너는 큰형이야. 장수는 아직 어리니까 토마스 무릎에 앉게 해."

나는 장수를 토마스 무릎에 앉히고 돌아서면 어느새 윤수가 장수를 끄집어 내리고 달랑 자기가 앉아 있었다. 우는 아이에게 젖 준다더니 윤수는 원하는 것을 큰소리로 요구했다. "팽이 사줘, 음이 잘나는 새 피아노 사줘, 연을 사줘" 하고 하나부터 열까지 떼를 쓰며 요구했다. 그래서 그가 원하는 것은 점점 그 애 손에 들어가고 있었다. 내성적인 장수는 윤수의 어리광을 멍하니 바라보곤 했다.

이 동네 저 동네에서 쓰던 하얀 아기 속내의를 갖다 줘서 정리하고 있는데 저쪽 방에서 들리는 소리가 유별났다. 집 안은 벌써 독일말로 가득 찼다.

"토마스야, 우리 반 애들은 다 아빠를 가지고 있어. 그래서 나도 아빠를 가져야 되겠어."

윤수는 여는 날과 다르게 천연덕스런 목소리로 토마스에게 말했다.

"……"

"네가 우리 아빠가 되면 어떨까."

"그것 참 좋은 생각이다. 나는 너 같은 영리한 아들을 항상 희망했으니까."

그 방에서 탁 손바닥 치는 소리가 나더니 "햐! 신난다" 소리가 연방 나고 그들은 한바탕 씨름을 했다. 윤수는 머릿속에서 퍼뜩 생각이 나면 금방 현실로 보아야 되는 급한 성격이라 "파파! 파파!"라는 소리가 기운차게 들렸다. 윤수에게 파파라는 이름은 얼마나 그리움을 담은 것이었던가. 동네 애들에게 보여줄 아빠가 없어서 주눅이 몹시 들었던 아이였다. 유진과 장수도 어느덧 "할로 파파"라고 불렀다.

그 후 피아노 선생 로아 씨와 담임 히칠 베이커 선생은 나에게 윤수에 관한 얘기를 했다. 윤수의 화제는 온통 파파에 관한 거라고.

"우리 파파는 기운이 세서 장롱도 힘 안들이고 든다."

"우리 파파는 모든 걸 다 안다. 수학박사(이때 토마스는 학생이었다)여서 수학에 관한 것은 컴퓨터보다 더 빠르다."

"우리 아빠는 피아노도 일등으로 잘 친다."

나는 눈시울이 뜨거웠다. 나는 그들에게 말했다. 윤수에게 오랫동안 아빠가 없어서 이제 뽐내보려고 그런다고. 그런데 그 아들에 그 애비라고 새 아빠가 된 토마스도 박자가 잘 맞았다.

"윤수는 장래가 촉망되는 예술가이고 유진이는 반에서 1점(우리나라에선 수)만 따내고 장수는 침착하고 고급 독일어를 쓰고" 등등 어디가 나 애들 자랑이었다.

처자식 자랑은 팔불출에 들어간다는 우리 옛말이 생각나 좀 겸연쩍기도 했다. 그런데 주변 사람들은 토마스의 자랑에 흐뭇해하며 "의붓자식 자랑하는 것은 하루 종일 들어도 좋습니다"라는 말들을 했다.

이제 우리 식구는 파파, 엄마, 동생, 누나, 형이라고 부르는 보통의 식구가 되었다. 그런데 파파라고 부르고부터 특히 윤수는 버릇이 없고 떼가 보통은 넘게 늘어갔다.

"파파 때문에 이것이 잘못됐어."

잘못된 것은 모두 파파 때문이란다. 그 떼는 토마스를 성가시게 했다.

"애들 좀 혼내라. 저러다 망나니 되겠다" 하고 내가 말하면 "애들이 불평도 하고 부모 앞에 바른 말을 할 줄 알아야 이 사회에서 씩씩하게 헤엄쳐 나간다. 가만 놔둬라"며 오히려 나를 나무랐다.

토마스는 평균치의 가정교육을 원했다. 그는 외출할 때마다 나를 못 믿어 "애들에게 따뜻하게 해줘, 너무 잔소리 마라" 등등 부탁하고 나 갔다. 그의 이론은 맞지만 아이들은 눈치를 보아가며 쉬운 곳에서는 올라타고 머리까지 기어오르는 것을 잘 모르는 토마스였다.

"파파가 그러는데 그렇게 하면 안 된대."

집에서 파파를 핑계로 엄마의 말을 듣지 않았다. 그런 윤수에 비해 유진이는 "파파만 최고인 줄 알아!" 하고 싹 엄마 편을 들어주었다. 유진이는 크면서 여성인 어머니의 존재를 동정하고 아픔도 같이 나누는 친구가 되었다. 집안일도 이제 많아지고 복잡해졌으며 전시회도 자주 열리게 되었다. 1년에 7회 이상 개인전을 열었다. 그것은 우리의 생계 수단이기도 했다.

그런 중에도 나는 뮌헨의 여름을 만끽하게 되었다. 한국의 초가을 날씨 같은 바바리아의 여름. 그런 날은 머리를 감고 짜릿한 여름 햇살 속에 머리를 말린다. 눈을 감으면 상념도 감겨져 그저 평화스럽기만 했다. 잔디에 누워 엷은 녹음의 그림자를 즐겼다. 이리 쾌적한 여름인데 게르만 민족은 "덥다, 덥다"하며 웃통을 벗었다. 일상사에 그리도 꼼꼼한 그들이 햇볕만 나면 만사가 흐물흐물해졌다. 하던 설거지를 물리고 연필을 놓고 모두 모두 밖으로 뛰어나갔다. 심지어 아랫도리까지 벗고 거기에도 햇빛 좀 쐬자고 부끄럼 없이 발랑 누워 있었다. 소시지를 숯불에 굽는 것같이 몸에 기름을 바르고 집 정원에서나 공원에서나 몸을 햇볕에 굽는다. 그들의 완벽성을 보여주는, 즉 집에 있으면서도 긴 손톱에 나일론 긴 양말에 뾰족구두까지 신고 철저히 직장여성처럼 차린 가정주부들까지도 홀랑 벗는다. 온천지가 벗어젖힌다. 나는 눈을 어디다 둘지를 몰랐다. 수영 바지 하나만 달랑 입고 초인종을 누르며 "할로!" 하고 인사하며 악수를 청하면 나는 무척 당황했다. 거의 발가벗은 남자를 대낮에 집으로 들여놓아야 하는지 의심스러워 대강 말해서 문전에서 되돌려 보냈다. 그들의 알몸에 나는 당황을 했기 때문이다. 특히 수영복 입은 그들의 툭 튀어나온 앞부분에 놀라 나는 눈을 어디다 둘 줄 몰랐다.

시내에서 돌아온 토마스가 그의 친구 헤럴드가 3시에 우리 집에 오기로 했는데 왔더냐고 물었다. 나는 그가 왔는데 돌아갔다고 대답했다.

토마스가 이상하다며 물었다.

"왜?"

"그가 발가벗고 와서 집에 안 들여놨어."

"아이구!"

토마스는 그의 손바닥으로 자신의 머리를 냅다 쳐댄다.

"영희야, 어째 그것이 이유가 되니?"

그는 한심하다는 듯 나를 내려다보았다. 삼강오륜까지는 안가더라도 동방예의지국이란 나라에서 자란 여자였다. 윗도리 홀랑 벗고 남의 집을 방문하는 예가 어디 있담.

뮌헨 중심에 있는 영국 공원만 가면 더욱 눈길을 둘 데가 없었다. 실오라기 하나 걸치지 않은 벌거숭이들이 수북이 모여 있다. 찬란한 햇빛 아래 그 나체의 군상들은 꼭 에덴동산을 방불케 했다. 어찌 보면 무척 평화스럽다. 말없이 그들은 책도 보고 하늘도 우러러보며 잠도 잔다. 그 옆에 돌아다니는 푸들이라든지 여러 종류의 개들만 옷을 입었다.

그 느즈막한 여름 오후의 뮌헨 골목은 자신의 그림자만 동행하고 고즈넉하게 비어 있다. 모두 발가벗고 강가로, 호숫가로, 공원으로들 빠져나갔다. 가끔 비키니 입은 동네 날씬한 처녀들이 자전거를 타고 지나가고 온통 빈 거리를 뚜벅뚜벅 걷는 기분은 나의 존재를 확인할 수 있어서 좋다.

햇볕이 바닥에 보석가루처럼 뿌려지고 발가벗지는 않았지만 맨발벗은 발바닥에서 느끼는 따끔한 보도 위의 열기……. 그 열기를 찰싹 느끼며 걷는다. 말이 필요 없었다. 타박타박 한없이 걸으며 골동품 가게나 찻잔 파는 가게, 커피 집 등을 슬슬 돌아본다. 뮌헨의 햇볕은 무척 귀하므로 명주 실타래처럼 아껴가며 살살 감는다. 그 햇볕 조각을 가늘게 모아서 조심스레 타래에 감는다. 폭염 속에 여름을, 고향 한국의 많은 햇볕을 천대한 죄를 이곳에서 받는 듯했다.

어느덧 나도 해가 나면 독일사람 이상으로 훨훨 벗고 거리로 뛰어나가고 싶은 심정이었다. 곰팡이가 몸 구석에까지 끼지 않았나 해서 꼭 햇볕 속에 말리고 싶다. 토마스는 여름에 구두 없이 맨발로 학교 강의도 듣고 노천카페에도 앉고 산책도 하고 장을 보곤 했다. 긴 머리카락, 맨발의 그 자유가 나도 좋아서, 무좀에는 맨발이 최고라는 그의 권유에 맨발로 길을 걷곤 했다. 그래서 그런지 오래 앓던 무좀은 싹 가셨다. 파파를 좋아하는 애들이지만 그 맨발의 토마스를 부끄러워했다.

"창피해서!"

우리 아이들은 맨발의 파파를 길거리에서 우연히 만나면 부끄럽다고 했다. 그 무렵 그레벤젤에 시장 선거가 있었다. 토마스는 그때 녹색당에서 자연보호운동 요원으로 뛰고 있어서 그 당의 후보를 지원하려고 길거리에서 마이크를 대고, 말하자면 선거운동을 하고 있었다. 윤수의 친구 미하엘은 반에서 단짝인데 그의 아빠가 그레벤젤 시장으로 재임 중이었다.

길 건너 몇 미터 거리에 집권당 대표로 시장인 리더 박사가 정장 차림으로 선거운동을 하고, 자연보호를 옹호하는 녹색당에서는 토마스가 긴 머리에 맨발의 청춘에 다 떨어진 청바지 차림으로 한 표를 호소하고 있었다. 그 즈음 윤수는 하굣길에 아빠를 보았단다. 토마스는 선거운동을 하다 말고 반가워서 "할로! 윤수, 윤수!" 하고 얌전한 동양 아이를 큰소리로 불러댔다고 한다. 윤수는 집에 와서 책가방을 집어 던지며 나에게 화를 냈다.

"창피해서……. 파파가 나를 자꾸 부르는데 나는 모른 척하고 지나 가버렸어. 아빠 꼴이 꼭 거지 같더라니까. 구두도 안 신고. 미하엘 아 버지는 영국신사처럼 차렸던데."

윤수는 창피하단 말을 연방했다.

토마스는 여름만 되면 아이들의 양말을 벗기느라 늘 투쟁이었다. 그 러면 아이들은 그 앞에서 벗다가 이내 도로 신었다. 여름에 그들의 벗 는 습관을 이해할 수 있을 것 같기도 하고 아니기도 하고. 그런데 그 맨발의 여름, 가로수 길을 걷는 그 짜릿함은 무엇과도 바꿀 수 없는 쾌 락이었다.

나는 점점 부풀어 오르는 배를 안고 맨발로 토마스와 슈바빙의 거리 를 산책하며 고즈넉한 노천 아이스크림 집에 앉아 찬 크림을 핥곤 했 다. 그리고 탁자 밑에서 그와 나는 발 간지럼 장난을 했다.

누
리
,
누
리
,
봄
누
리

세번째 이야기

봄누리는 무럭무럭 자라고 나는 오줌 기저귀를 빨고 삶아 햇볕에 널고 "누리 누리 봄누리, 오줌
싸개 봄누리" 하고 노래를 불렀다. 아이들은 봄누리를 서로 안아 얼르며 "엄마, 봄누리는 공주님같이 생겼어" 하고 유진이가 아기를
유심히 들여다보며 말했다. 출생 때의 멍도 가시고 우유빛 피부에 그린 듯한 눈이 박혀 있었다. 나는 공주님을 실제로 안은 셈이었다.

_엄마와 놀이

국민학교 때 나는 수없이 공주를 그렸다. 내 짝꿍 영옥이도 그렸고 계자도 그걸 그리곤 했다. 6·25 이후의 황폐한 거리 등굣길에서 우리는 종이에 그린 공주님을 서로 비교하며 바꾸기도 했다. 물론 가위로 잘 오린 것이었다. 풍만한 파티복에 금관을 쓴 공주님들은 가난했던 어린 시절 우리들 마음 속에 깊게 자리를 차지하고 있었다. 특히 뽀얀 흰 도라지꽃처럼 얼굴이 하얀 영옥이는 공주님을 나보다 더 잘 그려서, 나는 영옥이가 커서 공주님이 될 거라고 생각했다. 공주님은 첫째 눈이 옆으로 쭉 째진 보통 우리네 눈이 아니고 눈깔사탕같이 무조건 똥그랗고, 똥그란 눈 위에 속눈썹이 얼레빗처럼 뜨문뜨문 꽂혀 있어야 했다. 그 큰 눈에 비해 입은 꼭 콩알만큼 작고 오만하게 꼭 닫혀 있어야 했다.

허리는 개미허리보다 더 가늘게 형체만 있게 그리고 그 반대로 공주님 옷은 될수록 냅다 부풀려 그려야 했다. 그리고 옷자락에는 수많은 장미꽃을 달아주었다. 전후의 어린 소녀들은 그 공주님을 가슴에 안고 유리조각을 모으러 다녔다. 들판에 널려 있는 깨진 유리조각을 모아 고물상에 넘겨주면 근으로 달아 계산해서 돈으로 받았다. 물들인 엿사탕을 사먹을 수 있는 충분한 돈이었다. 읍사무소도 폭격당했다는 어른들의 허전해 하는 전후의 감정 따위는 우리에겐 없었다. 우리는 풍만한 파티복을 입은 공주님들이니까.

나는 만약 아기를 낳으면 눈이 똥그란 공주님을 낳겠다고 생각했다. 배가 부풀다 못해 펑하고 터질 것같이 팽창되어오는 배를 안고 이리 눕지도 저리 눕지도 못하는 고달픈 잠자리 속에서도 나는 눈이 서늘한 공주님을 생각했다.

산기가 있자 토마스는 나를 데리고 뮌헨의 산부인과 전문병원으로 갔다. 그믐밤을 헤치고 진통이 올 때마다 이만한 아픔이 어디 있으랴, 치통도, 두통도, 이것보다 덜하지 하고 생각하면서 까무러치기도 해서 의사가 산소 호흡을 시키곤 했다.

먼동이 터오르고 있었다. 붉은 해는 창에 걸려 타고 있고, 아이는 탯줄을 끊고 독립된 인간으로 세상에 떨어진 것이었다.

공주님이란다.

토마스가 공주님을 들어 올려 내 얼굴 가까이 보여주었으나 눈이 서늘한 공주님이 아니고 늘 그렇듯이 출생의 고통을 그녀도 겪어서 얼굴에 시퍼런 상처가 있었다. 독일 시아버지가 금장미를 푸짐하게 안고 와서 뺨에 키스를 해주었다. 그로서는 첫 번째 손녀여서 더욱 기뻐했다. 토마스는 아이를 안고 펑펑 울었다.

아기를 낳은 후 먹는 푸짐한 미역국이 열 달의 고달픔을 싹 가져주는 건데, 병원에서 주는 것은 고작 케이크, 국수, 고기 등 당연히 유럽식 식단이었다. 그 유럽식 음식이 침대 옆에 놓일 때마다 나는 이불을 뒤집어 쓰고 울었다. 뜨끈한 뚝배기에 담긴 미역국 때문에, 그리고 늘 산바라지를 하던 친정어머니가 그리워 이불 속에서 찔끔찔끔 울었다.

그가 청개구리 같은 과일을 손에 들고 와서 어디 아프냐고 물었다. 나는 그때 고개를 저으며 미역국 때문에 운다고 했더니 퇴원하면 자신이 미역국을 끓여주겠다고 약속했다. 아이의 출생은 독일 시댁에서는 작은 축제였다. 토마스 부모들은 유진이를 시켜 한국 할머니에게 전화를 걸어 아기가 태어났다는 기쁜 소식을 알리고 한국이름을 하나 지어서 빨리 보내라고 일렀다.

"할머니! 엄마가 아주 예쁜 여자 아기를 낳았어요. 이름을 지어 보내주세요."

유진이는 그리움을 안고 전화를 했단다.

"뭐라고, 남세스러우니 전화 끊어라. 무슨 좋은 소리라꼬 전화했노. 이름이고 뭐고 집어치워라."

외할머니의 무뚝뚝하고 잔인한 말씀에 유진이는 당황했지만 독일 할머니에게는 적당히 얼버무렸단다.

"엄마, 난 한국 외할머니가 싫다."

유진이는 외할머니의 정 없는 전화를 늘 가슴 아파했다.

나는 토마스를 시켜 한국어 사전을 가져오라고 했다. 우리 공주님 이름을 무어라 지을까 무작정 사전을 들추었다. 독일말에 시달리는 동안 우리의 서정 어린 한국말 단어까지 잊어버린 상태였다. 병원에는 프리지어, 튤립, 수선화, 장미, 프리들 아줌마가 보낸 흰 카네이션 꽃

속에 나는 누워 있었다. 창밖에는 벌써 봄기운이 곱게 피어올랐다. 병원 중에서도 산부인과 전문병원은 다른 병원보다 명랑한 분위기여서 좋다. 출생의 축제가 거듭되는 장소이므로…….

나는 토마스가 사랑을 고백할 즈음 매일 들고 오는 꽃다발에 황홀감을 느꼈었다. 아이를 낳고 나는 그때 사랑에 취했던 날을 생각하고 아늑한 행복감을 느꼈다. 조무래기들이 엄마를 보러 왔다. 높은 침대보다 머리통 하나만큼 작은 한국 아이들.

"엄마!"

조무래기 셋은 울먹거렸다. 그들의 손에는 꽃송이가 한 개씩 들려 있고 토마스는 아이 셋을 포근히 감싸고 나를 내려다보았다.

"너희들 어떠니?"

"안네 할머니가 다 잘해줘."

유진이는 염려되는 얼굴로 물었다.

"외할머니가 이름을 안 지어준다는데 우리 새 아기 이름 어쩌지."

아이들은 새 아기의 가느다란 손가락을 만져보고 모두 신기해 했다. 아이들이 떠나간 후 병실에는 정적이 감돌고 아기는 새근새근 자고 있었다. 사방에 꽂혀 있는 움 트는 꽃송이들. 나는 계절의 관현악을 듣는 듯했다. '그래! 봄이다.' 나는 그 아이의 삶이 늘 봄날같기를 바랐다. 나의 사랑 토마스도 봄에 사랑을 고백했고 그 움트는 봄 언덕에 우리 사랑이 영원하길 바랐다.

'봄누리!'

나는 이름을 지었다고 집에다 전화를 했다.

"유진아! 나 애기 이름 지었다."

"뭘로?"

"춘세. 어때?"

"아이 징그러워. 술 먹는 남자 이름 같아."

"풀어보면 봄누리라는 뜻이야."

토마스는 봄누리를 안고 얼르고 엄마 젖을 물려주며 "어디서 젖을 빠는 법을 배웠을까?" 하고 신기해 했다. 젖이 불어 넘쳐 여기저기 침대보 위에 떨어져 얼룩지거나 딱딱하게 굳어버리곤 했다.

아래층에서는 토마스가 미역국을 끓인다고 야단법석이었다. 어린 유진이가 생각나는 대로 토마스에게 일러주면 그는 물을 붓고 소금을 넣고……. 미역 냄새가 위층에까지 진동을 했다. 드디어 미역국이 내 방에 배달됐다. 나는 그 시커먼 국물을 멍하니 바라봤다. 그건 젓국같이 푹 끓인 친정어머니의 미역국이 아니었다. 한 입 넣었더니 찝찔한 때 묻은 천을 씹는 것 같았다. 맹물을 넣고 소금에 미역을 담그고 씻지도 않고 끓여서 모래까지 씹히고…….

그러나 나는 참으로 맛있다며 거듭 감탄하는 표정을 지었다. 토마스는 자기가 끓였노라고 으스댔고, 방은 온통 미역국 냄새로 가득했다. 밖에는 바바리아의 변덕스런 날씨답게 3월의 눈이 포근히 내렸다. 3월이면 봄이런만 독일 날씨는 가끔 망령을 부린다. 그래도 봄누리는 포근히 젖무덤에 묻혀 소록소록 자고 있었다.

봄누리는 무럭무럭 자라고 나는 오줌 기저귀를 빨고 삶아 햇볕에 널고 "누리 누리 봄누리, 오줌싸개 봄누리" 하고 노래를 불렀다. 아이들은 봄누리를 서로 안아 얼르며 "엄마, 봄누리는 공주님같이 생겼어"

하고 유진이가 아기를 유심히 들여다보며 말했다. 출생 때의 멍도 가시고 우유빛 피부에 그린 듯한 눈이 박혀 있었다. 나는 공주님을 실제로 안은 셈이었다. 6·25 전후 가난한 제천읍에서 희망의 공주를 안듯, 작품세계에서도 경제 문제에서도 전망이 확실치 않은 지금 이 상황에 그래도 나는 빛나는 공주를 품에 안은 것이었다.

병원에서 봄누리를 안고 퇴원한 지 얼마 안 돼 산욕이 아직 가시지도 않은 채 나는 뮌헨 근교 유서 깊은 화랑에서 전시회를 가졌다. 700년 된 집으로 한때 쇼팽이 머물고 작곡을 했다는 그 집이 이제는 화랑으로 개조되어 나의 초대전을 열게 된 것이다. 몸이 불편해 서지도 앉지도 못하는 상태라 전시회 개막에 얼굴만 내밀고 집으로 돌아와 식은땀을 흘렸다. 그 전시회는 화랑 가까운 지역인 스타른베르크 호반 동네에서 호평을 얻었다. 비교적 부유층이 거주하는 그 도시에서의 호평은 그들이 구매하는 데까지 발전되었다.

그런데 늙은 화랑 주인은 어찌나 잔소리가 많은지, 게다가 명령까지 하는 것이었다. 금요일엔 중요한 텔레비전 녹화가 있으니 나오라고 해 산욕열이 있어 내가 못 나간다고 말하자 야단까지 쳤다. 게다가 인형 값이 너무 터무니없이 비싸다는 등 나를 편치 못하게 만드는 여자였다. 나는 "노(아니오)"라는 대답을 할 수밖에 없었다. 그랬더니 거만하게 무명인 너를 출세시켜 주는데 감사하지도 않느냐고 말하는 것이었다. 만약 네가 그렇게 약속을 안 지킨다면 전시기간을 단축시키겠다고 으름장을 놓았다. 나는 그 말 때문에 뜬눈으로 밤을 새웠고 그 아니꼬움을 참아내지 못해 토마스를 시켜 동이 트는 대로 달려가 전시된 그림과 인형들을 전부 철수해왔다. 그러자 그녀는 전시회 약속이 되어 있는데 웬일이냐며 그 오만함은 어디 가고 싹싹 빌기 시작했다.

"당신의 입에서 나온 그 오만한 말을 듣고 고개 숙일 사람은 없다. 이미 감정이 상했기 때문에 전시회는 무효다."

나는 단호히 영어로 준비해간 말을 전하고 그곳을 떠났다. 독일 박물관과 네덜란드 정부 초청 네 군데 전시 이후 개인화랑에서는 처음으로 한 전시회였다. 나는 지금까지도 비위 거슬리는 말을 들으면 온몸에 알레르기성 질환이 일어나며, 교만한 사람과는 천금을 준다해도 일을 할 수 없는 고칠 수 없는 성격을 갖고 있다. 우리들의 경제적 위기를 돌파할 수 있는 전시회였는데 더러워도 꾹 참고 그 전시기간 동안만 눈 감고 있을 것을 후회도 했다. 이미 엎지른 물이었다. 독일에서 처음 있는 경험이라 공포가 차츰 밀려왔다. 이 일로 화랑가에 소문은 안 났는지, 다음 전시회 교섭이 오는지……. 산후의 정신불안과 겹쳐 이 일로 불면증에 시달렸다.

그런데 구매자들은 화랑이 문을 닫자 내게로 찾아왔다. 자기앞수표를 내고, 혹은 큰돈을 내고 인형들을 안고 떠났다. 윤수가 잉잉 울기 시작하더니 유진이도 훌쩍거리며 따라 울고, 철모르는 꼬마 장수도 칭얼댔다. 발그레한 팽이 치던 놈들이 팔려가니 윤수는 무언가 심사가 뒤틀리는지 울어버렸다.

토마스는 학생 신분으로 생전 처음 만져보는 큰 액수의 돈을 밤 새워 들여다보고 만지작거렸다. 우리는 경제적 위기를 잠깐 동안 타개한 셈이었다. 이 인형 판 돈이 떨어지면 다음에 또 뭘로 살지……. 돈을 쥐고 나니 다음 걱정이 앞섰다. 어느 화랑과 손 닿은 데도 없고 연줄이라곤 쥐뿔도 없었다. 이곳에서 대학이라도 나왔으면 동창에, 교수에, 연줄을 걸고 그래도 호소를 할 텐데. 소도 비빌 언덕이 있어야 된다는 데 더군다나 한국에서 갓 건너온 중늙은 소니 더욱 비빌 언덕이 없는 셈이었다. 토마스는 전시 요청을 해보려고 작품 사진들을 들고 여기저기 찾아가 보았으나 딱지를 맞고 처량하게 돌아왔다.

아이에게 젖을 물리면 퉁퉁 부은 젖멍울이 쑥 빠져나가는 듯한 짜릿한 충만감과 동시에 밀려오는 졸음이 불면증 속에 찾아오는 반가운 손님이었다. 오후에 아이를 끼고 턱을 괴고 졸고 있는 어머니야말로 상팔자 중에 상팔자가 아니랴. 나는 늘 생각했다. 어미가 아기를 갖게 되면 한 2년 간 젖 빨리는 피곤한 행복감을 어디다 견줄 수 있으랴. 젖이 툭툭 떨어지면 아기도 동시에 울어댄다. 젖이 울면 아기도 우는 것이었다. 그 육체적인 교감이 탯줄이 떨어지고도 계속되는 것이었다. 내 침실은 젖 냄새, 아기 냄새 고리타분한 냄새로 가득했다.

다른 이웃 독일 엄마들은 아기 방을 동화 속 궁전처럼 꾸며 놓곤 했다. 천정에는 큰 새가 날아가고 하얀 침대는 아기가 떨어질까 봐 창살로 막아 놓고, 흰 레이스로 된 옷을 입은 신생아는 엎어져서 자고, 기저귀 가는 책상, 심지어 쓰레기통까지 동화처럼 꾸며져 있었다. 검소한 독일인이란 옛말이었다. 아이 하나 생기면 한 밑천 들어가는 듯했다. 비싼 유모차, 옷, 장난감, 아기 양탄자, 이불, 커튼, 아기 목욕통 등 구색을 갖춰 내가 얼음사탕으로 된 궁전에 와 있나 하는 느낌이었다. 퐁퐁 향수 섞인 비누 냄새, 분 냄새가 나고 방문한 손님들은 아기 침대를 에워싸고 예쁜 동물 보듯이 칭찬하고, 그리고 아기는 울지도 않고 꼭 동화를 보는 듯했다. 나와 아기를 보려고 우리 집을 방문한 사람들은 나와 뒤엉켜 내 요에서 자는 봄누리를 보고 좀 놀라는 눈치였다. 낮이나 밤이나 애를 끼고 사는 한국 어머니의 애 키우는 방식을 그들이 이해나 할까.

토마스는 한국식 육아법을 적극 원했다. 유진, 윤수, 장수 키우던 그대로 하라고 간곡히 얘기했다. 습관된 탓도 있고 보고 들은 주변의 애 키우는 방법밖에 몰랐기 때문이었다. 아기가 울면 한밤중에도 퍼뜩 잠이 깨는 원초적인 교감. 그래서 모성이 싹트고 있었다. 주위의 독일 아이들은 아직 미성년인가 싶은데 벌써 산부인과에 가서 피임약을 받아온다. 그들은 일찍 서둘러 이성을 찾는다. 문득 나는 그때 그들의 충만치 못했던 유아기의 원초적인 사랑을 상기했다.

예쁜 아기 방은 어머니를 위한 장식이지 실상 아기에게는 아무 필요도 없는 것들이었다. 탯줄이 떨어졌다고 자립정신이란 이름 아래 다른 방에 재우고 시간 맞춰 우유를 주고 있었다. 독일의 보통 엄마들은 아기를 낳은 후에도 젖무덤을 소중히 간직한다. 그들은 성적 매력이 있는 여자로 남고 싶어 했고 어머니로 환원되는 과정을 싫어했다. 아기들이 똥을 누고 젖을 빨고 앙앙 울어대고 하는 것이 나는 꼭 원초적인 에로티시즘이 아닌가 생각한 때도 많았다. 육아 교육책이 서점에 즐비하다. 그들은 열심히 읽고 실행한다. 자기 새끼에 대해 그 어미만 아는 비밀스런 우주를 보편화된 육아책에 두드려 맞춘다.

사춘기의 독일 아이들은 무섭게 폭발한다. 엄격하게, 규범에 맞게 양육된 아이들이 돌변하는 것이다. 성의 만족을 채우지 못한 유아 교육 때문이 아닐까 나는 혼자 생각했다. 나는 아이를 낳고 병원에 누워 있으면 소가 새끼를 낳고 피를 쏟고 있는 모습과 다름이 없다고 생각해서 '내가 짐승류구나' 하는 생각을 매번 했었다.

독일사람에게 눈치 보이는 것 중 하나가 내가 젖을 너무 자주 물린다는 것인데 그들은 의아해 하며 물어본다. 그렇게 시간 맞추지 않고 아무 때나 주느냐고.

아기 젖은 새가 물 먹듯이 자주 줘야 한다는 한국 시어머님의 말을 그들에게 어떻게 설명할 수 있을까. 그들은 육아일기를 쓰고, 아이를 저울에 달아보고, 체온을 재고, 손가락도 자세히 들여다보고, 꼭 의사가 하는 짓을 엄마들이 한다. 그들은 가끔씩 봄누리가 지금 몇 킬로그램이냐고 묻는다. 나는 속으로 내가 정육점 주인이냐고 반문한다.

눈으로 보이는 실제의 현상만 그들은 인정한다. 추상적인 것에 기대를 하고 인정을 하나는 것을 그들은 거부했다. 2차 대전 이후 그들은 죽어라 일해서 이제는 선진국이 되었다. 무시 못할 규모의 일을 철두철미하게 했다. 그들은 경제 성장 속에 많은 것을 떨구어냈다. 그들이 가지고 있던 전통적인 것과 사랑을 잃어버렸다. 전통은 비교적 많이 고수했지만 가족관계의 사랑은 그들 스스로 거부했다.

이제 눈이 째진 동양여자가 나타나서 오후 늦게 우아한 커피 타임에 늘어지게 잔디에 앉아 젖을 먹였다. 전철에서도 티셔츠를 들추고 젖을 먹이고, 음식점에서도, 전시회 개막식에서도 젖을 먹였다. 아기의 식사시간이 됐는데 화장실에 가서 숨어서까지 젖을 줄 순 없잖은가. 그러면 깨끗하고 고급스런 중년여자들이 징그럽다는 듯 얼굴을 살짝 찡그리는 것이었다.

"저것 좀 봐. 저렇게 더럽게 애를 키우다니 비위생적이야. 외국인은 역시 달라. 이런 고급 음식점에서 젖을 먹이다니."

이렇게 중얼거리는 소리가 들렸다. 전시회 때문에 화랑 주인이 정해준 고급호텔에 묵다가 호텔 음식점에서 당했던 핀잔이었다. 특히 전후 세대들은 과학적인 것밖에 몰라 아이 키우는 법을 눈으로 보아 깨끗한 것에 기준을 두는 세대였다.

"토마스야, 독일 천지를 둘러봐도 나처럼 젖 먹이는 여자는 하나뿐이니 고려를 하긴 해야겠어."

"영희, 내가 제일 행복한 순간은 봄누리가 너의 젖을 빨 때야. 남을 의식하지 마. 곧 독일도 새로운 움직임이 일고 있으니 몇 년 내로 많이 달라질 거야."

그의 말대로였다. 10여 년 지난 요즈음은 젊은이들 사이의 유행(?)은 충성하는 사랑, 아이를 갖고 싶은 부부, 담배 술 안 먹기 등등으로 반대 현상이 일어나고 있다. 그들 어머니 세대는 무얼 했던가. 정리 정돈과 청소가 목표인 양 산 사람들이었다. 히틀러가 여성의 금연을 강조했는데 2차 대전 후에는 유행처럼 모두 모두 여성의 끽연의 유행이었다. 성의 자유도 피임약을 등에 업고 유행처럼 번졌다. 귀찮은 아기를 낳는 것보다 개 한 마리 데리고 사는 깨끗한 부부도 생겨났다. 나는 그 문화가 잔재했던 1980년대에 독일에 건너갔으므로 경악할 일들을 자주 보곤 했다.

자연보호운동이 곳곳에서 일어나고, 이조시대에 살던 우리 노모의 생활방식이 이제 뜻있는 젊은이들의 생활방식이 되었다. 겉에 보이는 반질반질한 부유함보다 속으로 실속 있는 생활, 빨리 되는 것보다 천천히, 즉 그들은 빵을 굽고 뜨개질하고 옛날로 돌아가는 생활에 향수를 느끼곤 했다.

프리들 아줌마는 당근과 기름 없는 쇠고기를 갈아 아침마다 손으로 꼭 감싸서 사기그릇에 아기 죽을 끓여왔다. 그것도 여러 가지 채소와 좁쌀, 쌀, 보리 등을 삶아 섞어 끓인 다양한 메뉴로 유아식을 만드는데, 사랑의 죽을 먹고 봄누리는 무럭무럭 자랐다.

'부처님 공양 드리는 것이 저런 식일까?' 그녀는 한 번 마음 주면 두꺼운 온돌방같이 그 따뜻함이 오래오래 갔다. 천주교 신자인 그녀는 이웃사랑을 내 몸과 같이 하는 것을 몸으로 실천하는 살아있는 마리아 같았다. 그녀의 오후는 우리 애들 숙제 봐주고 독문법, 독작문 가르치는 것으로, 즉 우리 한국 아이들을 위한 시간으로 꽉 차 있었다. 그 일이 하루도 거르지 않고 몇 년 동안 지속되었다. 아픈 날도 있고, 이런저런 이유로 못하는 날도 있을 텐데 돈 안 받고 하는 일인데도 단 한 번의 핑계 없이 독일어 수업은 계속되었다.

나는 산후 조리를 마치고 차츰차츰 그림 그리고 인형 만들기를 계속했다. 사랑! 사랑! 내 사랑아! 타령을 하며 사랑으로 자라는 아이들을 많이 만들기 시작하였다. 인형 속에, 작은 우주 속에, 독일 속에서 작은 희망을 보기 시작했다. 이웃들의 사랑이 등불이 되어 겨울 나그네의 손을 녹여주었다.

부활절이 가까워오자 이집 저집에서 달걀을 삶아 갖가지 물을 들이고, 개나리꽃을 큰 병에 듬뿍 꽂아 놓는다. 그들은 달걀에 조그만 구멍을 내서 입으로 불고 들이마셔 속알을 쏙 뺀 다음, 빈 껍질에 예쁜 무늬들을 그려 놓는다. 그 속 빈 달걀들은 나뭇가지에 걸어 놓고, 알째로 삶고 물들인 달걀은 이웃사람들에게 선물했다. 프리들 아줌마는 어린 양 모양의 빵을 구워 우리에게 선물하고, 부활절은 흥겹고 풍요로운 명절이었다. 나는 폭죽처럼 터지는 4월의 봄과 함께 그 명절이, 즉 그들의 기쁨이 한 오라기도 가슴에 닿는 게 없었다. 그 노란 축제 같은 부활절 뒤끝에 덮쳐오는 쓸쓸함이 또 쑤셔오곤 했다.

눈꽃방울 꽃이 천지에서 쑤군댔다. 뿌연 봄 속에 터지는 노란 수선화의 보랏빛 꽃망울들. 천지로 그들은 숨 쉬고 노래했다. 그 즈음 뮌헨 화랑가의 중심인 막시밀리안 가에 작은 화랑 주인인 총각 그림 씨가 한 아름 꽃을 사들고 내게 왔다. 그는 괴짜 화랑 주인으로 통했다. 돈보다 꼭 하고 싶은 전시회를 1년에 한두 번 하고 문을 닫는 화랑을 갖고 있었다. 뮌헨의 막시밀리안 가는 값진 옷과 연극과 오페라 그리고 그림들이 고급스럽게 등장하는 거리였다. 한때는 각국의 부유한 그림 수집가들이 모여들었던 세계적인 화상의 거리였다. 지금도 그렇다. 나지막한 거리, 별 뚜렷한 특징이 없는 유럽의 거리인 조용한 그곳에 물건이 진열되면 다 비싸진다. 무조건 고급이 돼버린다.

그 비싼 거리 5층에 아주 작은 화랑을 경영하는 그 총각이 친근하게 보였다. 그는 나와 동갑내기였고 생일도 비슷한 별난 자유인이었다. 큰돈 생각하지 않고 좋아하는 화가를 만나고, 세계여행을 하고, 그는 매인 데 없는 철저한 자유주의자였다. 그런 그가 전시회 초대를 했다. 나는 그만 눈물이 찔끔 나왔다.

눈
이
작은
아
이

네번째 이야기

　　　　　　　미스터 그림은 나에게 빰을 부비며 전시회의 성공을 축하해 주었다. 신문 평도 '종이의 마술
사' 라는 제목을 달아 대문짝만 하게 실렸다. 눈이 작은 아이 장수가 또 봄을 맞아 말수가 없어지고 마지못해 학교를 다니고 있었다.
크게 쓰던 글씨는 점점 작아지고 그는 싫은 것도 좋은 것도 없는 무개성의 아이가 되었다. 유진이는 고등학교에서 제 세상을 만난
듯 여섯 과목이나 1점을 받아 그 성적이 학교에서 화제가 되었다.

_서커스 공놀이

바바리아에 9월이 오면 독일 조무래기들은 흥분해 있었다. 짊어지고 다닐 책가방도 사고, 지우개, 연필, 칼, 자 그리고 아이스크림과 같이 생긴 긴 고깔 모양의 입학식 선물 통 그리고 새 옷, 새 구두. 입학식은 아이들을 흥분시켰다. 그런데 어린 장수는 흥분을 감지하기 전에 얼떨떨해 있는 상태였다. 여름 내내 아빠와 엄마가 잔 언쟁을 했기 때문이었다.

"토마스야, 장수는 어리고 키가 작으니 1년 늦게 보내자."

"머리가 좋은 장수는 유치원에 더 머물 수 없다. 장수가 심심해 한다" 하는 식의 자잘한 싸움이었다. 장수는 유난히 키가 작았다. 독일에 와서 말이 다른 것에 놀라고, 자신의 눈이 작다는 사실에 놀라고, 머리 색이 다르다는 것에 놀랐다.

"한국사람이 어떤가 보여줘야지." 형, 누나에게는 그런 오기가 있었고 '독일사람만 사람이냐, 한국사람도 사람이지' 라는 인권평등 원리도 아는데, 장수는 알지 못하는 강풍을 만난 셈이었다.

"여기는 독일이야. 한국과는 달라."

그 말에 지고 말았다. 항상 그 말에는 내가 지고 말았다. 나는 이곳에 대해 아는 게 없으므로.

"머리가 따라간다고 몸이 따라가는 게 아닌데."

나는 어정쩡하게 불평을 했다. 무언가 잘 안 맞는다는 생각을 했다. 그 감정은 나의 국민학교 시절 초기에 겪은 슬픈 내력 때문이었다.

나의 국민학교 입학은 그 무언가와 잘 맞지 않았다. 시골 아이들이 검정치마 흰 윗도리 입을 때 나는 아이들 틈에 나풀나풀 장식이 달린 원피스에 구두, 책가방 등 왜놈, 왜놈 해댔던 왜놈이 만든 물건을 입고, 들고 학교에 갔다. 그렇게 눈에 띄는 옷에다가 머리는 짱구가 돋보이도록 한 건지 앞 가르마와 뒤 기르마를 가로질러 땋은 갈래머리였다. 촘촘하게 땋은 갈래머리는 내가 촐랑촐랑 걸을 때마다 당겨서 아팠다. 꼼꼼히 땋은 머리는 어머니 솜씨였다. 그 솜씨가 늘 잔인하다고 느꼈다. 남의 눈에 띈다는 것은 얼마나 외로운 일인가. 옷도 눈에 띌 뿐만 아니라 나의 흉인 짱구도 눈에 띄고, 나이도 어리고 키도 유별나게 작아서 모두가 어리둥절할 지경이었다.

나는 우리나라 나이로 다섯 살에 국민학교에 입학했다. 그것은 아버지뻘 되는 극성스런 오빠들 때문이었다. 우리 가족에 대한 우월감이 많았다던 둘째 오빠가 아버지 나이를 손꼽아 세더니 "옳다!" 하고 실천에 옮긴 것이었다. 그 희생은 어린 양인 나에게 돌아온 것이었다.

막내인 내가 다섯 살에 국민학교에 입학해서 쭉 공부해나가면 아버지 환갑에는 대학 졸업한 팔 형제가 절을 나란히 할 수 있다고 생각한 것이었다. 김씨 집에 그때 당시 천재가 태어난 것이었다. 다섯 살배기

여아가 한글은 물론 영어, 한문까지 쓰고 읽는다는 소문이었다. 그 소문의 주인공이 바로 나였다. 내가 소문과는 달리 얼마나 자신이 바보인가를 잘 알고 우울하고 멍했던 것을 그 누가 알았을까. 오빠들이 집에서 낸 숙제가 몇 장이나 되고 그 숙제를 완성하지 못하면 밖에 나가 놀지도 못했다.

'아이 엠 어 보이' 등의 영어를 외라는 대로 외고, 외긴 외는데 무슨 뜻인지 한글이나 영어나 제대로 이해를 못한 터였다. 대식구를 거느린 (그때 큰집도 같이 살았다) 어머니는 집구석에서 무슨 일이 일어나는지 어떻게 알 수 있었겠는가. 쓰고 글 읽는 소리가 나니 그저 좋은 일인가 보다 했을 뿐이었다. 물론 오빠 언니는 부모뻘 되는 나이부터 나와 두 살 터울의 오빠까지 있었다. 그들은 그때 흔치 않은 대학에 다니고 어려운 경기고등학교에 다녔다.

그때 세계정세에 희생이 된 아버지는 중국 개원, 북경에서 해주로 또 제천읍으로 내려와 막내인 나도 따라다녔다. 아버지가 경영하던 직조공장 옆의 큰 집은 방학만 되면 꽉 찼고 여기저기 생소한 글(영어) 읽는 소리가 가득했다. 의과대학에 다니던 오빠는 드디어 나를 천재로 만들었다. 나는 그때 무작정 외워야 했던 고통 받던 시절이었다. 그리고 나는 거대한 집단인 학교에 입학까지 했다.

그런데 집에서 야단스런 천재는 그 학교에서 아무 의미가 없는 외톨이였다. 쉬는 시간에 몸집이 작은 나하고는 아무도 안 놀아주었다. 쉬는 시간이면 학교 마당 끝머리에 매일 혼자서 땅뺏기를 했다. 이쪽저쪽 편을 그어 놓고 돌고 양쪽에 놓고 가위, 바위, 보도 양쪽 손을 다 이용해서 했다. 나는 왼손이 이기면 한 뼘을 따서 반달같이 손을 부채처럼 펴서 땅을 싹 그어 따먹고…….

그리 정신없이 혼자 땅뺏기 놀이를 하다 보면 운동장은 하얗게 비어 있었다. 우악스럽게 시끄럽던 운동장이 엄마가 광목 표백하던 시냇가처럼 뽀얀 고요가 깔려 있었다. 희한한 일이었다. 나는 나의 반이 몇 반이라는 것도 잘 알고, 우리 집 주소도 외고, 부모 성함도 알고, 링컨이라는 미국 대통령 이름도 아는데 막상 그 많은 교실 중에서 나의 반 하나를 찾는다는 게 참으로 어려웠다. 어렵다기보다 불가능했다. 방향 감각은 식구들이 가르쳐주지 않았기 때문이었다.

큰 운동장을 가로질러 돌층계를 오르니 출입구가 세 개나 있었다.

"어디로 들어가야 우리 반을 찾나!"

신발을 벗어 손에 늘고 복도를 들어서니 글 읽는 소리가 나는 반도 있고, 무얼 조용히 쓰는 반도 있고, 칸칸이 막은 교실에는 참으로 다른 일들이 일어나고 있었다. 끝없이 긴 복도를 지나고 또 지나니 나가는 문이 또 있었다. 문을 열고 보면 또 운동장이었다. 신발을 다시 신고 건너편 출입구의 문을 열었다. 내가 찾는 반 문패는 없었다. 오만 가지 그림을 붙인 복도를 지나면 햇볕이 나뭇가지를 끌어들여 현란한 무늬를 놓은 그림자가 깔리고…….

발을 뗄 때마다 발등에 떨어지는 나무 그림자들이 신기했다. 그 고요함도 신기하고 억수같이 시끄럽던 학교 아이들이 교실에 옹기종기 모여 앉아 딴 짓을 하는 것도 신기했다. 그것은 시루떡 찌듯이 칸칸이 다른 색깔을 띠었다.

"따르르릉."

벨이 울리고 쏟아져 나오는 낯선 아이들 틈에 섞여 나는 운동장으로 밀려 나왔다. 하얗게 표백된 운동장 때문에 눈이 부셨다. 방향감각! 그 것은 원초적으로 둔한 나의 감각이었다. 백치 상태였다. 집 찾는 것은 굼벵이보다 더 못하는 것을 우리 형제들은 잘 안다. 그런데 무슨 운명 으로 나는 더 무서운 집 찾기를 계속 해야 했다. 유럽 한가운데서 이리 저리 전시회를 할 때 무서움에 떨며 지도를 보고 기차를 타고, 비행기 도 타야 했다.

그랬다. 나의 천재성은 새빨간 거짓말이었다. 눈에 띄는 옷과 한문 몇 자 외는 것을 가지고 모두 모두 칭찬을 했다. 죄 지은 것 없이 교무 실에 가끔 불려가서 빙 둘러선 선생님들 가운데 영어도 지껄이고 선생 님이 카드에 써서 보여주는 한문자도 읽고 미국 정치사(?)도 알아맞혀 천재라는 소리를 들었다.

6·25전쟁은 그 천재의 허상, 가짜 면류관을 벗게 했다. 그렇게 신날 수가 없었다. 오빠들이 만들어 놓은 천재라는 괴물을 땅에 팽개치고 피난길에 올랐다. 기차 안에서 졸깃졸깃하고 짭짤한 주먹밥의 맛은 기 가 막힌 것이었다. '숙제도 없다, 영어를 안 해도 된다.' 나는 뭉클뭉클 피어오는 해방감에 전쟁이라는 것이 무언지 모르지만 오래오래 끌었 으면 했다. 아버지의 고향 청도에서 보낸 나의 유년 시절과 피난 시절 은 지금까지 황금의 날갯짓을 하고 내 가슴에 푸덕거렸다.

반들반들한 감나무 잎사귀, 연필 한번 안 쥐어도 되는 나날들. 신발 이 젖으면 팽개치고 맨발로 등성이를 올라도 되는 자유, 나에게는 늘 들풀냄새가 났다. 물론 전쟁이 끝나고 나는 다시 입학을 했는데 그 천 재 아이는 그저 그런 공부를 했을 뿐이었다. 그 후 반장 한 번, 우등 한 번 못 해본 신세였다. 그 원인은 감시자인 오빠들이 전쟁으로 청청했던 날개에 상처를 입었고 더 큰 충격은 큰오빠의 죽음이었다.

따라서 경제적인 면에서도 윤기를 잃고 아버지는 중증의 폐결핵에 걸렸다. 김씨 가문의 환갑잔치라는 화려한 꿈은 퇴색되어가고, 그 낡아 보이는 김씨 집안에서 그래도 나만은 간섭받지 않은 자유인으로 빛이 났다. 그때 나는 대등한 위치의 머리 굵은 국민학생으로 친구도 생겼다. 그 애가 영옥이었다.

갓난아기 봄누리를 가슴에 안고 장수를 앞장 세워 학교 문을 들어섰다. 머리가 노란 아이들이 신이 나서 재잘댔다. 학교 앞 시냇가에는 오리가 초가을 아침을 즐기고 있었다.

"장수야, 저 오리 봐라. 참 예쁘지."

내가 한국말로 지껄이자 장수는 "엄마, 한국말 하지 마" 하고 조그맣게 속삭였다.

봄누리는 품안에서 방긋방긋 웃고 장수는 제 형이 입던 양복에 까만 구두, 까만 머리가 이채로웠다. 장수는 자기 키만 한 입학 선물용 봉지를 들고 선생님이 부르는 곳으로 따라갔다. 역시 키가 제일 작다 못해 아기처럼 보였다. 클라인 선생님이 장수를 쓰다듬으며 이름이 뭐냐고 물었다. "장수"라고 대답하니 옆에 있던 노랑머리 애가 "중국놈 이름 웃긴다"라고 말하자 장수는 기가 푹 죽어 땅을 내려다 봤다.

클라인 선생님은 눈이 크고 맑은 서른 살 미만의 예쁜 여자 선생이었다. 그녀는 자연보호운동을 꽤 열심히 벌여 얼굴이 알려졌고 외국인 인권문제도 들고 나섰다. 클라인 선생님은 특별히 장수에게 지극한 정성을 들였으나 장수는 점점 말수가 적어졌다. 내가 장수를 볼 때마다 제천읍 국민학교의 작은 김영희를 그레벤젤 초등학교 운동장에서 발견하곤 했다. 내가 눈에 띄게 작고 어렸다는 무언가 안 맞는 이질감을 장수는 더 깊이 느끼고 있는 것이었다. 더구나 그는 종류가 다른 외국인이라는 것을 피부로 느끼기 때문이었다.

"엄마, 내일은 내가 한국에 대해서 말하는 날이야. 사진들을 모아서 내일 챙겨줘."

윤수는 장수와 달리 매일 신이 났다. 윤수는 히칠 베이커 선생님이 주선한 한국시간, 윤수 피아노 독주시간을 마련해서 의기양양했다.

"한국사람은 다 축구 잘 하니? 한국 아이는 다 피아노 잘 치니?" 하고 그 반 친구들이 물으면 윤수는 "그럼 물론이지" 하고 대답했다. 윤수는 말하자면 반에서 대장이 된 셈이었다.

윤수는 같은 반 친구 토비아스, 미하엘 등을 자주 데려와서 한국 음식을 먹이고 또 잘난 척을 했다. 윤수는 또 금요일 오후에 한국말 시간을 정해서 수업료 없이 가르친다고 광고를 내서 반 친구들이 번갈아 한글을 배우러 왔다. 그 가르치는 모습을 보니 한심했다. 시간 내내 설명한답시고 독일말만 지껄이고 몇 달을 가르친 실력이라는 게 고작 몇 단어뿐이었다. "먹어", "가자", "안녕" 이 세 단어뿐이었다.

장수는 집에서 독일말만 하더니 급기야 말수가 급격히 줄어들었다. 윤수는 김밥을 간식으로 싸달래서 정성껏 말아 꽤 많이 들려 보냈다. 물론 장수에게도 몇 줄 싸 보냈고, 학교에서 돌아온 윤수는 의기양양하게 말했다.

"애들이 줄을 서서 기다리고 김밥을 달래서 혼났어."

그런 말을 하는 윤수 옆에 장수는 고개를 숙이고 기가 죽어 있었다.

그의 가방을 열어보니 간식으로 싸 보낸 김밥이 그대로 들어 있었다.

"왜 안 먹었니? 배고프겠다."

나의 근심 어린 말에 중국놈이 염소 똥을 먹는다고 아이들이 빙 둘러싸서 장수의 김밥을 들여다봐서 못 먹었다고 말했다. 나는 다시 가슴이 얼어 왔다. 안 올 나라에 내가 왔구나. 나는 다시 통탄을 했다. 그 다음날 정성들여 빵에다가 소시지를 끼워 들려 보냈다. 그날 오후도 간식은 책가방 속에 그대로 있었고 장수는 기가 또 죽었다.

"왜 안 먹었어."

"애들이 두 편을 갈라서 내기를 했어."

"무슨 내기?"

"중국놈이 독일 빵을 먹을 줄 아나 모르나 하고."

"그래서?"

"내가 간식을 꺼내자 빙 둘러싸서 내 손만 보는걸. 그래서 한 입도 못 먹었어."

"그래서?"

"내가 못 먹고 도로 빵을 가방에 집어넣었더니 우리 편이 이겼다고 소리치며 한쪽 편이 좋아했어. 그리고 다른 편은 나에게 욕을 했어. 더러운 중국놈이 빵도 못 먹어서 자기편이 졌다고."

장수는 나의 한국말 물음에 독일말로 대답했다. 토마스가 클라인 선생님에게 이 문제를 호소했다. 그래서 그 이후론 휴식 시간에 좀 잠잠해지고 장수는 그런대로 학교를 다닐 수가 있었다. 그런데 윤수가 가끔 눈여겨 장수를 보면 늘 혼자 정원 벤치에서 앉아 있다고 했다.

유진이는 장수와 같은 날 입학식을 해서 루이슨 고등학교에 토마스와 함께 갔다. 유진이는 그날 긴 머리를 잘 감아 늘어뜨리고 앞 가르마를 갈라 양쪽에 예쁜 핀을 두 개 꽂고 떠났다. 나는 오랜만에 고급 아동복 집에서 유명한 디자이너가 만들었다는 보랏빛 옷을 사서 입혔다. 나는 그 옷 빛깔과 똑같은 머리핀을 저녁 늦게까지 만들어주었다. 그녀는 히피 같은 토마스의 뒤를 따라 떠났다. 나는 눈시울이 젖어와서 장수의 입학식에 좀 늦게 도착했다.

그런 중에 어느덧 가을이 가슴속 깊이 쑤셔왔다. 바바리아의 가을에는 침공하는 적국의 무리처럼 늘 푸른 침엽수들이 군복을 입은 군인같이 힘차다. 이곳의 가을은 애잔한 가을 들판의 허허로운 마음이 없다. 무엇이든지 꽉 차고 듬직하고 정리정돈이 잘 되어 있다. 푸른 산야도 가난함이 없고 당당하다.

6·25 전후의 나의 가을은 코스모스가 애잔히 떨어지고 불쏘시개 같은 밤색 응어리들이 뭉쳐 있었다. 그때 산등성이는 붉게 벗겨져 그 황토 위에서 마른 황소들이 무던히도 똥을 싸댔었다. 동네 악동들이 황소 입에 작대기를 물려 똥을 퍼붓고…….

나는 그 꼴이 좋아 저녁나절 황혼이 물들어 내 치맛자락까지 빨개질 때 집으로 돌아가는 골목에 서 있곤 했다. 그러면 코스모스의 슬픈 행렬을 동네 어귀에서 만나는 것이었다.

이곳저곳에서 모두가 떠날 준비를 하고 있었다. 우리들의 우상이었던 큰오빠를 산에 묻고 돌아선 그때도 그가 누워 있던 싸늘한 방의 허전함을 보았다.

그 봄은 가고 첫가을, 허무의 회오리가 가끔 몰아쳤다. 이별의 허무함, 그 허무를 몸에서 떼어내려고 늘 몸부림을 쳤지만 그 가을의 허무를 어느 날 다시 진하게 느껴야 했다. 물론 남편의 죽음에서였다. 가을이 오면 온몸이 쑤시고 가슴이 답답하게 저려오고 늘 감기를 달고 살았다. 그것은 병원에서 얻어온 약을 부지런히 먹어도 떨어지지 않는 병, 떠나는 계절의 병을 나는 앓고 있었다.

그해 가을, 불안이 계속되고 있었다. 뮌헨 중심가의 전시회도 약속이 되어 있어 불안할 이유가 없는데 나는 괜히 손을 비벼댔다. 병원에서 주는 하얀 알약을 입에다 넣고 물을 마시고 탁자를 보니 먹던 유리잔에 가을빛이 담겨 있었다. 열심히 긍정하며 살자 해도 뜨끔뜨끔 쑤셔오는 향수. 토마스가 붉은 장미를 안고 우울한 나의 앞에 무릎을 꿇고 사랑한다는 고백을 연극처럼 해대도 그것은 서양 사랑인가 하고 의아해 하고……. 나의 허무와 불안의 요소를 찾아보았으나 결국은 별다른 이유를 찾아내지 못했다. 매일 똑같은 타령인 내가 외국인이란 이유밖에 없었다. 나의 서성이는 불안의 적을 어느 날 오후 봄누리 기저귀를 갈아주다가 붙잡았다.

"그래, 김장이야!"

나는 가을바람이 불어대면 한국에서도 불안했다. 김장을 독에 담아 땅에 묻기 전에는 그 불안이 계속되거늘, 독일 땅이라고 그 불안이 물러갈 리가 없었다. 토마스는 나의 고백에 이리 뛰고 저리 뛰고 해서 배추를 구해왔다. 툭툭 잘라 소금에 절이고 애들과 둘러앉아 깍두기도 썰고, 그 짓을 하고 나니 몸에 생기가 돌고 감기 기운도 떨어지는 듯했다. 토마스와 애들에게 깍두기 좀 썰어달랬더니 그들은 공모해서 깍두기가 아니고 세모, 네모, 육각형 등 생각나는 대로 잘라 놓았다. 토마스는 깍두기를 썰며 수학, 그 중에서 기하를 설명하고 있었다.

내가 작지도 굵지도 않은 통통한 깍두기의 모양을 기껏 설명해서 썰으라 했는데 비싼 무들은 만신창이가 되어 있었다. 나의 잔소리와 반대로 그는 행복해 했다.

그는 깍두기로 수학의 원리를 설명하는 것이 최고라며 승리의 기쁨에 찬 얼굴로 나의 잔소리를 묵살했다.

"바나나가 왜 둥글게 굽었나?"라고 그가 애들에게 물으면 "둥그니까 둥글지"라고 답했다.

애들은 그의 어리석은 물음에 피식거렸다. 헝클어진 실뭉당이를 천천히 생각하며 푸는 것도 수학의 근원이라고 설명하면 또 "피~" 하고 애들은 달아났다.

"독일사람은 바보 같아."

가끔 애들은 말했다. 대체적으로 단순한 이론에 코를 박고 천천히 생각하는 국민이긴 했다.

"수학은 계산이 아니야. 환상이 있어야 해."

토마스의 말에 "환상 좋아하네" 하고 윤수는 멸시했다. 곱하기, 빼기를 제일 잘하는 아이들이므로 그러던 아이들이 깍두기를 썰며 수학 공부를 저리 잘했다니 다행이라 생각했다.

김칫독을 정원에 묻고 나니 불안은 잠을 자고 있었다. 막시밀리안 가에서 미스터 그림의 주선으로 크리스마스 전까지 두 달간의 전시를 하게 되었다. 의외로 작은 화랑에 미어터지게 사람들이 몰려들었다. 미스터 그림은 나에게 뺨을 부비며 전시회의 성공을 축하해 주었다. 신문 평도 '종이의 마술사'라는 제목을 달아 대문짝만 하게 실렸다.

눈이 작은 아이 장수가 또 봄을 맞아 말수가 없어지고 마지못해 학교를 다니고 있었다. 크게 쓰던 글씨는 점점 작아지고 그는 싫은 것도 좋은 것도 없는 무개성의 아이가 되었다.

유진이는 고등학교에서 제 세상을 만난 듯 여섯 과목이나 1점을 받아 그 성적이 학교에서 화제가 되었다. 그 화제는 마이어 선생의 비위를 거슬리게 했다. 그의 예상을 뒤엎고 외국인인 머리 까만 유진이가 그것도 최고 점수를 첫 학기에 따낸 것이었다. 공부하기 어렵다고 공포를 주던 고등학교에서!

장수는 눈을 땅으로 내려 까는 버릇이 또 하나 늘었다. 그는 천천히 문화적 충격 속에서 기가 죽어갔다. 그는 왜라는 의문도 없이 당하고 있었다.

"너 눈을 크게 떠라. 사물이 크게 보일 수 있게. 나는 너의 그 작은 눈을 통해서 나무나 운동장에 널려 있는 물건들이 보이는지 의심이 난다. 너같이 작은 눈은 처음 봤다."

홀로 있는 장수에게 짓궂은 마이어 선생이 찾아와서 넌지시 말했단다. 그로부터 장수는 눈을 더 뜨지 못하고 땅만 봤다. 그렇지 않아도 기죽은 아이에게 그 무슨 못된 심보일꼬. 나는 토마스를 붙잡고 눈물을 글썽이며 호소를 했다.

"그 사람 불쌍한 사람이야." 토마스는 그 말만 했다.

장수는 천식이란 무서운 병을 앓기 시작했다. 어떤 날 밤은 숨을 쉴 수 없어 죽음의 고비를 넘겨야 했다. 밤중에 의사가 왕진을 오곤 했다. 피부가 노랗고 코가 반듯한 장수는 애처로운 새처럼 가슴을 푸덕푸덕 떨고 호흡곤란이 되어 사경을 헤매기가 일쑤였다. 의사는 말했다.

"유전일 수도 있고 사랑의 결핍이나 정신불안에서 올 수도 있으며 짐승의 털에서 오는 알레르기 현상일 수도 있습니다."

토마스는 장수를 우리 침대로 데려와서 재웠다. 혼자 재웠다가는 언제 찾아올지 모르는 호흡곤란증이 와서 큰 변을 당할지 모르므로……. 독일 아이 아무개가 천식(아스마)으로 죽었다, 누가 어머니가 잠시 한눈을 판 사이에 호흡곤란으로 죽었다는 등의 불길한 이야기를 내 귀로 전해왔다. 새벽 3시경에 찾아오는 호흡곤란증은 우리들의 투쟁 대상이었다. 토마스는 호흡을 시키고 가슴에 따뜻한 찜질을 하고 그리고 꼭 안아 재웠다. 그런 호흡곤란증이 일어나면 기억력도 없어져 학교에서 시험 답안을 제대로 쓸 수가 없단다. 토마스는 틈만 나면 장수를 데리고 공원 산책을 하며 신선한 공기를 쐬어주었다.

장수의 형 윤수는 의기양양하게 스타인웨이 피아노 회사 후원 독일 청소년 음악제에 나가게 되었다. 예선을 거쳐 뮌헨 음악대학 작은 강당으로 들어섰다. 오랜만에 다들 예쁜 옷으로 갈아입고 음악회장으로 들어갔다.

"엄마, 뮌헨 음악대학은 히틀러가 정치를 한다고 뻐기고 지은 거야."

윤수는 신이 나서 설명을 했다.

은
빛
날
개

다섯번째 이야기

　　　　　유채꽃이 뒤 벌판에 천지로 피었다. 노란 콩고물 묻은 듯 현기증을 일으키는 들판. 그 들판은
끝없이 펼쳐진다. 나는 봄누리를 포근히 등에 업고 노란 꽃구름을 헤치고 걸었다. 요즘 잠잠한 장수의 병에 한숨을 놓은 나는 노래
를 부르며 봄누리를 얼러댔다. 나는 저승길 꽃길 속에 있는 착각이 들었다.

_한국으로 가는 길

열한 살 겨우 된 윤수는 까만 양복을 입고 본선에 출연하기 위해 헤라클레스 음악당으로 들어섰다. 높은 천장, 바바리아의 왕이 평생의 과업으로 지었다는 그 음악회장은 전 세계 음악인이 원하는 홀이었다. 어디에다 내놔도 손색이 없는 음향시설을 갖춘, 음악에 제일 중요한 음향관제가 가장 잘 되어 있다 했다. 옛날 사람들이 시간을 두고 천천히 생각해서 돌 하나하나 정을 쏟고 건축가나 장이들이 신념을 가지고 지어서 그럴까.

베를린 필하모니를 지어 놓고 보니 헤라클레스의 신비한 음향법을 따라갈 수 없었다고 했다. 아직도 건축가에게는 신비의 의문으로 남아 있었다. 현대식 음악회장과는 다른 고풍스러운 그 음악회장은 넓고 우아했다.

윤수가 가장 높은 점수로 일등을 차지했다. 토마스는 윤수에게 힘차게 팔을 흔들어 보였다. 꼬마 장수는 엄마 치맛자락 끝에서 아이스크림만 먹고 있었다. 천식이란 이름의 병은 그를 날로 괴롭히고 수면까지 방해했다. 별의별 요법도 많았지만 최악의 경우를 빼고 암 치료에 쓴다는 코디숀 같은 강한 약을 쓰지 않기로 우리는 합의했다.

밤, 깊은 밤에 오랜만에 고른 호흡을 하며 잠든 장수를 보다가 나에게도 남편이 있다는 것에 감사했다. 나는 토마스와 나 사이에 끼어 잠이 든 장수의 머리 위로 팔을 벌려 토마스의 머리를 만지며 처음으로 진실한 사랑을 고백하니 눈물이 툭툭 베개로 흘러 떨어졌다. 이 곤경을 당신과 함께하니 감사하다고 마음속으로 뇌며. 토마스가 나를 진실로 사랑한다는 확신을 보는 것 같았다. 나의 분신인 세 아이의 아픔을 그도 같이 아파했다. 사랑은 고뇌라는 유행가 가사가 가슴 깊이 전해져왔다.

어느 날 프랑크푸르트에 사는 남정호 씨가 홀연히 우리 앞에 나타났다. 유럽에 유일하게 존재하는 구주신문의 기자인데 취재차 온 것이었다. 독일 신문 인터뷰에 곤란을 겪다가 한글 신문이라 무척 반가웠다. 얌전하고 예쁜 그의 부인과 하룻밤을 묵으며 긴긴 회포를 풀었다. 오래된 지인처럼. 나는 성인으로 고급 한국말을 쓴다는 게 감개무량했다. 뮌헨 올림픽 때 청운의 꿈을 품고 이 도시에 온 후로 반해서 머무르게 되었다고 했다. 사실은 유럽에 한인 교포가 꽤 많은 데 비해 한글 신문 하나도 없는 것이 안타까워 그가 그 길로 들어선 것이었다.

"뮌헨은 예술의 도시지요."

그는 뮌헨에 늘 찬사를 보내는 서정적인 남자였다. 뮌헨은 얼핏 보면 시골 동네 같다. 찬찬히 들여다보면 서정을 발견할 수 있었다. 남정호 씨는 그의 성격대로 예술을 사랑하고 필력 또한 괜찮은 사람이었다. 그 후 나는 가끔 문제가 생기면 한국말로 전화를 걸곤 했다.

윤수가 바바리아의 전체 청소년 음악제에서 일등을 해서 우리 집은 축제 분위기였다. 애비 없이 측은하다 생각했던 그가 그래도 기가 살아 저래 설치고 일등을 해대니 나는 감개무량했다. 그때 심사 위원이었던 교수 두 분이 윤수를 보고 베트남에서 왔냐고 물어서 윤수는 "아니요. 서울에서요!" 하고 크게 소리를 질렀다.

일본 아이들 치는 것과 좀 달랐기 때문이었을까. 윤수는 일등을 하고 나오며 "엄마가 일본 여자가 아니어서 좋아" 하고 말했다.

"왜?"

"일본 여자들은 털강아지처럼 밍크코트 입고 맨 앞에 앉아서 채점까지 하는 꼴이라니."

윤수의 말이 맞았다. 키가 크고 느린 독일 여자들의 행동에 비해 일본 여자들의 극성은 대단했다. 악착같은 성취욕이 일본 학부형들에게서 보였다.

유채꽃이 뒤 벌판에 천지로 피었다. 노란 콩고물 묻은 듯 현기증을 일으키는 들판. 그 들판은 끝없이 펼쳐진다. 나는 봄누리를 포근히 등에 업고 노란 꽃구름을 헤치고 걸었다. 요즘 잠잠한 장수의 병에 한숨을 놓은 나는 노래를 부르며 봄누리를 얼러댔다. 나는 저승길 꽃길 속에 있는 착각이 들었다. "하이!" 하면 저쪽 끝에서 산책객들이 손짓을 했다.

동양인 예술가가 연하의 남자와 산다는 게 신문에 보도된 후 소문이 퍼져 그들은 나를 알아보고 인사를 건네며 지나갔다. 산책 후에 느끼는 신선함은 일상사를 새롭게 했다. 산책을 하고 난 후 봄누리의 기저귀를 갈아주려고 하는데 장수는 부엌에서 무얼 열심히 먹고 있었다.
그것은 아기 이유식이었다. 약국에서 파는, 광고를 많이 하는 이유식
으로 비타민이 성장에 많이 도움이 된다는 등등의 선전 문구가 요란한
음식이었다. 작은 유리병에 코를 박고 먹는 장수는 겸연쩍은 듯 나를
봤다.

"왜 그래?"

"이 음식 먹으면 키가 커지고 독일 아이같이 머리도 노랗고 눈이 파
래질 것 같아서."

"……."

그는 동양의 근본을 완전히 거부했다. 그래서 그는 늘 괴로웠다. 나
는 이해할 것 같았다. 눈에 띄는 게 얼마나 불편한가. 나의 우울해
하는 표정을 윤수가 보더니 '나비'에 관한 이야기를 해주며 엄마를 위
로했다.

2차 대전 후 많은 공장지대에서 매연가스를 까맣게 뿜어낼 때 나비
들의 색이 회색으로 변해가고 있었단다. 이제 흰나비는 눈에 띄어 색
깔이 다른 데 위험을 느낀 그들은 다음 해에는 아주 통일된 회색 나비
들만 알에서 깨어났단다. 공장지대의 나비들은 색깔이 다르다는 것에
대한 위험을 감지했다. 모양과 색깔이 다르다는 것은 동물세계에는 공
격의 대상이 되었다.

윤수가 음악 고등학교에 입학하고 장수는 3학년으로 올라갔다. 친
절한 클라인 선생님과 작별하고 이제 새 선생님을 맞이해야 했다. 특
히 3~4학년을 묶어 2년 동안 담임하는 그 주인공은 학부형에게 중요
한 인물이었다. 고등학교나 실업학교를 가는 문제를 결정하는 장본인

이기 때문이다. 나는 문득 불길한 예감이 들었다. 유진이에게 못되게 군 마이어 씨가 장수 담임이 되면? 나의 예감은 적중해서 다음 학기 장수 담임은 마이어 선생으로 정해졌다.

가을 학기가 시작되기 전에 학부형들이 모여 새 학기에 대비한 학부형 회의를 했다. 토마스는 그 학부형 회의에서 당당한 어조로 마이어 선생의 비행을 공개했다. 점수가 되는 아이를 고등학교 입학을 방해한 공정치 못한 선생이며 또 그는 선생으로서 수업의 의무를 제대로 다 못 하는 게으른 사람이라고 말했다. 그 증거로 학습장 두 권을 내보였다.

어디서 구했을까. 몇 년 전에 수업을 받은 옛날 학생 노트와 유진이의 노트를 비교해 보니 글자 하나 안 틀리고 똑같았다. 그리고 그가 맡고 있는 수학 수업을 전문적으로 따져 비판했다. 한 해가 다르게 아동 심리학과 과학이 발달하는데 교육자라는 사람이 구식 수업을 계속해서 아이들의 장래를 좀먹는다고……. 그의 장황한 연설을 모두 숙연히 들었다.

토마스는 마이어 선생을 담임으로 반대한다는 서명서를 돌렸다. 난처하게 된 것은 독일 학부형들이었다. 마이어 선생은 독일 학부형에게는 유난히 친절한 것으로 유명했다. 나쁜 경험을 당해보지 않은 학부형들이 토마스의 말에 무턱대고 긍정하며 반대 서명을 할 수는 없었다.

스무 명 정원 학급의 학부형 중에서 겨우 다섯 명의 서명을 받아내고 나머지 학부형들은 좀 생각할 시간을 달라며 그 서명을 미루었다. 토마스는 그 서명서를 보며 심각하게 말을 맺었다.

"우리 아들 장수의 문제뿐 아니고 구식이며 게으른 그 선생을 반대하는 것인데 서명이 다섯 명밖에 안 되니, 내 개인 문제로 돌려 우리들이 이 도시를 떠나야 되겠다. 우리 장수를 다른 학교로 전학시키겠다."

토마스는 단호히 서명서를 쥐고 일어났다(독일도 초등학교는 학군제고 고등학교는 어디든지 원하는 곳으로 갈 수 있다). 나는 그의 뒤를 따라 일어나서 나왔다.

달빛이 차게 깔렸다. 또 가을이 시작되었다. 신선한 공기가 소매 끝으로 스며들었다. 나는 말없이 그의 손을 잡았다. 따뜻했다.

"우리 이사를 가?"

내가 물었다.

"그럼 그 편이 장수에게는 좋아."

"이 좋은 이웃을 두고 어떻게 또 낯선 곳으로 이사를 가지……."

"우리에겐 장수가 제일 중요해. 우리 아이 중에 하나라도 병이 들면 전체의 아픔이야. 윤수가 피아노 일등하고, 유진이가 공부 잘하고, 봄누리도 예쁘고 해서 우리들이 가끔 흥분하는데 좀 냉정해야 돼. 장수도 중요한 존재야. 정 안 되면 이사 가자."

나는 서글펐지만 그의 말이 맞다고 생각했다. 맹자님 어머니도 세 번 이사했다는데…….

"토마스, 아까 보여줬던 옛날 노트는 어떻게 구했어?"

"그런 것 구하는 건 쉽지. 마이어 씨가 그레벤젤에서 선생 한 지 10년이 더 되는데."

겨우 자리 잡은 독일 생활에 또 어디로 이사를 갈까. 걱정이 태산 같아 일이 손에 집히지 않았다. 어느 날 장수네 같은 반 학부형인 국회의원 부인이 몇몇 학부형과 찾아왔다.

"이사를 가지 마시지요."

그들은 합창을 하듯이 말했다.

"……."

"저희들이 학교 측에 건의해서 다른 담임으로 배정을 받았습니다."

나는 감사하다는 말을 연발하며 그 독일 학부형에게 꾸벅거리며 인사했다. 독일의 보통 상식으로는 정해진 규범을 바꾼다는 것은 거의 불가능했다. 그런데 학부형들이 정성껏 움직여준 것이다. 보통 그들은 무뚝뚝한 인상들이었다. 그러나 조용하고 비교적 겸손한 이들이었다.

"우리는 장수를 좋아합니다. 그리고 당신들이 이사를 가면 섭섭합니다."

그들의 변이었다. 나는 축제 하는 기분으로 불고기도 굽고 아이들에게 노래도 불러주며 신나 했다. 나의 정든 이웃을 떠나지 않아도 되어서.

빨
간

마
술
사

여섯번째 이야기

한국에 계신 시어머니의 하얀 버선, 하얀 치맛자락, 그녀의 소곤거리는 고운 음성이 대낮에도
환상 속에 나타나서 나를 슬프게 했다. 그녀의 애정이 애절하게 다가왔다. 당신 손수 쓰다듬어 키우던 장수가 고통 속에서 있다는
걸 아실까. 치자 꽃처럼 향기로운 여자였다. 사람이 같이 살다보면 흉이 더 많은 법인데 덜렁이 미술선생 며느리를 맞아 놓고 흉을
보자기로 덮어 자신의 딸로 만드신 분이었다.

_수탉의 소년

"가을이 깊어졌어."

"가을이 무르익었어."

토마스는 그런 말을 읊조리며 우리에게 옷을 많이 입으라고 당부했다. 독일의 추위는 가슴속에서부터 시작된다. 늘 그렇듯이 11월의 짙은 안개 속 추위는 우울증마저 일으켰다. 남부 독일에 자리 잡은 뮌헨은 다른 지방에 비하면 금싸라기 같은 귀한 햇볕을 받는 축복의 땅이다. 그런데도 햇볕이 천지로 쏟아지던 곳에서 살았던 한국 여자에게 늘 가느다란 햇볕과 짙은 안개는 더욱 진한 향수를 불러일으켰다.

"독일사람들도 11월에 제일 많이 자살을 한다는데."

나는 웅얼거렸다.

"혹시나 내가 미쳐서 자살하는 게 아닐까."

"아이고 무서운 생각도 다하네. 봄누리 기저귀도 안 떨어졌는데. 그리고 에미 믿고 따라온 한국 아이들은 어떡하고."

나는 계속 혼자 구시렁거리며 담배를 피워댔다. 매달릴 곳은 담배밖에 없다는 듯이 나는 제대로 피울 줄도 모르는 담배를 열심히 빨았다. 조금씩 침략해 들어오는 안개는 11월 중반쯤부터는 아침부터 도시를 점령해서 다들 자동차에 불을 켜고도 천천히 달리고 가로등이 아침에도 켜 있었다. 뮌헨에 안개가 침략해 오면 부엌도 응접실도 모두 뿌연 안개는 우울한 빛깔로 물을 들였다.

불안의 이유가 김장인가 해서 그걸 내쫓고 나면 다음 불안이 또 방문했다.

계속되는 여행, 안개 나라에서의 삶을 나는 살아야 했다. 짚이는 것도 보이는 것도 모두 뿌옇게 보였다. 학교 갔다 돌아오는 아이들의 머리카락은 늘 섞어 있고……. 그런 날들이 계속되는 가운데 독일사람은 우울증이란 병에 감염되는 것이다.

"누가 권총 자살했대."

"누가 자살 미수를 했대."

이런 소문들은 신문에서가 아닌 가까운 지인에게서 들려오곤 했다. 많은 정신질환자들은 의사와 상담하느라 병원은 미어지고, 조용한 그들은 우울해 어쩔 줄 몰라 했다. 그걸 큰 병으로 알고 급하게, 그리고 야단스럽게들 치료방법을 찾는다. 안개의 나라에서 우울을 마시며 취해서 그들의 정확하고 꼼꼼한 성격들이 휘청거리기 시작했다.

그런 날 저녁 바바리아 사람들은 등불을 일찍 환하게 켜고 따뜻한 불빛들 밑에 붉은 포도주를 기울이며 가까운 친구들과 얘기를 나눈다. 우울증을 내쫓는 방법 중에 그들의 제일가는 치료법은 '대화'였다. 꽃을 꽂고 촛불을 켜고, 예쁜 식탁을 마련해서 사람들을 초대한다. 농담을 주고받으며 잊었던 웃음을 되살려 낸다.

안개 속으로 저녁 산책을 나가면 오렌지 불빛이 회색 하늘에 한련 꽃처럼 피어나곤 했다. 나는 지극히 저혈압이라서 손이 차고 우울증이 몰려와 좋은 포도주 한잔과 달걀노른자 하나를 타서 마시면 좋다고 해서 늘 그렇게 했다. 그러면 온몸이 훈훈해지고 자디잘게 생각했던 온갖 쩨쩨한 감정을 그 술이란 마술로 잠시 물리칠 수 있었다.

저혈압 핑계로 한 잔씩 마시던 포도주에 어느덧 굉장한 애착을 갖게 되었다. 애착이라기보다 술이 먹고 싶은 여자로 변한 듯 느꼈다. 한번 홀짝 마셔본 포도주였다. 그 빨간 망토를 입은 마술사가 점점 마음 깊이 나를 방문해왔다. 안개가 긴 날은 찐득찐득한 안개를 걷어내려고 애쓰다 심한 향수의 나락으로 떨어졌다.

한국에 계신 시어머니의 하얀 버선, 하얀 치맛자락, 그녀의 소곤거리는 고운 음성이 대낮에도 환상 속에 나타나서 나를 슬프게 했다. 그녀의 애정이 애절하게 다가왔다. 당신 손수 쓰다듬어 키우던 장수가 고통 속에서 있다는 걸 아실까. 치자 꽃처럼 향기로운 여자였다. 사람이 같이 살다보면 흥이 더 많은 법인데 덜렁이 미술선생 며느리를 맞아 놓고 흥을 보자기로 덮어 자신의 딸로 만드신 분이었다. 나의 사랑(유진 아빠)이 떠날 때 여성으로서 아픔을 진하게 같이 나누었다. 10여 년 한솥밥을 먹은 정 때문에 그 정을 떼어내기는 힘든 일이었다.

잠시 조용한 날이면, 그녀의 환상이 친정어머님보다 더 진하게 바바리아 땅으로 퍼졌다. 올망졸망한 손자들을 당신 치마폭에서 내줄 때 천금을 떼어내는 슬픔이 오죽했으랴. 그녀는 오후가 되면 소주를 딱 한 잔씩 들었다. 친정어머니가 여성의 금주, 금연에 엄격했던 데 비해 그녀는 술 한잔의 정취를 아는 분이었다. 독일 생활의 이질감이 견뎌내기 어렵게 몸에 부칠 땐 홀짝홀짝 빨간 포도주를 마셨다. 애들을 재워놓고. 그를 기다리는 동안 한 잔의 빨간 유혹을 나는 마다하지 않았다.

밤이면 베토벤을 틀어 놓고 홀로 거룩한 축제를 벌였다. 사방이 조용해진 들녘에는 안개 속에 나뭇잎 지는 소리가 음악 중간중간에 파고들었다. 빨간 마술사에 걸려 나는 매일 밤 한잔씩 술을 마셨다. 그걸 입 안에 들이키는 순간 근심을 걷어내서 좋았고, 푹 쥐었던 용기가 되살아나서 좋았고, 슬픔이 찾아올 땐 농도 깊게 혼자 슬피 울 수 있어 좋았다. 이승에서 저승으로 가는 다리처럼. 술을 통해 빨간 마술사를 매일 밤 만나러 가곤 했다. 한 잔에서 두 잔으로 늘고, 두 잔에서 석 잔까지 늘어갔다.

바바리아 뚱뚱보 여자가 시장에서 그의 구두를 조금 밟았다고 성을 내도 그날 밤 한잔 하고, 학교 선생과 상담하고 온 날 기진맥진해도 한 잔 들고, 토마스가 독일말 문법이 하나도 안 맞는다고 편잔을 준 날도 한잔 마시고, 화랑주인과 실랑이를 벌인 날도 또 한잔, 이유에 이유가 연달아 이어지고 나는 혼자 취하길 원했다.

그러다 어느 날 대낮 거리에 더러운 술주정뱅이들 틈에 썩은 호박 같은 얼굴을 한 여자가 그들과 함께 낄낄대며 술을 마시고 있는 걸 보고 흠칫 놀랐다. 전 독일에 알코올 중독자가 그 얼마며 알코올 중독으로 목숨을 잃는 자가 그 얼마인지, 외로운 이들이 멍청이 텔레비전 앞에서 한 잔, 매일매일 그릇만 닦는 가정주부들이 무료한 생활을 달래느라 한 잔, 또 한 잔. 그들은 처음엔 무의식적으로 마신 술 때문에 이제 내리막길을 걷는 줄도 모르고 마셨다. 그들은 병원에 갇히게 되고 따뜻한 가정에서 축출당하고, 급기야는 직장인들도 손이 떨리는 낌새만 보여도 노동가치가 없는 인간으로 판정돼 쫓겨나갔다.

독일의 알코올 중독자들은 사회에서 아예 제외된 쓰레기 정도의 존재였다. 정부에서는 그런 사람들을 위해 많은 조치를 취하고, 그들에게 사회보장제도의 혜택으로 술 마실 몇 푼의 돈은 나오지만 그들은 결국 가진 것 없는 거리의 천사로 전락해 버리고 만다.

그때 나는 토마스가 장미꽃과 함께 선물했던 포도주 외에도 내가 직접 술을 사와서 마셨다. 오늘은 안 마셔야지 하고 기껏 잘 참다가도 작심삼일은커녕 하루도 건너뛰질 못해 오후 6시 가게가 문 닫기 전에 황급히 달려가 포도주 한 병을 구해오곤 했다. 어느덧 나는 술을 떳떳하게 사지 못하고 누가 보지도 않는데도 채소 밑에 숨겨서 사오곤 했다.

이제 나는 술을 즐기는 도를 넘어 비굴하게 마시고 있었다. 나의 행동이 하도 더러워 어느 날 철철 울어댔다. 겨우 독일 와서 술주정뱅이가 되는 게 아닐까 하는 마음에…… 아직도 어린 아이들은 밤에 홀로 술잔을 드는 엄마를 모르고 있었다. 손이 떨리면 섬세한 인형 얼굴 하나 못 만들고 더러운 늙은 개처럼 바바리아 끝에 처져 있을 것을……. 그것도 동양인의 얼굴로. 나는 무서움에 치를 떨었다.

그때 토마스도 눈치를 챘을 것이다. 내가 매일 술을 마셔댄다는 것을. 미처 치우지 못한 술병은 탁자 밑에 즐비하게 깔려 있었고……. 하루도 술 없이 못 사는 여자가 되고 말았다. 토마스는 그 즐비한 술병을 보고도 못 본 척했다. 그의 청교도적인 자세에 비해 나의 무절제가 얼마나 치사한 것인지 부끄러웠다. 남편은 우유와 신 과일 한 쪽과 꿀빵을 아침에 먹고, 그 맞은편의 아내는 여섯 잔의 커피를 연거푸 마셨다.

생활구조가 완전히 달랐다. 왜 그는 말을 안 할까. 다 마신 술병은 곧장 쓰레기통으로 버려졌다. 어느 날 유진이는 소리쳤다.

"엄마 유리병은 돈이야. 그리고 나라의 재산이야. 쓰레기통에 넣지 말고 따로 모아서 유리병 처리장에 버려요."

학교에서 열심히 배운 자연보호운동으로 크게 부각되는 쓰레기 문제를 그녀도 잘 알고 있었다. 나는 술병을 이제 쓰레기 밑에 감추는 지지리도 못난 비굴한 여자가 되었다. 여전히 토마스는 그 문제를 입에 전혀 올리질 않았다. 충고라는 것도 없었다. 봄누리가 걸음마를 제법 시작하고 젖도 떨어져서 나는 그 젖을 떼는 자유를 술로 연결시킨 셈이 되었다.

흰 눈이 그해 겨울, 무지막지하게 쌓였다. 토마스는 그날 늦게 들어왔다. 그는 돈이 안 생기는 운동, 즉 자연보호운동을 지독히도 열심히 했다. 미래에는 물 한 모금, 감자 한 알 못 먹는 시대가 올 것이라며 그는 경악했다. 나는 그의 이상과, 그의 사랑과, 그의 생활문화에서도 빗겨난 듯한 느낌을 늘 가졌다. 소복소복 눈 내리는 소리를 들으며 흰 밤을 내다보며 응접실에서 술잔을 기울였다. 나는 빨간 망토의 마술사를 그날도 만나 신나는 환상과 온갖 희로애락을 상상으로 술과 함께 즐기고 있었다. 그때 탁 불이 켜지더니 늦게 귀가한 토마스가 문을 열고 서 있었다.

"영희, 혼자 있구나."

"응."

나는 그때 완전히 취해 있었다. 토마스는 맞은편에 앉아 한잔의 술을 따라 건배했다. 그의 눈에는 눈물이 고였다. 그날 밤 그의 품에서 내장을 다 빼내는 듯 아프게 울었다.

"토마스! 너의 아이를 낳았어도, 전시회에서 예술의 멍에를 목에 걸어도, 한국아이들을 잘 키우려고 노력해도, 베토벤을 들어도, 여행을 해도, 심지어 당신과 성회를 즐겨도, 그래도 밑바닥에서 오는 풀지 못할 외로움을 어떻게 해. 이 독일 땅에 발을 대고 걸어도 공중을 걷는 듯한 허허로운 발자국임을 어찌하랴."

나는 그에게 짐승 같은 괴성으로 울부짖었다. 외로운 짐승의 소리였다. 토마스의 눈물과 내 눈물이 범벅이 되어 베개를 적셨다.

"영희야, 우리는 큰 이상을 가져야 돼. 첫째, 우리 아이들은 엄숙히 우리들의 책임이야."

그도 울었다. 그리고 "사랑한다"를 연발했다. 사랑한다는 의무를 좀 지키라는 소리 같았다. 밤이 뿌옇게 새었다. 우리의 울음으로 밤은 벗겨지고 있었다.

독일의 알코올 중독자는 정신치료부터 받는다. 이웃 크리스티네 아줌마가 알코올 중독이라는 소문이 동네에 퍼져 그녀를 상대하는 사람이 없었다. 몰래 먹던 술을 이제는 대낮에도 마셔 그녀의 몸에서는 늘 술 냄새가 났었다. 그 착한 남편은 그녀를 정신과 의사에게 보내 치료를 하게 했다. 그녀는 병원에 드나들며 힘들게 술을 끊는 듯했다. 그 후 그녀는 나에게 고백을 했는데, 직장을 그만두고 아이를 낳으려고 쉬고 있는 5년 동안 기다림에 지쳐서 마셨다고 했다. 사랑하는 남편이 아니었으면 그녀는 영원히 불구였을 거라는 고백이었다. 남의 일 같지가 않았다. 술에 대한 공포가 무섭게 다가왔다.

그때 나는 무서운 친정어머니의 얼굴을 환상으로 보았다. 그 환상은 현실처럼 생생하게 다가왔다.

"쓸개 없는 여편네!"

"시시한 여편네 하나가 몇 사람 망칠라꼬."

그녀의 호령이 귀에 쟁쟁했다. 어머니의 지론에 따르면 어미라는 직업은 숙명이라고 했다. 한 여자가 자식을 낳으면 그때부터 여자라기보다 공동 소유의 몸이므로 함부로 개인 생각을 해서는 안 된다 했다. 그녀는 평생 술 담배는커녕 이웃 마실도, 수다 떠는 시간도, 낮잠도 모두 절약해서 부지런한 행동 하나로 많은 자녀를 대학에 보낸 분이었다. 나는 그녀의 차고 무서운 얼굴에서 전율을 느꼈다. 나는 약하게 나의 감각에 충실했구나.

나는 김영희라는 여자가 시시해서 쓸쓸히 웃었다. 참, 작고 시시한 여자였다. 포도주에 매달린 보잘것없는 여자.

안개가 걷히고 청량한 날씨가 계속되었다. 추위도 날카롭게 비수처럼 꽂혀오고, 나는 그와 이별을 했다. 붉은 망토의 마술사, 즉 술과 시련 끝에 이별을 했다. 간단한 이유였다. 시시해지고 싶지 않았다. 나는 마술사(술)에게 절연장을 보냈다.

'당신과 만날 때는 즐거움 속에서 만나지 당신의 지배 속에서는 만나지 않겠다' 고.

참으로 홀가분했다. 무엇에 매어 산다는 게 얼마나 괴로운 일이었던가. 술이란 고리에 걸려 허덕이는 꼴이 부끄러웠다. 해방감이 신선하게 불어왔다. 작품의 크기도 커지고, 본격적인 인간의 근원을 다루고 싶어서 자화상을 많이 만들었다. 그때 미술애호가 짐머만이란 사람이

고액으로 나의 자화상을 몇 개 사갔다. 덕분에 나는 윤수가 원하는 피아노를 살 수 있었다. 감개가 무량했다. 나와의 싸움에서 작은 승리를 한 셈이었다. 내 자화상에 담겨 있는 나의 시름 그리고 희망을 원했던 기원과 모성이 현대의 전위적인 여성의 모습으로 표현된 이중적 의미의 작품이었다.

또다시 수선화가 피다

일곱번째 이야기

나는 독일 문화의 충격으로 사실상 어리둥절한 몇 년을 보냈다. 그들의 선진적인 것 같은 모든
규범을 은근히 존경했다. 그래서 내가 살아온 습관들, 아이를 이미 셋이나 키운 엄마의 경험이 녹아 있는 한국식 육아법 등이 크게
차이가 나서 내 쪽이 촌스러운 게 아닌가 부끄러워했다. 나의 굳어진 상식으로 그들의 전통적인 규범을 흘긋흘긋 눈치 보며 뜯어고
쳐야 했다.

_5월의 연꽃

긴긴 겨울을 술의 마술에 빠져 허덕이고 난 후 나는 또 껍질을 깨고 나온 가련한 새처럼 다시 생을 시작하는 느낌이었다. 노란 수선화가 햇볕에 찬란히 빛났다. 집집마다. 부활절 즈음에 피는 수선화들…….

나는 계속 자화상 만들기에 심취해 있었다. 예술에 주의라든가 역사적 흐름이라는 게 있어야 된다는데 나는 그런 이념이 전혀 없었다. 나로부터 모든 게 출발하는 것이었다. 구식이든 신식이든 내 직성에 차는 작품을 해야 했다.

김영희의 존재를 모르고 살아온 자신이 너무 불쌍해서 김영희라는 정체를 추적하려고 애썼다.

새벽 동이 트기 전에 식구들이 새벽잠 속을 헤맬 때 나는 그 고요함을 통해 나를 찾으러 길을 떠났다.

"너는 누구냐?"

심중에 고여 있는 그 진실의 음성을 듣고 싶었다.

"여자?"

"그래."

"엄마?"

"그래, 그런데 그건 잘 알지 못하고 얻은 명예야."

"그럼 성실해야지."

"성실해지려고 노력하는데 내 존재의 시시함을 즐기고 싶을 때도 있어."

"예술가."

"그것도 어쩌다 얻은 직업이야."

"어릴 때부터 좋아서 주물렀지 면류관이라든가 돈 얻어내려고 한 건 아니야."

"이제 너는 꼼짝 없이 예술의 길을 달려야 되는데?"

"그래, 나는 지금 이 진공상태에서 할 수밖에 없는 구원의 길이야. 그리고 돈이 필요해. 나는 대식구를 떠맡은 가장이야. 어쩔 수 없이 나는 전시회 판매에 생계를 매달았어. 아직도 남편은 학생이거든."

"그럼 너는 돈을 먼저 생각하니? 아니면 예술이란 걸 먼저 생각하니?"

"부엌에서 있을 땐 돈을 제일 먼저 생각해. 그러나 나의 진정한 영혼은 돈에 앞서 꼭 해내고 싶은 근원적인 것이야. 예술이라고 할까. 남녀의 성행위가 근원적인 것과 같이, 꼭 이유 없이 해내야 직성이 차는 거야. 영혼의 소리라도 하고 싶어."

나는 끝없는 영희와의 문답으로 자화상을 만들어 갔다. 자화상 시리즈는 구매자들에게 팔려 나갔다. 몇 년 생활할 돈이 생겼다. 참으로 웃을 일이었다. 나의 무서운 시련을 실험한 것이지 팔릴 것이라고 생각 안 한 작품들이었는데. 그들은 참 영희의 모습을 사간 것이었다. 물론 자화 상이란 이름을 붙이지 않았다. 눈물, 날개 등등의 작품명을 붙였다.

봄누리는 동그란 눈을 굴리며 천생 주어진 성품인지 고분고분 참한 몸짓으로 내 자화상 만드는 옆구리에서 놀아주었다. 나는 틈틈이 한국 말을 가르쳤다. "엄마", "아빠", "인형" 그는 종알종알 제법 한국말을 지껄였다. 봄누리는 반듯한 서양인형 같았다. 부드러운 밤색 머리카락 에 동그란 눈. 그렇다. 제천읍에서 전쟁 이후에 가졌던 바로 그 공주님 의 모습이었다. 아이를 잘 씻기고 머리를 틀어 올려주면 윤수는 자랑 스럽게 말했다.

"엄마, 봄누리가 세상에서 제일 예뻐!"

"네 동생이라서 그래."

토마스는 착한 봄누리에게 언제나 엄하게 대했다. 그녀는 윤수 공책 에 낙서를 해서 엉덩이를 맞고, 그림물감으로 유진이 옷에 그림을 그 려놓아서 혼나고. 얌전하지만 그 나이에 으레 그렇듯이 저지레는 찾아 다니면서 다했다. 토마스의 그런 엄한 모습을 못 보던 유진, 윤수는 힘 차게 도전했다.

"봄누리 궁둥이 때리지 마세요."

"아기가 놀라겠네."

"우리가 숙제를 다시 하면 되지 봄누리가 낙서한 걸 가지고 왜 큰소 리 쳐요."

항의를 받고도 토마스는 그래도 단호했다. 그는 영락없는 독일인이었다. 봄누리의 유아교육에는 철저했다. 왼쪽 신발, 오른쪽 신발의 형체에 대해 가르치고, 음악을 들으면 그 음악의 작곡자까지 그 어린애가 듣든지 말든지 이해 못하는 것까지 열심히 설명했다. 한국 아이 셋을 대할 때와는 달랐다. 그는 철저히 엄했다. 나는 그에게 넌지시 물었다. 왜 아직도 어린 아기인 봄누리에게 특별히 엄하냐고.

나는 우울하게 또 물었다. 한국 아이와 차별을 두느냐고. 그는 바보 같은 질문이라며 잘라 말했다.

"한국사람 모두 너와 같은 생각을 하니? 큰 사람에게는 엄하고, 아기는 다 용서해 주고, 오늘의 예를 들어보자. 유진이가 숙제한 노트에 봄누리가 빨간 크레용으로 낙서를 해놓으면 유진이는 또 한 시간을 허비해서 다시 숙제를 해야 돼. 너도 생각하는 게 있어야지. 감정적으로 어린 애가 예쁘다고 오냐오냐 해주는데 유진이도 봄누리와 똑같은 인격체야."

그랬다. 바바리아의 유아교육은 우리와 달랐다. 아기가 네 살이 될 때까지 유아 교육은 형성된다고 잔인할 정도로 규범을 정해 가르친다. 어떤 이들은 그 가르치는 게 정도를 넘어 그들이 말하는 인격의 선을 넘어서까지 호되게 다룬다. 성인들의 눈으로 봐도 예쁘고 깨끗하며 한치도 안 틀리도록 모든 물건의 규격으로 정리 정돈하고, 갓 태어난 아기도 그런 환경 속에 길들여져야 했다. 그들은 그들의 아기를 느긋하게 놔두지를 않았다. 비교적 말이 적은 독일사람이지만 갓난 아이 하나를 낳으면 말이 무척 많았다. 앉아라, 서라, 똑바로 앉아라, 소리 내지 말고 씹어라, 국물을 안 흘리고 먹게 숟가락의 각도를 똑바로 잡아라 등등 그것을 독일말로 해서 그런지 더 귀에 거슬렸다.

또 어떤 이는 아기가 우유를 쏟았다고 조용히 야단치고는 1시간 이상을 아이 방에 가둬 두었다. 그래서 독일 아이들은 유럽 어디에 내놔도 얌전하고 예의바르다. 성인들이 가는 화려한 음식점에 앉아도 손색없이 식탁의 예의를 지킬 줄 안다.

나는 처음에는 참으로 의아했다. 깨끗한 아이의 옷, 잘 빗은 노란머리, 반질반질한 구두, 식탁 앞에서 어른보다 더 점잖은 예의, 눈을 깜박깜박하며 어른들의 말을 조용히 듣고 질문하는 자세, 그러면 부모들은 성인 대하듯 정성껏 대답을 해준다. 글씨도 모르는 애들에게 뭘 먹겠냐고 묻는다. 그리고 메뉴를 다 읽어준다. 그런 음식점에서 징징 졸라대고 이리저리 뛰는 애는 우리 애들뿐이다.

저렇게 잘 길들여진 아이들이 사춘기를 맞으면 내 상식의 한계에서는 도저히 생각 못할 짓을 한다. 독일 유아교육의 중점으로서 어느 계층에서나 통용되는 말은 자립정신이었다. 한 인격체로 키워 양친이 죽어도 꼭 그 자신 혼자서 세상을 헤쳐나갈 수 있어야 한다고 생각했다. 그리고 독일 법으로 정해진 모든 테두리 즉 말하자면 우리네에게는 예의로밖에 칠 수 없는 것을 국법으로 정해 놓고 어린 애들에게 주입을 시킨다. 밤 10시 이후는 기침 소리도 크게 내지 마라, 오후 12시부터 3시까지는 라디오도 틀지 마라 등등. 그리고 그들은 물건이 선물로 들어올 때 "대단히 감사합니다. 나는 이 물건을 오랫동안 희망했습니다"라고 정중히 대답한다.

나는 독일 문화의 충격으로 사실상 어리둥절한 몇 년을 보냈다. 그들의 선진적인 것 같은 모든 규범을 은근히 존경했다. 그래서 내가 살아온 습관들, 아이를 이미 셋이나 키운 엄마의 경험이 녹아 있는 한국식 육아법 등이 크게 차이가 나서 내 쪽이 촌스러운 게 아닌가 부끄러워했다. 나의 굳어진 상식으로 그들의 전통적인 규범을 흘긋흘긋 눈치 보며 뜯어고쳐야 했다. 적어도 이 독일 사회에서 견뎌내기 위함이었다. 그런데 지금까지 내가 타령하는 말이 "뭔가 나에게 맞지 않았다"인데, 즉 체질적으로 엇갈리는 짓을 하려니 독일사람들은 자연스럽게 행하는 일이 나에게는 아주 힘이 들었다.

가령 아기를 집에서만 업다가 시장 보러 갈 때는 남의 눈도 있고 해서 유모차를 끌고 나가는데 나는 그 유모차를 제대로 굴릴 줄 몰라 바퀴가 항상 앞에 가는 사람의 발뒤꿈치를 치곤 했다. 아니면 바퀴는 옆으로 빗나가 남의 집 울타리를 박곤 했다.

그것은 나의 기계적인 사고방식 즉 수학적인 두뇌가 모자란 내 개인의 탓도 있긴 했다. 그래서 입 한 번 떼는 데 매번 뭐가 그리 힘들었는지. 해만 지면 그저 한 일 없이 녹초가 되었다. 그 일상사가 계속되고 나는 어느 날 또 허무의 나락으로 떨어졌다. 보통 독일 시민이면 누구나 할 수 있는 일도 못하고, 나라는 사람은 사람 이전에 멍청이 축에 들어갔다. 일자무식(독일어)에다가 집안일도 그들의 반도 못 따라가는 쓸모없는 인간이었다.

그들의 부엌을 들여다보면 음식을 한 번도 안 해먹은 것처럼, 진열장처럼 깨끗했다. 유리창은 반들반들하고 침대보는 호텔방처럼 하얗게 정리되어 있고 언제나 잘 정리된 고급 음식점 같다. 식탁에는 늘 싱싱한 꽃이 꽂혀 있다. 남편이 들어오면 10년은 떨어져 있던 애인처럼 반기며, 촛불을 밝히고 따뜻한 음식을 대령한다.

나는 그들 주부들의 일의 분량을 감지할 수가 없었다. 틈틈이 털 윗도리를 뜨개질해서 사랑을 표했다. 심지어 양말, 잠옷 등을 만들고 그것들을 직장에서 돌아온 남편에게 애교를 떨며 신기고 입혀 본다. 내가 본 주위의 독일 주부들은 헌신이라기보다 중세의 종처럼 남편을 대했다. 그래서 그런지 주부로서 세계 제일로 독일 여자를 꼽는다 한다.

사랑의 크기를 노동으로 나타내는 것도 있지만 독일 여자가 주인이 된 집은 모든 게 완벽하다. 완벽한 집은 편하기 마련이다. 그런 데에 익숙해진 바바리아 남자들은 일 못하는 여자는 성적 매력까지 없다고 한다. 그래서 게으른 여자 즉 비생산적인 여자는 제외된 인간으로 취급했다. 제일 큰 욕은 "그 여자 게을러"란 말이다.

나는 그전에 미국영화 속에서 나타나는 서양남자에 대한 환상을 갖고 있었다. 뾰족구두 신은 여자가 자리에 앉으면 남자가 의자를 꺼내주고, 담배를 꺼내 입에 물면 불까지 켜 대령하는 게 코가 큰 남자들이라 생각했다. 그 장면은 영화에서 나오는 것이려니 생각했지만 은근히 그런 남자를 유럽에서 기대한 것은 사실이었다. 길거리에서 보면 미국영화에서 보던 그런 남자들이 눈에 띈다. 부부가 식당에 가면 남편이 아내의 윗도리를 벗겨서 걸어주고, 남의 여자가 들어서도 남자가 문을 열어 공손한 태도로 여자가 들어올 때까지 기다리고, 입맞춤을 정답게 하며 인사를 하고……. 그런데 자기들 집 대문만 탁 닫히면 거꾸로 된 엄청난 현실이 일어난다. 여자가 남편 발도 닦아주고, 머리까지 감겨주고, 남자는 왕이 되는 것이다.

어떤 남자는 여자에게 거침없이 명령을 하곤 한다. 독일 주부들은 주부라는 일을 직업으로 생각했다. 직무를 꼼꼼히 책임 있게 해내는 직장인이었다. '내가 돈을 힘껏 벌어오는데 너는 집에서 무얼 했느냐'

하는 식으로 남편들은 매일 집안을 둘러본다. 독일 주부들은 그날 하루 남편이 오기 전까지 일한 양을 조용조용 보여준다. 케이크를 몇 개 굽고, 유리창을 닦고, 친척 아주머니 줄 선물을 손으로 만들고, 그녀들이 얼마나 경제적이고 알뜰한가를 남편에게 보여준다.

여든 살인 친정 노모의 부지런한 인생을 이곳 어디에서나 볼 수 있다. 꼭 기관차같이 쉬지 않고 일하며 직장인처럼 깨끗이 차리고 있다. 남편이 퇴근하기 전 독일 주부들은 검열에 임하는 병사처럼 집안 점검을 다시 하고 작업복 대신 예쁜 옷으로 갈아입는다. 그녀들은 퇴근한 남편의 가방을 받아들고 당신을 기다렸노라고 속삭이며 뽀뽀를 꼭 해준다. 물론 외투도 벗겨주고 신발도 신발장에 넣어주고 담배 재떨이까지 앞에 놓아준다. 딱딱한 직장에서의 피로를 가정에서 풀 수 있도록 요양원 분위기를 마련해 준다. 남편 신경 안 건드리는 쓸데 있는 말만 하고.

독일 주부들의 일의 양을 말하기로 들자면 끝없는 사설이 된다. 그건 그렇다 치고 제일 이상스러운 것은 독일 주부들이 남편과 10년이나 20년 이상을 살아서 어지간히 자세가 흐트러질 만도 한데 그렇지가 않다. 남편에게 독일 주부들이 예의 있고, 쓸데 있는 이야기만 하는 게 나는 의아했다.

"오늘 당신 멋있어 보여."

이런 상식적인 말들을 그들은 자주 한다. 한국에서, 나의 주변에서 모두가 그랬고, 나 자신도 주부의 바가지 긁기는 통용된 묵계로 생각했다. 종알종알, 구시렁구시렁, 더 나아가서는 앙탈을 부리는 것도 주부의 애교쯤으로 생각하지 않았던가. 그런 애교를 독일말로 번역할 수도 없겠지만, 만약 그 앙탈을 실천에 옮겼다가는 변이 돌아올 것이다. 근본적인 큰 이유가 있어서다. 즉 이론이 서야 정식 싸움을 할 수 있다. 저들은 무슨 마음을 가져서 저리 남편에게 예의바르고 애교스러울까.

일은 배우면 된다 해도 집안 식구끼리 쓸 데 있는 말만 탁 하는 것을 지금도 나는 못 배웠다. 나는 쓸데 있는 말보다 쓸데없는 말을 더 많이 하는 경향이 있다. 그래서 제일 친한 친구나 식구에게 쓸데없는 말을 비교적 더 많이 한다.

"저를 식모 정도로 취급해요."

유학생활 중에 반한 독일 남자와 결혼한 영자 씨가 가끔 나에게 하소연했다. 나의 답은 언제나 똑같다. '연애할 때는 집 문밖에서 했으니 서양남자의 장점만 보지만, 문만 닫으면 전형적인 바바리아 사람으로 둔갑한다는 것을 몰랐지' 라고.

"글쎄 남자가 쩨쩨하게 냉장고에 김치 국물 떨어진 것 안 닦았다고 지적하잖아요. 그리고 '낮잠은 자면서' 라는 말을 덧붙이고요."

"내가 독일 땅에 설거지나 깨끗이 하러 왔나 생각하면 한심해요."

그녀도 허우대 크고 잘생긴 독일 남자와 결혼해서 꿀 같은 결혼생활을 기대했건만 철저한 청소부를 원하는 독일남자에게 실망을 했다. 그리고 그들 남편들은 여자가 부지런한 건 자랑이 아니고 인간이 갖출 근본이라고 생각한다.

그러면서도 노동가치 이후에는 지적 요구까지 들고 나온다. 수시로 이혼 이야기가 들린다. 뻑 하면 '이혼했다' 는 소리다. 결혼 몇 년 안에 이혼하는 것도 그래도 이해가 가는데 산전수전 함께한 결혼 20~30년, 심지어 40년의 역사를 뒤엎고 이혼을 한다.

"우리 할아버지는 이혼했어."

이렇게 말하는 독일 아이들의 소리를 가끔 듣는다. 그들은 여하튼 연속극처럼 심심한 삶이 계속되면 단호히 다른 삶을 원한다. 그때 제일 손해 보는 것은 물론 여자들이다. 직장생활 20년이면 돈과 직장이 있는 데 비해 가정주부 몇십 년에 느는 것은 잔주름뿐이다. 남자들은 그래도 멋이 남아 있으련만 가정생활에서 주부들은 어딘지 모르게 촌티가 나게 마련이다. 물론 그들이 취직을 새로 한다는 것은 꿈속의 일이다. 나이 서른다섯 살 넘은 여자가 직장에 새로 매달릴 수 있는 기회는 사회가 주지 않는다. 젊고 유능한 젊은 여자가 수두룩하기 때문이다. 즉 노동 가치를 상실한 부류에 들어가게 된다.

그래서 독일의 많은 여자들은 결혼을 두려워하고 결혼생활 중에도 마음이 편치 못한 것이다. 솔직히 저질스럽게 말하자면 언제 이혼을 당할지 모르는 아리비아 부인처럼 공포를 느끼며 산다. 그들은 그래서 더욱 남편에게 봉사하고 자기가 얼마나 현명하고 매력 있는지 끊임없이 보여주는 것이다.

그래서 많은 독일 젊은 여자들은 직장과 결혼생활을 병행하길 원한다. 그러자니 대가족제도가 붕괴된 지 오래다. 핵가족에서 아이의 양육문제와 직장문제가 심각한 고민으로 등장했다. 애 키운다고 잠시 어벙벙하면 경쟁사회의 직장에서 어느덧 옆으로 밀려난다. 그래서 어떤 계층의 젊은 여자들은 아이 낳고 결혼하는 것을 징그럽게 싫어하며 그들의 사회적 위치를 다지려고 노력한다. 여하튼 독일이란 나라의 속을 들여다보면 볼수록 육아법이니 이혼법이니 시민법이니 등등 알면 알수록 골치가 쑤셔온다. 머리로는 알아든는데 그런 일들이 슬프도록 허무했다. 냄비나 창을 닦아도 옆집보다 반들반들 못 닦고, 세무서에서 날아온 세무처리 하나 못하고, 병원에 가니 어디가 어찌 아프다고 속 시원히 말도 못하고, 집은 어수선한 게 남다르게 어질러져 있었다. 더 군다나 징징 짜는 애들은 동네에서 우리 애들뿐인 것 같았다. 나는 갈 수로 태산이라는 말이 생각났다. 나는 배우지 않고 생긴 꼴대로 살아 보고 싶었다. 내 방식대로 내 꼴대로 심중에서 나오는 대로.

나는 용감해지기로 결심했다. 나는 집에서만 쓰던 분홍 포대기에 아기를 업어 질끈 묶고 거리로도 나가고, 산책도 하고 물건도 사니 참으로 편했다. 조남진 씨가 뮌헨에 들렀을 때 아기를 등에 업고 식당으로 나갔더니 좀 의아해 하는 눈치였다. 그것뿐만 아니라 애들이 뭘 달라고 조르고 징징거려도 부끄러워하지 않았다.

쓸데 있는 말만 하며 연극배우처럼 고상한 주부가 되어 병 걸려 죽는 것보다 나도 살아야 할 것 같았다. 화나면 화나는 대로 삿대질하며 부부싸움을 벌였다. 애들이 말을 안 들으면 상식 있게 조용히 타이르는 독일 엄마들과 달리 소리를 꽥 질러야 시원했다. 그랬더니 속의 멍이 풀어지는 것 같았다. 멀쩡한데도 말을 못해 답답한 것도 대단한 고통인데 한국여자 김영희를 독일여자로 수술해서 고치려니 죽을 무덤을 파는 듯했다. 김영희 인형에는 깊은 고요와 사랑이 흐르며 또한 생동감이 있다는 독일 신문평과 수집가들의 말과 같이 주변의 독일사람들은 토마스에게 묻는다.

"동양의 고요한 여자 예술가와 사는 당신은 얼마나 행복해?"

그러면 토마스는 뒤통수를 긁기 일쑤였다.

"고요한 동양 여자?"

그런 말에 그는 난처한 표정이다. 김영희란 한국여자는 독일사람이 상상하는 동양의 고요가 서려 있지 않으므로. 토마스는 늘 내게 말했다.

"김치를 먹기 때문일까. 성격도 맵고 짜다."

나의 대한 그의 평이었다. 토마스는 그가 본 50킬로그램 미만의 가날프고 고상했던 한국여자가 점점 살이 오르고 나이가 먹어가더니 호랑이로 변하는 것을 김치 탓으로 돌렸다.

내가 독일인보다 똑똑해질 필요보다는 내 생긴 꼴만큼 편하게라도 살고 싶어서 한 행동이 그의 눈에는 예의도 없는 호랑이로 보였으리라. 예의 있는 호랑이는 없으므로. 더군다나 한국 호랑이는 독일 예의를 모른다고 시침 뚝 떼었다. 기가 죽었던 몇 년의 외국생활, 너무 그들을 존경했던 몇 년의 기간을 보내고 나니 뾰족한 눈치만 남았는데 그들의 법규도 사실상 인간이 사는 데 허무만 불러들일 뿐이었다.

사랑하는 부부 사이에 그렇게 자 대고 재면서 살면 뭐하고, 애들 어리다고 그렇게 길들여 사회로 내보내서 자립시켜 놓고 보니 중요한 사랑을 몽땅 잘라버리니 뭐 할꼬 싶었다. 그들의 규범이 점점 시시해졌다. 그래서 발발 떨고 들여다보던 그들의 규범이라는 걸 나는 좀 멀리 밀어버렸다. 세상에 사람 나서 남 안 속이고 도둑질 안 하며 남의 발등 안 밟으면 됐지 삼각형, 사각형 정해 놓고 조심하며 그 꼴을 들여다보며 매일 되풀이할까.

나는 여느 날처럼 유일한 나의 상대자인 독일사람 토마스에게 손을 들어 선서를 했다.

"무정부주의자 김영희가 독일 속에 산다."

그도 손뼉을 치더니 잘 됐다고 축하해 주었다. 그는 그날 밤 2차 대전 전 무정부주의자들이 만나던 음식점 '크록켄 바하'라는 전통이 있는 곳으로 나를 안내했다. 독일 작가인 오스카 마리아가 글을 쓴 곳이기도 했다. 우리는 술잔을 높이 들고 축배를 들었다.

"나는 독일의 자질구레한 꼴을 기억 못하는 여자, 즉 법규에 제외된 여자임을 선포함."

무정부주의자를 농담 삼아 표방하고 나니 또 군더더기 하나가 벗겨진 느낌이었다.

독일 무정부주의자 김영희는 이곳에서 전시회를 하는데 작은 화집을 본에 있는 괴츠키 출판사에서 찍었다. 사장인 한국사람 김희열 씨가 나의 편리를 봐준다고 그레벤젤에서 전철 한 정거장 가는 간이역에 그 화물을 부쳤다. 사실은 뮌헨 중앙역이 화물 찾기가 더 간편하고 운송시간도 더 짧은 편이었는데. 본시 자상한 김희일 씨가 지도를 보고 더 편리하게 해준다는 게 나에게는 우스꽝스런 불편을 주었다.

유진이와 함께 전철을 타고 소화물을 찾으러 올킹 역에 도착했다. 역이라 해야 아주 한산한 기차 간이역 겸 전철 정거장이었다. 간이역에는 사람도 없고 사무실 선반에는 화물이 딱 세 개 있었는데 그 중 하나가 내 것이었다. 뾰족하게 생긴 역 담당자는 내가 인사를 해도 서류만 보고 있었다.

"여보세요, 내가 소화물을 찾으러 온 사람입니다."

귀머거리에게 소리치듯 그렇게 큰소리를 쳤는데도 그 역무원은 서류만 내려다보고 있었다.

"제 화물이 저기 있으니 주시겠습니까?"

또 목청을 돋워 역무원에게 소리쳤다. 그 뾰족하게 생긴 역무원은 그제서야 겨우 자기 은테 안경을 살짝 만지더니, "지금은 시간이 지났다. 첫째, 시계를 보고, 둘째, 앞에 걸린 간판에 근무 시간표가 써 있으니 보시오" 하고서 그는 여전히 그의 서류만 보았다. 나는 그가 시키는 대로 시계를 보니 정오가 5분 지났다. 그리고 화물 찾는 시간표를 보니 정오부터 2시까지 휴식시간이었다.

나는 화가 버럭버럭 났다. 겨우 5분 지난 것 가지고 소화물을 안내주면 또 2시간을 기다렸다 와야 되었다. 5분의 규범 때문에 화물 양이 많은 것도 아니고 겨우 세 개 있는 간이역의 규모에 그가 팔만 한 번 올리면 닿는 곳에 있는 걸 가지고 서라나 싶이 니의 신경은 어지러웠다. 그리고 역무원에게 소리를 냅다 질러버렸다.

"여보세요, 일자 무식쟁이 외국인 청소부 여자가 어떻게 저기 있는 간판을 읽을 수 있느냐. 뮌헨 중앙역에는 하루 종일 화물을 내주길래 이곳도 그런 줄 알고 왔다. 그리고 내가 사실은 정오에 도착했는데 네가 5분 동안 안 내주고 질질 시간을 끌었지 않느냐. 나는 분해서 경찰서에 가겠다" 하고 꽥 소리를 더 질렀다. 그는 갑자기 덜덜 떨더니 포스터가 들어 있는 화물을 얼른 내주었다. 나는 의기양양하게 소포를 받아 들고 나오는데 유진이는 담벼락 뒤에 있었다. 무식한 엄마 꼴에 얌전한 아이가 창피해서 얼굴이라도 가리고 있나 싶었다. 나는 그 이야기를 토마스에게 했더니 킬킬대고 웃더니 쫑구인 내 머리를 쓰다듬으며 김치 먹는 무정부주의자는 독일 무정부주의자들보다 더 독하다고 계속 웃었다.

"영희야, 독일 무정부주의자들은 그들 위호주머니 안에 독일 법률 책이 늘 들어 있어. 그들이 독일 법에 대한 상식은 보통 시민보다 월등 하고 전문성까지 띠고 있어서 그들이 원하는 운동을 할 수 있는 거야. 너하고는 달라."

그의 설명에 나는 크게 말대꾸 했다.

"일자 무식쟁이도 운동권에 들어갈 수 있어. 왜 그래? 안 될 것 있 어?"

우리는 계속 킬킬거렸다. 토마스가 들썩거리며 웃는 등 뒤 창 너머 로 어느새 노란 수선화가 가득 피어 봄빛에 비쳐 찬란했다.

슈바빙 거리에는 젊음이 깔리고

이제 슈바빙의 정취는 포플러 행렬 뒤의 뒷골목 진풍경뿐이었다. 슈바빙의 유명했던 거리의 화가
도 뜨내기 장사꾼들로 둔갑해서 생계를 위해 노점을 벌이고 있어 슬퍼 보였다. 나는 슈바빙의 밤 외출 뒤에는 손을 꼭 쥐고 새우잠을 자
지 않아도 좋고 소파에 털썩 앉는 여유가 있어 좋았다. 그리고 아이들의 온갖 희로애락을 꽃바구니에 담아 즐길 수 있을 것 같았다.

_큰 물고기

나이 사십이 넘었는데도 그 나이를 모르고 외국 생활의 외로움과 일에 시달려 세월 가는 줄 모르고 달렸다.

나이 사십이 넘었다!

참 인생 고개의 무게를 좀 넘어선 나이였다. 그런데 그 무게를 달아 볼 새도 없이 매일 무언가 초조하고, 허둥대는 생활이었다. 나뭇가지 많은 나무에 바람 잘 날 없다더니 봄누리도 유치원에 들어가고 이제 네 아이들이 그들의 사회생활을 가졌다.

그들의 사회생활, 즉 학교생활에서 오는 작은 희로애락들이 그것이 그들에게 부각되어 어미인 나에게 화살이 꽂혀지곤 했다. 긴장의 줄을 풀지 못하고 그들의 상담역과 전시회 준비에 늘 마음이 조여져 있었다.

그래서 친구들의 초대를 받으면 남의 집 소파에 앉아도 털썩 편하게 못 앉고 소파 끝머리에 앉아 초조한 시간을 보냈다. 그러지 말고 편하게 앉아야지 결심하건만 나도 모르게 매번 불안하게 의자 끝머리에 앉아 있는 나를 발견했다. 시간이 충분히 있을 때에도 빨리빨리 걷고 물건을 사면서도 허둥대고 그 허둥대는 꼴이 조용한 뮌헨 거리에 나 하나밖에 없는 것 같았다.

"소시지 300그램 주세요" 하고 지껄이는 것도 빨리⋯⋯.

그런데 막상 가게 주인들은 천천히 방긋 웃으며 조용히 손을 움직인다. 가게 진열장도 정리 정돈이 돼 있어 고요하고 뒤에 줄 서고 기다리는 사람도 지극히 조용했다. 성질 급한 여자는 독일에 나 하나뿐인 것 같은 착각이 들었다.

잠을 자도 반듯이 누워 잠들지 못하고 나는 새우잠을 자곤 했다. 팔다리 등 쑤시는 원인이 될까 봐 편하게 누워 자려고 노력해도 어느덧 손을 꼭 쥐고 새우잠을 자고 있는 나를 잠이 깬 후에 발견하곤 했다. 그 초조해 하는 버릇을 고쳐보려 해도 매번 원점으로 돌아가 파들파들 떨며 초조히 모이를 쪼아 먹는, 동양에서 바람 따라 날아온 새 한 마리를 본다. 물론 그 새는 나다. 그와 반대로 제 고향에서 태어나 뮌헨 골목골목마다 씨알맹이까지 떨어진 것을 다 아는 토마스는 이 고장이 즐겁고 평화스럽다.

"슈바빙 재즈 콘서트를 하니 가자!"

"팝 콘서트가 있으니 가자!"

"피카소 전시회가 있으니 보러 가자!"

"피아니스트 미하엘 안젤리가 오니 가자!"

그는 스물여섯 살, 청춘이 무르익은 나이로 그의 젊음에 나를 끌어들이곤 했다. 몇 번의 요구에 한 번쯤 그의 애인 역할을 해야지 하고 따라나서면……. 꽤 큰 집을 쓸고 닦고, 아이들 징징 짜는 고민 들어주고, 전시작품 매만지고, 다리미질 후딱후딱 해치우고, 이불 호청 갈고 등등을 하고 난 나에게는 녹초가 된 상태의 밤 외출이었다.

어느덧 편한 자리에 앉기만 하면 밤중에 설치는 잠과 달리 급하게 달콤한 잠이 쏟아졌다. 조용한 피아노 콘서트에서도 코를 골고, 무식하다고 흉을 보던 여편네 짓을 어느덧 내가 다 하고 있었다. 그날도 예외는 아니었다. 전철에서 단 한 명의 동양여자가 코까지 골며 자고 있었다. 토마스가 나를 깨워 전철에서 내리게 했다.

"아이, 창피해. 내가 잤나봐!"

"코를 골았지만 침은 안 흘렸어."

그의 대답이었다.

마늘 냄새, 애들 우는 냄새가 배어 있는 우리 집과는 달리 슈바빙의 밤은 뮌헨의 정적 속에 유일하게 생동하고 있었다.

고만고만한 가게들, 유명한 재즈 음악인들의 음악회를 여는 지하 카페, 바바리아의 왕이 지은 오래된 낡은 당구장, 매일 밤 전위연극을 공연하는 극장, 가난한 미술학도들이 웅크리고 휴식을 취하는 다방, 조그만 바에는 정부를 신랄하게 비판하는 긴 머리를 한 통기타의 남자가수, 그 좌석 뒤에는 정부의 비리를 인쇄한 전단을 돌리는 젊은이들. 또 한쪽에는 퇴색한 이념이지만 마르크스 레닌주의 그룹이 웅성거리고……. 밤새도록 마시고 떠들 수 있는 야간 바들이 즐비했다.

여하튼 밤의 슈바빙은 귀엽게 움직인다. 나의 일상적인 주부생활을 엎어버리는 생기가 있었다. 그것은 부유함으로 움직이는 현란함이 아니라 돈 몇 푼으로 해결되는 즐거움의 장소이기에 나를 기죽이지 않아서 좋았다. 특별히 잘 차릴 필요 없이 청바지와 단화 차림으로 그 밤의 축제에 낄 수 있어 좋았다.

더러운 맨발을 한 대학생들, 담배를 구걸하는 가난한 화가, 당구를 치는 젊은이들 옆의 늙은 소설가는 계속 글을 쓰고, 돈 있는 술주정뱅이들은 벌써 비싼 술에 녹초가 되어 카페 옆에 쓰러져 자고, 그 옆에는 자고 있는 주정뱅이 친구에게 계속 무어라 지껄여대는 동료 주정뱅이. 나는 그곳에서 독일의 해체된 규범을 봐서 흐뭇했다. 궁둥이를 전부 흔들며 흑인 재즈 피아니스트와 신나게 어울리고, 그 밤에는 흑인의 트럼펫에서 무지무지한 검은 생동감이 뿜어져 나오고 있었다.

"결혼을 안 하고 사실은 재즈 피아니스트가 되고 싶었던 게 어린 나의 꿈이었어."

나는 그의 고백을 듣고 깜짝 놀랐다.

"후회하니?"

"아니, 갑자기 너의 출연으로 너와 재즈 음악가의 꿈을 바꾸었어."

"영광입니다."

나는 결혼 후 그런 대화를 나눈 적이 있었다. 그래서 그의 재즈 음악회 안내는 꼭 동반하게 되었다. 후회하는 그의 인생이 될까 봐 조금은 두려워하며, 내가 동반하는 외출에 그는 늘 행복한 표정이었다. 그의 큰 키에 비해 단화를 신은 나는 꼭 강아지가 따라가는 느낌이었다. 나는 항상 외쳤다.

"나는 너의 루펠이 아니야."

그가 꼭 진돗개 한 마리 끌고 시내로 가는 느낌을 종종 받아서 진돗개라는 설명을 간단히 하고 그의 소년 시절의 동무였던 그의 복서견

루펠의 이름을 댄 것이었다. 한국 진돗개는 슈바빙 밤거리를 헤치고 다니는 느낌이었다.

검은 열기의 재즈 콘서트장을 빠져 나오면 밤의 신선한 공기가 싸늘했다. 새벽까지 문을 여는 바는 동 트는 슈바빙의 뿌연 여명 속에 엷은 꽃잎처럼 불을 비춰준다. 한잔 하자! 우리는 새벽 도둑들처럼 바에 침입했다. 술 몇 잔에 그와 회포를 풀고 나는 그에게 술주정을 핑계 삼아 지껄였다.

"내가 어떨 땐 도둑놈 같애. 너의 청춘을 뺏는 도둑 말이야. 이제 내 나이 마흔이 넘었어."

그는 나의 입을 막으며 쉿, 조용히 하란다. 그리고 그는 나지막이 귀에 대고 속삭였다.

"영희야, 이 바는 외국인, 내국인 할 것 없이 좀도둑들이 모이는 곳으로 유명해. 말조심해라."

그래서 주위를 둘러보니 보통 거리에서 보는 유럽인의 얼굴이 아니었다. 찬찬히 보니 앞 건너편 사람은 비쩍 바른 얼굴에 큰 칼자국이 이마에 그어져 있고, 그 옆 자리 남자는 눈이 가자미처럼 모여 있다. 그들의 옷은 희한한 색깔의 옷에 구슬까지 달렸다. 팔뚝에는 시퍼런 문신들이 무섭게 새겨져 있었다. 깡마르고 독기서린 좀도둑들에 비해 주인여자는 뚱뚱하고 거대한 몸짓에 느긋하게 맥주를 따라 그들에게 준다.

"재밌잖아, 저 풍경들이. 사람 사는 곳은 다 즐거워."

"아이고, 저 주인 좀 봐. 불쌍하지. 저런 고객들에게 술을 팔려니 얼마나 고달파."

"영희야, 저 주인여자는 저 고객들을 다루는 유일한 여왕이야."

우리들의 대화 도중에 창 옆의 탁자에서 싸움이 일어나고 있었다. 술 탓도 있겠지만 독일 생활에서 한 번도 못 본 먹살 잡고 싸우는 진풍경이 벌어졌다. 그들은 고함까지 쳐댔다. 거대한 주인여자는 흘긋 그 탁자를 보더니 아주 천천히 어슬렁거리면서 그쪽으로 갔다. 그리고 저음으로 권위 있게 외쳤다.

"조용히 해!"

그러더니 그 뚱보여자는 바바리아 사투리로 외치며 두 손으로 양쪽 남자 등덜미를 잡아 올렸다가 의자에 다시 내려놓으며 점잖게 말했다.

"너는 당장 문밖으로 꺼지고 너는 조용히 여기 있아 술 마서!"

그녀의 명령에 아니나 다를까 한 남자는 돈을 지불하고 조용히 문밖으로 사라졌다. 물론 싸움 상대였던 한 남자는 조용히 술을 계속 마셨다.

나는 눈이 크게 떠지며 입을 딱 벌렸다.

슈바빙의 밤은 이 규범에 갇힌 삶을 노력하지 않아도 뒤엎을 수 있어 좋았다. 나는 그의 옆을 따라다니는 진돗개같이 작아도 슈바빙의 밤 외출은 즐거웠다.

소설《그리고 아무 말도 하지 않았다》를 쓴 전혜린이 가슴앓이를 한 대학가 슈바빙이 이제 이곳의 중심 번화가가 되어 외국인 관광객을 위해 꾸며져 있고 전통음식점은 국제화되어 쓸쓸했다.

이제 슈바빙의 정취는 포플러 행렬 뒤의 뒷골목 진풍경뿐이었다.

슈바빙의 유명했던 거리의 화가도 뜨내기 장사꾼들로 둔갑해서 생계를 위해 노점을 벌이고 있어 슬퍼 보였다. 나는 슈바빙의 밤 외출 뒤에는 손을 꼭 쥐고 새우잠을 자지 않아도 좋고 소파에 털썩 앉는 여유가 있어 좋았다. 그리고 아이들의 온갖 희로애락을 꽃바구니에 담아 즐길 수 있을 것 같았다.

누가 이 여자를 모르시나요

아홉번째 이야기

깊은 겨울로 접어들자 토마스와 윤수 반 아이들 친구 여섯 명이 방학을 이용해 스키를 타러 갔다. 토마스 할아버지가 벽난로도 만들어 놓은 작은 스키 산장은 그들로 꽉 찼다. 나는 오랜만에 홀가분하게 북쪽으로 겨울여행을 떠났다. 라인 강변은 눈이 내려 설경이 고요했고 나는 고급스럽게 고독을 즐겼다.

_엄마와 나들이

나는 가끔 설거지를 하다 유행가를 흥얼흥얼거리는데 끝까지 아는 게 하나도 없다. 신나게 한 곡조 홀로 뽑아보면 내장까지 시원할 것 같았다. 나는 엉거주춤한 상태의 문화인이 되어버렸다.

누차 말했듯이 독일어를 유창하게 한다면야 우리나라 말을 잊어버린 게 핑계나 되겠지만 겨우 의사소통을 하는 형편에 나는 유행가 가사 하나 외운 게 없다.

아이들이 전부 학교에 간 후 적적한 오후, 그림을 그리다가 창밖을 내다보면 나뭇가지의 설경이 가슴속까지 얼어 들어온다. 그런 날은 괜히 방 안에서 손을 비비다가 털썩 주저앉아 나뭇가지 사이로 비수처럼 꽂혀 들어오는 유난히 새파란 하늘을 보았다. 그리고 멍하니 있다가는 눈물을 도르르 떨어뜨리며 "누가 이 여자를 모르시나요, 얌전한 몸매에 빛나는 눈⋯⋯" 하고 유행가 한 곡조 애절하게 뽑았다.

그런데 뒤 구절이 영 생각나지 않아 계속 첫 구절만 되풀이했다.

가까운 곳에 친한 친구가 있으면 전화라도 걸어 가사를 물어보련만.

나는 흘러간 유행가 가락에 무척 진한 감정으로 매달린 적이 있었다.

엄앵란 주연의 영화로 기억되는 한운사 씨가 쓴 시나리오인 것 같았다. 〈남과 북〉이란 제목이었던가 싶은데, 영화가 문득 그 겨울에 떠올랐다. 내용은 6·25의 비극으로 남편의 생사를 모르던 한 조강지처가 전사 소식을 듣고도 남편을 못 잊어 하다 결국 재혼해서 행복한 상태였다. 그런데 뜻밖에 죽은 줄 알았던 남편이 살아돌아와 생겨나는 한 여자의 갈등과 비애를 그린 영화인 것으로 기억된다.

왜 갑자기 그 영화가 그 겨울에 생각났을까. 그때 물론 그 처량한 유행가를 한 번도 입에 올린 적이 없었다. 나는 독일 땅에 떨어져 그 곡을 끝까지 심각하게 부르고 싶었다. 그것은 그때 꿈에 선명히 나타난 유진이 아버지인 전 남편의 모습 때문이었다.

그 겨울의 설경 뒤에 밤의 꿈속에는 유채꽃이 끝없이 들판에 쏟아져 있었다. 꿈에도 색이 있다는 걸 새삼 느꼈다. 노란 꿈이었다. 노란 유채꽃 지평선에 작은 회색 형체가 나타나 그 물체가 점점 가까워졌다. 그 형체는 사람 모습으로 드러나더니 선명하게 내 앞에 서 있었다. 그것은 한국사람 유진이 아빠였다.

"어머! 당신 살아 있었구려."

나는 기쁨에 벅차 덥석 안고 싶었는데 그가 바람처럼 피해 나는 그의 발밑에 풀썩 넘어져버렸다. 나는 고개를 들고 외쳤다.

"나는 당신이 죽은 줄 알았어요."

나는 그 꿈에서도 바보 같은 질문만 던졌다.

"미국에서 새로 나온 항암제를 먹었어."

그는 뚜렷하게 말했다. 그는 단정히 넥타이까지 매고 있었다.

"이젠 됐어. 당신 살아서 너무 좋아."

나는 꿈에 펑펑 울어댔다. 그가 살아났다는 게 꿈에서도 꿈만 같다고 느꼈다.

그때 그가 장결핵이란 판정을 받았을 때 우리는 결핵 정도야 쉽게 나을 수 있다고 생각했다. 모 대학병원에서 그 분야에 제일 권위가 있다는 박사의 진단이라 우리는 쉽게 믿고 그를 입원시켰다.

나는 그때 제천읍 중학교에 매여 있어서 주말이면 중앙선 열차를 타고 그를 만나러 서울로 향하곤 했다. 그러면 입원실 문을 열고 들어서는 나에게 그는 빙긋 웃음을 보내며 그의 특징대로 부끄러운 표정까지 나타냈다. 그러면 나는 그의 침대 옆에 앉아 철도 연변의 가을 풍경을, 그리고 그가 킥킥거리고 즐겨 읽던 박완서의 신문 연재소설의 다음 편을 들려주곤 했다. 나는 그가 좋아하는 잘잘한 꽃을 꽂아주고 소곤소곤 얘기를 계속하다가 병실 소파에 쪼그리고 잔 다음 다시 제천읍으로 내려갔다.

장결핵 정도는 안정만 하면 쉬이 나으리라는 것이 우리들의 확실한 희망이었다. 그때 우리 형편에는 과한 특실 입원실에서 그가 안정만 잘 하면 곧 나으리라 철석같이 믿었다. 그래서 그해 가을 남편의 투병 생활은 서로를 안 지 10년 가까운 부부에게 신선한 애정을 불러일으키기까지 했다. 주말만 되면 나는 바깥 세상이야기, 애들이 점점 개구리 같아진다는 등의 이야기를 한 아름 싸가지고 가서 풀어놓았다. 그는 나의 이야기에 기뻐하다가도 쓸쓸한 표정으로 돌아가 슬픈 말을 했다.

"내가 만약 죽으면 어떡하지……."

그의 어두운 말끝에 남자가 별 방정맞은 소리 다 한다고 펄쩍 뛰었다.

"유진 아빠, 우리 식구가 모두 결핵 한 번씩 다 걸렸어. 나만 빼놓고. 그건 요즈음 병축에도 들지 않아."

나는 단호히 잘라 말했다. 그러나 우리의 희망과는 반대로 무언지 모를 어두운 그림자가 내려치고 있었다. 그해 초여름부터 뜨끔뜨끔 아파오던 배는 그 가을까지 점점 더해갔다. 소화 안 되는 것은 몇 년째 되었지만. 그와 결혼 후 나는 죽 끓이는 데는 일등이었다. 그가 늘 배 앓이를 했기 때문이다. 잣죽, 콩죽, 깨죽 등등 심지어 시금치죽 등 나는 솜씨를 자랑할 만한 정도였다.

중앙선 철로변의 풍경이 퇴색되어 갔다. 그들의 자랑인 울긋불긋한 낙엽들은 어두워져 가고 빈 나뭇가지는 바람이 불때마다 초조히 떨고 있었다. 나는 차창 밖 풍경을 보다가 불길한 예감에 깊이 흔들리고 있었다.

"그가 중병에 시달리다 어떻게 되려고……."

산부인과 의사인 큰 오라비는 나에게 속삭였다.

"이 서방이 심상치 않아. 결핵 치료는 달마다 조금씩 차도를 보이는 건데……."

그는 장결핵이 아니라 장암이었다. 이제 그는 오라비 등에 업혀 집으로 돌아왔다. 동네 주변에는 늦은 김장거리가 여기저기 쌓여 있었고, 밖에서 놀다 들어온 아이들의 입술은 추위에 보랏빛으로 떨고 있었다. 겨울이 다가오고 있었다. 그를 눕혀 놓고 나는 어찌해야 할지 몰랐다. 그때 나는 정 박사의 암 자연치료요법을 권유 받고 희망을 걸어보리라 결심을 했다. 늘 푸른 케일이라는 채소를 잎이 넓적해 태양을 많이 받은 것으로 고르고, 과일도 사서 강판에 열심히 갈았다. 나는 그가 죽어서는 안 된다고 결사적으로 투병생활에 매달렸다.

눈물에 범벅이 된 시어머니께 며느리인 나는 감히 핀잔을 주었다.

"어머니, 눈물 그치세요. 유진 애비는 꼭 살아나요."

정 박사가 적어준 자연치료 항암제는 율무, 물밤, 케일 그리고 각종 과일이었다. 율무는 시장에서도 구할 수 있었는데 물밤이라고 하는 것은 강에서 자라는 생전 처음 듣는 까만 열매였다. 물속에서 열매를 맺는 것으로 뿔이 사방으로 난 꼴을 하고 있었다. 한약방에도 조금밖에 없어 깊은 강가에 멍하니 서서 그 열매를 어떻게 따야 할지 궁리가 나질 않았다. 물은 깊고 차가웠다. 갈대도 이제 침묵을 지키고 이미 초겨울이 강 위에 깔리고 있었다. 강물 위에 비치는 삼십대 중반의 그림자를 보며 나는 그를 꼭 살려야 한다고 중얼거렸다. 나는 동네 청년들을 사서 물밤을 걷기 시작했다. 강마을 청년들이 한 말 넘게 거둬들였다. 나는 정 박사의 지시대로 삶고 갈고 해서 그 자연 재료들을 남편의 입에 떠 넣어주었다. 장암이 이제 수제비 알처럼 배 위에까지 드러났다. 그 수제비 알들은 얼마 안가서 급격히 배를 다 차지하고 올라섰다.

주변 사람들이 절망하는 얼굴을 보고 싶지 않았다. 그는 이미 입까지 부어 미음이 넘어가지 않았으나 나는 야채즙을 관장기에 넣어 항문으로 주사했다. 그 싱싱한 자연물들이 밑으로라도 들어가 장으로 퍼져 언젠가는 그가 벌떡 일어나리라 믿었다. 나는 정 박사에게 하루에 한 번 전화를 걸어 그의 병세를 이야기하고 다음 처방을 받곤 했다.

"영희야! 고압선이 머리를 뚫고 지나가는 것 같다."

그는 내 손을 붙잡고 그의 고통을 호소했다. 그러면 나는 그의 머리를 쓰다듬으며 당신은 꼭 낫는다고 말했다. 그는 이미 미라처럼 말라 있었고, 사람이라고는 할 수 없었다. 그래도 열심히 과일즙을 만들고 관장을 하고 물찜질을 했다. 그는 미라 같은 그의 모습을 애들에게 보이고 싶지 않다고 했다.

"아빠 안녕!"

아이들은 외가로 떠났다. 초겨울은 이미 뜰에 와 있었다. 그리고 그는 떠났다.

그 꿈에서 새로 발견된 항암제를 먹고 살아났다는 말이 꼭 믿어졌다. 그것은 현실 같았다. 그때 우리는 얼마나 암 치료제를 찾으러 다녔던가. 그때 우리들의 질망을 틈타 사기꾼 약장사들이 참으로 많이 다녀갔다. 나는 눈이 어두워져 그들이 말하는 특효약이란 것은 죄다 샀다. 그것이 사기극인 줄 알면서 샀다. 만에 하나라도 특효약이 그 중에 있을까 봐. 살아난 유진 아빠 발등에 엎드려 헉헉 우는 나를 두고 그는 쌀쌀하게 떠나고 있었다.

노란 유채꽃이 흐드러지게 핀 지평선으로 다시 아물아물 작은 물체로 변하여 사라지고 있었다.

"안 돼! 안 돼! 가면 안 돼. 유진 아빠! 당신! 내 곁에 있어야 돼."

나는 울부짖으며 쫓아가려 해도 발이 땅바닥에 붙어 헛걸음질만 하고 있었다. 누가 나를 몹시 흔들었다. 다리는 오금을 못 쓰고 쪼그리고 있었다. 토마스는 나의 다리를 펴주느라 애쓰고 있었다.

꿈이었다. 꿈인 줄 알면서도 반쯤 잠든 결에도 나는 가면 안 된다고 소리쳤다. 나의 울음이 멎고 보니 토마스 품에서 울고 있지 않았던가.

나는 이제 토마스의 아내다. 어쩌자고 꿈속에서 그리도 유진 애비를 갈망했던가. 그는 아무것도 해준 것 없이 아이들 셋을 덥썩 내게 떨어 뜨리고 갔다. 몹쓸 사람, 미운 사람이었다. 그의 배반에 나는 그를 잊자고 얼마나 노력했던가. 나는 나의 결심이 부끄러웠다. 또순이같이 애들 성공시키는 데만 머리를 쓰는 현실주의자로 살고 싶었는데…….

유진, 윤수, 장수에게 잘해주면 그것이 친 애비라고 생각하고 살기로 결심했건만. 나의 감정은 오지도 가지도 못하고 토마스 품에서 엉거주춤 하고 있었다. 정말 그에게 미안했다.

"영희야, 무서운 꿈을 꾸었구나. 네가 너무 일만 하고 모든 걸 너무 걱정해서 그래. 내가 학업을 중단하고 취직을 하겠어. 컴퓨터 회사에 취직하면 당장이라도 괜찮은 돈을 벌 수 있어. 네가 너무 경제적으로 고통을 받는 것 같아."

그는 심각한 제의를 했다.

그런 꿈을 꾸고 난 다음날은 현실이 처량해서 자꾸 노래를 불렀다.

"누가 이 여자를 모르시나요. 얌전한 몸매에 빛나는 눈. 한 번 마음 주면 변함이 없는……."

나는 하루 종일 그 유행가 음률을 읊으면서 지냈다. 토마스는 대학 전공을 끝마치지 않고 취직을 해보리라고 나에게 선언했다. 지금도 그렇지만 그의 주장은 어떤 미래보다 온 식구가 행복해야 된다고 하는 이념에 차 있었다. 나는 완강히 그의 취직을 반대했다. 작품도 꽤 팔리고 아이들도 이제 학교에서 자리를 잡고 했으니 제발 너의 전공을 끝맺으라고 애원했다. 밤에 자꾸자꾸 꿈꾸는 건 한국에서도 일어난 일이라고……. 나는 그를 깊이 안아주고 사랑한다고 고백했다.

'토마스 당신이 애들 아빠야. 꿈에서라도 죽은 사람 생각 안 할게.'

눈이 작은 아이 장수가 고등학교에 들어갔다. 나는 장수의 뒤통수를 쓸어주며 학교 앞에서 말했다.

"장수야. 네가 몹쓸 병을 앓았으면서도 공부를 잘해 고등학교에 들어가서 엄마는 너무 좋아."

"뭐 겨우 딴 점수인데."

"업어줄까?"

"피……."

나는 한국말로 물었다. 그래도 장수는 그전같이 독일말로 하라고 핀잔을 주진 않았다. 그리고 눈이 째진 넓적한 동양 여자인 엄마를 부끄러워하지 않았다.

그가 초등학교 때 학부형 회의를 하면 꼭 토마스 아빠만 참석하고 엄마는 집에 있으라고 했다. 엄마는 학교 근방에도 얼씬거리지 말았으면 하는 게 그의 바람이었다. "중국놈! 중국놈!" 하고 외치는 몇 악동들이 놀려대는 것도 그로선 지겨운데 중국여자(엄마)가 돌연 나타나는 것도 노란 머리 아이들 세계에선 충격이었을 것이다. 나는 장수에게 물었다. 고등학교 입학 때는 아빠가 갈까, 엄마가 갈까 하고 묻자 "둘다 와" 하고 외쳤다. 그것은 참으로 내가 바랐던 일이었다. 토마스는 지멘스(Siemens, 유럽 최대의 엔지니어링 회사)에 갓 취직했을 때라 그가 원했던 독일 아빠는 갈 수 없었다. 나는 바지를 다려주고, 머리도 깎아주고, 그와 전철을 타고 흥겹게 학교에 갔다.

"업어줄까?" 하는 나의 농담에 그는 "업어봐!" 하고 맞장구를 쳤다.

"업기에는 네가 너무 커." 나는 지지 않고 말대꾸를 했다.

개봉동 시절 그는 기저귀가 떨어지고도 업혀 있는 걸 좋아했다. 독일에 와서도 꽤 업혀 지내다가 늦은 밤중에 시내에서 돌아오는 길목에 "업어줄까? 아무도 안 보잖아" 하자 "창피해. 나는 중국놈이 아니야" 하고 외친 적이 있었다.

장수의 천식은 딱 끊어진 게 아니었다. 숙제가 많다든지, 라틴어가 어렵다든지, 엄마 아빠가 싸운다든지 등등으로도 그의 천식은 재발하곤 했다. 고등학교에는 악동들이 거의 없다고 보는 게 좋다. 적어도 외국인이라고 놀리는 건 아예 없다.

루이슨 고등학교는 선생님이나 학부형들이나 생각할 줄 아는 사람들이 모이는 것으로 유명했다. 그래서 '중국놈' 따위의 말은 입에 올릴 줄도 모르고 오히려 눈 작은 아이는 그들에게는 선망의 외국인이었다. 옆에 앉고 싶어 하고 집으로 초대하고 싶어들 했다. 같은 학교에 다니는 유진이는 점점 눈에 띄게 여자티를 냈다. 긴 머리 자그마한 몸집에 화장기 없는 노란 얼굴이 천생 동양 여자의 얼굴이었다. 독일 머슴애들이 유진이를 쳐다보기 시작했다.

루이슨 고등학교는 학교공부 외에 학생들의 서클활동이 활기를 띠었다. 그리고 데모, 즉 바른 소리 하기 운동도 꽤 활발히 벌였다.

"외국인 노동자에게 임금을 인상하라! 원자력 발전소를 없애라. 정부는 학생들에게 쓸 용돈을 지급하라. 전철비가 너무 비싸다!"

그들의 항의는 평화스럽게 진행되고 크르츠 박사는 학생 데모대 뒤에서 엄숙히 따라가고, 수업 후에 그들은 모여서 각종 세미나를 연다. 학생들은 그들이 구워온 빵을 학교에서 판매를 한다. 학부형들은 커피와 빵을 사서 먹고 그들은 정부가 혹은 사회의 어떤 단체가 무슨 잘못을 하는지 한 시민으로서 토론을 했다. 그리고 전문가들을 초대해 근본적인 원인을 분석하기도 했다.

아이들은 커피 판 돈을 다른 외국의 굶주린 아동들에게 보낸다. 그들은 독일이란 나라가 무슨 잘못을 저질러 제3세계에 어떤 누를 끼치나를 감시했다. 벌 줄만 알았지 쓸 줄은 모르는 한 가정주부인 내가 부끄러워 가장 큰 돈을 모금함에 넣고 또 커피를 몇 잔 사서 마셨다. 어린 소년 소녀들이 뜨개질, 재봉질 하고 빵을 굽고 공작도 하여 바자를 열고 연극을 해서 모금을 한, 감상이 아닌 돈으로 굶주린 외국인들을 제대로 돕고 있었다. 그들의 부지런함이 곧 정치 참여에도 연결되었다. 무엇이든지 비대해지면 움직이지 못하고 썩는다는 그들의 지론이 옳긴 옳았다. 잘 된 사회보장제도에 속부자인 이 나라에도 흠집은 여기저기 있어 그 잘못을 선명하고 혈기 찬 젊은이들의 눈을 통해 볼 수 있었다. 독일 젊은이들의 특징처럼 조용히 웃으며 일이 진행돼 늘 평화스런 분위기였다.

"엄마 돈 없다면서 제일 큰돈 내더라."

전철 속에서 유진이가 투덜댔다. 나는 빙긋 웃었다. 내 새끼! 내 새끼! 하면서 살았지 나는 남의 새끼 생각 한 번 안하고 살았다. 나로선 큰돈 한 장 냈지만 그 돈이 어느 곳의 남의 새끼 미음 한 그릇씩 돌아가도록 빌었다. 돈 한 장 내는 게 가장 안일한 방법인 줄 알면서.

이와 비슷한 예는 작품 판매에서도 있었다. 나는 작품 판매로 집세도 내고 아이들 음악 레슨도 시키고 고기도 사고 쌀도 사고 버터도 사곤 했다. 심지어는 신발부터 속내의, 마늘 한 쪽까지 그림을 팔고 인형을 팔아 그것들을 샀다. 그래서 나는 구매자들에게 감사하고 그리고 일

용할 양식이 내 식탁에 떨어진다는 것을 이 독일 땅에서 철저히 느끼고 감사했다. 한 번 전시회 성공으로 1년을 살 수 있는 돈을 벌었다 해도 다음 전시회 성공은 보장 못하는 게 예술가의 실정이었다.

그래서 작품 판매를 늘 감사한 마음으로 여겨 그 돈을 절약해 쓰는 게 작품 구매자들에게 할 도리라고 생각했다. 나는 독일 작품 구매자들에게 참으로 존경을 보냈는데 그들의 사람됨이 남들과 좀 달랐다. 적지 않은 값의 예술품을 사는 그들의 옷은 화려하지 않았고 늘 절약해서 모은 돈으로 한 작품씩 사서 모으곤 했다. 나는 나의 큰 작품들을 사 간 구매자들의 집을 방문한 적이 있는데, 저택에 살며 당근 한 쪽을 아끼고 사는 것이 그들의 전통적인 생활습관 같았다.

예술품은 그들에게 사치품이 아니라 정신적인 지향이었다. 돈이 많은 것은 함부로 쓰라고 많다는 게 아니란 걸 그들에게서 느꼈다. 넉넉한 생활구조를 가진 그들이지만 조용히 절약하고 꼭 살 것만 사는 그들은 예술품 구매에도 시간과 돈을 절약하는 것이었다. 내 작품이 그들에게 늘 기쁨을 주었다고 공손하게 작가인 나에게 거듭 감사했다. 즉 돈과 존경을 동시에 지불하고 그들은 떠난다. 그래서 꽤 큰 액수의 돈이 손에 들어와도 그들이 절약하는 만큼 나도 조심스럽게 생활했다.

작품을 팔아 생활할 수 있다고 큰소리를 친 적이 있었는데 그것은 나의 오산이었다. 사방을 둘러보니 예술 한다는 사람들의 가난한 생활이 두드러졌다. 용감하게 아이 여럿 데리고, 학생 남편에, 중산층 생활을 해낸 것이 차츰 나는 두렵고 놀라웠다. 모르면 용감하다는 사실을 실감했다.

그래서 그 실감이 다가오고부터 더욱 조심스레 돈을 절약하고 나의 전시회가 성공적으로 끝나고 나면 나는 남의 작품 한 점씩을 샀다. 빌리라는 무명작가의 그림을 한 점 샀더니 그는 처음 작품을 팔았다며 좋아했다.

그는 책을 많이 읽은 화가였는데 이제 고등학교 교편을 잡아 결혼도 하고 생활이 안정되었다. 가끔 전화도 오고 아이들도 초대를 했다. 그도 나의 구매 태도에 감사를 하는 듯했다. 조금씩 나눠 먹는 게 항상 나는 힘들었다. 왜냐하면 나누어주다 보면 항상 나는 모자랄 형편을 보기 때문이다. 그러다 노랑머리 소녀 소년들의 나누는 방법을 가끔 배우곤 했다.

봄누리가 점점 아기 티를 벗더니 윤곽이 뚜렷한 인형처럼 예뻐졌다. 한국말을 또랑또랑 하는 게 신기했다. 나는 즐거움에 차서 〈산토끼〉도 가르치고 〈아리랑〉도 가르쳤다. 그러더니 어느 날 유치원에서 돌아오더니 그는 단호히 나에게 선서를 했다.

"아무도 못 알아듣는 한국말 쓸 데가 없어 안 할 거야."

논리적인 말이었다. 장수 키울 때도 제일 어려운 점이었지만 한국말도 말이고, 엄마가 한국사람이니 한국말을 하면 좋다 또는 한국 문화도 좋고 동양철학도 좋다 등등을 설명할 수도 없고 알아들을 나이도 아니었다. 토마스의 소원 중에 하나는 자기가 낳은 아이들이 한국말을 유창하게 했으면 하는 것이었다.

그런데 입 꼭 다무는 아이에게 나는 저절로 서툰 독일말을 시작했다. 봄누리가 처음 한국말을 시작할 때 식구 모두가 잘한다고 칭찬하며 손뼉을 쳤다. 그래서 자랑스럽던 그 한국말을 봄누리가 바깥에서 사용했는데 아무도 칭찬해 주는 사람이 없었다.

"마리안네 아줌마, 저 새 좀 봐" 하고 이웃 아줌마에게 얘기하니 아무도 공중에 나는 새를 쳐다보는 이도 없고 칭찬하는 이도 없었다. 그런 날이 계속되었다.

이제 유치원에서는 더 말할 것도 없이 독일 세상이었다. 나는 봄누리가 다시 한국말을 해야 될 텐데 하고 걱정은 했지만 강요는 하지 않았다. 그것은 나의 게으름 탓도 있었지만 그 아이의 인생에 엄마의 비중을 그리 크게 둘 필요도 없다고 생각해서였다. 더 큰 이유는 두려움 때문이었다. 그 두려움은 친지들의 고백에서부터 온 것이었다.

이탈리아 남자 라마가 내 작품을 사가지고 로마에 갔다. 그의 부인은 머리가 노란 아름다운 독일 여자였다. 이탈리아로 수학여행을 왔던 예쁜 독일 처녀에게 반해 결혼한 라마 씨는 그의 직업 때문에 독일에 살면서 두 아이들에게 호되게 모국어인 이탈리아어를 가르쳤다.

가령 아침 식탁에서 "빵 하나 더 줘" 하고 독일말로 하면 내민 손을 힘껏 후려쳐서 이탈리아 말을 강요했다. 다시 반복해서 이탈리아 말을 하면 빵을 주었다. 라마 씨는 물론 고국인 로마로 돌아가서 안정된 생활을 누리는데 바이올린을 켜는 첫아들은 한동안 말더듬이로 애를 먹었다고 한다. 지금도 크게 나아진 게 없단다. 이탈리아 말도 더듬고 독일말도 더듬는다고 한다. 화가인 그 독일 여자는 남편의 모국어 강요가 지나쳤다고 슬퍼했다.

나는 봄누리가 꼭 예쁜 숙녀로 커서 한국말을 다시 찾길 원했다.

독일말만 하는 봄누리가 피아노 치는 윤수 오빠를 시샘해서 윤수가 피아노를 가르치기 시작했다. 윤수는 봄누리에 대한 자랑이 그때나 지금이나 가득하다.

그렇게 시킨 피아노로, 윤수가 참가했던 뮌헨 청소년 음악제에서 봄누리는 일등을 차지했다. 시상식이 있었을 때 봄누리는 참가자에게 나누어주는 초콜릿만 까먹고 있어 일등상 호명이 있어도 그는 초콜릿에만 코를 박고 있었다. 다시 크게 호명을 해도 초콜릿에만 정신을 팔다가 드디어 음악회 운영 여직원에게 이끌려 나와서 초콜릿을 먹으며 상을 받아 청중을 웃겼다. 감개가 무량했다. 어린 동심에서 나오는 뭉클뭉클한 심정, 사람의 근원과 예술가의 밑바닥을 배우고 싶었다.

오후에는 윤수의 변성기 목소리가 들려온다. 그는 봄누리에게 무척 열심히 피아노를 가르쳤다. 그러면서도 윤수는 사춘기에 접어들어 자질구레한 반항이 여간 아니었다. 밥맛도 없고 그 좋아하던 토마스 파파도 세상에서 제일 밉고, 엄마는 귀신같아 보기 싫으며 유진의 앵앵거리는 목소리도 싫다 했다. 세상에 존재하는 모든 게 다 싫은데 봄누리 한 존재만 그래도 눈에 차 했다.

깊은 겨울로 접어들자 토마스와 윤수 반 아이들 친구 여섯 명이 방학을 이용해 스키를 타러 갔다. 토마스 할아버지가 벽난로도 만들어놓은 작은 스키 산장은 그들로 꽉 찼다. 나는 오랜만에 홀가분하게 북쪽으로 겨울여행을 떠났다. 라인 강변은 눈이 내려 설경이 고요했고 나는 고급스럽게 고독을 즐겼다. 시인이며 아동문학가인 마가렛 집에 들러 독신인 그녀의 동화 같은 집에서 아름다운 대화만 하며 이야기 속의 소녀처럼 시간을 보냈다. 며칠 동안의 여행 중에 잠자리에 들어가려고 하는데 토마스의 우울한 전화가 왔다.

"나는 네가 필요해. 곧 집으로 돌아올 수 없어?"

나는 그의 우울한 음성과 짚이는 데가 있어 그의 제안을 받아들이기로 하고 여행 계획을 앞당겨 집으로 향하는 기차를 탔다. 나는 겨울 기차 속에서 심상치 않은 토마스의 음성을 기이하게 생각했다.

뮌헨 중앙역에 내리자 그는 눈물까지 글썽이며 나를 안더니 흑흑 울고 있었다. 언제나 말없이 씩씩하던 바바리아 청년이 가련한 소년이 되어 울고 있었다. 중앙역 앞을 둘이 말없이 걷다가 우리는 조그만 바로 들어가서 그의 자초지종을 들었다. 그는 심한 충격에서 벗어나지 못한 흥분한 상태에 있었다. 나는 그가 진정되기를 기다렸다.

"영희, 나는 윤수에게 많은 애정을 보냈어. 윤수가 스키 산장에서 자기 반 아이들 앞에서 나에게 봉변을 주었어."

"뭐라고?"

"너는 이제부터 우리 아빠가 아니야. 너는 세 아이, 양자인 한국 아이를 잘 키우는 걸 자랑하고, 내가 어린 피아니스트로 신문에 나는 걸 자랑 삼은 녀석이야 라고 윤수가 말했어."

"......"

그의 얘기를 계속 들었다. 먹을 것 등으로 짐들을 한 짐씩 지고 스키복까지 입고 산정을 오른 그들은 흥겹게 산장까지 도착했다. 그런데 눈이 온다던 일기예보와 달리 왔던 눈도 다 녹아버리고 봄날처럼 햇볕만 났단다.

매일 산장 청소나 하고 집안에서 놀이나 하던 소년들이 심심해졌다. 독일 아이들은 날씨를 탓하며 잘 참고 있었는데 윤수는 매일 불평이더란다. 하늘을 보고 욕도 하고 소리도 질러댔단다. 청소 당번을 고루 정해주었는데 윤수는 자기 차례를 마다하고 청소도구를 밖으로 집어던지며 항의를 했단다.

"스키 타러 왔지 청소하러 왔어?"

그래서 토마스가 큰소리로 야단을 쳤더니 그때 윤수의 반응은 엄청난 것이었단다. 과거지사부터 현재까지 그가 욕하고 싶은 것을 고르고 골라서 대부분 환상을 가미해서 새 아빠를 공격했단다. 새 아빠가 으레 팥쥐 엄마의 영상을 떠올리게 하는 게 이곳에서도 보통 상식이었다. 윤수의 히스테리적 공격에 그 반 아이들은 반신반의하며 소설에 나오는 나쁜 새 아빠가 아닌가 의심을 하더란다.

그 말을 전하며 토마스가 삶이 허무하다고까지 말했다. 나는 맞은편에 앉아 눈물을 철철 흘리며 같이 울었다. 그의 상처가 내 상처로 다가왔다. 그 후로도 윤수의 사춘기는 토마스와 나를 엄청나게 슬프게 했다. 안 되는 일은 전부 새 아빠 때문이었다. 귀엽고 영리한 아이가 아니라 뿔 난 망아지 같았다.

토마스와 싸우다 집을 뛰쳐나가 우리는 밤새도록 문을 열어 놓고 기다리면 새벽녘에 토마스의 어머니에게 전화가 걸려왔다. 윤수가 토마스가 쓰던 방에서 자니 안심하라고. 그는 새 아빠와 엄마가 미우면 집을 박차고 책가방을 싸들고는 독일 할머니 집으로 달려갔다. 그러고는 그는 몇 주일 동안 독일 할머니 집에서 느긋이 지내다 다시 집으로 돌아오곤 했다. 나는 토마스가 가여워서 그의 등을 쓰다듬었다. 내가 후처로 저 지경을 당하면 그 상처가 오죽할까…….

독일의 사춘기 청소년 문제는 심각했다. 술 마시는 문제, 마리화나 문제, 이성을 선택하는 문제 등, 그외에도 이유 없이 도둑질을 해보고, 용감한 행동을 해보고 싶어 해서 심각한 사회문제로 대두되었다. 물론 다 그런 건 아니었다. 다행히 윤수의 사춘기 반항은 집의 부모만 들볶

아댔다. 나는 윤수에게 울면서 하소연했다.

"윤수야, 너도 생각을 할 줄 알아야지. 내가 토마스의 입장이라면 집을 나갔을 거다. 새엄마가 애정을 갖고 키웠던 의붓자식이 그렇게 심하게 굴면 나 같으면 희망이 없어서 못살아. 말이 되긴 된다. 의붓자식 구박하는 나쁜 독일놈이라고 토마스를 몰아세우면. 하지만 윤수야, 너는 지식인이야. 토마스를 새 아빠로 보지 말고 앞집 독일 아저씨들과 같이 대등하게 보고 한 번 생각해 봐. 무얼 잘못했니?"

"……."

"너를 때리던?"

"……."

"그리고 너나 장수가 감기에 걸리면 그리고 장수가 천식으로 고생할 때 토마스가 병구완을 나보다 더 많이 했어."

"……."

"네가 피아노 사달래서 승용차 없이 피아노 먼저 샀어."

"누가 피아노 사랬어?"

"그런 소리 하지 마라. 죄 지은 게 있어야 그렇게 몰아세우지. 사춘기라고 하지만 사춘기 이용해서 너무 난폭해지지 마라. 너 내 성질 알지. 토마스가 만에 하나라도 너희 눈칫밥 먹였으면 내가 그 남자와 안 살아. 나는 쓸개 있는 여자야."

"……."

"딱 하나만 더 물어볼게. 새 아빠가 너에게 무얼 잘못했어?"

"없었어."

나는 그 시기의 아픔이 서러워서 부모 역할에 회의가 왔다. 유진이의 실수 없는 말에 비해 윤수는 환경이 무엇이든지 편하지 않을 때는 토마스를 들먹였다. 그리고 죄인 취급했다. 나는 남세스럽다고 윤수에게 타일렀다. 동네 부끄럽다고. 독일 청년이 그 많은 한국 아이들을 인상 안 찡그리고 잘 길렀는데 네가 그런 소리 하면 이 동네에선 너 볼 사람 없다고 토마스 편을 들며 울어버렸다. 토마스 그 사람의 아픔이 전부 식구에게 전달되었다. 장수는 오랜만에 한국말로 내게 속삭였다.

"엄마, 나는 싸워도 집은 안 나가겠어. 겨우 할머니 집에 갔다 다시 돌아오는걸."

장수는 언제나 토마스 편을 들며 윤수를 나무랐다. 물론 윤수의 반항으로 토마스는 슬픔에 젖어 아빠 역할에 회의가 드는 것 같았다.

"너 후회하니 나와 결혼한 것?"

"아니."

"정말 말해 봐."

"콧물이 난다고 코를 베어 던질 수 없어. 다 우리 식구인걸. 내가 젊어서 윤수를 다룰 줄 몰라서 그래. 나는 기다릴 수 있어."

그는 쓸쓸히 말했다. 그 상처는 오래갔다. 그런 중에도 윤수의 음악성이 짙어져서 열세 살 되던 해 토마스는 윤수를 데리고 키티 피에너 교수에게 갔다. 토마스는 자신 있게 윤수의 재능을 보아 달라고 청했단다. 그녀는 당신이 어떻게 이렇게 큰아들이 있느냐고 홍안의 청년을 보았단다.

윤수의 피아노 솜씨에 그 교수는 놀라서 돈 안 받는 레슨 1년을 거쳐 최연소 음악대학생으로 추천을 했다. 7월의 뮌헨 음악대학교 입학시험에 전 교수 만장일치로 윤수는 합격했다. 10년 만에 나온 최연소 뮌헨 음악대학 입학생이 되어 《쥐트 도이치》, 《뮌헤너 메르쿠어》, 《아벤트》 등 많은 신문이 윤수의 기사를 사진과 함께 실었다.

"나는 천재 소년이 아닙니다. 나는 서울에서 온 한국사람입니다."

이런 내용의 인터뷰를 했다. 집에서는 반항과 어리광이 심해도 나가서는 제 분수를 지키는 게 신기했다.

"엄마 내가 인터뷰할 때 부끄러웠어. 내가 대단한 사람도 아닌데 신문에 나니까."

토마스는 감격해 하며 좋아했다. 윤수와 새 아빠 토마스는 서로 어깨를 치며 다시 친구가 되었다. 자기 새끼 자랑은 제가 못한다는데 토마스는 윤수 자랑을 달고 다녔다. 나는 또 유행가를 부르기 시작했다.

"누가 이 여자를 모르시나요."

바람, 인연, 꽃노래 그리고 해프닝

하얀 아침, 하얀 바다. 나는 늘 바닷가에 앉아 있었다. 바닷가로 따로 갈 필요가 없이 우리 피난
살이 집이 부둣가 동네에 있어 그저 나가면 바다를 볼 수가 있었다. 동네 악동들 틈에도 제주 없는 놀이꾼으로 끼워주지 않을 땐 마
술을 하는 바다의 풍경에 그저 눈을 주고 하루를 보냈다.

_염색하는 엄마와 함께

바람에도 색깔이 있었다. 수선화에 묻어오는 바람 다르고, 아기 기저귀 냄새에 묻어오는 바람 다르고, 더군다나 머리카락 긴 청년의 사랑에서 흘러나오는 바람이 달랐다.

나는 예술가라는 싱싱한 위치를 차지한 여자인 줄 알았는데 그것은 착각이었다. 엄마 역할에 찌들고 있었던 것이다.

그런 생각이 드는 날은 혼자 기차를 타고 어디론가 달려갔다. 몇 정거장 가다가 한적한 간이역에 내리면 잔잔한 바람이 그곳에 몰려 있었다.

설거지 행주 군내에 찌든 여인이 그 껍질을 깨고 싶을 때도 있었다.

바람을 맞으러 홀로 들판에 나섰다.

사춘기에 들어선 윤수의 반항적 행동은 꽤 오래 갔는데, 그 시기의 일반적인 특성이 그러하듯 변덕이 죽 끓 듯하여 집안 분위기를 온통 뒤흔들어 놓았다. 사랑하는 아들에게 당하는 괴로움이지만 슬퍼져서 이 들판의 바람 속에서 울어버리고도 싶었다.

양치기 할아버지가 언덕에서 내려오고 양떼들은 몽실몽실 들판에 여기저기 모여 있었다. 들풀들이 저마다 피어 찬란한 꽃보자기처럼 펼쳐졌다. 아스름히 뽀얀 들풀 꽃들.

습한 지역에 어우러져 피는 야생 안개꽃들은 고향의 뒷동산 언덕에 흐드러지게 피던 메밀꽃과 흡사했다. 그것은 읍내 예식장에서 보았던 새언니의 면사포처럼 아련했다.

유난히 아름다웠던 큰 오라비의 아내는 신식 면사포 속에서 떨고 있었다. 아버지는 해주 부잣집 최 아무개의 딸이던 새언니를 여학교 실습장에서 보고는 점찍어 놓았다가 그녀의 아버지와 담판지어 며느리로 맞이했다. 조각처럼 아름다운 여자였다. 꼬맹이였던 내 기억에 또렷했던 그녀의 아름다움을 그 후 대학 미술실에서 다시 발견했다. 비너스 상에서였다. 그녀는 오밀조밀 예쁜 게 아니라 미끈하게 크고 콧날이 오똑한 미녀였다.

예식장에서 보았던 그 면사포 색깔은 나의 인생 어느 공간에서도 살포시 깔려 있다. 투명하게 비치는 면사포, 그리고 머리 위에 얹힌 명주로 만든 장미꽃 관. 그리고 떨리던 아스파라거스 꽃다발. 어머니는 평생 혀를 끌끌 차곤 했다. 티 없이 고운 미녀는 팔자가 사나운 법이라고……

어느 여름날, 키가 작은 어머니가 새언니를 등목시킬 때 본 나신이 달빛에서도 옥처럼 빛났다고 했다. 어쩌면 그리 티 한 점 없이 흠잡을 데 없는 미인이었을까?

책이 가득해서 온 방과 마루를 책 선반으로 채웠던 큰 오라비는 우리들의 감탄과는 달리 결혼 후 늘 담담해 했다. 외로워하기까지 했다 한다.

부모가 짝지어준 여자가 소문난 미인이라도 그의 세계와는 맞지 않는 여자라고 했다. 맏아들로서 부모의 명을 거역하지 못해 맺은 혼인임이 확실했다.

그녀가 친정나들이 간 새에 6·25가 터져 우리 식구와 생이별을 했다. 그 와중에 큰 오라비는 병으로 세상을 떠났다. 오라비를 청도 고향 뒷산에 묻고 고달픈 피난살이 또한 고향에 버리고 환도했을 무렵, 자유로운 전후의 코흘리개였던 내 앞에 그 비너스는 홀연 나타났다. 그 비너스는 면사포 쓰고 얼마 뒤에 전쟁이 터지고 전쟁 중에 전사도 아닌 병사로 남편을 잃은 과부가 된 것이다.

그녀는 조용히 짐 보따리를 놓고 대청마루 끝에서 놀고 있던 나를 쓰다듬으며 "애기 씨, 배고프지요?" 하고 묻더니 부엌에 들어가 불을 지폈다. 불을 지피는 그녀의 얼굴에 진솔 타는 불빛이 홍시처럼 빨갛게 비치고, 그녀는 계속 불을 때며 타는 불빛만 바라보고 있었다.

아버지의 요양지에서 돌아온 어머니는 조용히 나와 작은 오라비의 뒷바라지를 하고 있던 그녀를 보고 기절을 하였다.

"아이고 아가 웬일이가, 니가 웬일이가……."

"……."

비너스와 어머니는 서로 부둥켜안고 울었다.

"화경이(오빠 이름) 그 아가 지금 없데이……."

"……."

그녀는 큰 오라비의 죽음을 진작에 알고 있었다. 폭격이 길을 막는 피난길 그 와중에 남편이라 해도 찾아갈 수나 있었을까?

그녀는 예쁜 옷을 지어 나에게 입히고 도란도란 옛날 애기도 해주며 철없이 떼를 쓰는 다 큰 나를 업어주고 재워주며 몇 년을 그렇게 보냈다. 어머니는 폐결핵이 3기에 들어선 아버지를 병구완하느라 요양지에 있었다. 그 비너스는 나의 엄마 노릇을 했다. 요양소에서 가끔 오시는 어머니는 그녀에게 무척 쌀쌀하게 대했다.

"아이고 보기 싫어! 무슨 청승으로 구만리 같은 청춘을 어린 가시나 머리만 빗기고 세월을 보낼끼고."

어머니가 홀로 된 비너스에 대고 한 말이었다.

"원수다, 원수. 밀어내지도 못하고."

어머니는 그녀에게 곰살스레 대하질 않고 늘 무뚝뚝했다. 그녀는 내 머리도 빗겨 땋아주고 꽃핀도 사서 꽂아주고, 들판으로 들판으로 나와 손을 잡고 걷기도 했다. 그녀는 노을이 어물거리는 저녁이면 나에게 제안을 했다.

"애기 씨, 잠자리 잡아드릴까?"

"응."

"오늘은 큰 된장잠자리 잡아드릴게."

해질녘 들판은 황금빛으로 물들고 예식장에서 썼던 면사포처럼 메밀꽃은 슬프게 벌판에 떨고 있었다. 어린 나도 괜히 슬프다고 느꼈다. 새언니는 잠자리를 잡는다고 메밀밭을 먼저 가로질러 갔지만 그녀의 손에는 잠자리 한 마리 들려있질 않았다. 그런 그녀의 눈가는 축축이 젖어 있었다.

"잠자리 어딨어?"

앙탈하는 이제 머리 굵은 국민학교 2학년 시누이를 업어주며 그녀는 흐느꼈다. 나는 내 앙탈이 너무 심했구나 후회하며 그녀의 목덜미에 흐트러진 머리카락을 틀어 올린 머리에 올려주었다.

어느 날 학교에서 돌아오니 낯선 뚱뚱한 식모 아줌마가 버티고 앉아 있었고, 비너스는 눈이 퉁퉁 부어 있었다.

"애기 씨, 공부 잘하고 부디 크게 성공하세요."

어머니는 저쪽 방에서 파도 같은 울음을 참고 있었다.

전쟁 이후 귀했던 찹쌀떡을 삼베 보자기에 싸고 찐 옥수수도 싸서 어머니는 그녀의 등 뒤로 따라 나섰다. 읍내 버스에 그녀는 달랑 가방 하나와 삼베 보자기에 싸인 찹쌀떡을 쥐고 올라탔다. 우중충한 버스에서 그녀는 빛을 뿜고 우뚝 서 있었다. 당당해 보이기까지 했다. 부드럽게 틀어 올린 머리와 옥같이 흰 살결 때문이었을까.

그녀를 보내놓고 어머니는 며칠을 꺼이꺼이 우셨다.

"제발 잘 살기나 했으면……" 하는 말이 그 울음 속에서 삐져나왔다. 나중에 들은 말인데, 속없이 그 좋은 청춘을 낙이라곤 없는 시집살이를 하는 그녀 꼴 보기 싫어 등을 밀치다시피 친정으로 쫓아냈단다.

"우리는 너 필요 없다"고 한 어머니의 말에 그녀는 이렇게 담담히 대답했단다.

"아버님도 병중이시고 하니 어머님 안 계신 집에 애기 씨 돌보며 살겠습니다."

그런 반편 같은 대답을 듣고 어머니는 질겁하며 사돈에게 찾아가서 호통을 쳤단다.

"앞이 창창한 여자를 낙 없이 세월 보내게 하지 말고 친정으로 불러 들이도록 하세요."

어머니가 사돈댁에 다녀온 후 그녀에게 전보 한 장이 날아왔다.

'모친 위독.' 이런 내용이었다.

그녀는 갔다. 영원히 떠났다. 학교에서 돌아오면 숙제를 꼼꼼히 봐주고, 뜯어진 치맛단을 꿰매주는, 어진 마음을 가진 그녀였다.

"너무 잘생겨서 그 팔자라."

어머니가 생전에 몇 번 그녀의 행복을 궁금해 하며 하던 말이었다. 그렇다고 어머니는 그 사돈과 연락을 취해 다시 인연 맺는 법 없이 냉담하게 일생을 보냈다. 몇 번 사돈이 문안차 들렀는데, "오지 마소!" 하고 황소같이 그들을 밀어내곤 했다. 그러나 어머니는 뒤에서는 그 사돈을 존경하고 칭찬했다. 세상에 볼 수 없는 양반들이라고 했다. 그들에게 쌀쌀하게 대한 어머니의 마음을 나는 대학에 입학한 뒤에 조금씩 알게 됐다.

가을만 되면 어머니는, "피난 온 부자 양반들이 속내의라도 있을까. 그 못난 것(비너스), 홑치마 입고 떠났는데. 이 멍충이가 세루치마 한 벌 안 싸 보내고……" 같은 푸념을 가끔 하곤 했다.

대학 시절, 나는 명동 양장점 골목에서 멋쟁이 중년 신사와 나란히 걸어오는 비너스를 보았다. 그 비너스는 어찌 다 큰 나를 알아볼까마는, 그녀도 자석처럼 그 자리에 발이 붙은 것처럼 서서는 서로 쳐다보았다. 그녀는 숱한 세월 속에서도 변함없는 비너스였다.

그녀가 "애기 씨" 하고 입을 열었을 때 나는 쏜살같이 옆 골목으로 달아났다. 그것은 사돈들과 일 푼어치 교류를 하고 싶지 않아 하던 완고한 성격의 호랑이 어머니가 뒤통수를 치는 것 같아 무의식중에 한 행동이었다.

실상 그녀가 새언니인 비너스인지 어떻게 알까. 내가 고향에 갔다가 그 일을 어머니에게 말하자 어머니는, "왜 만나보지 그랬어. 주소라도 좀 알 것이지……"라며 의외로 정색을 하며 말했다.

"어떻게 그 여자인 줄 알고 덤벼."

"니가 그렇게 봤으면 맞다. 느 새언니가 틀림없재. 니가 느그 언니 만난 곳이 명동 양장점 골목이라 했재. 그럼 딱 맞다. 부자 양장점 주인한테 재혼해서 팔자 고쳤다 하드라."

그 호기 서린 옛날의 어머니가 아니었다. 어머니는 그 비너스의 소식을 다 알고 계셨다.

"신수 좋드나?"

"응, 아주 옷을 잘 입고 밍크목도리도 둘렀어."

"내 느그 언니 팔자 좋으라꼬 평생 빌었다."

그 후, 그 감상에 찬 비너스 이야기는 나를 떠났다. 나는 가난하고 시를 좋아하는 청년과 열애를 했기 때문이었다.

왜 다시 이 독일땅 랭그리스 벌판, 하얀 꽃들 속에서 그 비너스를 떠올렸을까. 한국 제천읍의 환상을 떠올린다는 건 쓸쓸하지만 또 어떤 즐거움을 주었다. 한국 여자가 한국말로 생각한다는 것이 독일어 소음 속에 기쁨을 주었다.

불 켜진 부엌에서 토마스는 빵을 굽는다고 애들과 함께 반죽을 하고 있었다. 윤수는 속삭였다.

"엄마, 내가 너무했어. 미안해."

토마스는 어디 갔다 왔느냐고 물으며 계속 밀가루 반죽을 했다.

"바람도 만나고 꽃들도 만나고⋯⋯."

나는 웃으며 말했다.

얘기도 없이 반나절을 놀다가 늦게 온 엄마 옆에서 그 사이 새카맣고 꼬질꼬질해진 아이들이 반죽을 하고 있었다. 어찌 보니 처량한 생각이 들었다.

그런 중에 어머니가 노구를 이끌고 뮌헨에 오셨다. 토마스가 대학 졸업을 할 무렵이다. 아직 학생 신분일 때였다. 국제 여행이 흔치 않던 때인데, 어머님 홀로 미국 둘째 오라비 집에 들러 뮌헨에 나타나신 것이다. 야반도주를 명령하던 어머니가 귀국 한 번 안하는 딸이 은근히 보고 싶어 온 것이었다. 그것은 토마스의 제의로 이루어진 일이었다.

내 생일날 아침 식탁에 비행기 예약권이 놓여 있었다.

"어머니 뮌헨 구경시키자!" 하고 그가 제안했다.

그때 나는 당황했다. 우리 형편에 어머니를 초대할 만큼 시간적 경제적 여유가 없었다. 본시 어머니 성격을 또 아는 터라 더했다.

잠자리 날개 같은 노랑 치마저고리를 차려입고 어머니는 당당히 비행장에 나타났다. 토마스가 허리를 구부리고 "어머니 잘 오셨습니다"라고 한국말로 인사를 하자 그녀는 외면을 했다. 그 외면으로 시작한 어머니의 독일 방문은 연속되는 불편한 외면으로 이어졌다.

어머니는 딸의 상면에 좀 실망한 눈치였다. 넥타이 매고 근사한 미국사람 같은 토마스를 상상했을 텐데, 맨발의 비치는 비닐 구두에, 긴 머리카락과 때 묻은 청바지에 깜짝 놀라는 눈치를 애써 감추었다.

어차피 사위라 생각 안하고 무슨 서양 귀신 정도로 생각한 거니 실망이고 뭐고 없겠지만, 그렇다고 딸의 꼴은 또 뭔가. 고생에 지친 내 얼굴을 그녀는 흘끔 훔쳐보았다. 공항 바깥에서는 토마스 어머니가 차를 대기시켜 놓고 있었다. 그녀는 '잘 오셨습니다' 라는 인사를 독일말로 전했다. 나는 본의 아니게 통역자 역할을 했다.

"이거 니 자동차가?"

"이 차는 토마스 엄마 거예요."

어머니는 차에 오르자마자 차에 대해 단단히 물었다.

"니 꺼는 어딨노?"

"우리 자동차 없이 살아요."

어머니는 금방 안색이 변했다. 과거에 꽤 멋 부리고 다니던 미술대학 출신 막내딸이 검은 색안경을 쓰고 뚜껑이 없는 벤츠 정도는 몰고 나올 줄 알았는데, 그것도 올망졸망 애들까지 끌고 나와 작은 차는 미어터지고 있었다. 어머니는 계속 침묵이었다.

어머니 온다고 우리는 방 하나를 치우고 한국의 요처럼 방바닥에 침구를 마련했다.

"느그는 침대도 없나?" 하며 어머니는 깔아놓은 침구를 못마땅해 했다. 응접실이라고 둘러보니 꽤 크긴 크다만, 개봉동 시절 그대로 삼층장, 반짇고리며 밥상까지 그대로 가지고 있었다. 게다가 푹신푹신한 소파 하나 없고 웬 돗자리를 깔고, 독일사람, 한국사람 할 것 없이 방바닥에 뒹굴고 있다니…… 그녀는 갈수록 실망이 대단하였다.

나의 아늑한 자랑스러운 거실이 어머니 눈에는 가난에 찌든 모습으로 보였다. 지금도 소파가 없지만, 그 소파라는 물건을 집안에 들여놓으면 자리를 너무 차지하고, 사는 게 꼭 공중에 뜨는 것 같아서였다.

향수를 달래려는 목적도 있어 개봉동 시절 그대로 좌식생활을 해왔다.

어머니는 부엌을 둘러보더니, "웬 냉장고가 요리 작노. 미국에 사는 사람들은 집채만 한 냉장고 두 개씩 놔두고 쓰더라"며 핀잔이다.

붉은 양탄자, 샹들리에, 하늘하늘한 꽃무늬 커튼이 있을 거라 연상했던 독일 거실에는 노란 발이 쳐져 있고 한국 시어머니가 늘 쓰던 삼베 쪽보자기까지 깔아 놓고 사는 꼴이었다. 어머니는 뭔가 좀 다른 신기한 것을 구경하러 왔는데, 사는 것이 똑같고 변한 거라곤 딸이 일독에 빠져 있는 것뿐이었다.

그녀는 매사에 불평이었다. 게다가 초여름 뮌헨의 날씨는 잿빛 구름이 가득 끼어서 그녀의 관절염을 도지게 했다. 살아 생전에 겸손하고 검소, 근면이 그녀의 지론이었는데 칠순이 넘고부터 어머니는 반대의 성격을 나타내기 시작했다.

그녀는 매일 자동차 타령이었다.

"독일 천지에 자동차 없는 집은 느그 집뿐일 꺼다"라고 빈정거리더니 그녀는 또 물었다.

"느그 뭐 타고 댕기노?"

"토마스는 자전거 타고 다니고, 나는 전철 이용해요."

나의 대답에 그녀는 다시 퉁명스럽게 물었다.

"그 독일놈 직업은 뭐꼬?"

"아직 학생이에요."

"그럼 니가 벌어 묵고 사나?"

"그런 셈이지요."

"우리 딸년들 팔자라니……."

그녀는 혀를 끌끌 찼다. 그 말은 그 어려운 전쟁 후에도 딸 둘을 미술대학 졸업시켰더니 부잣집은 못되더라도 어지간한 집에 소파 색깔이나 잘 맞추고, 집안 장식이나 하며 따뜻하게 살 줄 알았는데, 큰 딸은 고등학교 '선생질'을 허리가 꼬부라질 때까지 하고, 작은 딸년도 더 나을 것 없이 지금까지도 제 손으로 돈을 번다니 한심하다는 뜻이었다.

"일자무식 동춘이도 철물상회집 시집가서 내로라하고 신식 부엌에 식모까지 두고 산다더라……."

그녀는 슬슬 내 비위를 건드리기 시작했다. 그녀는 우리가 사는 집을 다시 자세히 돌아보더니 또 물었다.

"이 집도 3층집이네. 집세도 꽤 나가겠다. 니가 벌어도 어지간히 버나부다. 니 그림 한 장 을매 값에 파노?"

나는 머뭇거리며 대답을 하지 않았다. 그랬더니 윤수를 보고 재빨리 물었다. 윤수가 한국 돈으로 환산해서 대답했더니 그녀는 무척 놀랐다.

"니 그래 많이 벌어가지고 이 꼴로 사나?"

"그 그림은 매일 팔리는 게 아녜요."

"독일놈 숭악하다는 것도 세상이 다 아니라. 독일놈 여편네 되드니 이제 못된 것까지 다 닮았구나. 내 다 안다, 니 심뽀!"

그러더니 벽에 걸린 그림을 힐끗 보더니 퉁명스레 다시 말을 뱉었다.

"내 같으면 일 전 주고라도 니가 그린 그림 안 사겠다."

그녀의 독일 일상사 속에 매일 도덕을 운운했다. 독일 사위 집에 마지못해 머물러 독일 구경을 하긴 하지만, 그 평생에 가진 그녀의 도덕 관념으로 용납지 못할 딸네 집에 잠시 머문다는 게 정말 아니꼬운 그녀의 현실이었다. "안녕히 주무셨습니까?" 하고 토마스가 복도에서 마주친 어머니께 인사를 하면 휙 돌아서서 그녀의 방으로 들어가서 문을 쾅 닫았다. 독일놈하고 같이 식사할 수 없다 해서 큰 식탁을 놔두고 딴 상을 차려 2층 어머니의 방까지 들고 올라갔다.

어느 날 토마스 아버지가 어머니를 대접한다고 집에 들렀다. 우리 어머니는 도덕적으로 용납 못해 독일놈하고 식사를 못하신다고 거절은 못하고 쩔쩔매다 감사하다는 소리와 함께 승낙을 해버렸다. 토마스 아버지는 그날따라 사돈을 만난다고 그때 흔치 않은 한국식당에 예약을 하고 왔다.

봄누리, 유진, 윤수, 장수 네 아이들은 예약된 둥근 식탁에 앉고 토마스와 나는 이머니 반대편에 앉았다.

"먼 곳에서 온 외할머니의 방문을 진심으로 환영합니다"라고 독일말로 말하자 유진이는 통역을 했다. 불고기가 익어가고 이제 막 수저를 드는데 어머니는 벌떡 일어나더니 "내 팔자에 이런 밥 먹을 줄 몰랐다"라고 단호히 말하고는 식당 주인에게 부탁해서 다른 식탁을 마련해서 저녁을 들었다. 나는 독일 시아버지에게 무안해서 뭐라고 설명할 수가 없어서 "우리 어머님 시대는 남자와 식사를 같이 하는 법이 없었다"라고 설명했다. 토마스 아버지는 잔잔히 웃으며 말했다.

"꼭 아라비아의 법 같구나."

어머니의 도덕적 횡포를 매일 당하는 입장인 토마스는 웃지도 못하고 쓸쓸해 했다. 비가 계속 왔다. 날씨가 청량한 미국에 몇 달 있다 온 그녀는 이것도 불평이었다.

"독일은 날씨가 이 꼴이니."

유럽의 아기자기한 옛 골목들. 제라늄꽃 핀 작은 성들. 광장 앞 연못에 오리가 평화롭게 떠다녔다. 어머니는 그 풍경은 보지 않고 내내 땅만 보고 다녔다.

"미국은 차 대는 곳이 천지로 큰데, 이놈의 나라는 웬 골목이 이리 많노. 참 빌어묵게 답답한 나라도 있다."

"어머니, 그 골목 보러 미국사람들이 이곳에 오는데요."

"나는 볼 것 없다."

어머니는 퉁명스레 대답했다. 또 윤수가 "할머니, 저 성은 500년 전에 지은 건데 아직도 예쁘지요?" 하고 외치자 어머니는 "미국에서 난 더 큰 집을 봤다"는 등 계속 불평을 했다.

"할머니 저 물오리 봐. 예쁘지?"

"체! 나는 미국에서 더 큰 오리 봤다."

이런 식이었다.

비가 오는 날은 그녀의 다리가 쑤시자 이제 노구임은 어쩔 수 없음을 그녀는 의식했다. 작은 호랑이로서 대가를 이끌고 호령하던 여장부였던 그녀도 류머티즘에는 못 당했다.

"날씨도 구질거리고 니 음식 솜씨에 이젠 나도 지쳤다. 이런 날은 고구마라도 묵었으면……."

그녀의 말에 토마스는 뮌헨 중심가 광장에 있는 외국산 과일가게에 가서 아프리카산 고구마를 구해왔다. 그 고구마는 빨갛고 아이 머리만큼 컸다. 그걸 쪄서 어머니께 가져가니 그녀는 그걸 입에 넣다가 "내 원, 호박 삶은 것 같은 게 고구마라고……" 하고 고구마 그릇을 밀어냈다.

어머니는 계속 생각 날 때마다 자동차 타령을 했다. 그래서 나는 퉁
명스럽게 맞장구를 쳤다.

"개봉동 살 때도 차가 없었는데. 제가 사람이 달라지지도 않았는
데요."

"니는 그렇다 치고 토마스는 왜 자동차가 없노?"

그녀는 독일놈 대신 토마스란 이름으로 승격시켜서 그에 대한 궁금
증을 물어왔다.

"토마스는 자전거가 환경오염을 시키지 않는다고 그 운동을 벌이고
있어요."

"돈을 을매 받고 그 운동을 하는데?"

"돈 안 받고 하지요. 엄마는 돈이란 게 애 이름인가, 아무데나 붙
여요."

나의 핀잔에 어머니는 "독일놈은 가지가지 골라가지고 주책 부린데
이. 예편네는 쎄가 빠지게 그림 그리고 살라카는데 지는 뭐라고 돈 안
받는 운동까지 하는 기라……"라며 계속 끝도 없이 반대로 나갔다.

그리고 어머니의 화제는 미국 교포들이 얼마나 화려하게 사는지에
대해서까지 이어졌다. 넓적넓적한 노란 조기는 한국 것보다 더 맛있
고, 쌀은 호남미 못지않게 윤기가 자르르 흐르며, 교포들이 파티를 하
면 종이 그릇에 담아서 고기만 먹고, 파티가 끝나면 종이 그릇은 쓰레
기통에 버려서 설거지할 게 없고…….

나는 어머니를 이해하려다 말고 슬퍼져버렸다. 어머니도 여행 중이
지만 나도 정신적으로 평생 나그네로 향수에 지칠 대로 지친 딸이었
다. 어머니를 맞이할 때는 기대한 것이 있었다. '제천읍의 신 목수는

첩과 아직 사느냐' '옥이(부엌 아이)는 시집가서 벌통을 얼마나 늘려 꿀 수입이 얼마나 되느냐'… 그런 걸 물으며 고국의 향취를 흠뻑 느끼고 싶었다.

뮌헨에서는 한국 음식을 골고루 먹는다는 것은 어림도 없는 일이었다. 통 재료가 마땅치 않았고, 솜씨가 좋기로 이름난 어머니의 '요리예술'을 내가 따라갈 수도 없었다. 전부 깡통에 든 간장, 된장을 먹는데다 시간이 급하다고 매일 빨리 하는 음식이니 제대로 맛이 날 리 없었다.

어머니의 지론은 음식은 평화의 근원이라는 것이다. "바느질은 이고 다니며 배워도 음식은 못 배운다"라고 부엌의 예술을 고수한 여자였다. 그녀 시야의 모든 것에 대해 갑자기 미국 중심의 문화를 원하면서 음식은 전통음식 그대로를 바바리아 고장에서 고집했다. 나는 토마스의 눈치를 슬슬 보기 시작했다. 전시회도 다가오고 무진장 일을 해대야 할 때라서 어머니가 언제 귀국하는가 하고 기다렸다. 어느 날 그녀는 나의 군대식 식단을 보다 못해 직접 부엌에 나갔다.

"토마스가 참 불쌍타. 중국집 구정물 정도 되는 음식을 한국 음식이라고 들여대니……. 그 놈이 뭐가 뭔지 진짜 한국 음식인지 몰라 다행이다. 한국 같으면 벌써 쫓겨났겠다."

어머니는 혀를 끌끌 차더니 생채 나물 곱게 썰고, 당면 볶고, 이탈리아 쌀 씻어 밥을 했다.

"거 참, 칼 하나 좋다. 이 집에 쓸 만한 것이라고는 칼 하나뿐이다."

나는 오랜만에 어머니의 음식의 향취를 느끼는데, 그녀는 부엌 한쪽 귀퉁이에 여러 가지 음식을 차곡차곡 담아 보자기로 덮어놓았다. 그 몹쓸 귀신 같은 독일사람 먹으라고 한 것 같았다.

독일 시아버지가 전세낸 작은 버스를 직접 몰고 왔다. 한국 사돈에 대한 선물로 온 식구가 니스(프랑스 남동부 해안의 이름난 휴양지)로 여름휴가를 가도록 주선했다. 그때 우리 식구만 여섯 명, 그리고 어머니, 토마스의 아버지 등, 승용차 하나로 모자라서 누울 수도 있는 버스를 전세 내어 왔던 것이다.

우리는 스위스 취리히와 알프스 산정을 어머니에게 보여주고 즐거운 여행을 했다. 그런데 아이들과 반대로 어머니는 또 불평을 시작했다.

"이까짓 산꼴짝 보려구 이 멀미를 해야 되냐."

그 해 여름 니스는 찬란한 햇빛이 내리쬐어서 관광객이 들끓었다. 꽃가게, 짙푸른 바다, 노천 생선가게 등. 나는 드디어 햇볕의 나라로 왔구나 하며 흥겨워했다. 어머니는 또 뉴욕만큼 큰 집도 없는 시골 동네에 온 것을 불평했다.

"나는 참기름 안 든 음식은 못 먹는다. 그리 알거라."

할머니의 말에 윤수는 이상하다는 듯이 물었다.

"할머니, 미국 여행하실 때는 햄버거를 잡숫고 맛있었다고 했잖아."

"미국 햄버거는 독일 햄버거랑은 다르다."

"여기는 불란서야 독일이 아니고."

"불란서 햄버거도 난 싫다."

아이들은 기대했던 포근한 외할머니의 영상이 점점 지워지자 실망을 하는 눈치였다.

"꼭 아이 같아. 봄누리보다 더 떼를 쓰니."

유진이는 작은 소리로 파파네 집 보기가 부끄럽다고까지 말했다.

"어머님, 여기도 미국 햄버거 집이 있으니 갑시다!"

나는 아이처럼 그 떼에 맞췄다. 토마스의 대강 알아듣는 한국말 실력에 그 상황을 알고 토마스는 물어물어 중국집으로 어머니를 모시고 갔다.

"어머니, 참기름 많이 치라고 했으니 저녁은 염려 마세요. 여기는 여행하는 복잡한 도시이니 따로 식사를 못하셔요. 한 번 꾹 참으시고 서울역에서 남자들 틈에 기차 탔다고 생각하시고 다 같이 식사를 합시다."

그녀는 나의 간청에 마지못해 앉았다. 그러나 벌떡 다시 일어났다. 그녀의 도덕심이 다시 치솟은 것이었다. 중국음식은 참고 먹겠는데, 서양 귀신 같은 독일사람들과 절대 자리를 같이 할 수가 없었던 것이다.

"어머니, 제발 나도 남세스러우니 참으세요" 하고 뒤따라 나가자 "나 변소 간다"고 하시며 변소 쪽으로 갔다. 나는 곧 오시겠지 하고 기다리는데 음식이 다 식을 때까지 그녀는 오지 않았다. 불길한 생각이 들어 변소를 다 뒤졌다. 그러나 그녀는 없었다. 내가 토마스에게 어머니의 증발을 알리자 부리나케 일어나 주변을 먼저 살피며 경찰에 알려야겠다고 했다. 아이들과 독일 시아버지는 식사를 계속하게 하고 우리는 어머니를 찾으러 나섰다.

"니스가 꽤 큰데 한국 노인이 어디 가셨을까?"

토마스는 내가 걱정하자 손을 쥐어주며 걱정 말라고 안심시켰다.

나는 현기증이 나는 것을 느꼈다. 괜히 어머니를 모셔다가 이곳에서 실종되면 평생 그 한을 어떻게 푸나. 극진한 효자인 작은 오라비 얼굴이 눈앞을 스치고 지나갔다.

주변의 노천카페 같은 곳들을 우선 두루 찾고 나서 토마스가 경찰에 실종신고를 하러 가려다 말고 "영희, 저기 봐!" 하고 소리쳤다. 큰 차도를 지나 검푸른 바다가 점점 엷어지는 바다 색깔의 해변으로 갈매기가 날아갔다. 그 밑 지평선에는 벌써 노을이 물들고 있었다. 그 해변의 조그만 점 하나, 그것은 어머니였다.

복잡한 넓은 차도를 어찌 건너 저 먼 데까지 갔을까. 그 점으로 보이는 물체는 분명 어머니였다. 토마스는 확신했다. 함께 달려가는 도중 어머니임을 확인하자 안도의 한숨과 눈물이 줄줄 흘렀다. 그리고 한숨 뒤에 그녀의 '도덕적 횡포'에 정말 분해서 가슴을 떨었다.

나는 토마스를 보고 외쳤다.

"어머니도 너무하다. 한국 손자를 봐서 어찌 저럴 수가 있을까."

우리는 걱정하는 애들에게 할머니가 해변에 있으니 걱정 말고 저녁을 마저 맛있게 먹으라고 일렀다. 다 식은 저녁을 먹으며 유진이는 찔끔찔끔 울었다. 나는 봄누리에게 밥을 떠 넣어주며 토마스의 아버지를 흘끔흘끔 곁눈질로 봤다. 본시 말이 없는 그는 식사만 묵묵히 하더니 "우리 후식을 무엇으로 할까?" 하고 명랑하게 애들에게 물었다.

"아주 큰 아이스크림!" 하고 윤수가 주문했고 과일이 든 아이스크림이 나왔다.

"어머니 데리고 오겠어. 당신은 여기 앉아 있어."

토마스는 아이스크림 하나를 손에 들고 나가며 내게 속삭였다.

나는 봄누리를 데리고 식당 밖으로 나오니 이제 노을도 짙은 귤빛으로 바다를 태우고 있었다. 장엄하게 노을은 바다를 태우고 있었다. 붉은 오렌지 빛을 배경으로 두 물체가 선명히 보였다. 토마스는 어머니의 팔을 다정하게 끼고 걸어오고 있었다. 두 사람은 뭐라 말을 나누고 있었다. 내 눈 가까이 그 두 물체가 확실해지자 어머니는 도둑질하다

들킨 것처럼 후다닥 토마스의 팔을 뿌리쳤다. 토마스의 한 손에는 빈 아이스크림 그릇이 들려 있었다.

그 후 토마스는 말했다.

"장모님 속은 따뜻한 분이야. 도덕의 껍질만 벗으면 독일 아이스크림도 잘 먹고, 독일놈하고도 이야기한다."

어머니는 짜증나는 독일이라는 나라에서 떠나고 싶어 했다. 떠나기 며칠 앞두고 그녀는 부시럭거리더니 종이쪽지 하나를 내놓았다. 거기에는 '나쁜 나라' 독일에서 사 갈 독일제 물건 이름이 죽 적혀 있었다.

손자 줄 바이올린, 효자 작은 오라비 줄 등산용 오리털 이불, 식모 치마까지 까맣게 적혀 있었다. 내가 값을 대강 계산하니 그때 형편으로 굉장한 액수였다. 그렇다고 어머니의 높은 눈에 차지 않는 값싼 물건을 고를 수는 없었다.

"어머니, 이 물건 다 사 가시려면 돈이 꽤 들어요……" 하고 머뭇거리자 "더럽다. 내 돈으로 사거라!" 하며 내 앞에 돈을 내놓으셨다.

자세히 보니 잔돈푼 달러만 수북이 떨어졌다.

"어머니, 이 돈이 많은 것 같지만 이것은 여기서는 십 원 정도예요."

"종란이가 미국서 그카는데 큰돈이라 카드라."

"어머니, 제가 평생 속이는 것 보셨어요?"

"니가 독일놈하고 사는 배짱에 사람이 변해 속이기도 할지 누가 아노."

그녀는 내 말을 탁 받아넘겼다. 본시 참을성이 없는 나는 정색을 하고 어머니에게 말했다.

"왜 그 좋다는 미국 물건 한 개도 못 사시고, 볼 것 없는 독일 물건 사 가시려고 그러세요. 당신 딸도 마음 변해 미국 돈 속이려 하니 그냥 귀국하세요."

"......."

나는 이 사정을 토마스에게 얘기하자 그는 말했다.

"노인이 독일을 언제 또 방문하시겠니. 빚을 내서라도 좋은 것 사드리자. 내 공부가 끝나면 괜찮은 수입이 있고, 너도 곧 전시회가 있으니 그림이 꼭 팔릴 거야."

바이올린 사야겠다고 독일 시어머니에게 전화를 했더니 그녀는 얼른 달려 왔다. 시어머니는 미텐발트라는 바이올린 제작으로 유명한 지역이 있으니 구경삼아 가자고 했다. 토마스 어머니는 운전을 하고 아이들과 산골 동네로 떠났다.

미텐발트라는 곳은 대대로 바이올린 만드는 명소였다. 그들은 대물림으로 예술을 만들어 냈다. 작은 산골짜기는 세계적인 명소가 되어 관광객으로 들끓었다. 공기가 맑은 곳에 자리 잡은 바이올린 공장들. 공장이라 해야 자그마한 목공소 같은 것이었다. 바이올린 할아버지는 뚱뚱한 호인이었다. 동양 사람이 바이올린을 사러 왔다고 좋아했다. 그는 동양 악기, 즉 한국의 관현악기에 관심을 갖고 있었다.

"저래 뚱뚱해가지고 비싼 바이올린 맨들겠나?"

어머니는 독일사람을 또 의심했다. 시어머니가 장수 콧물도 닦아주고 유진이에게 이야기해 주는 걸 보더니 어머니는 말했다. "제 외할미보다 독일 할미를 더 따르네. 나는 외톨이 신세다. 나도 우리나라에 가면 손자 셋, 착한 며느리에 있을 것 다 있다. 얼른 가야겠다."

어머니는 독일제 물건들을 잔뜩 사가지고 한국으로 떠나셨다. 공항에서 어머니의 단정하게 쪽진 뒷모습을 보는 순간 울음이 울컥 쏟아졌다. 호되게 달군 도덕으로 용납 못할 딸을 그녀도 가슴 아프게 생각할 것 같았다.

어머니는 평생 철저히 자신을 절제하며 살아온 여자였다. 그러나 속사랑이 깊은 여인이었다. 이조 끝머리에 태어나서 공자님 말씀인 '일부종사(一夫從事)'라는 것을 하늘의 명으로 알고 있던 여자였다. 사는 것은 신식으로 살아도, 즉 그릇이나 자동차, 혹은 소파는 서양 것이라도 생활의 철학은 곧 공자의 도덕 속에서 찾아내곤 했다. 즉 남편이 죽었다고 일부종사는 끝나는 게 아니라고 생각하는 여자였다.

나의 쓸쓸한 모습에 토마스는 슬쩍 말을 꺼냈다.

"영희, 나는 장모님의 얼굴을 지금도 기억 못해. 비녀 뒤 꼭지만 봤으니까."

어머니가 토마스와 마주치면 고개를 돌린 것을 두고 한 말이었다. 그 후 어머니한테서 국제전화가 왔다.

"영희야, 문명한 나라 사람 다르더라. 남의 새끼 잘 키우는 것, 내 참 우러러 봤다. 우리나라 같으면 의붓 새끼 가만 안 놔둔다."

나의 개인전은 유럽에서만 70번에 이르렀다. 처음에는 생계를 위한 것이기도 했지만, 이 땅에 살면서 확실한 자아를 찾는 길이기도 했다. 박물관에서부터 여러 도시를 거친 개인전은 판매에서나 평에서도 우수한 편이었다. 개인전만 고집한 이유는 그룹전에서는 나 개인의 목소리를 낼 수가 없어서다. 개성이 다른 사람들이 모인 잔치이기도 하고 그룹전의 성격을 잘 들여다보면 그 운영에서부터 싸움이 대단하기 때문이었다. 못나도 힘차게 나 개인의 성격을 보이고 싶었다. 하고 싶다고 해서 까다로운 이 나라 화랑에서 전시회를 허락하는 건 아니었다. 화랑의 성격, 판매나 호응도에 관해 귀담아들어 연결된 행운이었다.

나는 고국에서나 이곳에서나 그 어느 단체에 속한다는 게 내 생리에 조금도 안 맞는다. 사람 사는 데는 다 비슷한지. 대학의 연줄, 단체의 연줄을 잡아야 출세에 도움이 된다고 하지만, 평양감사도 제 싫다면 안 하는데 생리에 안 맞는 짓을 서두르다 죽도 밥도 안 될 것 같아서였다. 평론가도 안 만나고 정부기관 사람도 안 만난 채 애 키우며 작품에만 몰두 했다. 엉덩이에 뿔난다고 애들 밥도 안 해주고 공이 들어가지 않은 작품을 말로 때워 출세한들 무엇하랴. 언제나처럼 나는 예술세계에서도 무정부주의자였다.

한번은 토마스가 주선해서 어떤 국영 미술단체에 들어간 적이 있었다. 독일 정부가 꽤 많은 예산으로 경제적인 지원도 해주고, 해외전시 기회도 많으며, 그곳에서 잘만 헤엄치면 성공한다고 했다. 그 단체의 도움으로 성공한 화가가 실제로 많았다. 그런데 몇 번 참석해 보니 그들도 고상하게 화가끼리 싸움질을 하고 있었다. 해외 순회전에 왜 심사가 고르지 않았느냐, 내 그림이 왜 빠졌느냐 하는 식의 질문만 서로 해대었다. 나는 골치가 아파와서 탈퇴서를 제출하고 나와버렸다.

그곳에서 안면을 좀 닦으려면 꽤 시간이 필요하였다. 손님만 집에 며칠 머물러도 작품 할 시간과 애들에 대한 애정이 모자라거늘, 바깥으로 쏘다닐 시각이 일 푼어치도 없었다. 뱁새가 되든, 황새가 되든, 내 걸음으로 걷기로 작정했기 때문이었다. 나는 그 단체에서 준 회원증을 불살라버렸다. 난로 속에서 타고 있는 회원증을 보며 쓸쓸히 웃었다. 조국인 한국에서 1981년도에 딴 미술협회증이 생각나서였다.

첫 외국 나들이인 독일전을 하려고 독일 정부의 초청장까지 받아놓고 여행 허락을 받으러 관청엘 갔는데 직업란에 '예술가'라고 적어낸 게 트집거리가 되었다. 그 직원으로서는 트집이 아니고 정확하게 하고 싶었던 것이다.

"아주머니가 예술가란 걸 어떻게 믿습니까? 예술가 증명서를 가져오세요."

"저는 정말 예술 해서 사는 사람입니다."

"그건 아주머니 말씀이고, '증'이 없는 사람한테 어떻게 비자를 내줄 수 있어요?"

나는 그 직원 말에 그 다음날 다시 긴 행렬에 서서 끈기있게 차례를 기다린 끝에 포스터와 전시회 카탈로그를 보여주며 사정했다.

"전시회를 두 번이나 했으니 예술가 축에 들지 않겠습니까. 이 화집과 포스터가 '증'이나 마찬가지입니다."

"제가 아주머니 설명 들을 입장입니까? 증을 가져오세요."

그는 잘라 말했다.

밀리는 업무에 피곤한 탓도 있겠지만 원리원칙에 맞게 하려나보다 생각했다. 나는 그때 우연히 다방에서 만난 조선일보 문화부에 있던 정중헌 기자에게 이 사실을 하소연했더니 "미술협회에 가입을 하시죠. 그러면 증이 나옵니다"라고 권고를 했다.

나는 회비를 장만해 가지고 나의 급한 처지를 통사정해서 미협에 가입했다. 나는 드디어 증을 타내서 외무부에 내밀었다. 그것이 우리나라에서 마지막이자 처음으로 단체에 가입한 경우인데, 그 회원증도 고국을 떠나면서 필요 없게 되고 또 단체 밖의 예술인이 되었다. 예술의 줄서기 행렬의 밖이 아니라 지금까지 인생의 줄서기도 그 줄 밖의 여자가 아니었던가.

엉뚱한 어린 천재라는 종이면류관을 써서 줄 밖의 아이가 되었던 어린 시절의 기억은 지금도 가슴 아팠다.

머리가 좀 커진 소녀 시절엔 반대로 줄반장 한 번 못 해본, 리더십이라곤 전혀 없는 중간 치기 성적을 유지해서 사람들을 실망시켰다.

"거 참 안됐다. 어릴 땐 기가 찬 천재였는데. 아가 왜 저래 보통이 됐노."

주변 사람들의 중얼대는 소리를 들으며 그 시절 나는 줄 밖의 아이가 되어 있었다. 줄이라면 연줄, 탯줄 등 여러 가지가 있겠지만 내가 제일 먼저 떠올리는 것은 고무줄이다.

고무줄놀이에 나를 끼워주는 아이들은 아무도 없었다. 제일 친한 영옥이는 얼굴도 예쁘지만 몸이 날렵해서 서로 자기네 편으로 데려가려 했다. 둔한 나를 데려갔다가 자기편이 질까 봐 끼워주는 애들이 없었다. 나처럼 고무줄놀이를 천성적으로 못하는 애가 있으면 평균이 돼서 고루 나누기라도 할 텐데 불행하게도 나만큼 못하는 아이는 그 반에서나 동네에서도 한 명도 없었다. 결국 그 무리에서 처져 다른 애들이 참새처럼 날렵하게 날며 하는 고무줄놀이의 구경꾼이 되어야만 했다.

말이 나왔으니 말이지만 뛰면서 하는 것은 지금까지 다 못 해봤다. 수영도 못하고, 자전거도 못 타고, 심지어 독일에 사는 사람들은 다 가지고 있는 운전면허도 아직 없다. 독일에서 주부가 자전거를 못 탄다는 것은 흉으로 친다. 그래서 언젠가는 여름 내내 자전거를 배우려고 수시로 노력했건만 가을이 와도 온몸이 상처투성이만 됐을 뿐 끝내 지금까지 자전거를 못 탄다.

평행으로 땅에 서 있는 동그란 바퀴 두 개만 보면, 나는 서 있는 그 자체가 이해가 안 돼 올라탈 때부터 무서워 떨리는 통에 이내 땅바닥으로 곤두박질치기가 일쑤였다. 토마스가 붙들어주고 밀어주고 성심껏 끈기 있게 가르쳤지만 그 마누라는 아직껏 자전거를 못 탄다. 이제 그 독일 남자의 끈기도 한계에 달해 자전거 가르칠 생각은 하지 않는다.

자전거는 독일에서 큰 몫을 하는 교통수단이다. 무겁게 손으로 장바구니를 들고 다니지 않아도 되고 여름이면 온 식구가 자전거를 타고 간단한 여행을 할 수도 있는 즐거움도 있다.

자전거에 올라타는 순간 느끼는 무서움. 그 현기증은 옛날 국민학교 운동장에서도 늘 느끼곤 했다. 영옥은 아무도 끼워주려 하지 않는 불쌍한 친구를 위해 애걸하면서까지 몇 번 그 고무줄넘기에 넣어준 적이 있었다. 고무줄 위로 힘껏 뛰어보려 했건만 공중에 쳐진 까만 평행선에서 현기증을 느꼈다. 땅에서부터 고무줄까지 높이를 어떻게 재서, 얼만큼 뛰어야 할지 몰랐다. 제일 낮은 높이의 고무줄도 못 뛰어넘는 나는 그들의 놀이에서 영원히 제외되어 버렸다. 나는 그때 그래도 고무줄넘기를 포기하지 않고 집에 와서는 숙제를 제쳐놓고 고무줄넘기에만 열중하곤 했다.

아버지는 중병이어서 요양소에 어머니와 함께 있어서 나를 감시할 사람은 아무도 없었다. 그때 내가 원하는 건 다 할 수 있는 천하에 제일 자유스러운 인간이었다. 가령 이를 안 닦고 열흘을 지낸다 한들 누가 뭐랄까. 발가락에 때가 덕지덕지 절은 것같이 돼도 나는 이불 속으로 들어갈 자유가 있었다. 어머니의 근면과 연결되는 청결벽과 몸 씻기에 대한 간섭은 나를 얼마나 고통스럽게 했던가. 하여튼 그때는 고무줄넘기를 포기하지 않았다.

대청마루 기둥에 고무줄을 잡아매고 다른 한쪽은 방문 고리에 잡아매서 펄쩍펄쩍 뛰면 방문은 덜컥거리다가 왈칵 열어젖혀지고 말았다. 바깥에서는 깍깍거리며 고무줄놀이를 하는 동네 계집애들의 목소리가 나의 고무줄넘기 연습장인 대청마루까지 기어들어 왔다. 피눈물 나는 나의 노력이 가련해 보였는지 새언니는 늘 고무줄을 붙들어주었다. 그리고 내 고무줄놀이의 상대가 되어주곤 했다. 키가 커다란 비너스가 대청에서 같이 뛰는 걸 어머니가 발견한 적이 있었는데, 그때 어머니의 실망은 대단하였다.

"저 물건이 반편이 아니고는 구만리 같은 청춘에 어린것하고 저 짓을 하며 세월을 보낼 수가 있겠노?"

그녀의 푸념은 섬뜩하기까지 했다.

피난시절로 거슬러 올라가도 제천읍에서처럼 그 고무줄놀이에 나를 끼워주지 않았다.

고향 청도군 매전면에서 노루처럼 뛰어다니던 나는 오라비들의 학교가 있는 부산시로 옮겨갔다. 그때 부모님들은 전쟁 중인데도, 도시에서만 사람구실 하는 법을 배울 수 있다는 강박관념 때문인지 나를 피난민 국민학교에라도 보내고 싶어했다.

오빠들이 머물고 있던 곳은 생소한 이름인 '아카사키' 라 부르는 부둣가 동네였다. 없다, 없다 하면서 돈을 늘 꿍쳐놓고 있던 중국 사람들처럼 아버지는 그때 아카사키에 그래도 판잣집만은 면한 집을 한 채 사서 애들 교육은 계속 시켰다. 그것은 30년 이상 중국에서 보낸 아버지의 생활철학에서 비롯된 것이다. 아카사키에서 나는 피난민 국민학교에 연령 미달로 입학이 되지 않아 또 자유인이 되었다.

아카사키라는 그 동네는 세상에 있을 게 다 있는 동네였다. 입술이 빨간 양색시들의 껌 씹는 소리가 요란하게 길거리를 누비고 지나가고, 언제나 질퍽거리는 시커먼 흙탕물 바닥인 시장통에는 그치지 않는 악다구니, 싸움들, 학생, 그리고 마도로스 등등, 다 있었다. 세상에 존재하는 사물들은.

짙푸른 바다에는 기선이 정박해 있곤 했다. 노을이 바다와 맞부딪칠 무렵은 옆집 언니가 말했듯이 휘발유를 뿌린 것처럼 맞붙어 타고 있었다. 초라하고 구질구질한 피난민 동네 아카사키에 유일하게도 매일같이 장엄한 관현악을 연주하는 바다였다. 물론 갈매기도 날아와 고목나무 끝에 앉고, 심지어 뜰에까지 앉곤 했다.

하얀 아침, 하얀 바다. 나는 늘 바닷가에 앉아 있었다. 바닷가로 따로 갈 필요가 없이 우리 피난살이 집이 부둣가 동네에 있어 그저 나가면 바다를 볼 수가 있었다. 동네 악동들 틈에도 재주 없는 놀이꾼으로 끼워주지 않을 땐 마술을 하는 바다의 풍경에 그저 눈을 주고 하루를 보냈다.

그 때 옆집 판잣집에는 눈이 큰 처녀가 어린 동생과 살고 있었는데 나는 그녀를 언니라 불렀다. 억세고 꼬부라진 그 동네 본토박이 사투리와는 달리 그녀는 얌전한 말을 써서 나는 '힝아' 라 하지 않고 '언니' 라 했다. 고향 청도와 부산을 왔다 갔다 하며 두 집 살림을 하던 어머니도 그녀의 됨됨이를 기특하게 여겨서 고향에서 걷어온 풋콩 등을 나누어 먹곤 했다.

"저래 부지런한 여식아 처음 봤다. 부지런히 돈 벌어 동생 굶기지
않고⋯⋯."

이렇게 시작한 어머니의 칭찬은 끝이 없었다.

"사지 멀쩡한데 피난 왔다꼬 핑계 대고 멀뚱멀뚱 노는 글짜깨나 배
운 것들보다 천 배 낫재. 쯧쯧."

그 언니는 키가 커서 그 판잣집 문을 드나들 때는 허리를 구부려야
했다.

그 판잣집 안에는 무지무지한 이야깃거리의 미국 잡지 조각들로 도
배를 해서 한동안은 그 벽만 다 봐도 하루 종일 심심하지 않았다. 피난
살이라는 우중충한 삶 속에 미국 집지의 그림들은 현란한 미래였다.
그 그림 속에 나타난 미국 여자들의 노란 머리는 살짝 파도치기를 해
서 단정히 어깨 위에 내리고, 입술이 모두 앵두처럼 빨갛고, 허리는 전
부 잘룩했다. 그 개미허리 위에는 넓고 까만 허리띠가 조여져 있고
180도 이상의 치마들이 우산같이 펼쳐졌다. 그 옆의 미국 남자들은 또
어떤가. 펭귄보다 더 까맣고 더 하얀 옷을 입은 날씬한 사람들이 웃고
서 있었다. 전쟁 중인 줄도 모르고 그들은 웃고 있었다.

그리고 또 나를 놀라게 한 것은 음식 그림들. 그것은 먹는 것이라고
언니가 일러줬지만 입으로 들어가기엔 아까울 만큼 꽃다발같이 화려
하게 꾸며놓은 것이었다. 그것은 케이크라 부르는 빵을 그렇게 뭐 둔
갑하듯 구운 것이라 했다. 그 그림들은 바다 건너에서 현실로 펼쳐지
는 사실들이라는데, 나는 더욱 미국에 대한 꿈을 꾸게 되었다.

부자 나라! 그리고 색깔이 있는 나라. 모두가 고른 하얀 이를 드러

내고 웃는 사람만 있는 나라. 모든 여자가 뾰족구두를 신는 나라. 그리고 음식도 우리네같이 누런 된장국을 먹는 것이 아니라 꽃같이 예쁜 것만 먹는 사람들이 사는 나라.

미국으로 향하는 꿈은 연꽃 타고 극락으로 가는 것보다 더 화려한 꿈이었다. 그 찬란한 꿈들이 붙어 있는 판잣집 속에 언니는 공장에서 실어온 양말을 수북이 옆에 쌓아놓고 꼭 생선머리같이 벌어진 양말 앞축과 뒤 몸체를 붙이는 일을 했다. 그것은 기계로 뜬 양말의 자잘한 좁쌀 같은 뜨개질 코를 서로 끼워 엮는 일이었다.

"꼭 생선 아가리 같다, 언니야."

내가 이렇게 말하면 그녀는 빙긋이 웃었다. 단 하나뿐인 친언니는 서울에서 다니던 미술대학을 쉬고 아카사키에 내려와서 그림 그리는 재주를 가지고 취직을 했다. 그녀는 밤늦게 지친 몸으로 집에 돌아오곤 했다. 그래서 나는 낮 동안에는 거친 오빠들보다는 나긋나긋하고 상큼한 눈을 한 옆집의 그 언니 곁에서 하루 종일 지내곤 했다. 도시에서 살면서 지식을 얻으러 학교 가는 대신 옆집 언니의 양말 코 꿰매는 것을 구경하며 하루를 보냈다.

완성된 양말을 다섯 개씩 묶어서 쌓아놓으면 공장에서 남자들이 와서 리어카에 실어가곤 했다. 나는 그녀의 날렵한 손놀림을 희한하다고 생각했다. 양말코를 꿰려면 서로 실코가 맞닿도록 맞추고 연구를 해야 할 터인데, 그녀는 눈 깜짝할 새에 그 코들을 펴서 꿰매어 가고 있었다. 귀신 같은 여자였다. 그 귀신 같은 여자가 내 인생에 처음으로 고무줄넘기 상대를 정식으로 해준 여자였다.

밤이었다. 휘영청 달은 밝아 바다는 무섭도록 번들번들 빛나고 아카사키 부둣가 동네가 정적 속에 잠겨 있던 밤이었다. 그녀는 낮에는 늘 양말 꿰매기를 해서 다음 새 양말이 공장에서 들어올 때까지 휴식시간은 한밤중뿐이었다. 우리는 밤중에 밖으로 나갔다. 마른 고목나무에 고무줄을 걸고 내가 한 번 고무줄을 잡고 그녀가 펄쩍 펄쩍 뛰고 그리고 그녀가 줄을 한 번 잡고 내가 또 힘껏 뛰어보았다. 그때 우리는 게임의 규칙이 없었다. 고무줄을 발로 밟아도 되고 그저 적당히 힘껏 뛰면 언니 차례, 내 차례가 돌아왔다. 그러다 보면 친언니가 힘이 쭉 빠진 모습으로 귀가하다가 나를 집으로 데려가곤 했다.

친언니는 그때 미술대학 동기생인 순희씨와 미국 공보관에 전시 기록화(戰時記錄畵)를 그리는 일을 하고 있었다. 부모가 반대를 했으나 월급이 많이 나오니 생활에 큰 보탬이 될 거라며 고집을 부려 취직했다. 언니의 월급날은 온 식구가 무엇이든지 원하는 걸 배가 터지게 먹었고, 내가 좋아하는 사탕도 맘껏 사 먹을 수 있었다.

명문집 딸 순희씨와 같이 취직을 한다 해서 부모들은 안심했지만, 절대 미국 물건, 즉 사탕 한 알이라도 미제는 집으로 가져오지 말라고 일렀다. 그것은 엄명이었다. 물론 언니의 월급날은 한국 엿사탕을 푸짐히 먹을 수 있었다.

언니의 데생 실력은 타고난 것이어서 미국사람이나 한국사람이나 전 직원이 감탄을 했다고 한다. 일정한 양의 전시화가 주어지면 본시 우둔할 정도의 책임감을 가진 그녀는 밤 늦게까지라도 혼자 그려내곤 했다고 한다. 물론 동료 것까지도.

아무개 하면 다 아는 이름 난 명문집 딸 순희씨는 조각같이 빼어난 미인으로 언니와는 무척 대조적이었다. 어머니는 지금까지도 언니가 전시기록화를 미 공보부에서 그렸다는 전력을 함구하고 있었다. 그것은 양(西洋)냄새가 조금이라도 나면 양색시라고 오해해서 시집가는 데 지장이 있다고 생각했기 때문이었다.

그때 언니는 긴 검정 치마에 흰 블라우스를 입고 생머리를 뒤로 단정히 맨 화장기 없는 보통 처녀였다. 어떻게 보면 나이가 아주 많이 든 아주머니 같고, 웃을 때에는 수줍음이 어린 모습 때문에 소녀같이 보이기도 했다. 그녀는 못생긴 편으로 보아야 했다. 왜냐하면 그녀가 늘 제 입으로 자신을 못생긴 여자라고 했기 때문에…….

어느 날 아카사키 우리 집에는 난리가 난 적이 있다. 아버지는 언니 뺨을 후려치고……. 언니가 순희씨와 같이 미국으로 유학을 가고 싶다고 넌지시 부모에게 물어본 게 화근이 된 것이다. 데생 실력이 뛰어나고 성실하고 말 없는 언니의 장래를 위해 그 기관에서 장학금을 주어서 미국의 대학을 추천한 터였다. 그 좋은 나라 미국을 간다는데 아버지는 세상 처음 불호령을 내린 것이다.

경기고등학교를 다니던 머리 좋은 오빠들은, 미국 유학은 화냥질하러 가는 게 아니고 어려운 영어를 자연스레 배우며 신식문화를 배워오는 것이라며 언니 편을 들어주었다. 그런데 편들던 오빠들에게도 불똥이 튀어 아버지는 몽둥이까지 들고 와 나만 빼놓고 식구 전체가 바지를 걷고 매를 맞아야 했다. 그래도 고집이 센 작은오빠는 아버지에게 대들었다. 여류 화가의 길을 신사임당의 그림에서만 찾지 말라고…….

결국 언니는 다니던 직장에서 끌려와 청도 매전면 고향에 갇혀버렸다. 그때부터 언니는 동네 친척들의 양장을 재봉으로 해내며 세월을 보냈다. 그 순희씨는 인생이 근사하게 펼쳐져 미국으로 건너갔고 보내오는 사진마다 영락없이 미국잡지에서 보던 미국 여자들처럼 세련되어져 있었다. 순희씨도 미국 대학을 졸업한 후 그의 꿈을 접고 부모의 권고로 귀국해서 결혼하고 교수가 되었다.

언니는 미술대학 졸업 후 평소 원하지 않던, 면소재지 중학교로 발령을 받아 미술선생으로 평생을 보냈다. 그때 오빠들은 정말로 부모들을 원망했다. 누이의 재능이 아깝다고 그랬다. 그녀는 바느질 솜씨부터 음식 솜씨 그리고 뛰어난 필력을 갖고 있었다. 그리고 남달리 부지런했다. 그녀는 평생 그녀가 하고 싶은 일을 한 번도 못 해본, 맏이로 태어난 불행한 여식이었다.

안목이 선진적이었던, 이조시대를 살았던 친할아버지가 갓난아이였던 언니를 보고 심상찮은 재수덩이라고 특별한 이름을 지어주었는데, '묘임'이라는 예쁜 이름이었다. 한학에 밝은 할아버지가 작은 섬의 여왕 이름을 그대로 딴 것이었다.

그 후 언니가 불행한 일생을 보내자 어머니는 자신의 시아버지를 원망했다. 보통 여식한테 과분한 이름을 지어 팔자가 저 모양이라고. 그때 오라비들은 어머니를 무식하다고 뒤에서 몰아세웠다.

"미국 목화씨 기름이 시장에 나오면 맛있다고 제일 먼저 사가지고 그렇게 싫은 미국 기름에 감자튀김을 왜 하는지 몰라. 나는 더러워서 튀김은 안 먹겠다!"라고 오빠들은 선언했다. 그리고 그들은 슬퍼했다. 그 당시 하늘의 별따기인 미국 유학의 길을 막아버린 부모를 원망하고 그리고 아무데나 붙이는 도덕이란 단어에 절망했다. 그리고 동생들의 유일한 신식 엄마 역할을 한 누님의 거룩하다시피 한 예술세계가 날개를 펴지 못한 것을 애처로워했다. "내가 돈 벌어 누이 미국 유학 보내겠어"라던 오빠는 서울공대 졸업 후 자살을 했다.

환도 후, 언니는 묵묵히 명륜동 집에서 오빠들과 공부를 계속했다. 나는 제천읍에서, 아버지와 어머니는 요양지에서……. 그래서 세 집 살림을 벌였다. 그때 묘임이 언니는 붉은 감을 수채화로 그려 그림 위에 선이 고운 필체로 시를 써서 내게 보내오곤 했다. 그 필체는 의대 학생이던 둘째 오빠의 가재가 옆으로 기어가는 듯한 글씨와는 대조가 되어서 아버지를 흐뭇하게 했다. 그때 병석에 있던 아버지는 언니의 편지를 받아 읽는 게 낙이었단다.

"언제 봐도 출중한 글솜씨다."

아버지는 늘 그녀의 글에 감탄했다. 특히 둘째 오빠의 편지를 받으면 아버지는 그것을 획 집어던졌고 어머니는 그 편지를 불쏘시개로 아궁이에 집어넣었다고 했다. 그 못난 글솜씨를 보면 아버지는 신열이 다시 올라서 병세에 지장이 있다고 해서 아예 둘째 오빠의 위문편지는 금지되었다.

그 다음 아버지에게 즐거움을 준 편지는 내 편지임은 물론이다. 그것은 막내라는 나의 위치. 그리고 쓸쓸히 빈 공장 뒤 큰 집에 새언니와 산다는 게 가련해서였다. 그래도 나는 그의 감상적인 생각과는 달리 명랑하고, 주변의 웃기는 얘기를 전달해서 아버지를 감동시켰다고 했다. 그때 왜 내가 명랑할 수밖에 없었을까. 양치질부터 머리 감는 일까지 안 해도 되는 자유인이니 즐거운 편지를 쓸 수밖에…….

다시 잠시 이야기를 뒤로 돌려서, 아카사키에서 일어난 '문화혁명'의 실패(언니를 유학 보내려다 무산된 일)는 오빠들을 우울하게 했다. 그리고 누이의 음식솜씨를 맛보지 못하고 자취하며 학교에 다닌다는 것도 고역이었다. 더 심한 것은 요양 중이던 큰 오라비의 죽음이었다. 그것은 지식의 탑으로 높이 올려봤던 우리의 영웅이 없어져버린 것이었다. 큰 빈자리가 되어 우리들 가슴에 허허로움을 불러일으켰다.

"느 큰 오래비 죽고 집이 뒤죽박죽됐다."

어머니의 탄식처럼 오빠들의 이상의 날개는 쭈그러들고 퇴색했다. 새끼 상주하나 뒤따르지 않는 오빠의 꽃상여는 만장기를 푸른 하늘에 미역처럼 적시며 사라졌다. 구성진 장승 곡은 봄 언덕에 울려 퍼져 그때 유난히 극성스레 흐드러진 복사꽃까지 떨게 했다. 죽은 오빠의 빈 방을 치우는 어머니의 등은 어느새 노후(老朽)의 징후가 보였다. 억척스럽고 무섭기만 하던 어머니의 등이 갑자기 내려앉아 초라하게 처져 있는 것을 그때 처음 보았다. 아들을 저승길로 떠나보내고 남아 있는 어머니는 죄인일 수밖에 없었다. 어머니는 그리고도 눈물을 절대로 남에게도, 남은 자식 앞에서도 보이지 않았다.

"성동댁 독하재. 아들 죽고도 눈물 한 방울 안 보이고, 그저 일만 쌔빠지게 한데이."

친척들이 수군거리는 말이었다.

집안에 개명한 아들이 대학 가서 장가들고 턱 죽어버렸으니 통곡을 1년 걸려 해도 한이 안 풀리는 것을, 그저 일만 해대는 어머니 뒤에서 그들은 저 하고 싶은 말들을 해댔다.

"성동댁이 최씨라서. 최씨는 본시 독한 법이라."

전쟁이 언제 끝날지 기약 없는 날들 속에 부산까지 점령당한다는 소문은 꼬리를 잇고, 도시 사람들은 매전면으로 피난을 왔다. 그들은 현란한 미래를 접어놓고 살았다.

또 봄이 와, 큰 오라비가 죽은 지 1년이 되었다. 오빠들은 밤을 깎고 마른 대추를 물에 잘 헹구어 건지고, 언니는 바람 든 봄 무를 여기저기 베어내서 그래도 솜씨 있게 흰 무나물을 했다. 큰오빠의 첫 제사였다. 어머니는 어디서 구해왔는지 쌀자루를 부엌 바닥에 던져놓고 휑하니 나가서는 그날 밤 늦도록 돌아오지 않았다. 자루 안에는 분가루를 뒤집 어 쓴 듯한 흰쌀이 있었다. 언니는 눈물을 찔끔거리며 제삿밥을 지었 다. 구할 수 있는 과일은 다 구해 제삿상을 차렸다. 오빠들은 묵묵한 표 정으로 첫닭이 울기 전에 제사를 끝냈다. 오빠들은 동그란 금테안경을 쓴 큰 오라비 사진을 붙여놔서 나는 오빠의 제사인 것을 알았다.

"너도 절해라!"

오빠들의 명령에 나도 절을 올렸다. 그리고 축을 불살라 올렸다. 나는 그날 밤 호화스런 밥상에 흥분해 있었다. 쌀밥에, 고사리나물, 보기 힘든 쇠고기 산적을 거의 혼자 다 먹다시피 했다. 언니와 오라비들은 제사 후 에도 방바닥만 내려다보고 그 기름진 음식을 쳐다보지도 않았다. 식성 이 황소 같은 오라비들이었는데…….

나는 찰지게 자근자근 씹히는 그 끈기 있는 쌀밥 특유의 맛을 감미 롭게 음미했다. 씹으면 씹을수록 고소하고 단맛이 나는 그 쌀밥에 황 홀해 했다. 왜냐하면 우리는 1년 넘게 불속에서 건져낸 탄 쌀을 먹은 터였다. 어머니는 탄 쌀을 물속에 될수록 오래 담갔다. 그래도 그 쌀은 밥이 끓을 즈음이면 매캐한 탄내가 수증기와 섞여 온 집안을 진동시켰 다. 어머니는 그 쌀을 화근내 나는 쌀이라 했다. 병든 오빠도 불 냄새 나는 매캐한 회색빛 밥을 먹었다. 온 식구가 먹는데 자기라고 흰쌀밥 을 먹을 수는 없다고 한사코 우겼다.

그날 나 혼자 감미로운 저녁을 포식하고 제삿상 앞에 앉아 슬슬 졸고 있는데 어머니가 밤마실에서 돌아왔다. 청천벽력 같은 소리가 어렴풋이 잠든 내 귀에 들려왔다.

"우리 쌀에 불 지른 상경이 이놈 내가 가만 안 놔둔다. 화근내 나는 쌀을 점잖게 먹던 우리 화경이 모습이 눈에 선하다. 분해서 어찌 살꼬."

어머니의 음성은 떨려 왔다. 개원, 대련, 북경 쪽에 청운의 꿈을 펴며 큰돈을 모으셨던 아버지의 청춘은 그래도 늘 떠나온 고향에 머리를 두고 사셨다 했다. 가난한 고향, 억울한 일정시대, 그는 돈을 모아 신작로부터 시작해서 밟는 땅은 전부 화경이네 꺼라 할 정도로 아버지는 땅을 사들이고, 가난해서 객지에 흩어진 여러 친척들을 불러들였다. 다시 옛날처럼 모여서 이상형의 고향을 이룩해 보려는 게 그의 꿈이었다.

"거렁뱅이 그놈 데려와서 집 새로 지어줘, 땅 많이 떼어줘, 자식 장가를 보내는 것도 우리 돈으로 다 했는데, 그놈이 우리 쌀더미에 불을 질렀다!"

어머니는 오라비들 앞에서 독을 품은 표정으로 말했다.

"그놈 행실을 내 평생 눈 감기 전에 못 잊는다."

나는 선잠을 깨고도 반쯤 눈을 감고 어머니의 독기 어린 한을 들었다. 내가 왜 놀랐는가 하면, 우리들에게 1년 넘게 매캐하고 쓴 밥을 먹인 장본인이 갱엿도 잘 사주고 이바구도 잘 해주던 마음 좋은 멍석골 아재(상경이)였다는 것 때문이었다. 그 기적 같던 아버지의 재산은 고향 사람과 그의 친구들에게 선망이 되었는데, 이웃들과 나누어 갖는 것을 철학으로 삼던 아버지는 자선사업 하는 사람처럼 친구와 친척을 돕는 데 그것들을 썼다. 그러나 그러한 자선사업은 대개 원수가 되어 우리 집에 꼭 우환이 있을 때만 돌을 던졌다.

그해 가을걷이를 끝내고 전쟁 통에도 풍년이 들어 기름진 쌀을 나락으로 재어놓고 한숨을 놓을 무렵이었다.

말이 피난살이지 우리는 부농 축에 들었다. 본시 토지에 애착이 많았던 아버지는 쌀이 생산되는 기름진 논에만 돈을 떨어뜨렸다. 내가 아는 아버지는 유능하고 부지런한 사업가이기도 하지만 낭만주의자이기도 했다. 그의 꿈은 오랜 타향살이를 한 탓인지 늘 고향에 있었다.

잘 다독거려 놓은 거대한 나락더미가 부자 에스키모 집 같다고 나는 생각했다. 그 아름다운 '집' 이 타고 있는 것을 보았다.

그 화염 속에 타는 쌀들. 어머니는 눈물을 흘리고 있었다. 쌀이 어머니에게 가장 큰 재산임은 그때나 지금이나 똑같았다. 불이 난 다음날 전투경찰이 총을 메고 동네에 들어섰다. 방화범을 잡으러 온 것이다. 그 경찰 앞에서 아버지는 입을 다문 채 쓸쓸한 표정을 짓고 있었다.

그 후 내가 자라고 들은 얘긴데 아버지는 방화범을 목격했다고 한다. 멍석골 아재가 막 불을 지르고 도망가는 옆모습을 분명히 보았다고 했다. 아버지가 큰기침을 하니 그도 아버지를 돌아보는 통에 눈이 마주친 것이다. 나락더미에 휘발유까지 뿌리고 지른 불은 삽시간에 큰 불더미를 만들었다고 했다. 아버지는 윗도리를 벗어 불을 눌러 끄려고 했으나 건조한 늦가을 밤에 나락에 붙은 불길을 잡기에는 이미 늦었던 것이다. 그때는 전쟁 중에 치안이 어수선한 때라 방화범은 잡으면 즉결 총살이었다. 아버지는 그 말을 비밀로 하기로 하고 입이 무겁기로 유명한 어머니에게만 한 것인데, 큰 오라비의 1주기 제삿상에 고봉으로 담긴 흰 쌀밥 앞에서 마침내 분통을 참지 못해 비밀이 터져버린 것이다.

그 이튿날 부산에서 돌아온 아버지는 우리 형제를 불러놓고 엄명을 했다. 화경이 죽고 환장한 어미의 실언이니 조금도 귀담아 들을 것 없고, 실언이라도 두 번 다시 다리 건너가지 않도록 입을 다물라고 엄숙하게 일렀다. 만약 너희들 때문에 이 실언이 고향으로 새어 나간다면 우리는 그날로 고향을 버리고 떠나야 한다고 간곡히 말했다. 피난살이 중에도 우리의 젖줄인 고향을 우리는 버리고 싶지 않아서 그 말은 누구도 다시는 입에 올리지 않았고 차츰 잊어버렸다.

어머니는 멍석골 아재를 좁은 길에서 만나면 찬바람이 나게 고개를 돌려 외면했다. 그때 그 멍석골 아재의 비굴한 얼굴을 나는 보았다. 그 아재가 엿사탕을 사주고 친절하게 굴어도 그 매캐한 밥을 먹게 한 사람인 걸 알고 나는 상종을 하지 않았다. 그 일로 그때 어린 나이에도 사람이 두 얼굴을 가질 수 있다는 것을 그 상경 아재를 보고 알았다. 내가 살아가는 인생에도 어쩔 수 없이 두 얼굴 가진 사람을 만나게 되었는데, 나는 될수록 그런 사람과는 인연 없이 살도록 노력했다.

"그 애비에 그 아들이지. 그 아들놈도 투전판에 마실 돈까지 다 날리고, 도망간 놈을 부산 시내 구석에 비렁뱅이 짓 하는 걸 고향 사람들이 또 데려왔지. 내가 김씨네 창자 있는 사람 못 봤다. 구장질 하며 돈 싹 끌어 노름에 날리고 거지 된 놈을 불쌍타고 가가호호 돈을 거두어 노름빚까지 청산해 주고 데려오다니……."

어머니의 독기 어린 푸념이었다.

우리가 부산 집을 정리하고 환도할 무렵 옆집 언니는 어린 동생 손을 끌고 먼저 떠났다. 이사 가는 양말 공장을 따라 그녀는 같이 떠난 것이다.

그녀의 큰 눈에 고인 눈물, 그것은 진주처럼 떨어졌다. 그녀는 양말 한 켤레를 내 손에 쥐어주었다. 그녀는 폭격으로 부모를 다 잃고 동생만 남아 환도 후에 기약이 없는 미래라 했다. 우리는 울었다. 끝없이 눈물이 흘러내렸다. 우리가 주소를 서로 손에 쥐어주었는지 생각이 통나지 않는다. 여하튼 우리는 다시는 만나지 못했다. 가끔 눈이 유난히 성큼한 여자를 보면 아카사키 언니가 아닐까 하고 넋놓고 바라보곤 하는 버릇이 생겼다.

내 고무줄 상대를 해준 두 여자! 비너스와 아카사키의 눈 큰 언니. 그것은 내 아름다움의 근원 속에 파고들었다. 그들의 아름다움은 내 예술 행위 밑에 깔려 있다가 우러나와 그림으로, 사람 형상으로 나오곤 했다.

고무줄놀이에는 늘 끼워주지 않아 빠지곤 했지만 중학교에 가고부터는 끼워주는 데가 많았다. 독서반, 미술반, 연극반…….

큰 오라비의 죽음으로 인한 상처는 해가 거듭할수록 아물어 갔고 오랜 투병 끝에 아버지의 결핵은 차도를 보였다. 아버지의 등은 이미 굽어졌고 노인 티가 완연했다. 긴 병마와의 싸움과 친구처럼 정다웠던 첫 아들의 죽음으로 아버지는 생기를 잃어버렸다. 그래도 아버지는 사업가인지라 병후에도 사업에 손을 댔다. 그러나 그가 손대는 사업마다 잘 되질 않았다.

그러한 아버지를 두고 어머니는 "느그 아버지는 지네 상을 해서 초년에 흥하고 말년에는 불운이 많다 하더라"라는 말을 했다.

모아놓은 아버지의 재산을 곶감 빼먹듯 하던 전후였다. 사업은 대전으로 옮겨져 다시 시작됐다. 제천의 직조공장은 구식기계와 낡은 운영방식으로 전쟁이 끝남과 동시에 문을 닫았다.

우리는 대전에 작은 양옥집을 사서 새로 터를 잡았다.

미래의 사업으로 에너지의 원천인 연탄 제조공장이 전망이 있다고 판단해서 화물트럭이 드나들 수 있는 넓은 대지를 사들이는 등 다시 활기 있게 사업에 손을 댔다. 아버지는 사업을 해야 직성이 풀리는 사람이었다.

그러나 어머니 말대로 지네 상을 한 때문인지 아버지는 크게 벌여놓은 사업을 앞에 두고 과로로 쓰러지더니 중풍을 얻어 반신불수가 됐다. 돈을 잔뜩 들여 벌여놓은 아버지의 마지막 사업이었다.

입까지 삐뚤어진 아버지는 영락없이 늙은 용의 형상을 하고 있었다. 지네 상이라고 어머니는 말했지만 나는 그가 용이라고 생각했다. 아버지에 대한 나의 기억은 늘 병석에 있는 모습이었다. 국민학교 때 먼 곳으로 기차를 타고 아버지가 계신 요양소에 가면 의사들은 어두운 얼굴을 하고 아버지는 곧 돌아가실 거라고 했다. 폐가 한두 군데 구멍이 난 게 아니고 벌집처럼 결핵균이 침범해서 재생 불가능이라는 것이었다.

그 후 가망 없는 환자라 해서 병원에서 퇴원해야만 했다. 나는 그때 병문안 가던 기억은, 전염된다고 늘 먼발치에서 아버지를 보고 다시 열차로 돌아오곤 했던 것이었다.

자신의 억척스런 의지와 열녀인 어머니의 정성으로 아버지는 다시 일어났다. 곶감 빼먹는 듯한 재산이나마 입에 풀칠은 하고 애들 공부는 시킬 만하니 사업에는 손댈 생각을 마는 게 어떻겠냐는 어머니의 권유를 아버지는 한사코 듣지 않았다. 큰오빠의 죽음, 병과의 투쟁, 6·25전쟁 등 그의 10년 세월은 아까운 것이었다. 그래서 그 10년을 만회해 보려고 했으나 그것은 허사였다. 그는 그 길로 영원히 병든 늙은

이로 주저앉고 말았다.

그는 기회가 있을 때마다 옛날을 회상하고는 했다. 북경 시절이 어떻고 하는 등의 얘기들.

그는 많은 재산을 모았지만 그만큼 잃기도 한 분이었다. 그가 노후를 위한 사업으로 차린, 해주와 용광에 있던 그 당시 최초의 유럽식 농장이 아슬아슬하게 38선 이북에 놓여 뺏기고, 해방 후 이승만 정부의 토지개혁은 땅도 잃고 친척도 돌아서고 친구도 배반자가 되게 했다. 그리고 전쟁 중에 자식도 잃었다. 그 꼴을 보고 평생 아버지 돈으로 투전판에서 돌던 친척들은 "정택이도 눈물 흘릴 날이 다 있는가?" 하고 웃으며 말하더란다. 일 전 한 푼 도움을 받지 않은 친척들은 그들의 배반이 짐승보다 못하다고 노여워했다.

토지개혁 때 아버지는 애정의 총알을 많이 맞은 사람이었다. 그는 애정으로 사람들을 도왔다. 감상이 아니었다. 그가 젊은 시절 자본 없이 일어서야 했던 어려운 경험을 거울삼아 그 주변 사람들에게 도움을 주고자 한 것이다. 적은 자본으로 일어설 수 있는 계기, 그래서 큰 자본, 작은 자본을 주위에 풀었던 것이다. 그 애정이 모두 원수의 총알로 돌아와 박히는 것을 그는 슬퍼했다.

"느그 아버지는 여편네 말 안 듣기로 유명한 분이재. 일가친척과 친구라면 오금을 펴지 못하는 분이시다."

어머니는 아버지의 단순한 사고를 늘 못마땅해 하며 하는 말이었다. 아버지의 그 자선사업가적 기질을 두고 오라비들은 '구식 사람'이라고 불렀다.

그때 마지막 사업도 친척 아재에게 몽땅 빼앗겼다. 아버지가 중풍으로 쓰러지고 그 연탄공장 운영은 춘경이 아재에게 계속 맡겼다. 주인 없는 사업이 잘 될 리가 있느냐는 어머니의 권유에도 팔아넘기지 않고 충성스럽고 정직하다고 생각한 친척 춘경이 아재에게 그 사업을 맡긴 것이다. 춘경 아재는 소년 시절부터 만주에서 시작해서 아버지를 따라 다닌 사람이었다. 어찌 보면 아들보다 더 믿었던 사람이었다.

어머니가 그 아재를 상대로 재판을 벌일 때 아버지는 그 배신감 때문에 병석에서 뜨거운 눈물을 흘렸는데 돈을 잃은 것보다 사랑을 잃은 것을 더 가슴 아파했다. 무식하다고 부엌에만 머물게 했던 어머니의 사람 보는 눈은 유식한 아버지보다 더 정확했다.

언니가 취직했던 대전 호수돈여중에 나는 입학했다. 아버지는 병석에서도 막내가 교복을 입고 떠나는 것을 무척 좋아했다.

"호수돈핵교가 개성에 있을 때는 개성 미인이 다 그 핵교에 다녔느니라."

아버지는 그가 기억 속에 잊지 않고 있던 양관(洋館)의 개성 호수돈 학교를 이제 딸 둘이 다니게 된 것을 기뻐했다. 큰딸은 미술선생으로, 막내는 신입생으로. 국민학교부터 중학까지 늘 시골로만 도는 막내가 측은했는지 개성 호수돈학교에 대해 힘주어 말한 것이다.

내가 핀잔을 하듯이 "아버지, 그 호수돈학교가 대전으로 피난 왔어요" 하자 그는 웃었다.

그의 중풍과의 투쟁은 또 10년이 넘게 걸렸다. 나는 소녀 시절 내내 병든 아버지만 보고 자랐다. 그러나 나는 우울하지 않았다. 참으로 이상한 현실을 보았기 때문이었다. 아카사키 부둣가에서 꾸던 미국의 꿈을 호수돈학교에서 현실로 보았기 때문이었다.

전후에 제대로 된 건물이라곤 보지 못하던 소녀가 빨간 벽돌로 제대로 지은 양관을 처음 보았기 때문이었다.

커다란 유리창이며 그때 처음 본 튤립이 분 냄새를 풍기고……. 그리고 크리스틴이란 이름의 미국 선교사가 영어선생으로 우리를 가르치고……. 게다가 부엌가구(싱크대)를 처음 보았을 때의 놀라움이라니! 사방이 유리창으로 되어 전망을 시원히 내다볼 수 있는 가사실습실, 설거지대가 여럿이 방 한가운데 박혔다는 것이 나로서는 놀라운 건축공학이었다. 저 수돗물이 어떻게 흘러 하수도로 빠지며 그때 미국에서 다 들여왔다는 부엌 집기들은 나를 황홀하게 했다. 부엌은 컴컴하고 크기만 한 것으로 알았는데, 반들반들 티크재 마루 위에서 설거지를 한다는 것은 경이로운 일이었다. 정말 아카사키에서 미국 잡지를 뜯어 바른 도배지에서 느낀 황홀함이었다.

다시 나는 잊었던 미국의 꿈을 서서히 꾸게 되었다.

아버지가 기약 없는 병 투쟁을 하고, 누가 이 대식구를 벌어먹이고 있는지도 모르고, 돈은 그냥 나오는 것으로 생각했던 시기였다.

나는 그때 미국 여자 선생에게 영어를 열심히 배웠다. 심지어 그의 집에까지 가서 배웠다. 그녀 집에 가서 맨 처음 본 건 서양 응접실이었다. 초록색 소파와 아름다운 커튼. 양관에 살던 그녀는 안경을 낀 조용한 여자였는데 일본식 정원을 내다보며 커피를 들곤 했다. 크리스마스 트리라는 것도 그때 처음 보았다. 빛나는 유리방울이 잣나무에 달리고 그녀가 만든 공작들이 예쁘게 나뭇가지에 달렸다.

그녀는 나에게 열심히 미국말을 가르쳤는데 늘 대낮에 하품을 했다. 그래서 그녀는 늘 미안하다는 말을 했다. 그녀는 자기가 하품하는 내력을 내가 영어에 귀가 좀 트이자 설명을 해주었다. 양친이 이혼하고 자기가 외톨이 신세로 고등학교와 대학을 마치는 동안 야간공장에서 일을 해야 했으므로 늘 잠이 모자랐다고 했다. 거의 새벽까지 일하고 아침에 다시 공부를 해야 하는 그녀는 낮 동안 계속 하품을 했는데, 그 버릇이 잠을 충분히 자는 요즘도 없어지지 않아 선하품이 습관적으로 나온다는 것이다. '미국도 잠 안 자고 일해야 하는 곳이구나'라고는 얼른 납득이 가지 않았다.

그녀가 말하기를 소녀 시절부터 신발부터 먹는 것까지 혼자 다 벌었다고 했다. 나는 그 얘기가 이해가 안 되는 것이, 현재 그녀가 대전시 한 양관에 사는 모습 때문이었다. 향긋한 냄새만 나는 꿈같은 거실, 예쁜 커피 잔, 전부 미국 음식만 먹는 그녀. 나는 그녀에게 갔다 오는 날은 발을 헛디딜 정도로 황홀했다. 나는 진짜 미국에 갔다 온 셈이므로.

나는 그때 생각했다. 아카사키의 문화혁명은 나에게는 일어나지 않으리라고. 나는 언제나 자유롭게 미국 유학을 가리라 마음먹었다. 이제 나의 부모는 병들고 늙어서 막내인 나의 자유를 구속하지 못하리라 믿었다. 학교 앞 정원에는 카드에서만 보던 서양 꽃들이 피었다. 히아신스, 튤립 등.

나는 놀라게 한 그 다음 물건은 영국 신사 같은 그랜드피아노였다. 그 '영국 신사'가 놓여 있는 음악실에서 나는 방과 후까지 모차르트, 바흐, 브람스, 베토벤을 들을 수 있었다. 모두 미국제인 음반에서 뽑아내는 신비로운 음률들. 나의 사춘기는 음악 속에서 보냈다고 할 만큼 칠 줄도 모르는 그랜드피아노에 홀딱 반했다. '청승'이라고는 찾아볼 수 없는 그 서양음악과의 만남은 미국을 향한 나의 꿈을 더욱 크게 불어넣었다. 사실 내가 들은 음악은 작곡자가 다 유럽인임에도 불구하고. 서양 건물에 서양 음악에, 수학에도 서양 원리에 모두 모두 서양 지식을 배웠다. 나는 될수록 학교에 일찍 가서는 될수록 오래 머물곤 했다. 그것은 미국에 잠시라도 더 머물고 싶은 나의 심정 때문이었다.

나는 윤동주와 마리아 릴케를 동시에 알게 되었다. 또 황순원도 알게 되어 그의 소설전집을 책방에서 샀다. 나의 첫 재산이었다. 황토색깔 표지를 한 그의 소설에는 우리나라 전형적인 삶의 얘기들, 즉 6·25의 비극 같은 것이 있었는데도 세련된 문장에서는 서양 냄새가 나서 좋았다.

나는 독서그룹에 들어가 읽고 또 읽었다. 우리 서가에 꽂혀 있던 이색적인 책은 김기림의 책이었다. 노란 종이에 초라하게 인쇄된 책이었지만 그 속에 글 하나 하나는 진주처럼 반짝였다. 그 중에 〈길〉이란 제목의 수필은 평생토록 내 가슴에 깔려 있었다. 독일 와서도 그 수필의 구절구절이 냇물이 되어 가슴에 흐르면 향수와 한국 고유의 서정이 살아올라 '나도 사람이구나' 하고 실감하기도 했다.

김기림의 글은 미국 시보다 더 좋았다. 촌스러운 군더더기가 없어서였다. 그런데 그 책을 자랑하고 싶어 밖으로 갖고 나가려 하자 아버지는 못하게 했다. '쉬쉬' 하는 책이었다. 그 주옥같은 글을 쓴 사람이 빨갱이라고 했다. 그런데 그 책에서는 빨갱이 냄새가 전혀 나지 않았다. 내가 생각하던 빨갱이라면 우선 딱딱한 어깨와 장황한 이념만 늘어놓고, 조금은 유치한 생각을 하며 그저 사상밖에 모르는 사람들을 연상했다. 그런데 그의 글은 진짜로 빨갱이의 글이 아니었다.

전쟁 후 제천읍의 들판에서 놀다보면 가끔 발견되는 시체들, 그리고 옹기종기 모여서 그 시체가 누구일까 하고 얘기를 나누던 사람들.

빨갱이를 그 시체 속에서 가끔 발견했다. 여하튼 빨갱이는 듣기도 싫을 정도로 나의 소녀 시절에 가졌던 촌뜨기 얼치기 사상이었다.

그 김기림 씨의 글을 집에서만 읽으라는 명이었다. 그래서 한번은 〈길〉이란 수필을 몽땅 외어 김인순이라는 국어선생 앞에서 암송을 했더니 그녀도 감개무량한 얼굴을 했던 기억이 있다.

언니의 대학에서 강의를 했던 김기림 씨는 키가 작달막하고 가무잡잡했는데 그의 필력이 대단히 수려했다고 묘임 언니는 감탄한 적이 있다.

"영희야, 김기림 씨가 강의할 때 그 명필은……, 누구도 따라가질 못해."

"언니만큼 명필이야?"

"나는 거기에 견주지도 못하는 존재야."

우리는 왜 그랬을까. 빨갱이의 '빨' 자도 들어 있지 않은 그의 수필과 시를 몰래 읽어야 하다니.

6·25전쟁 후 그 소녀 시절은 그저 무서운 것들이 많았다. 나쁜 것은 다 빨갱이 짓이었다. 도둑질해도 빨갱이, 화냥질해도 빨갱이, 말대답해도 빨갱이. 빨갱이라는 단어가 선량한 국민에게는 커다란 공포의 그림자였다. 오빠가 결혼을 해도 그 배우자의 먼 친척 중에 만에 하나라도 부역한 사람이 있나 알아보곤 했다. 좀 못나고 마음에 안 들어도 빨갱이의 식구만 아니라면 되었다.

한번은 오빠가 대학 캠퍼스에서 근사하고 예쁜 여학생을 만났는데 그녀 아버지가 월북한 사람이라서 뒤도 안 돌아보고 관계를 끊은 적이 있었다. 아버지는 이러한 것에 엄격했다. '부역' 자나 '빨' 자만 들어도 혼사를 거부했다. 나는 그때 아버지가 병중이라 신경이 날카로워서 그런가 했는데, 아버지의 예상은 맞았다. 그 후 의사 오빠가 박정희 정권에 반대하는 자유수호협의회에서 활동할 때 오빠는 빨갱이로 몰리지는 않았다. 그리고 독일에서 황 아무개 박사가 나를 비슷하게 몰아세웠던 적이 있는데, 털어도 먼지가 안 난 것은 친척의 친척도 발그스레한 사람이라곤 없었기 때문이었다.

호수돈여고 1학년 늦은 가을, 해바라기가 처절한 해바라기에 지쳐 울음을 그치고 늙어 있었다. 내가 해바라기에 대한 시를 교지에 발표하고 속으로 으스대고 있을 즈음, 새 교장 선생님으로 멋쟁이 여자가 왔다. 박정례 교장 선생님이었다.

이화여자대학 출신 여선생님이 반 이상이던 우리 학교는 그래서 그런지 새 건물에 신식 여자들로 붐비는, 참으로 미국을 방불케 하는 학교였다.

게다가 박정례 교장 선생님은 미국에서 교육심리학을 전공하고 돌아와 영어를 유창하게 하는 여자였다. 검은 나비테 안경에 좁은 치마, 예쁜 구두 그리고 분홍, 연두, 회색 등으로 매일 갈아입는 블라우스의 색깔. 우리 소녀들은 만족했다. 그것은 다른 공립학교들의 훈시만 계속해대는 뻣뻣하고 늙은 남자 교장 선생님과는 달랐기 때문이었다. 여하튼 딱딱한 훈시보다 진주알 같은 웃음이 구르는 꿈의 전당이었다.

그 꿈은 절정에 다다랐다. 새 교장 선생님 주관으로 큰 규모의 연극을 꾸며 그 학교 재단이 운영하는 극장에서 상연하기로 했다. 그리고 입장료를 받아 고아원에 기금을 기탁하기로 하였다. 그 연극에서 나는 1막부터 4막까지 안 죽고 계속 등장하는 유일한 인간인 간신 역을 맡아 했는데 큰 호평을 얻었다. 목소리를 특이하게 내야 하는 남자역이었는데 대사가 가장 많았다.

그때 이화여대 부총장으로 듬직한 여성상을 보여주었던 김옥길 씨의 동생인 김옥영 선생님이 음악을 담당했다. 그녀가 작곡한 음악이 그 연극을 더욱 돋보이게 했다. 김옥영 선생님은 바이올린보다 커다란 첼로라는 것을 갖고 와서 우리 앞에서 켜곤 했다. 연출을 맡은 역사 선생인 이호영 선생이 희곡까지 직접 써서 제대로 된 연극을 했다. 나는 요염하고 예쁘지 않아 장희빈 역할을 못한 것을 슬퍼했다. 내가 저 역을 맡았더라면 기가 차게 했을 텐데 하고. 그런데 그 장희빈 역할을 맡은 순자는 뛰어난 미인이지만 대사를 못 외워 늘 막 뒤에서 읽어줘야 했다. 그래서 그녀는 연극 내내 지정된 자리만 앉아 있어야 했다.

대규모 합창단이 막 옆에서 아름다운 연극을 꾸미는 데 일조를 했다. 재봉사들이 만든 의상도 화려해서 학생극이 아니라 직업 연극 정도로 그 수준을 올려놨다. 나의 역은 성공적이어서 그때 부감독이었던 예쁜 영어선생님은 내게 배우가 되면 어떻겠냐고 진지하게 권유를 했다. 그것은 농담이 아니었다. 나는 그때 뒤통수를 만지며 나의 큰 입을 가렸다.

나는 코스모스 같은 여인상의 근처에도 못 갈 형편이었다. 발도 크고, 눈도 크고, 손도 입도 크다. 게다가 두상도 뒤쩡구 때문에 고르지 못했다.

"어디다 팔아먹을란지 게다가 성질이나 고분고분하면야 그래도 생긴 숭이라도 감출 텐데."

나의 용모에 대한 어머니의 우려였다. 어머니가 내게 바란 것은 대학 졸업하고 시집가는 것이었다. 시집! 그것이 어머니에게는 여성으로서의 제일 큰 목표였다. 그 결혼이라는 오아시스를 발견할 자격이 없을 만큼 나는 여성으로서의 자격이 미달이라는 취급을 받았다.

나는 엉덩이에 뿔난다는 말처럼 배우의 꿈을 꾸기 시작했다. 그 꿈은 미국 유학이라는 것보다 더 나를 몸살 나게 했다. 미인인 영어선생이 농담 아닌 확신 있는 말을 했기 때문이었다. 꼭 규격에 맞는 미인만 배우가 되는 게 아니라고……. 앞으로 시대가 점점 바뀌어간다고.

나의 장래 꿈을 조심스레 막내 오빠에게 말했더니 그는 박장대소를 했다. 그는 너무 웃어 옆구리가 펴지지 않는다고까지 했다.

"네 용모와는 배우란 직업은 절대로 안 맞는 것이니 엉뚱한 꿈꿀 생각 마라. 꼭 배우만 좋은 직업이 아니고 더 좋은 직업이 꽤 있다. 즉 여류 정치가, 소설가, 화가 등등. 정치가는 좀 울퉁불퉁하게 생겨야 권위가 있고 또 소설가나 환쟁이는 직접 얼굴을 안 내미는 직업이니 좋다."

그는 너무 웃은 것이 미안했던지 위로의 말을 했다.

오빠의 말은 맞는 말이었다. 나는 실의를 안고 연극반을 나와버렸다. 다음 연극공연이 세워지자 연출 선생님은 나를 달래다 안 되자 병석의 아버지까지 찾아가 영희를 무대에 보내달라고 간청했다.

그때 나는 배우란 직업을 광적으로 지향했기 때문에 그 실망도 처참할 정도로 컸다. 다음 연극에 참가하는 것은 물론 구경조차 하지 않았다. 교정에서 연극반원들의 울긋불긋한 무대의상이 눈에 띄기만 해도 외면을 했다.

나는 한 1년간 말없는 소녀가 되었다. 그리고 들어앉아 소설책만 읽었다. 언니는 이미 호수돈여고를 사직한 지 오래였다. 처녀귀신 면하길 희망하는 어머니의 권유로 그의 생리에 안 맞는 결혼을 했다. 하기싫던 결혼은 그의 꿈을 몽땅 죽여버렸다. 마티스의 노란색과 반 고흐의 정열은 퇴색한 지 오래고, 유능한 교사도 못 되고 행복한 주부도 못 된 채 늙어갔다.

우리 오빠 넷은 그때 다 애인이 하나씩 있었는데 그들은 꿈속의 여인들이었다. 즉 킴 노박, 비비안 리, 오드리 헵번, 에버 가드너 등등. 나는 그들의 수첩에 꽂혀진 그 배우란 직업을 가진 여인들 사진을 보면서 배우가 되려던 나의 꿈은 애초에 포기하는 게 낫다고 생각했다.

삶이 시시해지기 시작했다. 이리저리 대전 시내를 돌며 국화빵도 사먹고, 클래식 다방에도 앉아 있고, 사복 차림으로 컴컴한 소극장식 다방에도 들어가보았다. 그곳에는 언제나 폴 앵커의 방정맞은 듯한 노래와 목젖을 떨 대로 다 떨어 목병이 날까 염려가 되도록 무섭게 노래하는 엘비스 프레슬리의 노래가 들리고 있었다.

삶의 시시함을 같이 슬퍼할 짝을 골랐는데, 그는 미순이었다. 그녀가 쏘다니는 데는 다 쏘다녀보았다. 미국식 운영방식의 교육도, 점점 시들해져 학교 가기도 싫었다.

그때 우리를 위안의 골목으로 안내한 것은 외국영화였다. 우리는 극장가기를 밥 먹듯 했다. 그들의 연기는 놀라운 것이었고 사랑을 주제로 하는 영화도 청승맞지 않아 좋았다. 역시 미국식 사랑에 더 감동을 했다.

나는 자존심 강한 소녀로 변했다. 연애는 영화에서 본 앤소니 퍼킨스 정도는 돼야 하지, 시시하게 독서그룹에 얼쩡거리는 주변 남자들은 상대를 안 하기로 했다.

그때 최무룡과 김지미의 재혼은 장안을 떠들썩하게 했다. 무슨 전위 해프닝 하는 것처럼 야단이었다. 호빵 파는 아줌마부터 이웃집 아저씨들까지 그들에 관한 이야기를 쉴 새 없이 해대었다. 홍성기 감독을 버리고 간 김지미라는 둥, 조강지처를 버리고 간 최무룡이라는 둥, 쪽박도 내돌리면 깨지듯 홍성기도 미쳤지 배우 마누라 자꾸 내돌려 최무룡을 상대로 안고 지랄을 해싸니 둘이 짝짜꿍이 될 수밖에 없다는 둥. 그 배우가 백 번 이혼을 해도 나와는 상관없는 일이었다. 그때 김지미는 《뉴욕 타임즈》에까지 사진이 실렸다 했다. 간통죄라는 한국의 미개한 법 때문에 희생된 배우라고.

싸늘하고 깨끗한 서양식 문화를 추구했던 나는 오빠의 권유로 얼굴 안 내미는 직업인 서양화가가 되고 싶었다. 될수록 '동양' 자가 붙는 과목은 피했다. 동양 자를 피해 다니던 나였지만 나의 미술수업에 큰 동기가 되었던 분은 동양미술을 일본에서 공부한 얌전하고 수줍어하기까지 하는 노인 화가였다.

우민영 선생님은 자신을 선생이라 했지 화가라고 하지 않았다. 나의 건방진 태도를 다 이해해서 동양화 붓으로 서양식 그림을 그려도 그는 신선하다고 칭찬했다. 어릴 때부터 취미로 시작한 창호지 인형 만드는 것도 그는 칭찬했다. 나는 그때 촌스럽게 느껴지는 창호지 색을 수채화나 유화 물감으로 싹 입혀 서구적인 조각 냄새를 풍기게 했다.

"창호지의 질감을 그대로 두고 보면 어떨까?"

내 인형을 보고 우민영 선생님은 조심스레 의견을 얘기했건만 나는 조금도 그것을 귀담아듣지 않았다. 내가 그에게 받은 가르침은 사춘기 나의 무분별한 건방진 예술을 태도를 다 긍정해 줘서 나의 기를 살려 준 것이었다. 제자의 기를 꺾지 않는 스승은 위대한 스승인 것이다.

기가 안 꺾이게 해주는 분이 또 있다면 한국의 시어머님. 그리고 지금의 남편 토마스다. 건방지고 독특한 사고는 예술성의 창조력을 이끌어 낼 수도 있기 때문이었다.

빨갱이라는 말 말고 그 당시 내가 공포를 느끼는 단어가 또 하나 있었는데 그것은 '엽전'이었다.

오빠들은 담배를 푸푸 피워대며 좀 어설픈 것은 엽전으로 취급했다.

"그 영화 참 촌스럽더라. 그저 징징 짜는 멜로 드라마니……. 엽전은 할 수 없어."

그들의 푸념의 대상은 유행가, 소설, 정치 등등으로 여차하면 엽전으로 몰아세웠다. 그래서 나도 모르게 엽전 콤플렉스에 걸려 엽전 냄새 안 내보려고 노력했다.

세잔, 마티스 그리고 비쩍 마른 조각을 흉내 냈다. 물론 자코메티 조각이었다. 변덕 나면 르누아르 조각 같은 통통한 얼굴을 만들고, 엽전이란 단어는 생활에도 침투해왔다. 뾰족구두에 짧은 목양말을 신은 여자도 엽전, 흰 구두를 신고 쌍화차 마시는 사람도 엽전, 베토벤의 '운명' 정도를 모르는 사람도 엽전, 그저 세련되지 않은 것은 전부 엽전이었다.

그때 우리 소녀들 사이에는 전위 음악, 전위 연극, 전위 문학 등이 뜻도 잘 모르면서 유행했는데 그것도 서양 문화이지 절대 엽전 문화는 아니었다. 그때 우리 반 현순이는 말하는 중간 중간 영어보다 더 세련되고 차원 높아 보이는 듯한 불어를 섞어 말했다.

중소도시에 사는 소녀들은 다들 대도시 서울을 꿈꾸기 시작했다. 눈 감아도 빠삭하게 떠오르는 대전시가 좁다 못해 답답했다. 그래서 우리들의 꿈인 대도시 진출은 대학 진학으로 연결되었다. 우리는 수군수군 대면서 서울에 있는 대학을 지망했다. 지방대학은 거들떠보지도 않았다.

그때 허풍선이 가슴을 안은 소녀들에게 〈벤허〉라는 영화는 충격을 주었다. 우리들은 시네마스코프라는 괴물의 영화를 보러 떼 지어 서울로 향했다. 거대한 대한 극장 건물. 정말 우리는 처음 보는 투명한 유리문을 미처 발견하지 못하고 이마를 박으며 들어갔다. 중소도시, 즉 시골 소녀들은 용기 있는 사나이 찰턴 헤스턴을 만났다. 우리 문화의 한계를 실감하게 해준 새로운 기술의 영화를 보고 절실히 우리들은 촌놈임을 실감했다.

우리 패들은 드디어 서울을 점령했다. 다들 서울에 있는 대학에 들어갔기 때문이었다. 그때 홍대는 상수동에 있었기 때문에 사실상 문화의 도시라고 하는 서울의 얼굴을 하고 있지는 않았다. 버스에서 내리면 학교 앞에는 시금치 밭이 똥물을 뒤집어쓰고 널려 있었고 황톳길은 항상 질퍽거렸다. 대학 바로 앞에 자리 잡은 소주 공장에는 술 찌끼 냄새가 시큼하게 나서 늘 술에 취한 기분이었다.

조각실은 늘 추웠고 명동에는 봄이 왔건만 상수동에는 강바람까지 불어왔다. 조각 실기를 하다 싫증이 나면 학교 구내의 작은 다방에 쪼그리고 앉아있었다. 그곳에는 연탄난로가 제법 뜨듯해서 서양화과와 조각과의 멋쟁이 남자 선배들이 둘러앉아 열을 올리며 전위적인 대화를 하는 것을 듣곤 했다.

내가 원했던 문화의 전당인 대학 건물은 고등학교 교사보다 못한 허름한 것들뿐이었고 학교 주변에는 퀴퀴한 거름 냄새가 늦은 봄에도 진동을 했다. 술 냄새, 거름 냄새를 맡으며 학교로 향할 때는 꼭 장화를 신고 올라가서 조각 실기가 끝나면 버스를 타고서는 뾰족구두로 갈아 신었다.

나는 그때 조각가로서의 꿈보다 서울 명동문화에 더 심취해 있었다. 종로와 명동에 있는 좋은 다방이라면 모두 섭렵했고 명동의 쇼윈도의 옷들은 어떻게 해서라도 사 입었다. 우리들은 그때 옷 색깔을 누구보다 잘 맞춰 입는 미술대학생 멋쟁이라고 자부했다. 옷의 색깔이나 구두 색깔이 안 맞는 여인네들에게 우리는 슬그머니 조소를 보내며 미적 감각이 뛰어난 선택된 여성으로서의 자부심을 가졌다.

"너는 옷에만 신경을 쓰는구나. 언제 석고를 뜨니?"

조각과 김성숙 신생님이 한심하다는 듯한 여학생에게 넌지시 물었다. 김정숙 선생님은 늘 얌전하나 대찬 성격의 소유자인데, 여자로서는 최초의 조각과 교수로 우리를 가르쳤다. 그녀는 한번 조각에 마음을 두고 열심히 해보라는 말을 해주었다.

그때 캠퍼스 저쪽에서 모습을 한 여자가 나타났는데 그 여자는 천경자 선생님이었다. 검은 버버리코트에 챙이 넓은 모자가 우리 시야에 들어오기만 하면 우리는 에바 가드너 같은 몸매라고 수군거리곤 했다. 그녀는 기이할 정도로 옷을 뛰어나게 잘 입고 다녔다. 그의 그림 색깔처럼 노란 배추꽃 투피스는 자신이 없어 늘 고상한 보색만 찾아 입는 겁쟁이였기 때문이었다.

천경자 선생님의 개인전이 신문회관 프레스센터에서 열렸다. 내가 개인전이란 것을 본 것은 그때가 처음이었다. 그녀의 제자인 혜자와는 친구 사이여서 개막식에 혜자와 같이 커피 나르는 등의 잔심부름을 했다. 전시회가 끝나자 천 선생님은 우리에게 사례로 돈을 나누어 주며 〈맨발의 청춘〉이란 영화를 보라고 했다.

천 선생님은 그때 면사포 쓰고 눈이 성큼한, 어찌 보면 뱀눈 같기도 한 아이라인이 뚜렷한 그림들을 내놓았다. 면사포 색깔은 늘 나를 가슴 부풀게 했다. 우리 새언니 생각이 또 났다. 메밀꽃 밭 사이에서 눈시울 젖던 비너스의 생각이 스쳐 지나갔다.

나의 대학 생활은 그야말로 그 당시 유행하던 말로 '대학생'이었다. 그 당시 대학생은 '고등 실업자'라는 뜻으로도 쓰였다. 시골에서 소 팔고 논 팔아서 마련한 등록금을 디밀어 놓고 다방에나 죽치고 앉아 있는 사람들인 것이다.

나는 진짜로 그들이 말하는 대학생의 전형이었다. 1년에 완성한 조소작품이 몇 개나 되었을까. 어느 해는 한 개도 완성하지 않고 넘어간 적도 있었다. 목조를 해도 처음엔 좀 깎다가 미완성으로 둔 채 음악 감상실에 턱 고이고 앉아 있곤 했다.

서울 문화에 젖어서 대전으로 내려온 여대생들은 말씨나 옷차림이나 머리 모양도 눈에 띄게 세련되어져 있었다. 그때 우리들은 대전에서 선택된 여자들이라는 착각을 하고 있었다. 무용과에 다니던 용자는 늘 부푼 브래지어를 해서 마릴린 먼로처럼 하고 다녔으며, 그 가슴 융기 부분의 가장 높은 곳에 대학 배지를 달았다. 나는 그 배지가 젖꼭지 같다고 느꼈다.

우리 하향(下鄕)한 여대생들은 토인비라든지 카뮈 같은 테마를 양념으로 넣고 주로 다른 이야기를 해댔다. 어디에 가면 근사한 미제 블라우스가 있고, 어디 점포에 가면 밀수입한 프랑스제 운동화가 있고, 어디 가면 떨어진 미제 청바지를 살 수 있다는 것이었다. 의사 딸이던 수니는 용돈이 많아 늘씬한 그의 몸매를 휘감고도 남을 세련된 의상이 옷장에 가득했다. 그녀가 말하기를, 그녀가 명동 미장원엘 나타나면 미용사가 일어나 반기고 그녀의 머리카락을 만지며 꼭 묻는단다. "미제 샴푸를 쓰시죠? 어쩐지 달라"라고 특수계층 취급을 한다.

우리들은 신천지 서울의 문화가 그저 그렇게 느껴질 몇 학기가 지난 어느 여름, 점점 우리들의 대화는 갈라서고 있었다. 미제 물건을 말하는 친구와 나는 멀어져 갔다. 미국 잡지에서 시작한 미국 문화에 대한 꿈이, 그 추구하는 과정에서 벌써 허무의 바람을 일으키기 시작했다. 그때 영애는 제법 많은 분량의 그의 사회심리학 전공을 이야기해 주어 오랜만에 머리가 차오고 있었다.

사춘기에 묻어온 미국 문화가 그 소녀기를 벗어남으로써 점점 퇴색해갔다. 어쩌면 그 문화는 미군 병사들의 껌 씹는 소리 정도로 전락해 버리고 말았다. 지독히 열광했던 배우의 길을 단념할 때의 실망과는 또 다르게 너무 시시해서 실망의 늪을 걸었다.

그때 나의 창호지 인형들은 칠을 하지 않고 가능하면 창호지 고유의 숨결이 될수록 드러나도록 했다. 지독히 가난해 보이고 보잘것없던 어머니의 3층 창이 느긋하게 좋아 보였다. 참 아름다움에 눈을 뜨기 시작한 것이다. 나는 또 실연한 여자처럼 나의 상황 변화에 풀이 죽어 있을 무렵, 그해 여름 큰 변이 나에게 닥쳤다.

녹음이 무성했건만 비 한 방울 없이 청명하고 칼칼한 여름날과 관계가 있었다. 쌀농사가 삶의 근본임을 철칙으로 아는 어머니로서는 비가 안 오는 초가을 날씨 같은 여름을 원망했다. 그런 날 형경 오빠가 오랜만에 집으로 내려왔다. 어머니는 똑같은 비 타령을 오빠에게도 했고, 오빠는 그 얘기를 조금도 듣지 않았다. 그 오빠는 술에 취한 듯 말을 제대로 하지 못했다. 혀가 꼬부라져 무슨 발음인지 구별을 못했다. 중풍이 조금 차도를 보여 대소변을 겨우 가릴 수 있었던 아버지는 아들의 술주정 같은 말을 될수록 외면하고 있었다.

"아버님 죄송합니다. 꼭 한 번 뵙고 가려고 왔습니다. 고생 많으셨습니다. 여러 형제를 대학까지 보내시고……."

평소 말이 없고 귀족처럼 냉정했던 거의 얼굴이 아니었다. 혀는 꼬부라질 대로 꼬부라져 있던 상태에서 일어서 나가려다 오빠는 문턱에 걸려 넘어지고 말았다. 아버지는 실망한 듯이 "흠, 흠" 하며 헛기침을 하더니 도로 자리에 누웠다.

나는 오빠를 부축했다. 그때 유행가에 나오던 대전발 0시 50분 차에 그는 올라탔다. 역사 밖에는 고대하던 여름비가 내리기 시작했다. 기뻐하는 어머니와는 달리 나는 뭔가 찜찜하고 우울했다. 그날 밤 형경 오빠는 걸음을 가눌 수 없을 만큼 만취했는데 술 냄새가 전혀 안 났다. 그를 개찰구까지 데려다주고 돌아서는 내게 오빠는 연극대사 같은 말을 던졌다.

"영희야, 공부 잘해라. 나는 너를 기대해, 큰 화가가 될 거야."

대전발 0시 50분 차는 떠났다. 축제처럼 환희로운 여름비를 뚫고 경찰관이 찾아왔다. 어머니와 나는 대문간에서 그들을 맞았다.

"김형경 씨 이 집에 사시죠?"

"그 아는 서울에 사는데요. 어제 다니러 왔다가 밤중에 떠났지예."

경찰은 숙연한 표정으로 말했다.

"댁의 아드님이 철도사고로 변을 당했습니다. 도립병원에 있으니 가보십시오."

그의 청춘은 뻣뻣한 나무토막 같은 시체로 굳어 도립병원 영안실에 누워 있었다. 영안실 창 밖에는 유난히 짙은 녹음이 포근히 여름비를 흡수하고 있었다.

그는 우리들의 폴 뉴먼이었다. 울퉁불퉁하게 생긴 김씨 집안 인물 중에 유일하게 미남인 그였다.

"그 아는 옆으로 나왔지예?"라고 주위 사람들이 농담을 할 정도로 출중한 인물이었다. 교만해 보이기까지 한 그 인물은 폴 뉴먼을 연상케 했다. 웃음이 헤프고 마음까지 헤픈 김씨 집 내력을 조금도 타지 않았다. 그는 말도 아끼고 웃음도 아끼고 시간도 아끼고 모든 것을 절약하는 남자였다.

형경 오라비도 자신이 아름답다는 것을 알고 있었다. 그의 방에는 여러 개의 거울이 있었고 그 거울을 늘상 보고 있었다. 또 그는 어렵다는 경기고도 힘 안 들이고 척 들어갔고 서울공대도 쉽게 공부하고 나왔다. 우리는 어느새 폴 뉴먼이라는 이름을 붙였다. "헬로 폴!" 하고 어줍잖은 발음으로 그를 부르면 그는 당연하다는 듯이 빙긋이 웃곤 했다.

"지 형이 죽고 자가 좀 이상해졌지예."

어머니의 말과 같이 그는 과묵한 학창 생활을 보냈다. 옷 타령, 구두 타령이 식구 중에 제일 심했던 철없는 남자였는데, 그는 어느새 성인이 되고 과묵한 남자로 보였다. 집에만 오면 베토벤, 바흐에 열중했다. 그는 우리 가족과 나란히 있지 않고 늘 한 층 높은 자리 위에 있었다. 그가 하는 일은 전부 고급스러운 일로 둔갑되었다.

말이 없던 그는 식구 중에서도 외로웠고, 사회에서도 외로웠다.

"그 놈 친구 한 번 데려오는 것 못 봤데이."

어머니의 푸념이었다. 그가 대학 재학 중에 군대에 갔을 무렵, 그의 교만해 보이던 이상의 은빛 날개는 산산이 부서지고 말았다. 그는 대천 근방 군부대에 소속돼 있었다. 그가 휴가를 올 무렵이면 만신창이로 녹초가 되어 있었다.

"교만한 놈은 그저 군대 밥 좀 실컷 먹어야 사람 되느니라." 아버지가 희망한 대로가 아니었다.

그는 사회성 있는 사람이 되기 전에 벌써 몰락하는 약한 자신의 정신세계를 보았다. 그는 군대 안에서 많이 두들겨 맞았다고 했다. 그 말을 들은 아버지는 잘라 말했다.

"교만한 태도 때문이야. 다 제 탓이야."

그는 그의 바로 밑 동생에게 무겁게 입을 떼더니 군대생활을 얘기한 적이 있다.

"너 어디 학교 나왔어?"라고 묻는 무학인 직속상관 비위를 건드리지 않으려고 시골 중학교 이름을 댔다가 거짓이 탄로가 나서 "경기 나왔으면 다냐, 이 새끼야" 하며 각목으로 죽지 않을 정도로 맞았단다. 건방지다는 이유였다.

도저히 나는 그의 말이 믿기지 않았다. 그의 뛰어난 머리와 용모로 귀족 대접을 받았던 집이나 학교에서와는 달리 그는 군대생활 3년에 생의 의욕까지 잃어버린 사람이 되었다. 서울공대 전자공학과를 간 것도 무서운 아버지의 호령 때문이었다. 전쟁을 치른 아버지는 나름대로 경험한 바가 있어서였다. 그는 다음과 같은 논리를 세웠다.

전쟁 중에 남아나는 것은 돈도 아니고, 어떤 다른 직업도 아닌 기술자밖에 없다는 것이다. 기술자는 돈을 벌어 먹고 살 수 있는 유일한 직업이었다. 아버지에게 6·25전쟁은 큰 충격이었다. 기술을 머리에 집어넣으면 전쟁판에서도 밥을 굶지 않는다는 철학을 굳혔다.

형경 오빠는 하기 싫었던 공부를 겨우 끝내고 여러 군데 직장을 전전했다. 그러나 모두 몇 달도 안 돼 나오곤 했다. 그 이유는 늘 "더러워서"였다. 그리고 "알지도 못하는 사람들이 말만 많고, 게다가 명령까지 하고"라고 덧붙였다.

아버지는 중풍으로 시달려서 늙은 지네가 되어 그의 호기심도 없어어졌다. 하기 싫은 공부를 시켰던 오라비에게 이상의 날개를 한 번 더 달아주기로 했다. 왜냐하면 아버지가 염려했던 전쟁은 그 후 없었기 때문이다. 그래서 늙은 학생이 되어 다시 건축공부를 시작했던 오빠는 결국 철도사고로 이 세상을 하직했다.

철도청 직원이 사죄를 하러 집으로들 왔다. 오빠가 죽은 그 철도사고는 신문방송에 떠들썩했다.

철도청에서는 그 오라비가 술꾼인 줄 알았는데 이상하게도 술 성분은 검시 결과 체내에 조금도 없었다 했다. 그래서 당황한 철도청의 몇몇 담당자에게 추궁이 갔고 그들은 죽을죄를 졌다고 어머니에게 고개를 숙였다.

그의 청춘은 이제 시체 해부라는 명목으로 다시 들볶였다. 검시결과는 자살이었다. 그는 오랫동안 극약을 조금씩 먹었던 것이다. 주위의 어느 누구도 눈치 채지 못하고 있었다. 그의 꼼꼼한 성격대로 자살도 철저하게 공간을 정하지 않고 움직이는 열차를 이용했다.

그래서 그의 아름다운 청춘은 막을 내렸다. 그의 하숙방에 수없이 많은 고전음반들을 남기고. 차곡차곡 챙겨 놓은 속내의, 새 양복, 정리된 책들, 그 물건 밑에는 동생들 이름을 하나하나 적어 놓아 그 물건들을 골고루 나눠 갖도록 배려를 했다.

그가 남겨 놓고 간 산 음성들, 바흐, 베토벤, 브람스, 쇼팽, 하이든. 나는 그의 자살 후에 음악이란 모두 슬픈 것으로 몰아버렸다.

큰 오라비의 죽음은 내 어린 시절에 치러져 기억 속의 시(詩)처럼 남아 있었는데, 형경 오라비의 죽음은 현실적으로 내게 다가와 나는 세상을 다 산 늙은이처럼 되어버렸다.

장례는 개죽음보다 좀 낫게 쉬쉬하며 치렀다.

"자살한 집안 내력 좀 알면 딸 주는 사람 없느니라."

어머니는 그 경황 중에도 오빠의 죽음을 감쪽같이 감추었다. 그래서 그의 자살은 문전에서 다 치러지고 말았다.

가끔 어머니는 '불효막심한 놈'이라고 혼잣말로 벽에 대고 호통을 치곤 했다. 물론 안방의 아버지는 그 사건을 하나도 모르고 지나갔다. 우리 식구들은 두 개의 초상을 칠까 봐 집 밖에서 수선대며 일을 다 처리했다. 병든 아버지에게는 이 사실을 내내 숨겼다.

"영희야, 늬 에미가 늙어서 노망이 났나보다. 웃지도 않고 외출이 저리 심하니. 한번 뭔 짓 하나 뒤따라 가봐라."

아버지는 어머니의 비정상적인 생활에 무척 의아해하며 나에게 말했다. 우리들의 오빠 폴 뉴먼을 잃어버린 집안의 우울은 아버지를 몹시 외롭게 했다.

"느그 뭔가 나를 속이고 있재!"

아버지는 외톨이가 되어 외로워서 우리를 졸라댔다. 사실을 알고 싶어서였다.

나는 어머니의 호랑이 같은 성격과 대찬 성질만 알고 있었는데, 언젠가 어머니의 이중적인 면을 발견하고 몹시 놀란 적이 있었다. 아버지가 어머니의 잦은 외출을 추적하라 해서 뒤를 밟아본 적이 있는데 그녀는 산등성이로 올라가 정적이 쌓인 오후 양지쪽 언덕바지에서 통곡을 하는 것이었다. 울지 않기로 소문난 그녀가 그렇게 짐승처럼 많이 오래도록 운다는 것이 기이하기까지 했다.

"경아! 경아! 우리 경아!"

자살한 오빠의 이름을 부르며 산이 울리도록 큰 소리로 우는데, 그것은 짐승이 포효하는 소리였다. 그리고 그녀는 울면서 온몸을 떼굴떼굴 굴리기까지 했다. 광기가 서린 듯한 행동이었다. 한참을 그러더니 씻은 듯 울음을 거두고 옷을 털고 머리를 매만진 다음 하산하는 것이었다. 전혀 딴사람처럼 집 앞 골목을 들어서는 것이다.

다시 상경한 뒤 서울에서의 대학생활은 아무 낙이 없는 나날들이었다. 그때 유행했던 대학축제도, 그저 그렇고 남녀들이 상대를 고를 수 있는 그룹미팅도 나에게는 시시했다.

가을이 포도 위를 뒹굴었다.

나는 오빠의 자살이 남기고 간 그림자를 계속 밟고 있었다. 그의 석연찮은 자살이 끊임없이 내 생각을 사로잡고 있었다. 나는 문득 길을 걷다가 엉뚱한 생각이 떠올랐다.

'혹시 그가 누구를 사랑한 것이 아닐까?'

그는 몹시 차가운 얼굴의 소유자라 남녀를 불문하고 가까이 하는 사람이 없었다.

"저 찬 꼴하고, 여자 안 따른다" 하던 어머니의 말대로 외톨이였다.

나는 혜자와의 약속장소인 포엠다방 문을 열다가 확신 하나가 머릿속에 밝혀지는 것을 느꼈다.

'그는 분명 사랑한 여자가 있었다!'

나는 그 길로 급히 하숙으로 돌아와 그가 남기고 간 가죽수첩의 메모를 죄다 살폈다. 그의 성격대로 꼼꼼한 글씨가 차근차근 수첩에 가득 채워져 있었다. 여자 이름과 전화번호만 눈독 들여 찾았지만 내 생각처럼 여자 이름은 적혀 있지 않았다. 그러다 한자로 기입된 명단 한 귀퉁이에 영어로 쓴 '메리'라는 이름을 발견했다. '메리라 하면 나는 개 이름으로만 생각하고 있었는데'라고 의아하게 생각하며 수첩을 샅샅이 훑었으나 허사였다. 그저 메리라는 이름만 남았다.

내게는 메리라는 이름에 대한 남다른 추억이 있어서 피식 웃었지만 내심 슬픈 추억이었으므로 씁쓸했다.

6·25 전 오빠들은 그때 중학교에서 영어를 시작할 즈음이라 일상생활을 거의 영어로 표현하고 싶어했다. 가령 "꽃을 봐라"라고 하지 않고 "플라워를 봐라" 하는 식으로 꼭 말마다 영어 단어를 하나씩 집어넣었다.

아버지가 전쟁 전에 운영하던 용광과 해주의 꿈의 농장은 38선이 그어져 이북에 떠넘겨버리고 2차로 착수한 직조공장을 벌였는데, 그 공장을 지킬 셰퍼드 한 마리가 필요했다. 어느 날 아버지는 날렵하고 큰 셰퍼드를 집에 데리고 왔다. 어머니는 그때부터 고민이 생겼는데,

잡종 셰퍼드라면 이것저것 구정물까지 먹을 텐데 아버지의 호사스런 성격으로 순종을 사서 애를 먹는다고 푸념을 했다.

무국에 밥을 말아주면 입도 안 대고, 킁킁거리고 양지쪽에 앉아 해바라기만 하고 있었고 주먹만 한 눈곱이 달린다 했다. 노란 그 눈곱은 사실은 수수알 만한 크기였다. 하여튼 주먹만큼 큰 것 같아 보이긴 했다.

귀한 쇠고기를 사오면 대식구가 먹을 수 있게 무를 많이 썰어 넣어 끓이곤 하던 어머니가 쇠고기를 근째로 그 개에게 준다는 것은 세상이 뒤집히는 것과 다름이 없었다. 메리는 뻘건 쇠고기를 눈 깜짝할 새에 다 먹고는 기운이 펄펄 나서 이리저리 뛰며 짖어댔다. 어머니는 뭐라고 푸념했던가.

"양 개가 조선 땅에 와서 니도 고생한다만 양 개라도 입버릇을 조선식으로 고쳐나가야지 우야겠노. 니 때메 이웃이 부끄러버 못살겠다."

어머니의 푸념과는 달리 아버지는 당당하였다. 옛날 북만주 시절 개에 대한 추억이 그의 인생에 크게 차지하고 있었기 때문이다. 개보다 못한 사람이 있다고 그는 말은 못했지만, 그가 병들고 늙어갈 때 사람들의 배반에서 무슨 생각을 했을까.

그는 늘 묵묵히 셰퍼드를 쓰다듬으며 털 새에 이가 끼었나 하고 쓰다듬곤 했다. 그가 북만주 가을에 외로운 청년 시절 돈도 없고, 무능한 귀족 학자로 행세한 할아버지, 큰아버지를 모시고 고생한 시기를 못 잊어 했다. 그때 이웃 중국 사람에게서 강아지 한 마리를 얻어 키웠는데 엄청난 몸집으로 커나가서 키가 큰 아버지 옆구리를 넘어섰다 했다. 그 털은 등에 가르마를 중심으로 처녀 머리만큼 길어서 양쪽으로 늘어뜨리고 다녔다 했다.

아버지는 겨울 양식을 구하러 친척집으로 방문하러 개와 함께 밤길을 떠났던 적이 있다. 호수는 얼음이 쩡쩡 얼어 달빛에 무섭게 빛났다고 했다. 지름길인 호수 중간으로 건너갈 때 그 개는 10여 미터 앞질러 가서 컹컹 짖어 그곳은 틀림없이 얼음이 잘 얼어 안전한 길이라는 것을 암시해 주었다고 한다. 그 언 호수를 걸어가면서 아버지는 앞에 걸어가는 개가 개로 안 보이고 거룩할 정도로 마음 든든한 친구로 느꼈다 했다.

그 개가 늙고 병들어 죽을 무렵 아버지는 그래도 그 친구가 옆에 있길 바라서 중국 한약방을 여러 군데 들러 약을 얻어다 먹이곤 했다. 그런 아버지는 어머니를 참견하곤 했다.

"그 아(개) 밥 줬나?"

밥을 줬냐고 했지만 이 말은 고기를 줬느냐는 소리였다. 어머니는 아버지와 달리 개를 집에서 키우는 것은 다른 생각에서였다. 개는 충성스런 동물이므로 주인의 액을 대신 떠안는다는 작은 이기심이 있었다.

우리는 그 셰퍼드에 이름을 붙여야 했다. 한학에 밝고 글 읽는 것만 하고 직업이 없이 동생 집에서 평생 같이 살았던 큰아버지는 '숙자' 라고 이름을 지었다. 오빠들은 사랑방으로 건너와 대굴대굴 구르며 웃었다. 숙자라고 하는 개 이름도 있느냐고, 다시 개 이름을 짓기로 하고 다수결로 '메리' 라는 이름이 지어졌다. 그 메리는 나의 동무 겸 경주용 말 역할을 했다. 내가 등에 올라타고 동네로 어슬렁거리며 돌아다녔던 것이다.

메리는 늘 나에게 충성이었다. 공을 아무리 멀리 던져도 주워오고 몽둥이로 때려도 가만있고, 그는 늘 내 곁에 있길 좋아했다. 메리를 타고 다니는 나를 보고 어머니가 "저 가시나가 뭐가 될라꼬 다리를 좍 벌리고 개를 타노" 하면 아버지는 "가만 놔둬. 메리는 영회 친구인걸" 하는 것이었다.

피난을 갈 때 우리는 메리를 데리고 떠났다. 제천읍에서 탄 열차에 메리가 같이 탈 자리가 있었으나 다음 차를 갈아 탈 무렵에는 미어지는 피난민으로 메리가 차지할 공간이 없었다. 역원이 메리를 데리고 떠났다.

그 기차 안은 사람 입김으로 가득 찼고 주먹밥을 꺼낼 틈도 없었다. 메리를 잃은 우리 식구가 눈시울을 적시며 중간 기착지에서 며칠 묵으며 다음 연결되는 기차를 기다리고 있었다. 농가 뜰에서 돌을 고이고 밥을 하고 있을 무렵 어디선가 메리가 나타났다. 황혼을 뒤집어쓰고 거대한 몸집의 사람처럼 나타난 것이다. 나는 너무 기뻐서 펑펑 울었다. 귀신 같은 신기(神氣)를 가진 메리였다. 아버지는 그때 말했다.

"자기 상전 찾아 나서는 길눈은 사람보다 밝은 법이다."

다음 열차에도 메리는 승차거부를 당했다. 우리는 슬피 짖어대는 메리를 두고 울며 피난길을 떠나야 했다. 메리는 하늘을 보고 짖었다. 그것은 통곡이었다.

그때 최초로 사랑하는 누군가와 헤어져서 슬퍼하는 눈물을 나도 흘렸다.

나는 전화 목소리의 주인공인 메리라는 여자가 알려준 대로 버스를 타고 줄곧 나의 옛 친구 셰퍼드를 생각했다. 버스 창밖에는 가을이 깊어가고 있었다.

나는 그녀가 알려준 초심다방을 찾았다. 한산한 오후 실내장식이 좀 촌스러운 다방에 수려한 미국 여자가 앉아 있었다. 내가 머뭇거리며 메리라는 여자를 찾는다고 했더니 자기가 메리라고 나섰다. 경상도 사투리가 섞인 그의 말씨는 눈만 감으면 완전히 한국 여자였다. 앳된 얼굴에 큰 밤색 눈과 수려한 콧날 옆으로 아름다운 밤색 머리카락이 흐르고 있었다. 즉각 나는 혼혈이라는 것을 알았다. 그녀는 말했다. 부산에서 자랐고 원래 이름은 '연희'라고 했다. 초심다방 주인아줌마가 메리라는 이름을 붙여줬다고 했다.

그녀는 음반을 찾으러 왔느냐고 물었다. 주인아주머니가 보통 땐 못 틀게 해서 형경 오빠가 나타나면 틀어주곤 했다고 한다. 오빠는 늘 구석에 앉아 음악을 듣고 조용히 떠났단다. 그가 음반을 그녀에게 맡기고 자주 들었다 했다. 그리고 그녀는 쓸쓸히 말했다.

"그 선상님 요즘 통 보이질 않아예."

나는 오빠의 음반들을 안고 나오며 다방 밖 가랑잎이 무수히 떨어지는 걸 보았다. 오빠는 그녀를 짝사랑한 게 아닐까. 나는 그렇다고 생각했다. 나는 그 사실을 지금까지 식구 중 어느 누구에게도 말하지 않았다.

"오빠가 다방 레지를 사랑했어" 그러면 누가 믿을까. 오빠는 교만하고 콧대 높은 사람으로 인식되어 있으므로. 오빠가 그녀를 사랑했다는 확신은 어머니가 가끔 중얼거리는 과거사와 형경 오빠의 말에서 내가 종합해낸 상상이었다.

우리 식구들이, 물론 내가 태어나기 전, 중국 개원에 살 즈음 백계 (1917년 러시아 혁명 때 혁명을 반대한 러시아인의 한 파) 러시아 귀족들이 피난을 왔단다. 그들은 남자나 여자나 모두 화장을 했다. 분과 입술연

지까지 바르고 생활했다고 한다. 그 옆집으로 온 금발의 러시아 소녀가 백옥 같은 피부를 하고는 큰 말을 타곤 했다 한다. 말을 타는 모습이 학이 날아가는 듯했다 한다. 그녀의 머리카락이 햇볕에 부딪쳐 금가루를 뿌린 것 같았다. 그 모습을 넋을 잃고 지켜본 소년이 바로 형경 오빠였다. 그 후 가끔 형경 오빠는 말했다. 개원에서 본 러시아 귀족 딸이 이 세상에서 제일 예쁘며 비비언 리를 견줄 게 아니라고.

메리는 그의 사춘기에 본 러시아 귀족 소녀의 환상이었다. 나는 그가 그녀를 사랑했음을 확인했다. 나는 딱 한 번 그 메리라는 여자가 다방에서 작별할 때 그의 고요한 밤색 눈에서 피난 때 헤어진 나의 개 셰퍼드 메리의 눈빛을 보았다. 처량한 눈빛이었다. 폴 뉴먼의 환상을 지우려 무척 애쓸 무렵인 그때 나는 그가 남기고 간 음악들보다 비틀즈만 들었다.

"예스터데이~."

비틀즈도 슬프고 생이 슬프고 시시하기까지 했다.

내가 삶을 시시하게 생각할 무렵 나는 그때 김정숙 선생님의 직계 제자이며 최초의 조각 국전 대상을 받은 우리 과 조교 박종배 선생님을 찾아가곤 했다. 삼십이 가까운 그는 우리 처녀들에게는 늙은 총각이지만 내 삶의 시시함을 고백하면 조용히 들어주곤 했다. 그는 찬 아틀리에에서 쇠를 녹이고 쪼개며, 그의 세계를 밀가루 반죽처럼 유연하게 펼치곤 했다. 어느 날 친구 명자가 말했다.

"너 박종배 선생 짝사랑하니?"

"그랬으면 얼마나 좋겠니."

나는 삶의 시시함에 돌파구를 찾고 싶었다. 언제까지 형경 오빠의 망령에 매달리고 있어야 할지……. 허름한 송판으로 못질한 좁은 관, 불효로 떠난 자, 결혼 안 한 총각귀신이어서 무덤도 없이 태워버렸던 그 여름. 그 뼛가루 봉지를 조계사에 맡기고 우리는 그와 영원히 인연을 맺지 않기로 하고 울며 돌아섰던 일. 그 후 큰 오라비 추석 제사상 옆에 밥그릇 하나가 더 놓였다. 온 집안 식구는 허무감에 싸여 있었다.

그 무렵 왜 의사 오빠는 그 좋은 직업을 마다하고 '국민수호협회' 33인 중에 들어갔을까? 그도 생의 권태로움에 돌파구를 찾고 있는 것 같았다. 그는 열정적으로 함석헌 선생을 따라 다니며 감옥소 안의 대학 후배들에게 차입 넣는 일에 열중했다. 그들은 무슨 데모, 무슨 데모 데모하다 붙들린 사람들이었다. 내 기억으로는 지학순 주교 등을 만나는 것 같았다.

산부인과 의사였던 오라비는 우리에게 가끔 술주정을 했다.

"내 여자 그것 들여다보고 번 돈 가지고 빌딩 짓는 짓 안 한다! 나는 내 아이들에게 자유를 남겨주고 싶어."

그가 지닌 열정은 사춘기 소년을 연상시켰다. 아버지가 명륜동 집과 청량리 땅을 팔아 기름진 쌀농사가 되는 논을 사고 또 그의 개업에 자금을 댔건만…….

그는 유능한 산부인과 의사였다. 그리고 정직했다. 그래서 그의 병원은 문전성시를 이루었건만. 차츰 오는 손님이 뜸해졌다. 오빠의 개인 병원 건너편에는 새로 파출소가 생겨 오빠를 감시했다. 빨갱이보다는 좀 낫겠지만 반정부주의자로 낙인찍힌 그를 감시한 것이다. 경찰들은 아이를 낳으러 간 여교사를 따로 불러 무슨 연유로 김 박사를 방문했느냐 물었단다. 그녀는 자신의 불룩한 배를 가리키며 어처구니없어 입을 다물었다. 그런 일이 자꾸 일어나자 종래 그 산부인과병원은 문을 닫아 버렸다. 어차피 오는 환자도 없고 개인 병원 구색을 갖추려니 간호원 월급도 주어야 되는데, 최저 운영비도 오빠는 감당할 수가 없었다.

"엉덩이에 뿔난 놈. 제 식구 먹여 살릴 운동이나 잘 하지, 나라 운동 한다꼬……. 남들은 의사 자식 두어 제주도다 어디다 호강하고 다닌다 는데……."

어머니의 푸념이었다.

그리고 오빠는 구치소에 가끔 들어갔다 나왔다 했다. 그래도 그는 호기 있게 말했다. 오빠를 취조하는 사람이 그를 보고 '선생님'이라 존칭을 썼다고 했다. 즉 "인문계통 출신들과는 참 다르십니다. 고집이 무척 세십니다"라고 한 말을 오빠는 무슨 금덩어리를 안겨준 것처럼 좋아했다. 나는 한심하다는 생각으로 중년의 사춘기 소년을 보았다. 이러한 통에 어머니 여생은 물질적으로나 정신적으로나 편하질 못했다.

의사 오라비는 한 번 마음을 먹으면 무조건 행하는 그의 고집스런 아기 같은 성격으로 그는 함석헌 선생을 무척 좋아했다. 그래서 '씨알 농장'의 단칸방 새벽기도회에 나도 가끔 참석하곤 했는데, 그때 싸늘 한 지식인들의 추구를 나는 보았다. 춥고 가난해도 사람의 할 도리에 충실하려고 모인 사람들이 기도를 하고 있었다. 함석헌 선생의 기도가 오랫동안 침착히 계속되면 씨알농장에는 부옇게 먼동이 트고 닭들이 새벽이 지나간 것을 알렸다. 밭을 일구어 감자를 키우고 밤이면 글을 쓰는 함석헌 선생님은 영어를 유창하게 구사하고 히브리어에도 전문 가였다. 그래서 보게 된 함석헌 선생의 글은 쉬운 글, 누구나 접할 수 있는 문장이면서 단아한 품위를 가지고 있어 건방지게 들떠 있던 나의 대학생활에 긴장을 주었다.

큰오빠는 자신의 청년기에 감동을 준 함석헌 선생께 결혼주례를 부탁한 것은 물론이고 자녀들의 이름도 함 선생의 이름을 따서 지었다. '지석' '지헌' 그의 두 아들 이름자인데 어머니는 그의 열정에 찬 행동에 언제나 뒤돌아앉아 콧방귀를 뀌었다.

그가 씨알농장 가까이에서 경영하던 병원은 문을 닫았고 그 후 가난은 겨우 면한 불운한 의사로 떠돌아다녔다. 그가 아끼는 신식 의료기구들을 싸들고 선배나 후배 병원에 월급 의사로 취직을 하면 경찰이 연일 찾아와 그것도 힘들게 되었다. 그는 구치소 후배들에게 차입할 돈도 없어지고 생계유지도 원만치 않았다. 드디어 그는 병원을 세놓아 집세를 받아 먹고사는 중년 가장이 되었다. 이제 그는 투사라기보다 가난하고 실패한 의사에 불과했다. 개인병원을 가진 의사는 그 당시 윤이 번들번들 나는 것으로 알고 있었는데 그는 단순한 늙은 소년이 되어 어머니의 핀잔을 받고는 상을 찡그리곤 했다.

"의사가 꼴좋다. 아들 공부나 시킬 건가. 내 너같이 가난한 의사는 못 봤다."

어머니의 말에 그는 정말 화를 냈다.

"어머니, 제가 왜 가난합니까. 세 끼 먹을 것 아직 있지요. 조선 천지를 돌아보면 가난한 사람이 얼마나 많은지 아십니까?"

그는 운동권 사람들하고만 접촉이 있을 뿐 사회에서 완전히 외톨이가 되었다. 사람들은 마음 좋은 김 박사를 무슨 빨갱이 보듯 외면했다. 그래도 자신은 외로워하지 않았다.

아버지는 뒤늦게 눈치 채서 알게 된 형경 오빠의 자살로 큰 충격을 받고 암에 걸려 돌아가셨다. 폐병도 중풍도 모두 이긴 사람이……

"남자 대장부가 이까짓 박테리아 가지고" 하며 그는 병과 끈질기게 투쟁했는데 형경 오빠의 죽음이 사고사도, 병사도 아닌 자살이라는 사실을 알고 그는 그 투쟁의 고삐를 놓쳐버린 것이다.

이제 아버지는 대전에서 죽은 형경 오빠의 망령을 쫓아버리고 암 말기증세를 띠어 미라 같은 몸을 하고 제천읍으로 떠났다. 만주에서 해주로 그리고 세 번째 사업처로 삼았던 제천에 그의 몸을 묻고 싶어했다.

그는 중년 시절 오랜 타향살이에 지쳐 고국을 두루 돌아다니며 기름진 땅, 기름진 산에 관심이 많았다. 그때 사놓은 산 '가청산'을 그의 저승의 안식처로 삼고 싶어했나. 이세 대진 땅, 서울 집, 청량리 땅 또 어디 어디 도시에 붙어 있는 땅을 다 팔아 없애고 그 돈은 우리의 생계를 위해 다 쓰였다. 게다가 20년 가까이 바깥세상을 몰라 그의 투자는 늘 거꾸로 되고 있었다. 그리고 그는 점점 식량에 공포를 느꼈다. 그래서 서울 땅 팔아 물 좋은 두메산골에 기름진 논을 사곤 했다. 그의 오랜 투병생활은 생의 공포마저 일으켜, 막내인 내 입까지 풀칠할 수 있도록 논을 자꾸 사들였다. 관리할 수 없는 과수원까지도.

아버지의 자본 투자 방법을 보고 서울의 땅값이 살금살금 날개를 달 무렵, 오빠들은 아버지를 한심하게 보고 있었다. 그때 어머니는 단호하게 말했다.

"당신이 번 돈 당신이 처분하는데 사지가 멀쩡한 느그가 무슨 참견이고, 그리 똑똑하고 돈 눈이 밝으면 느그가 다시 서울 땅, 대전 땅을 매든지 사거라."

우리 형제들은 그 후 누구 한 사람도 서울에 땅 한 평의 재산을 갖지 못했다. 그들은 어머니 말대로 엉뚱한 운동이나 하고 건방지게 연꽃 위에 앉아 세상을 보는 못난이들이었기 때문이었다. 중국식 도덕에 한국식 유교를 합친, 그저 정의에만 중심을 두고 구식 교육한 아버지에게도 원인이 있었다. 오빠들에 대한 기대라는 이상의 날개를 달고 꿈을 꾸며 날고 있는 동안 세상 땅에서는 재빨리 모든 형세가 변할 것을 몰랐던 탓이었다.

아버지의 초상은 그래도 환갑을 지난 죽음이라 초상집다웠다. 그들 남자들은 떠났다. 오빠들도 아버지도 쉽게 인연을 끊고 떠났다. 그들은 하나같이 세상 살아가는 데에 실망을 안고 떠났다. 아들 농사에 실망했고 정의롭게 도와줬던 친척과 친구들에게 또한 실망했고.

그는 일찍이 사람에 대한, 어느 이상주의 단체에서도 실망을 한 적이 있었다. 나는 아버지가 증오하던 신문기사를 기억하는데, 독립운동가의 사진이 동그랗게 신문에 났을 때 그는 부들부들 떨었다. 아버지는 그 독립운동가 사진에 대고 탁 하고 침을 뱉고는 그 사진을 손가락으로 동그랗게 후벼 팠다. 그 행동은 미루나무 같이 훤칠하고 도량 넓은 아버지의 행동이 아니었다. 그 기사는 독립운동가 아무개가 가난과 병고에 시달린다는 내용이었다. 아버지는 늘 잔인하게 그런 기사를 대했다.

"요즘 세상 총질 못해서 굶는가!"

아버지는 만주 시절, 그의 정의와 혈기로 독립군에 가담한 적이 있었다. 그것은 젊은 청년으로서 당연한 행동이었다. 나라가 없는 민족이 제일 먼저 할 일은 다시 내 땅을 찾는 것이었고, 또한 개인적으로 할아버지에 대한 일본인들의 탄압도 아버지가 중국으로 가게 된 큰 이유였다. 아버지는 그의 과거사를 처녀가 된 나에게 말할 때 눈이 빛나곤 했다. 그 내용은 그때 나에게 깊은 생각을 하게 하였다.

당시 독립군 군사 훈련은 수수밭이나 갈대밭에서 했다. 만주의 갈대나 수수는 키가 커서 그들의 행동을 감출 수 있었다. 그의 말을 빌면 독립군도 여러 파가 있어 머리가 아플 정도라고 했다. 아버지는 존경했던 ㅈ 선생의 뛰어난 능력을 믿고 그의 청춘을 대한의 독립에 바치려고 했다.

"영희야, 글쎄 죽일 놈들이 독립군이랍시고 가을만 되면 재만주 교포 마을에 나타나 짐승보다 못한 짓들을 했어."

아버지는 그 장면들을 설명할 때 몸을 벌벌 떨며 흥분했다. 가난한 교포들이 겨우 가을걷이를 끝내고 양식을 재어 놓으면 싸락눈 오기 전에 독립을 표방한 도적떼들이 엽총을 메고 나타났다. 재만 교포들을 마을 마당에 모이게 해놓고 헛총질을 해대며 독립자금을 내놓으라고 위협했다. 부녀자 반지부터 수수, 좁쌀까지 겨울에 먹을 미음 쑬 것도 안 남기고 싹 쓸어가면, 그 다음은 다른 도적떼가 독립군을 빙자해서 나타나고……. 그들의 횡포는 식구 앞에서 부녀자를 겁탈하든지 장정을 인질로 잡아가 귀를 잘라 보내고 돈으로 바꾸자고 협박하는 것이었다고 했다.

아버지는 말했다. 독립군이라 칭한 그들은 하나같이 머리에 떡칠을 하듯 머릿기름을 바르고 달빛 아래 나타나면 머리통이 철판같이 번들번들 빛났다고 했다.

아버지는 독립운동의 꿈에 자신을 잃었다.

"영희야, 어느 놈이 진짜인지 모르는 판에 도적놈 소리나 면하자고 통분을 하며 독립군에서 나와버렸어."

아버지의 말은 쓸쓸했다.

아버지는 잘 알려진 몇몇 독립운동가도 존경을 하지 않았다. 아버지는 유명한 독립운동가의 그림자를 상세히 알고 있어 오히려 실망만 한 것이다.

"유관순 한 분만 독립운동을 제대로 했지 바지 입은 놈들 제대로 독립운동 한 것 못 봤다. 그저 제 욕심이 많아, 나라 없는 주제에 권력 다툼이나 했지. 그래도 독립이 되니 제일 먼저 설치는 놈들이 그 도적떼라니, 꾹 참고 독립을 기원한 사람들 딛고 올라서서 한 자리씩 맡아보려고……."

그리고 그는 또 말했다.

"진짜 독립운동한 사람들은 못 살아남고 다 죽었어. 해방 후 꾀 많은 독립군들은 기회를 얻어 한 자리 하고, 총질이나 해대던 무식한 놈들은 세상 변한 후 총질 못해 가난하게 살고……."

아버지는 여자의 능력을 평가하는 데 남다른 분이었다. 자신의 어머니, 즉 나의 할머니도 도량이 크고 정직하며, 그 자신의 아내인 내 어머니도 남자 열 몫을 하는 도량을 가진 사람이기 때문일까.

그때 박순천 씨가 연설을 하면 "거 참 남자보다 낫다" 하고 박수를 치고 "우리 영희가 정치를 하면 나라가 제대로 될 것인데"라고 농담 겸 진담을 하면 오라비들은 뒤에서 박장대소를 했다. 그것은 내가 배우가 되고 싶어 한다는 말보다 더욱 그들을 웃겼다. 아버지의 환상은 오랜 병고에도 있었지만. 남자들의 검은 면은 남자인 그가 잘 알기 때문일 거라 나는 생각했다. 아버지는 사회가 여성을 작게 만들어서 그렇지, 여성의 모성과 뛰어난 감각은 정치에도 적용이 돼야 한다고 주장하는 사람이었다.

아버지는 "여자들이 총질 해대는 것 봤냐?"라는 말을 하기도 하고 자주 자주 송미령이나 퀴리 부인을 들먹였다.

아버지에게 알게 모르게 여성의 잘난 점을 배운 것은 사실이었다.

"영희야, 느그 언니가 유화물감 필요하다 해서 화물차 가득 장작을 팔아 겨우 불란서제 물감 한 통 사서 주며 현대판 신사임당 같은 사람이 되라 했는데, 미국 기관 밑에서 월급 받는 환쟁이 되라 그랬나."

그의 이상의 척도에 따르면 언니의 문화혁명은 작은 개구리 울음으로 보였던 것이다. 아버지의 큰 이상을 뒤늦게 알았지만 아들 농사는 그가 누구이 말했듯이 흉작이었다.

아버지의 초상날 우리 형제자매들은 굵은 삼베옷을 입고 꺼이꺼이 울었다. 우리들은 그가 지닌 이상의 밑바닥에도 못 미치는 무능한 지식인임을 자책하며 울었다. 그분 덕분에 등록금 미루지 않고 낼 수 있어 다들 대학은 나왔는데, 성공하기는커녕 보통 사람 취급도 못 받았다. 부모 초상 치르러 온다는, 이제 맏아들이 된 셋째 오빠 뒤에 감시하는 형사가 열차를 같이 타고 오지를 않나…….

아버지는 그가 손수 산 가창산 한 자락에 묻혔다. 평생 그는 부모 도움 없이 돈 벌고, 그가 직접 마련한 산에 묻혀 잠이 든 것이다.

나는 그때 대학에 목만 뗀 정도였다. 말하자면 건달 여대생이었다. 그때 영국 신사로 학생들에게 인기 있던 서양화가 이대원 선생이 우리 조각실에 들렀다가 내게 물었다.

"너 어떤 것 했어?"

내가 작품이 없어 머뭇거리자 승이가 "저겁니다" 하고 뜨다 만 석고를 가리켰다.

"예끼, 이 녀석! 겉은 멀쩡해가지고, 순 건달 짓 하는구나. 너 조각 잘하게 생겼는데, 인마 좀 열심히 해!"

이대원 선생은 호인상에 멋쟁이답게 가볍게 실망하여 나갔는데 그 후 나는 그 덕분에 별명 하나를 얻었다. '홍대 건달'.

나는 그 무렵 신물 나게 좋아하던 미국 문화, 유럽 문화에 싫증과 동시에 회의를 느끼기 시작했다. 서양식 조각 기법도 재미가 없었다. 나는 철저히 건달 짓을 하기로 마음먹고 홀로 가는 여행의 문을 열었다.

기차를 타고 가는 데까지 가다 시골 간이역에 내려 시골 장판도 구경하고 작은 절간에도 기웃거리곤 했다. 가을 햇볕들이 고추를 말리고 감나무에 황금 알이 그때 달리기 시작했다. 푸른 하늘. 빨간 사과, 주홍빛 감. 모체에서 느끼는 나의 서정이 서서히 올라오고 있었다. 새까만 얼굴의 아이들. 꼬불꼬불한 논길들. 날고구마를 먹는 아이들. 나의 하숙방은, 칠하지 않은 닥종이가 생생히 살아 올라오는 질감의 한국 아이들로 그득 찼다. 특히 한국인의 피부에 온갖 신경을 썼다. 홍대 건달은 결강이 잦았고 그 대신 나의 작업에만 혼자 열중했다.

1990년에 귀국해서 10년 만에 전시회를 조선일보 미술관에서 하는데 그때 대학 동창이 찾아와 나의 건달 시절을 잘 말해 줬다.

"영희 씨 캠퍼스에 나타나면 거 참 어느 부모인지 불쌍하다 느꼈어. 등록금이 아깝더라니까."

우리는 중년이 넘은 사람들이 되어 유쾌하게 웃었다.

대학 졸업반이 되자 주변이 술렁대기 시작했다. 약혼에 중매에, 냉장고에 텔레비전에 피아노에 혼수 감에 생소한 단어들로 귓전이 어지러워지고, 우리들은 이미 시시한 일상 속 젊은 여자들로 전락해갔다. 평생을 의지할 봉을 잡으려는 여자들처럼. 그들은 결사적이었다. 나는 그 졸업반 두 학기를 몽땅 휴학계를 내고 조각실의 귀퉁이 건달 짓을 포기했다. 건달의 명예도 처음엔 그럭저럭 견딜 만하더니 차츰 지겨워졌다. 제천 읍에 내려가 노모와 밤도 따러 다니고 메밀꽃 밭 속에 누워 가을 향기를 즐기곤 했다. 톡톡히 실업자 노릇을 즐겼다. 서울의 건달 생활보다 아늑한 서정에 싸여 나를 찾는 여행 같았다. 고향 청도로 열차를 타고 내려가고 감나무 잎 새의 찬찬한 윤기가 눈부셨다. 탱자나무 울타리, 작은 우물, 산등성이에서 조는 소들. 그들은 여전히 내 어린 시절의 추억을 펼치고 그대로 있었다. 참으로 헛산 것 같은 시기였다. 왜 고향 쪽을 촌스럽다 덮어두었을까 자책했다. 이제 성숙한 처녀는 제 꼴을 되찾은 것 같았다.

그때까지도 새마을사업이 다행히 한 곳도 안 되어 있던 터라 아름다움이 꼭꼭 차 있던 고향이었다. 울긋불긋 창녀들같이 화장한 그 당시의 새마을 지붕들은 차라리 눈을 감고 싶을 지경이었다. 기름진 작은 평야는 논으로 놔두고 경작이 안 되는 산등성에 요리조리 인가를 이루었던 실재적이고 아름다운 옛 농가들. 피난 시절 오라비를 잃은 집은 큰 대궐 같은 집인 줄 알았는데 작은 기와집이었다. 그것은 아카사키의, 판잣집은 면한 성냥갑 같은 집에 살던 어린 눈으로 봐서 그런 것 같았다. 오라비가 묻힌 뒷산에는 밤송이가 짜개져 속 알을 드러내고, 내 어린 시절 악동들과 싸우던 등성이에는 가을이 푸근히 덮여 있었다. 고향 냄새가 착 달라붙었다. 모나지 않고 어색하지 않은 고향마을, 있을 데 있고 놓여질 데 놓여져 아름다운 풍경.

감나무 농사로 손자 학비를 대던 할매는 울상이 되었다. 감이 너무 풍년이라 똥값이라 했다. 어머니가 한 서린 원망을 했던 멍석골 아재도 이제 꼬부랑 할아버지가 되었고, 일본 천지에서 무슨 일 하다 돌아왔는지 고향에 돌아와 투전판만 파고들던 그 아들도 이젠 중년이 넘어 귓가가 희끗희끗 했다. 미움도 고움도 세월에 묻히고 있었다. 벙어리 아재는 장가 한 번 못 가고 계모에게 구박받고 동생 집 종살이만 하더니 이제는 중풍이 들어 거적 위에 처참히 누워 있었다. 내가 거적문을 들추자 "어베베" 하고 반가움에 눈물을 끝없이 흘렸다. 나는 그의 손을 잡고 그저 같이 울었다. 때 묻은 요 밑에 돈을 집어넣고 일어나며 나는 그의 계수를 원망했다. 불이나 좀 때줄 일이지. 젊을 땐 황소 부리듯 부리고, 이제 병들었다고 저리 천덕꾸러기로 던져놓고⋯⋯. 동춘이도 시집가고 현이도 시집가서 장대만 한 아들이 벌써 둘이고, 몇 밤을 나는 그득한 슬픔의 충만감으로 보냈다. 그때 탱자나무 울타리에는 벌써 가을이 익어 있었다. 고향에서 나를 얻어왔다. 고향에서 오랫동안 잊었던 우리의 서정을 얻어 왔다. 열차에 몸을 담았을 때, 그 벙어리 아재 때문에 가슴이 아팠다.

내가 그림을 그릴 때 작은 인형과 큰 조각들을 만들 때 크게 원목을 짜서 넣은 골격은 앞에서 말했던 추억들의 색깔이었다. 한 인간의 지난날들이 이어지는 색깔은 핏속에 흐르고 있었다.

나는 부산 아카사키의 부둣가에 은빛 찬란한 바다의 비늘들을 본 적이 있다. 그 바다는 검게도 변해 상상 못할 돌들처럼 경직되기도 하고, 엄마가 물들인 다홍치마 추석빔처럼 엷게 흔들리기도 했다. 그 아카사키의 파도들이 독일 생활에까지 출렁거렸다. 그러면 나는 추억의 기선을 타고 또 먼 곳으로 항해를 갔다.

　프랑스 휴양도시 라로셸과 보르도 등의 시에서 초청한 전시회를 위해 오랜만에 김치 담던 손을 씻고 4월의 부둣가 여행을 했다. 한 번 온 적이 있는 도시같이 아늑했다. 무슨 인연같이 아카사키의 냄새를 풍겼다. 라로셸 은빛 바다는 기선을 몇 채 안고 조용히 4월의 훈풍에 졸고 있었다. 뮌헨에서 못 보던 봄꽃들이 훈풍에 흐드러지게 피고 어부들은 장화를 신고 고기상자를 정리하고 있었다.
　나를 초대하고 숙박까지 기꺼이 제공한 건축가이며 민속무용가인 장이 뚱뚱한 몸을 흔들며 바닷가의 바람 속을 안내하고, 전시회를 준비하는 동안 나는 라로셸에서 조가비처럼 떨어진 어린 시절의 추억을 주웠다.
　때 묻은 건물, 4월의 햇빛, 정박한 어선, 입으로 불어 만든 유리잔에 고인 포도주가 있는 뒷골목 음식점. 버버리 깃을 세우고 온종일 걸었다. 서정을 갖지 않고 살기로 했다. 그것을 감성적인 사치로 알고 있어서일까. 참으로 오랜만에 말라붙은 시(詩)가 피어올랐다. 나는 그때 막 타오르는 노을 속 바다를 찾아가 해변 바에서 혼자 조개죽을 시켜먹으며 포도주 잔을 기울였다. 장 씨는 영어도 더듬거리고 손짓 발짓하며 나를 안내하고, 노천 생선시장을 안내했다.
　마구간을 개조해 손수 지은 운치 있는 건축 솜씨. 은방울 굴리는 것 같은 장의 두 아이들의 재잘거림이 그 저녁에 퍼지고 있었다. 아이들은 벽난로에 불을 피우고 그의 부인은 유창한 영어로 라로셸에 독일군이 침범했을 당시 그의 부모들의 고통을 얘기했다. 나는 그곳에서 먹고 자고 아침에 일어나도 나는 바닷가 피난시절만 생각했다. 양말을 꿰매던 눈이 큰 언니 옆에 헛배가 항상 아파서 학교도 못가고 얼굴이 노래져 누워 있던 그의 남동생, 그의 손은 가랑잎처럼 말라 있었다. 그 풍경들이 가난한 것인지도 몰랐던 그 시절 속에 남은 건 색깔들이었다. 그 색깔들이 화폭으로 넘쳐흐를 때 감정이 격해져 앉아 울 때가 많았다. 상여의 만장, 노란 배추꽃, 뽀얀 은빛 파꽃, 그리고 벙어리 아재가 나뭇짐 뒤에 꺾어 얹어오던 영양기 없던 파리한 진달래꽃. 형경 오빠의 영안실에 넘쳐오던 7월의 푸른 녹음 들. 나는 그것들을 다 가졌다. 색깔의 은혜를 입은 여자라고 나는 감사했다. 어느 시절의 숱한 어려움도 다 세월 속에 희미해도 색깔만은 뚜렷이 남지 않았던가.

라로셸 전시가 성황이어서 콧대 높은 프랑스인들은 한국 아이들을 보러 전시장을 메웠다. 그리고 아카사키 바다의 풍경을 표현한 추상화 속 바다 색깔에 함께 매혹되었다. 그것은 나의 정신적인 염원이 그들에게 전달된 것이 아닐까 했다.

뮌헨 공항에는 토마스가 손을 흔들고 기다리고 있었다. 나는 비자를 보이고 얼른 토마스 쪽으로 나가려 하는데 공항 경찰이 제지를 했다. 터키 남자, 그리스 여자 그리고 한국인인 내가 여행객 중에 뽑혀 방탄유리로 막힌 취조실로 들어갔다. 경찰은 바바리아 사투리를 억세게 쓰며 통통한 손가락을 내 앞에 계속 흔들며 나의 행적을 물었다.

"너 어디서 왔어?"

"라로셸에서."

"뭐라고?"

"라로셸에서 파리 경유로 뮌헨에 왔다."

"왜?"

"뮌헨에 우리 집이 있으니까."

"너 뭐 해?"

그는 빨간 통통한 볼을 불룩거리며 '당신'이란 존칭 대신 계속 '너'라고 반말을 하며 호통이다.

"나는 예술가다."

"뭐라고?"

"예술가."

그는 내 한국 국적 비자를 계속 들여다보더니 다시 묻는다.

"북한에서 왔어? 남한에서 왔어?"

"남한."

"뮌헨에는 왜 와?"

"아까 얘기했듯이 집이 있으니까."

"너 얼마 동안 뮌헨에 머물 생각이야?"

"영원히."

"뭐라고?"

"누구 맘대로!"

"내 맘대로."

그는 화가 났는지 소리를 꽥 지르며 건방지다고 또 호통을 쳤다.

"네가 뮌헨에서 살지 안 살지는 경찰인 내가 결정하니 입 다물어."

그는 갈수록 흥분했다. "너 남편 뭐 해?"

"……."

"대답해!"

"……."

또 꽥 소리를 지르며 책상을 쳤다.

"너 좀 전에 입 다물라고 그래놓고 무슨 소리야!"

나도 맞대고 소리를 쳤다.

"너 나보고 '너'라고 반말을 썼어?"

"너도 지금 나보고 반말 했잖아."

악악거리며 나도 맞서 소리를 질렀다. 그 당시 외국인 검열이 무척 엄했다. 그렇지만 재수 없게 못된 사람을 만난 탓도 있었다. 독일에 살다보니 직업의 고하를 막론하고 독일사람 이전에 좋은 사람, 나쁜 사람이 있는 것을 나중에 바보처럼 깨달았다.

"너 나를 밖에 못 나가게 하면 국제 예술박람회 회장에게 전화 걸고 경찰국장, 시장에게 전화하겠어."

나의 허풍에 그는 갑자기 조용해졌다. 그러더니 컴퓨터를 눌러 내가 독일 영주권이 있나 없나 확인한 후에 풀어줬다.

"너 저것 떼어내라. 저 포스터 말이야. 내가 저기 참가하는데 왜 너는 내 출입을 막아."

나는 벽에 걸린 국제예술박람회 포스터를 가리키며 말했다.

그는 나한테 빈정거렸다.

"너 독일어 한심하다."

"너 바바리아 사투리는 문법도 잘 안 맞는다. 너야말로 한심하다."

나의 대꾸였다.

그는 내 등 뒤에 대고 무식한 말을 또 뱉었다.

"우리 바바리아는 외국인도 필요 없고 예술가는 더욱 필요 없어."

나는 분해서 가슴과 손까지 떨리고 눈물까지 범벅이 되어, 공항에서 기다리던 토마스의 가슴에 얼굴을 묻고 그의 등을 때렸다.

"너 왜 나를 이 나라에 데려왔어?"

삑 하면 하던 소리를 또 하며 울었다. 자초지종을 듣고 토마스가 그 세관 조사실로 그 경찰을 찾아가니 그는 벌떡 일어나 정중하게 맞는다.

"당신이 내 아내에게 바바리아에는 외국인 필요 없다 했는데 당신은 위법인 얘기를 했다. 정말이냐?"

토마스는 조용조용 따졌다.

그 경찰은 자기는 그런 말을 전혀 한 일이 없다고 손을 겸손하게 모으며 대답했다.

"당신이 조금 전에 했잖아!"

내가 반박하자 당신 독일어 실력이 부족해서 잘못 들은 모양이라고 덮어씌웠다. 토마스도 그 정도는 알아듣는 내 독일어 실력을 알지만 방탄유리 상자 같은 취조실에는 조금 전 그와 나만 있었기 때문에 증거 불충분으로 지고 나와버렸다.

그 경찰은 벌떡 일어나 정중히 토마스에게 악수하고 나에게도 정중히 악수를 청했다. 나는 당해도 모질게 당했다. 토마스는 그의 정중함에 반신반의하며 "영희야, 너는 흥분을 잘하니까 좀 차분히 사리를 따져라"라고 내게 일렀다.

"저 뚱뚱한 독일인이 나를 보고 너라고 하며 코앞에 흰 소시지 같은 손가락을 흔들어댔어!"

나는 다시 엉엉 울었다. 그 유리 상자 속에서 일어난 일은 아무 증거 없이 허공에 구정물 끼얹은 것처럼 지나갔다. 나는 며칠이 지나도 분이 가시지 않아 자리를 깔고 누웠다. 겨우 자리에서 기어 나와 애들 밥만 해주고 화병으로 누워버렸다.

생각해 보니 그때 영주권 발급 도장이 찍힌 옛날 비자를 놔두고 새로 갱신한 비자를 들고 다녀서 의심을 받은 거였다. 새 비자에는 미처 영주권 도장이 찍히지 않았다. 새 한국 비자에 독일 남편 이름이 적혀 있는 것이 가짜같이 보였나 보다.

나는 계속 중얼거렸다. 히틀러와 유사한 사람은 어디나 있다고…….

토마스는 나에게 독일 시민권을 갖는 게 어떠냐고 제의해왔다. 결혼 5년 후에는 아무 탈 없이 받을 수 있는 것을 알고 그는 간청했다. 이런 더러운 일로 독일 국적을 따고 싶지 않았다. 나는 고개를 저었다.

그때 영화배우 폴카 프레히틀이 빨간 튤립을 한 아름 안고 왔다. 그는 〈장미의 이름〉이라는 영화에서 숀 코너리와 공연을 한 성격파 배우였다. 그는 나의 작품을 너무 좋아한다며 두 작품을 소장했다. 우리는 예술이라는 다리로 인연이 되어 왕래하며 친하게 지냈다. 그의 성격파 배우로서의 외모와는 달리 무척 조용하고 평화로운 마음씨를 가진 사람이었다. 그는 빨간 튤립을 유리병에 꽂아주고 그윽한 눈으로 나를 보고 있었다. 그 옆에서 명랑한 그의 부인은 계속 나를 웃겼다.

"왜 게으르게 누워 있어?"

그녀는 나를 웃겨보려고 애를 썼다. 그들이 토마스에게 들은 나의 화병을 위문하러 온 것이다.

"영희 씨, 우리 좋은 일에만 신경을 쓰자. 그런 사람은 잊도록 해."

폴카 프레히틀은 나를 타일렀다. 그 덕분에 나는 좋은 일을 하기로 결심했다. 그래서 여자의 일생을 그린 2시간짜리 무언극을, 폴카 프레히틀이 여장(女裝)을 하고 내가 감독해서 해프닝식의 연극을 했다.

우리는 맹연습에 들어갔다. 나는 밤에는 창호지로 옷을 만들고 낮에는 무대감독을 했다. 나는 그에게 걷는 것, 춤추는 것을 가르쳤는데, 중년이 넘는 그는 초등학생처럼 겸손히 듣고 그대로 했다. 나는 배우가 될 꿈을 꾸던 시절을 생각하고 무서운 원기를 되찾아 좋은 일, 즉 해프닝을 꾸몄다. 그는 그즈음 콩팥이 나빠서 배에서 물을 주사기로 빼내고 순환시키는 작업을 무대 뒤에서 하며 여자의 슬픈 일생을 춤추었다.

제목은 '무당'이라 붙였다. 나의 조각과 옷들은 전부 창호지로 해서 그들에게 신비감을 주었다. 렌바하 하우스라는 박물관에서 일주일 동안 공연을 했다. 연일 만원이었다. 그때 노래는 끼 있게 한 곡조 뽑는 미순 씨가 창을 맡았다. 그녀는 타고난 목소리를 가진 여자였다. 나는 그전에도 우울의 나락으로 기어들어갈 때는 막시밀리안 길거리에서도 맨발 벗고 해프닝을 했다.

내가 독일에 살면서 느끼는 것은 점점 내가 간단해진다는 것이었다. 하고 싶은 일만 생각하고 살 수 있었다. 미움은 뒤로 미루고, 어색한 것도 옆으로 미루고, 아이들 김치 만들어 먹이고, 해프닝 꾸미고, 전시회 하고……. 그것만 생각하기로 했다. "외국인 추방하자"고 길거리에서 누가 외쳐도 거들떠보지 않고 지나갈 수 있었다. 좋은 일만, 하고 싶은 일만 해도 시간이 모자랐다.

토마스가 드디어 학업을 끝내고 긴 머리를 잘랐다. 그리고 그는 감색 양복을 한 벌 사들고 들어왔다. 그의 첫 직장인 지멘스에 입고 갈 옷이었다. 그의 자유는 조금 줄어들어 넥타이를 매고 양복을 입는 인생으로 바뀌었다. 이제 그는 제복의 인생이 된 것이다.

갑작스런 짧은 머리에 양복차림이 보기에 어색해서 애들과 나는 킥킥 웃었다. 그는 전 세계에서 아픔을 느끼는 사람들을 위한 운동과 자연보호 운동을 했는데, 졸업 후 가족과 돈 버는 운동 때문에 그의 생생한 양심의 운동은 점차 줄어들어 갔다.

그는 회사에서 집으로 돌아오면 급히 넥타이부터 풀고 "휴 …" 하고 심호흡을 했다. 청년기의 자유가 속박되어 오는 넥타이의 목 조임을 느끼는 생활인이 되었다. 가령 음악회를 가게 되면 나는 낮에 입던 작업복을 벗어버리고 화려한 옷으로 갈아입고 나서면 그는 양복 대신 낡은 티셔츠를 입고 나섰다.

나는 어느새 그와 세대 차이를 느끼고 있었다. 내가 이제 40대 중반에서, 그것도 산전수전 다 겪은 마당에서, 이상 때문에 분노하고 정의로움을 외치던 지난 20~30대를 토마스에게서 돌이켜보려니 한심했다. 자식에게서 설익은 이상을 읽을 때는 그래도 어머니로서 이해를 하련만, 남편이라는 위치에서 점점 이질감을 느꼈다. 두 나라가 문화가 다르다는 것도 커다란 차이인데 거기다가 엄청난 세대적인 정신 차이까지 느끼고 있었다. 우리 부부의 균열을 나는 느끼고 있었다.

권태기가 온 것이 아닌가 하는 생각에 나는 쓸쓸해졌다. 그가 폭포수처럼 쏟아대던 사랑한다는 말도 점차 줄어들고 이제 경제적 위기가 좀 지났다고 큰 긴장이 줄어들고 있었다. 그 시기 토마스가 나에게 한

번 물은 적이 있다.

"요즈음 너는 나를 사랑하지 않는 것 같아."

"……."

그 시기에 나도 한번 물어본 적이 있었다.

"토마스, 내가 독일에 처음 왔을 때 너는 사랑한다는 말을 쉴 새 없이 했는데……."

"영희야, 나는 독일인이야. 한 번 말한 약속은 지켜. 사랑한다는 말을 그때 했으면 평생 가는 보증이야. 반복하면 뭘 해."

독일이 생소해서 잔뜩 움츠리고 있던 몸이 서서히 풀리고 경탄했던 독일문화가 서서히 색깔이 빠지고, 총각이 연상의 여인을 마누라로 삼았다는 이색적인 사랑도 보통이 되어버리고 있었다. 나는 고향의 향수병에다 권태의 나락으로 내리닫고 있었다.

토마스가 "내 윗도리 어디 있어?" 하고 물어도 "나 좀 생각하게 조용히 내버려 둬. 구질구질한 것 내게 묻지 말고." 이런 말로 대꾸를 심드렁하게 했다.

"영희야, 오늘 저녁은 무슨 음식을 하나?"

"아무거나."

"저녁 하기 싫으면 근사한 데 가서 저녁을 먹을까?"

"싫어."

나는 그와의 외출 때문에 오랫동안 안 감은 머리를 새삼스레 감아야 하고, 먼지 낀 구두를 닦아서 신고 나갈 일이 거추장스러웠다. 그리고 그가 떠드는 칵칵거리는 독일말을 들어야 한다는 게 귀찮기까지 했다. 나는 집에서 헝클어진 머리와 작업복을 입은 힘 빠진 중년으로 시간을 보내고 있었다. 토마스는 몇 달이 지나자 나의 권태기를 눈치 챈 모양이었다. 나의 권태기는 혼자서 온 게 아니고 둘이서 만들고 있었다. 그가 이제 회사에서 부딪치는 어려움이 집에까지 풍겨 생동감 있는 사랑의 노래를 부를 수 없는 탓도 있겠고, 내가 그의 과묵한 행동에 혼자 외로워한 탓도 있었다. 하여튼 애들이 상을 타와도 마음이 그저 그랬다.

봄이 화려한 날갯짓을 하고 뮌헨을 다시 찾아왔다.

5월이 되었다. 바바리아의 5월은 청명한 날이 계속 되는 걸로 유명한 시기다.

어느 무료한 오후, 전화가 울렸다. 토마스였다. 그는 진지한 목소리로 조용히 할 말이 있다며 회사 근방으로 나오라는 거였다.

나는 좀 미심쩍게 생각을 하며 구질구질한 티를 대강 털어내고 신기할 것 없는 전철을 타고 그를 만나러 갔다. 그는 나를 이끌어 다시 시내 중심가로 전철을 바꿔 탔다. 우리는 서로 말이 없이 뚜벅뚜벅 걸어 내가 처음 독일 와서 토마스와 맥주를 마셨던 음식점으로 들어갔다. 음식점 안은 아늑하고 촛불이 탁자마다 켜져 있었다. '예약'이라고 쓰인 푯말이 있는 탁자에 그가 앉았다.

"예약 됐다잖아" 하고 내가 참견하자, 그는 "내가 예약 했어"라고 대답했다.

우리는 오랜만에 촛불을 사이에 두고 마주 앉았다. 양상추를 씹으며 "영희야, 이거 봐" 하며 그가 팔뚝을 걷어 보여주었다. 그의 팔에는 이미 오들오들 닭살이 돋아 있었다. 나는 히히 웃었다. 그는 초록색 생야채를 먹으면 온몸에 서리가 서리는 듯 약한 알레르기 증세가 나타난다. 그는 내가 웃자 낮은 목소리로 속삭였다.

"영희, 오랜만에 웃는구나. 나는 너의 웃음을 보아서 좋아."

그러고도 계속 우리는 말없이 음식을 먹으며 간간이 붉은 포도주를 마셨다.

"영희야, 내가 오늘 너를 시내로 부른 건, 조용히 할 얘기가 있어서야."

"뭐?"

"내가 말할게 잘 귀 기울이고 들어봐."

"뭔데?"

나의 물음에 그는 또 침묵을 흘렸다.

"영희, 나는 내가 낳은 나의 아들이 필요해."

"……."

"봄누리도 크고, 이제 우리는 우리의 아기가 있어야 돼."

그때 내 나이 마흔다섯 살이었다.

나는 불가능하다고 고개를 저었다. 우리는 다시 시무룩하게 저녁식사를 계속했다.

훈풍이 5월의 밤을 헤치고 지나갔다. 벌써 시청 시계탑의 종은 깊은 밤을 알리고 있었다.

왜 그는 나에게 많은 것을 기대할까. 크나큰 모성과 같은 사랑과 그리고 많은 자녀를 둔 어머니로서의 의무와 그리고 아름다운 예술가로서의 열정. 젊은 그가 나에게 바라는 추상적인 사랑들이 무거운 무게로 나를 누르고 있었다.

젊다고 외치는 쓸쓸한 중년은 되고 싶지도 않았지만 또다시 젊음을 뒤집어쓰는 것도 싫었다. 나는 정신으로나 몸으로나 타향살이에 지쳤던 때였다.

"나는 한국 여자와 결혼했어. 너는 애 낳기 싫어하는 독일 여자야."

그는 침울한 목소리로 중얼거렸다.

냉전이 달포가량 지났다.

될수록 뒤돌아 눕고, 그가 목욕탕에 있으면 기다렸다 들어가고, 될수록 그와 부딪치는 게 부담스러웠다. 그는 삼십대의 혈기에 찬 안목으로 나를 보고 있었다. 그런데 30 다르고 40 다른데, 나는 벌써 50을 바라보는 나이였다. 그런데 또 아기를 강요하다니, 그것도 아들을.

나는 별 농사꾼 다 보겠다고 쓸쓸히 실망을 했다. 아들이나 딸이나 똑같이 생각하는 일반 독일사람들과 달리 지금도 독일 농부들은 그들의 큰 농장을 물려받을 아들을 원했다.

토마스는 도시에서 자란 평범한 청년이었다. 그러면서도 농부같이 욕심 많은 근원적인 자연의 동물기질을 가지고 있었다.

"그냥 나의 아들을 보고 싶어. 무슨 이유가 따로 있는 건 아냐. 원초적인 동물성이지."

그의 고백이었다.

"윤수, 장수는?"

"그 애들도 나의 아들이고, 아들은 여럿일수록 좋아."

"……"

나는 그 침묵의 냉전을 참아내지 못할 것 같았다. 이 가정에 균열이 생기는 걸 보았다. 악악 거리고 싸우던 아이들도 점차 조용해지고, 그들의 자잘한 요구도 없어졌다. 모두가 조용조용 움직이고 있었다.

활기찬 재즈 음악도 듣는 이가 없었다. 나의 전시회 개막식에도 토마스는 오지 않았다.

뮌헨의 초여름은 영국 공원과 이사르 강 근처부터 부풀어오르고 있었다. 그 초여름의 침묵 속에서 나는 납덩이처럼 무겁게 녹고 있었다. 갈 방향이 뚜렷하지 못했다. 나침반이 깨지고 이제 여름은 물밀 듯이 녹음 속으로 파고들고 있었다. 나는 침묵의 알 속에서 깨어나고 싶었다.

그런데 나는 문득 이상한 생각 하나가 떠올랐다. 나는 아기를 못 낳을지도 모른다는 생각이었다. 그것은 나의 죄가 아니다. 지금까지 가족계획으로 피임을 한 건 내 쪽이었다. 여자가 나이를 먹어 아이를 못 낳는다는 것은 내 죄가 아니므로, 나는 피임을 해제하고 그의 애기 낳을 계획에 동의했다. 나는 그때 월식 피임을 했다. 늙은 여자를 원망할 남자는 없으리라 새삼 생각했다.

의사는 임신을 선언했다. 토마스는 뛸 듯이 기뻐했다. 마흔다섯 살의 임신은 주위 사람을 불안하게 했다. 서른다섯만 되면 임신을 구체적으로 거부하는 독일사람은 대부분 나의 임신에 부정적인 태도였다.

"너는 달라. 너는 내 아내야. 남의 말 듣지 마."

토마스는 내가 불안해 하자 단호하게 말했다.

유전성 임신, 저능아, 신체부자유아가 꽤 많은 독일에는 이상 임신 연구가 활발했다. 마흔 넘은 여자의 임신은 일단 의심하고 들었다. 몇몇 사람과 의사도 진단을 해보고 임신중절을 권유했다.

늘 가족 같은 이웃, 프리들 아주머니는 나의 불안을 감지하고 마리아처럼 조용히 나를 쓰다듬었다.

"하나님이 주신 선물이니 하나님 뜻에 맡기세요. 당신 남편이 저렇게 기뻐하는 얼굴을 보면 백 퍼센트 건강한 아이를 낳을 겁니다."

믿어보려는 나의 노력과는 반대로 주위 전문의들은 태아 검사를 하자고 졸랐다. 나는 나의 담당의사에게 가서 태아 검사 없이 낳겠다고 말했다. 스페인계의 그 의사는 웃으며 말했다.

"당신의 믿음대로라면 틀림없이 건강한 아이를 낳을 것입니다."

의사는 농담 한 마디를 했다.

"만약 딸이라면 어쩌지요, 토마스 씨!"

프란츠는 나의 생일에 임박해서 태어났다. 농부 같은 성격의 토마스가 원하던 아들이었다. 그는 기뻐서 눈이 벌개지도록 울었다. 담당의사는 건강한 아이의 출생을 축하했다. 소아과 의사의 면밀한 검사가 있었다. 출생 시부터 작은 병, 큰 병을 가지고 태어난 신생아가 의외로 꽤 많다는데 우리 아기는 건강했다. 소아과 의사는 내 나이를 알고는 눈이 둥그레졌다. 토마스는 자신의 할아버지 이름을 따서 미리 아기의 이름을 지어놓았다. 전형적인 바바리아의 평범한 이름 '프란츠'였다.

봄누리 때 쓰던 분홍 처네를 다시 꺼내 프란츠를 업고 밥도 하고 빨래도 하고 동네 마실도 다녔다. 신혼처럼 신선한 애정이 그와 나 사이를 감쌌다.

사춘기 때에 떼를 많이 써서 우리를 우울하게 했던 윤수가 의젓하게 내 앞에 앉아 법적 입양에 대해 의논했다.

내가 토마스와 결혼할 무렵 조무래기 아이들을 법적 입양을 시키겠느냐고 시청에서 물어와서 나는 반대를 했다. 앞으로 아이들이 커서 어떤 생각과 어떤 결정을 할지 모르는데, 아무것도 모르는 애들을 덜컥 하이멜 가에 입양을 시키고 싶지 않았다. 독일 시어머니도 찾아와 아이들의 입양문제를 의논했다. 아이들은 열여섯이 넘은 나이였다. 그 나이면 독일에서는 어느 정도 독립된 인격으로 취급할 나이였다. 어떤 집은 완전한 성인으로 모든 독립을 허락하는 나이였다.

"호적상 아들이 되고 안 되는 것은 종이 위에 일어나는 글자놀음이니 별생각 말아. 너희를 낳아준 아버지도 있고 토마스는 너희를 키운 장본인이니 또한 정신적으로 아버지야."

그 아이들이 토마스 성을 따서 양자로 들어서겠다 해서 후회가 없도록 다시 한 번 물어보았다.

유진, 윤수는 조리 있게 나에게 설명했다. 토마스 앞으로 입적되고자 하는 것은 정신적으로 고마운 은혜도 있고, 또 정식으로 독일 시민권을 따서 독일 사회에 성인으로서 활약하고 싶다고 했다. 즉 장학금, 여행, 취직 문제 등 편리한 점을 들었다. 그들은 양면의 이점을 설명해서 부모의 동의를 원했다.

"유진, 윤수, 장수! 장수는 어리지만 유진, 윤수는 어른이야. 이 수속은 완전히 너희 힘으로 해. 우리가 안 쫓아다녀. 너희 의사를 존중하니 토마스가 들어오면 의사를 묻자."

우리는 공증변호사에게 가서 사인을 하고 아이들의 의사에 동의했다. 그리고 변호사 부메다 박사에게 그들 셋은 찾아가서 정식 입양재판 절차를 밟았다. 토마스 눈가에 눈물이 고이며 숙연해 했다. 아이들은 학교를 빠지고 재판소에 가서 판사 앞에서 입양선서를 하고 돌아왔다. 나는 그들에게 불고기와 상추쌈을 준비해놓고 있었다.

"엄마, 판사가 날 보고 뭐랬는 줄 알아? 순전히 동양 사람인데 독일말을 아주 잘한다고 그래, 히히."

토마스가 외출한 후 나는 애들에게 말했다.

"감상적인 줄 알지만 낳은 아빠도 인정해야 해."

"엄마, 우리 바보 아니야. 우리는 운명으로 두 아빠를 가진 것뿐이야. 그걸 인정하는 거야. 그리고 우리는 이제 독일에서 생활해야 되는 거야. 조금도 걱정하지 마. 판사도 그랬어. 우리 셋이 똑똑하다고."

그들은 내 품에서 사탕 달라고 조르던 아이들이 아니었다. 어른이었다. 이론이 정확하고 그들의 의사가 분명했다. 그들은 포도주 색 빨간 독일 시민권을 받아들였다. 그리고 그들은 자유로운 여행을 했다. 프랑스, 폴란드, 이탈리아 등으로.

그러던 중 바로 옆집 바바라 아줌마가 이사를 갔다. 그는 자신이 설계한 정원이 있는 집을 짓는 게 꿈이었는데, 이제 집이 완성돼 이사를 가게 된 것이다. 착하고 성실한 그 부부는 아기를 갖는 게 소원이었는데 해를 넘기고 이제 마흔을 바라보고 있었다.

그녀의 집은 늘 깨끗했고 정리정돈이 잘 됐으며 언제나 탁자 위에 꽃이 싱싱하게 피곤했다. 반대로 우리 집은 늘 지저분하고 아이들의 소음으로 가득 찼다. 정작 그녀의 임신 소식은 없는데 내가 임신을 하게 되자 그녀는 축하를 하면서도 우울해 했다.

"영희, 우리는 임신이 극히 불가능하대. 그래서 사실은 5년 전부터 입양신청을 했는데 차례가 안 와. 입양도 안 될 것 같아."

그녀는 쓸쓸히 말하면서 까다로운 입양조건 때문에 그의 소원인 아기를 갖지 못하게 됐다고 했다.

입양이 가능한 우선 순위는 우선 정신질환이 없고, 경제력이 넉넉하며, 음주를 많이 안 하는, 말하자면 윤택하고 모범적인 가정으로 돌아갔다. 그런데 아기 없는 가정만 입양 신청을 하는 게 아니라 아기를 많이 둔 어머니가 신청하는 예가 더 많다. 곧 입양의 기회는 자녀를 많이 둔, 즉 아이를 키운 경험이 있는 모성적인 여자에게 돌아가는 경우가 많은 것이다. 그래서 새삼 주위 사람들을 보면 자녀 넷에 또 입양아를 받아들여 정성껏 양육했다. 내가 아는 집에서 한국 여자 아이가 공주처럼 싱싱하게 자라는 예를 꽤 보았다. 대식구에게 입양 기회가 많이 주어지는 것이다.

바바라는 중얼거렸다.

"나는 술도 안 마시고 건강하고 아기를 꼭 원하는 여잔데, 이젠 기회를 놓쳤어."

나는 그녀를 위로했다.

"나의 아이 다섯도 너의 아이라 생각해. 세상을 넓게 보아요."

그녀는 우리 애들과 어지러운 상에서 같이 저녁도 먹고 애들과 놀며 야단도 치고 진짜 엄마 노릇을 했다. 그녀는 윤수의 피아노를 즐겨 들어 윤수의 음악회에는 제일 앞자리에 앉곤 했다. 그런데 그녀가 셋집에서 자기네 단독주택을 지어서 이사를 갔다. 그녀는 일주일이 멀다하고 우리 아이를 보러 왔다.

그녀가 떠나고 담벼락이 바로 붙은 바바라 아줌마 집에 새 사람이 이사를 왔다.

그들은 오던 날부터 우리가 8년여의 세월을 보낸 그 동네 미텐발트가에 전쟁이 시작되었다. 더 간단히 말하면 우리 집 식구 중에서 윤수가 치는 피아노가 발단이 되었다.

새로 이사 온 사람은 공교롭게도 토마스와 같은 지멘스에 다니는 물리학 전공 박사로 부인은 중국계 일본 여자였다. 그는 이사를 오자마자 박사라고 크게 쓴 금박 문패를 붙이고 꼬챙이를 들고 나와 현관 시멘트 바닥의 때를 후벼냈다.

그 일본사람 행세를 하는 중국계 여자는 사람들만 만나면 한국인은 더럽고 게으른 민족이라고 강의를 하다시피 했고 "하이" "하이" 하면서 깍듯이 고개를 숙여 인사를 했기 때문에 그런 인사를 받아보지 못한 독일인들 가운데에는 감동하는 사람도 더러 있었다.

우리들은 이제 자유가 없어졌다. 계속 '더러운 한국인'이라고 선전해대는 통에도 그렇지만 윤수가 피아노를 치면 경찰을 불러댔다. 그녀는 노트에 윤수가 피아노를 치는 시각을 낱낱이 깨알같이 적어 경찰에 제출했다. 피아노는 물리적인 소음 공해라고 하면서 우리의 자유를 조여 왔다.

우리는 그 동네에서 8년여를 완전한 자유 속에 살았다. 아이가 다섯이라 해도 떠들고 싶을 만큼 떠들고 살았다. 천주교 신자들로 구성된 이웃들은 아이들은 신의 창조물이라 생각했는지 그 사랑의 깊이가 존경스러울 정도였다.

그녀는 일본인의 뭔가를 보여주려는지 청결을 표방하고 나서서 탈탈 털고 쓸며 난리를 떨었다. 그들의 일본말 소리가 징그러워졌다. 그녀는 우리에게 될수록 고개를 돌리고 다녔다. 나는 한심하고 우울했다. 경찰은 연일 현관문에 서 있었다. 그리고 주변으로 소문이 나기 시작했다. 윤수가 그 키르헤 박사 집 현관 층계에다 오줌을 쌌다는.

우리는 이럭저럭 유명한 집이 되었다. 별 관계없이 인사만 하고 지내던 먼 이웃들도 차츰 우리를 멀리 했다. 그 독일 박사와 일본 여자는 예의 바른 몸짓으로 선물을 싸들고 우리와 먼 거리의 집만 골라 방문해서는 한국 민족이 얼마나 더럽고 거짓말을 잘 하는 나라인가를 주입시켰다. 나는 그 어린 일본 여자도 나와 같이 얼굴 넓적한 동양인 처지이니 싸워봐야 거기가 거기지 하고 넘겨버렸다.

독일 경찰은 자주 문 앞에 서 있었다. 그것은 우리들의 자존심을 송두리째 건드리는 것이었다. 평화로운 날, 햇빛 찬란한 날, 모차르트를 듣고 있노라면 소음공해로 신고가 들어왔다고 제복의 경찰이 초인종을 눌렀다. 독일 경찰은 크건 작건 신고를 받으면 재빨리 출동하는 게 보통이다. 치안이 유럽 어느 국가보다 철저한 것은 그 이유에서이다.

"이웃 사랑하기를 내 몸과 같이 하라"는 성경 구절을 그대로 어릴 때부터 교육받고 실천해온 선량한 우리 이웃들은 경찰이 자주 그 동네를 드나드는 걸 슬퍼했다. 이 동네가 생기고 주변에 경찰이 오는 건 처음이라고 수군거렸다.

"윤수는 독일 법에 맞게 피아노를 치니 상관 말라"고 경찰에게 말했다. 옆집의 새 이웃은 "법으로는 쳐도 된다지만 음이 커서 위법이다"라고 맞서고 있었다. "얼마나 크냐"고 윤수가 물으면 "건강에 해로울 정도로 위험수위의 음이다"라고 대답한다. 그러면 윤수는 "우리는 건강한데 너희는 건강하지 않으니 너의 정신 상태를 진단해 보라"라고 응수했다. 이런 식으로 그들은 가끔 윤수와 실랑이를 벌였다.

정오 12시부터 2시까지는 조용히 해야 한다는 그레벤젤의 시 규칙이 있었다. 나는 규칙이 있는지 없는지도 모르고 독일에서 살았다. 중국계 일본 여자는 더러운 한국 여자의 버릇을 고치려고 단단히 벼르고 있었다.

봄누리의 생일잔치를 벌였는데 반 아이들이 놀다가 피아노를 만졌다. 그런데 그 일본 여자는 초인종을 누르고 와서 정오의 소음규제를 모르느냐고 똑똑히 외치고 갔다.

이제 우리의 자유는 구속당하고 인간이 갖는 자존심도 잃은 채 우리의 이상과 긍지는 매일 작은 일에 눌려 퇴색되어 갔다. 동화를 꿈꾼다는 것은 이제 우리에게 옛날이야기가 되었다. 우리는 도량 넓은 척 그 이웃을 동정도 했다. 그리고 꾸준히 기다렸다. 그들의 극성도 잠잠해질 날이 있으리라고.

그러나 그것은 나의 잘못된 판단이었다. 이제 그들은 피아노 소리만 울리면 그들의 벽을 망치로 쳐서 건물 전체가 울리게 했다. 그들과 한쪽 벽이 서로 붙은 우리는 심각한 소음을 들어야 했다. 피아노를 칠 수 없을 정도의 정서불안이 오고 있었다. 그 이웃은 우리의 정서불안을 유도해서 이사 가길 바랐다. 윤수는 심한 정신적 갈등을 겪고 있었다. 피아노는 그의 친구이고 그의 이상의 날개였다.

윤수가 새로운 곡을 연습할라치면 그는 망치로 쇠계단을 두드려 피아노의 박자를 혼돈시켰다. 그 망치 소리는 머리가 띵 할 정도였다. 그 옆집 마음 좋은 롤하르트 씨는 그 박사를 찾아가 간곡히 평화협상을 요청했다. 한국 가족이 이 동네에 이사 와서 평화롭게 지내고 아이들도 행복하게 지냈는데, 이제 이웃 간에 평화가 없으니 잘 지내면 어떻겠느냐고. 그는 부드럽고 조리 있게 말했다. 그리고 당신이 보복으로 두드리는 쇠망치 소리는 김씨 가족에게만 들리는 줄 알지만 다른 이웃집에도 심하게 들리니 그 소음을 그쳐달라고 말했다. 그리고 롤하르트 씨는 덧붙였다. 우리도 조용히 책을 읽고 싶다고.

며칠 소음이 뜸한 틈에 윤수는 모차르트를 연습하고 봄누리는 그때 경연대회 준비로 지하실에서 피아노를 치고 있었다. 며칠 후 그들은 새로운 소음공해를 창안해서 우리를 괴롭혔다. 칼로 쇠를 긁는 소리가 "찌ㅡ익 찌ㅡ익" 하고 들려왔다. 둔탁한 쇠망치 소리보다 더욱 신경을 긁는 그 소리는 우리들의 정신을 혼란스럽게 했다. 나는 그 소리에 견디다 못해 아이를 안고 방 밖으로 뛰쳐나와야만 했다. 그 소음에 시달려 아이들은 울고 미칠 것 같다고 방에서 뛰쳐나오곤 했다. 지하실부터 응접실까지 방 여섯 개에 전부 그 괴기스런 쇳소리가 골고루 났다. 나는 그가 소음공해 박사라는 게 경이로웠다.

슬펐다. 그 시기를 이러한 말로밖에 표현할 길이 없었다. 그렇다고 맞내고 경찰을 서로 불러대는 일은 내 마지막 자존심이 허락하질 않았다. 생각 있는 사람이라면 뻑하면 경찰을 불러 그것도 이웃으로 보내지는 않을 것이다. 법이 모든 국민을 평등하게 보호하건만 법을 이용하는 소시민들의 근성은 다른 어느 나라보다 심했다. 툭하면 고소고, 뻑 하면 경찰을 불러댄다. 저질 인간들도 인권을 말할 수 있으며 법 안에 보호받을 자격이 있다. 그들은 보호라는 말을 쓰지만 사실은 법을 이용하는 것이었다.

다시 롤하르트 아저씨가 평화 중개를 시작했다. 그 독일 박사와 일본말 하는 여자는 그에게 따졌다.

"저 한국인이 무식하게 내는 소음 도수가 넘는 피아노 소리는 안 막고 왜 우리 집만 조용해야 되느냐"는 것이었다.

롤하르트 씨의 바람은 서로 싸우지 않고 이해하고 말로 타협하는 것이었으나 그 평화협상은 번번이 실패했다. 쇠 긁는 소리가 다른 집까지 들린다고 하자 그들 부부는 더 좋은 방법을 생각해 냈다. 중앙난방용 스팀 상자를 따르륵 하고 긁으면 묘한 소리가 나서 미세하게 신경을 건드렸다.

"따르륵…… 똑 똑 따르륵……똑."

그 신경 건드리는 소리를 계속 반복했다. 그들은 사람 미치게 하는 소음이 어떤 것인지 아는 것도 많았다. 경찰을 불러 정신적으로 위축시켜 놓고 그들은 계속 그런 소음으로 우리를 미치게 만들었다. 그는 박사라고 찍힌 명함을 들고 시의원회에 가서 각종 거짓말로 한국 식구들이 저질스런 생활을 한다고 했다. 말하자면 신고를 한 것이다. 가시같이 마른 일본 여자는 자기의 몸을 증거로 삼았다. 즉 한국사람들이 치는 시끄러운 피아노 소리와 더러운 생활 방식 때문에 그렇게 말랐다고 주장한 것이다.

그로부터 우리는 계속해서 중간 중간 경찰의 수색을 받아야 했다. 아이들이 전축을 틀어도 귀를 벽에 대고 있는지 용하게 알고 신고를 해서 경찰이 왔다. 그리고 그들은 소음공해, 즉 소음 테러를 조사한다고 침대 밑까지 조사하고 돌아갔다. 이제 남은 자존심마저 잃어버리자 아이들은 분해서 펑펑 울었다. 테러리스트나 도둑놈들한테 하는 짓을 경찰이 우리에게 했다고 아이들은 더욱 분노했다.

경찰 말로는 옆집 박사가 무서운 소음 공포에 시달린다고 고소장을 제출해서 조사를 하는데, 그들은 특별한 소음을 내는 기계가 침대 밑 같은 데 들어 있을 거라고 주장했다는 것이다. 만인을 위한 법이 고약한 정신병자의 고발로 선량한 시민의 자유를 침해할 수도 있는 것이 독일이었다. 법치국가, 민주국가인 독일에서.

아이들은 이제 독일에서 살아갈 의욕을 잃었다. 나는 변호사 부메다 박사에게 찾아가 펑펑 울어버렸다. 신성불가침의 개인 집이 아무 죄 없이 이렇게 수색당해도 되느냐고 호소했다.

부메다 박사는 뮌헨 중심가에 아름다운 사무실을 가지고 있는 성공한 변호사였다. 그는 특히 광적인 미술품 애호가로 많은 작품을 수집해 소장하고 있었다. 내 인형에 대한 애착은 엄청나서 다른 유화 등 서양 조각품을 치우고 내 인형을 그의 사무실에 진열해 놓을 정도였다.

부메다 씨가 어느 날 저녁에 우리 집에서 기다리고 있다가 옆집에서 하는 병적인 짓을 직접 확인했다. 그리고 여느 때와 같이 그들이 부른 경찰이 우리 집에 들어오자 증거를 확보하고는 그 경찰들을 고소한 것이다. 수색영장 없이는 시민의 집에 발을 한 치라도 들여놓으면 안 되는 것인데 경찰이 그동안 지나치게 행동했던 것이다. 그 후로는 옆집의 신고가 있어도 경찰은 초인종을 누르고 사실만 이야기하고는 돌아갔다.

옆집 박사의 소음 테러, 경찰을 불러 우리에게 공포감을 주는 짓을 한 지도 몇 달째가 되었다. 우리는 생의 위기에 처했다. 토마스와 나는 부지런히 다른 집을 찾아다녔다. 아이 다섯 딸린 대식구에게 세를 줄 집은 아무 데도 없었다. 세가 비싼 큰 집이라 해도 그 집을 더럽힐까 봐 아이가 둘 이상 있는 가족에게는 세를 안 주는 것이 그들이 통례다. 가령 개가 다섯 마리 있다면 그들은 괜찮다고 한다. 셋집을 얻을 때 아이들은 개보다 못한 취급을 받게 된다. 셋집이 보편화된 독일이지만 아이가 많은 것도 죄가 되어 집 얻기는 하늘의 별따기였다. 낮에 복덕방을 찾아다니며 셋집을 알아보다 집에 오면 아이들은 울고 있었다. 옆집 부부가 소음 테러를 중간 중간 해대고 또 경찰을 불렀던 것이다.

우리들은 절벽 끝까지 온 느낌이었다. 아이들의 학교가 뮌헨에 있고 문화의 도시라고 좋아하는 아이들이므로 우리는 먼 낯선 곳으로 갈 수는 없었다. 또 나는 새 삶에 공포를 느꼈다. 자유로운 삶을 보장할 터는 우리에게 없었다. 아이들의 재잘댐과 음악과 나의 큰 화폭을 펼칠 곳이 없었다. 밤이면 나는 흐느꼈다. 토마스는 내 등을 쓰다듬는 것밖에 그에게도 별다른 좋은 수가 없었다. 새로 이사 온 이웃은 오자마자 잔인하게 동양 예술가 여자를 쫓아내고 일본 여자가 이렇다 하는 것을 보여주고 싶어했던 것이다. 그 눈치를 채고 "일본이 한국을 재침략했다"고 수군거렸다.

그들에게는 엔노라는 다섯 살 된 아들이 있었는데 그 아이가 내게 "밤이면 엄마와 아빠가 나를 데려다 때리고 낮이면 엄마는 북을 두드리고 아빠는 쇠망치로 계단을 두드려요. 그러면 더러운 한국사람이 이사를 할 거라고요"라고 말했다.

그 아들 엔노는 정원 울타리 사이로 고개를 내밀고 우리에게 꽃도 갖다주곤 했다. 그리고 그는 우리 아이들과 놀고 싶어했다.

어느 날 그 아이가 "김 아줌마, 우리 아버지는 오늘 또 망치로 쇠계단을 두드렸다. 그래서 동생이 잠에서 깨. 엄마는 또 북 두드리고"라고 자랑스러운 듯이 말하자 우리 식구는 웃었다.

"엔노!" 하며 그 애의 어머니인 일본 여자가 고함을 지르고는 엔노를 끌고 가더니 열흘 이상 방에다 감금시켰다. 그녀는 일본사람 특유의 인사를 꼬박꼬박 독일사람들에게 하고는 모기 소리만 한 음성으로 그들에게 접근했다.

"저 연극 좀 봐."

나의 이웃은 굳어진 얼굴로 똑똑한 일본인을 냉담한 표정으로 쳐다
봤다.

그들은 자기 아들을 구타하고 감금한 것이 신고되어 청소년문제연
구소 사람이 그 집을 드나들었다. 밤 12시만 되면 엔노는 비명을 질렀
다. 그들이 때리는 소리가 들리고 아침에는 엔노 얼굴에 멍이 들어 있
었다. 청소년문제연구소 직원이 몇몇 이웃집과 우리 집에 와서 엔노에
관한 것을 물었다. 그리고는 무슨 불상사가 일어나면 신고하라고 말했
다. 독일에서 일어나는 어린이 학대는 하류층이나 무식한 부모에게서
만 일어나는 것이 아니고 많이 배운 박사의 가정에서도 자주 일어난다
고 했다. 정신과 의사, 저명인사, 과학자들의 집에서도.

너는 그들의 정신질환에 무서운 전율을 느꼈다. 하루빨리 이 무서운
옆집을 멀리하고 싶었다. 그러나 새로운 셋집은 나타나지 않았다. 결
국 내 집을 사야 되는 것이었다. 많은 독일 젊은이들은 집에다 큰 자본
을 처박고 정원이나 가꾸고 사는 것은 늙은이나 하는 것이라고 생각한
다. 토마스도 예외는 아니었다. 셋집에 사는 것이 독일의 보통 생활방
식이었다. 이제 우리에게는 피아노 두 대, 작은 화실, 적어도 침실 네
개, 밥 짓는 부엌, 목욕탕 그리고 응접실이라는 것도 필요했다. 그처럼
크고 넓은 집을 세 주는 이는 드물어 우리는 절망했다.

대식구를 자랑스럽게 생각했던 토마스와 나는 뮌헨 근방의 소외된
인간들이 사는 지역으로 들어가고 있다는 것을 발견했다. 독일에서 아
이들이 많다는 것은 부자들의 영광이거나, 아니면 가족계획을 잘못해
누추한 서민층 이하의 가난한 생활을 의미하는 것이었다. 중류계급들
이 사는 마을에서 중류로 살던 우리는 일본 여자와 독일사람으로 구성

된 침략군에 의해 누추한 서민으로 몰락하게 된 것이었다.

우리들은 집 찾기에 결사적으로 매달렸다. 각종 신문광고, 친구들의 소개 등을 통해. 그것은 우리들의 자유를 찾는 길이었다.

어느 날 우리 앞으로 뮌헨법원에서 출두명령서가 날아왔다. 안면방해가 죄목이었다. 돈 없는 서민이 고소를 당하면 이곳 독일에서도 생활에 큰 혼선이 온다. 변호사 비용이 만만치 않았다. 우리들도 보험은 들었지만 판결이 우리에게 불리하게 나면 우리가 재판비용을 전부 물어야 하는데 그것이 꽤 큰돈인 것이다.

나는 평소 재판이라는 것이 무슨 엄청난 이유가 있어야 하는 것인 줄 알았다. 가령 남의 돈을 떼어먹었든지, 아니면 누구를 때렸다든지 해야 고소를 당하는 줄 아는, 법률에는 초보적인 내가 슬프도록 처량했다. 뮌헨 중앙재판소에 들어서며 나는, 참 서민 잡는 죄목도 많다고 독일 법들을 원망했다.

"영희야, 법을 원망할 게 아니라 정신질환이 있는 자들과 이웃하고 사는 재수 없는 운명을 원망해야 해."

그는 나를 이해시키려 했다.

독일어도 제대로 못 배운 내가 이제 법률용어를 알아야 했고 또 판사 앞에서 그것들을 들어야 했다. 정말 나는 눈뜬 귀머거리였다. 토마스는 한 번 재판에 얼굴을 내밀고는 바쁜 회사일 때문에 그 다음 재판부터는 대리로 내가 나서야 했다.

재판장 스테른 씨는 훤한 이마를 간간이 찡그리며 옆집 박사의 진술을 들었다.

"지금 당신은 무슨 일을 하고 있습니까? 동화를 얘기하는 겁니까,

아니면 사실을 말하는 겁니까?"

판사는 준엄하게 그의 횡설수설을 막았다.

그의 횡설수설 중에는 한국인 식구가 내는 피아노 소음으로 그의 갓 난아기가 구토를 했으며 부인은 위장병에 걸렸고 자신도 정신집중이 안 된다는 내용도 있었다.

그는 재판장 앞에서 아기같이 졸라대고 고자질했다. 그리고 우리들의 죄를 더 자세히 알아달라고 일기장을 내놓았다. 대강 다음과 같은 내용이었다.

> 아침 9시 10분 레코드 틂
>
> 11시 11분 피아노 침(10분간)
>
> 12시 3분 부엌 쪽에서 소리가 남
>
> 오후 1시 2분 라디오 틂
>
> 2시 18분 부부싸움인 듯한 짓을 했음
>
> 4시 13분 피아노 침
>
> 5시 10분 토마스가 집에 와서 행패를 부림

그들은 매일 아침 7시부터 밤중까지 쓴 이런 자질구레한 기록을 재 판장 앞에 내밀었다. 거짓말이 물론 반 이상이었다. 그래서 재판장은 내게 물었다. 어느 날은 아침 10시에 피아노를 친 것으로 되어 있는데 누가 쳤느냐는 질문을 했다.

"칠 사람이 없다. 애들은 전부 학교에 있는 시간이다"라고 말한 다 음 나는 피아노를 못 친다고 진술했다. 그러자 재판장은 그 일기는 사실이라고 인정할 수 없고 또 오전은 피아노를 칠 수 있는 시간이라고 말했다. 그것은 재판이 아니라 한국사람인 내가 보기에는 애들 장난 같은 싸움이었다. 너무 유치하고 한심해 재판 중에 창 너머 법원 뜰을 내다봤다. 그런데 이러한 유치한 행위는 독일 서민들이 사는 곳곳에서 자주 발견할 수 있었다. 준법정신에 투철한 게 아니라 법에 병이 들어 시간 쓰며 돈 들이며 재판을 즐기는 사람이 꽤 있다.

가령 재판의 이유 중에 "옆집 고양이가 우리 울타리를 넘어 들어왔다. 금지시켜 달라", "옆집 닭이 울어 새벽잠을 방해한다", "옆집 아파트에서 밤 12시에 목욕하니 중지시켜 달라", "옆집 나무 그늘이 우리 집까지 드리워지니 바짝 잘라달라", "옆집 정원에 놓인 조각물들이 눈에 거슬리니 치워달라" 등등 사소한 문제들도 그들은 다들 법에 의존해 재판을 하곤 한다. 그래서 《슈피겔》이란 잡지는 그런 유치한 재판 내용을 모아 기사를 쓴 적도 있다.

우리들의 재판은 단번에 끝나지 않고 봄부터 늦은 가을까지 끌었다. 나는 아이를 이웃에 맡기고 재판 날짜가 되면 전철을 타고 재판소로 가곤 했다.

가슴 밑으로 써늘한 강물이 흘렀다. 이곳에 사는 삶이 도무지 삶이 아닌 것 같았다. 돼지들이 사는 곳도 이곳보다는 평화롭고 아름다울 것 같았다.

우리는 녹초가 되었다. 베를린의 심장병 전문의 쇤스테트 박사가 내 고민을 알고 자기 집에 와서 쉬었다 가라고 제안을 했다. 온 식구가 짐을 싸서 베를린으로 떠났다. 윤수는 휴가철이라 옆집도 휴가를 떠날지 모른다는 기대를 하며 집에 남고 싶어 했다. 그 여름 내내 마음껏 피아노를 치고 싶었던 것이다.

쉰스테트 박사는 세 개 층을 전부 터서 하나로 만든 큰 아파트를 가지고 있었다. 세계적인 지휘자 카라얀의 심장병 주치의이기도 한 그는 세계적인 마술사이기도 했다. 물론 그는 의사가 주업으로 프랑스 사람처럼 생긴 멋쟁이였다. 그의 부인 미셸은 아름다운 여자로 마술 쇼의 동료이자 고등학교 불어 선생이었다. 그는 한국에서 독일문화원이 후원한 공연으로 인연을 맺어 알게 된 사람이었다.

회색과 흰색으로만 꾸몄고 천장이 높은 아름다운 그의 아파트에는 큰 집에 비해 아이들이 없었다. 우리는 한 층씩 차지하고 쾌적하게 여름휴가를 보냈다. 밤이면 연극이나 음악회에 가고 불고기를 구워 친구들을 불러 파티를 했다.

오랜만에 재판이나 작품 등을 떠나 아주 다른 생활에 즐거웠다. 쉰스테트의 친구인 유태계 작가가 마련한 파티에 나는 한국음식을 요리해 뽐을 내기도 했다. 밤 12시가 되자 쉰스테트는 붉은 보자기를 펼쳐 마술을 하고 꽃불을 터뜨려 생일을 축하했다.

우리들이 오랜만에 보는 그의 마술에 흥분해 있을 무렵 전화벨이 따르릉 울렸다. 나는 토마스에게 속삭였다.

"윤수 전화일 거야."

아니나 다를까, 윤수의 슬픈 목소리가 들려왔다. 경찰이 윤수를 데려간다는 것이었다. 체포나 다름없는 것이었다. 그래서 윤수는 경찰에게 정중히 말했다고 한다.

"나는 미성년자이고, 또 잘못이 없으니 아빠에게 전화로 물어보고 경찰에 동행할지 여부를 알리겠다"고.

그날 밤 윤수가 말하는 자초지종은 대강 다음과 같다.

그 해는 뮌헨이나 어디나 가뭄이 계속되었다. 내가 베를린에서 파티 준비로 불고기를 재고 있는데 윤수가 전화를 했다. 나는 윤수에게 창가의 꽃과 잔디밭에 물을 주라고 당부를 했다. 윤수는 저녁을 먹고 내가 시킨 대로 꽃에 물을 주는데, 옆집에서 손전등을 들고 나와, "저 더러운 한국사람을 보라!"고 소리를 질렀다. 그리고는 수면을 방해하는 한국사람을 찍는다고 카메라 플래시를 터뜨리고 놀러온 그들 친척까지 합세해 난리를 떨었다. 한바탕 소동이 있은 후에 윤수는 깜빡 잠이 들었는데 경찰이 와서 초인종을 눌렀다.

"옆집에서 신고가 들어왔는데 안면방해를 계속해서 윤수를 경찰서로 데려 가겠다"는 것이었다.

독일이라는 법치국가에서 믿기지 않는 얘기들이었다. 즐겁던 파티는 윤수의 전화로 침울해졌다. 토마스의 지시대로 윤수는 곧장 앞집 프리들 아줌마에게 가서 하룻밤 재워줄 것을 부탁했다. 밤 12시가 좀 넘은 시각이었다.

나치 밑에서 학대를 당하던 소녀 시절을 글로 쓴 그 책으로 유명해진 문필가 잉데 도이치크론 씨가 그날 윤수의 소식을 듣고 말했다.

"경찰이 문 앞에 서 있으면 보통 사람들은 작은 공포를 느낀다. 나치 때는 거리나 가정이나 온통 공포 분위기였다."

그래서 우리 옆집 박사는 결국 공포를 주기 위해 어린애에게 경찰을 수시로 보낸 것이었다. 신고의 자유와 의무가 있는 나라이므로 신고에 따라 즉시 출동하는 게 독일 경찰이다. 그 작가는 예루살렘으로 돌아가지 않고 베를린에서 평생을 보냈는데, 그녀는 그때 유태 소녀인 자신을 먹여주고 숨겨준 은혜로운 독일사람을 못 잊어서란다.

2차 대전이 끝나고 그녀는 큰 허상을 보았다. 목숨을 걸고 고기를 준 정육점 여인, 부잣집 마나님의 방을 제공해 숨겨준 이들, 버스에서 치마로 감싸 경찰을 피하게 했던 이름 모를 뚱보 아줌마들…… 정작 그들은 입을 다물고 엉뚱한 이들이 나서서 큰일을 한 것처럼 날뛰는 세상이 된 것이었다.

그 이튿날 우리는 궐석 재판으로 법정에서 우리 변호사와 옆집 박사가 참석을 했다. 옆집 박사의 중국계 일본인 부인은 계속 윤수의 비행을 들먹였다.

나는 이제 비극적인 일들에 지쳐 있었다. 좁쌀 같은 성격까지는 이 독일에서 많이 보아온 터였다. 꼼꼼하고 정확해서 거짓말을 못하는 국민들이다. 좋게 보면 순진한 사람들이다. 꼼꼼한 그들의 성격을 뒤집어보면 상상도 못할 정도로 큰 규모의 계획도 볼 수 있다. 나는 그들의 국민성을 이성적으로는 긍정하는 편이었다. 그런데 소시민적 근성에 코를 박고 사는 많은 사람들은 중요하지 않은 일에 안경을 끼고 죽어라고 들여다본다. 골치 아프다.

재판이 끝날 무렵 우리는 우리의 보금자리를 살 계획을 세우기 시작했다. 재판 결과는 킴 하이멜 식구가 아침 8시부터 저녁 8시까지 피아노를 칠 수 있다고 났다. 이 소식을 들은 이웃은 축하를 해주었다. 옆집은 승산도 없이 엄청난 변호사 비용을 버린 셈이었다.

그날 밤, 부메다 박사와 변호사는 나를 저녁식사에 초대하여 말했다.

"영희, 당신이 독일에서 살기 어렵고 괴롭겠다."

그는 내 인형을 여럿 소장하고 있었는데 그 해 가을 큼직한 것들로 또 여러 점을 구입했다. 그가 내 작품을 구입한 뜻은 이제 그 돈으로 집을 살 준비를 하는 게 어떠냐는 뜻인 것 같아 가슴이 뭉클했다.

베를린 마술사에게서도 돈이 송금되어 왔다. 내가 만든 물고기 조각을 두 점 사서 그의 병원에 걸어놓겠다고 했다. 의사 짐머만도 새로 지은 병원에 둘 생각으로 꽤 큰 작품을 구입했다. 꽤 많은 돈이 손에 쥐어지고 있었다. 내게 이제 소시민적인 전쟁에서 벗어날 용기가 생겼다. 미국의 미술 수집가가 1983년부터 수시로 초기작품(인형가족 시리즈)을 모두 사고 싶다고 연락해왔는데 그때마다 토마스는 거절했다. 예술가가 자기 작품에 투자하지 않으면 남는 것이 없다고 늘 말했다. 편하게 살 목적으로 작품을 대량 판매하는 것은 예술가로서 자살행위나 다름없다고 했다.

"영희, 네 초기 작품을 간직하는 게 예술가로서, 사업가로서, 어머니로서 투자다."

그는 간곡히 말했다. 옛날 초기의 작품은 우리 다섯 아이에게 상속하고 싶어하는 눈치였다.

미국의 소장가 앤더슨 씨가 몇 차례 더 편지를 보내와서 마음이 흔들렸다. 그러더니 영국의 인형 소장가와 박물관에서 몽땅 사고 싶다는 편지가 왔다. 집을 살 밑천이 되는 돈을 제시했다.

우리는 치욕적인 1년을 보내고 난 뒤라 모두 지쳐 있었다. 재판이 끝난 뒤에도 끔찍한 쇠 두드리는 소리는 여전히 들려오고 있었고…….

나는 나의 인형이 아까웠다. 공간화랑에서 자존심 있게 방을 붙였던 '비매품인 작품들', 그리고 몽땅 쾰른의 황 아무개 박사에게 빼앗겼던 나의 '인형 가족'들. 추억과 정이 서린 나의 작품들을 이제 생의 위기에서 팔아넘겨야 했다. 아이들과 피아노를 칠 수 있는 자유와 나의 작품을 맞바꿔야 했다.

나는 독일 생활 10여 년 동안 작품을 팔아 생계도 꾸리고 중류층 이상의 생활을 유지한 자존심 있는 예술가였다고 생각했다. 이런 정신이 무너지고 나의 작품이 남의 손에, 그것도 사진으로도 못 본 미국인에게 넘어간다는 게 가슴 아팠다. 그러나 우리에게는 넓은 집이 필요했다. 뮌헨 근교의 집값은 갑자기 날개를 달고 하늘로 치솟아서 내가 가진 적은 돈으로는 어림도 없었다. 토마스는 밤잠을 못 잤다.

나는 그의 부드러운 머리를 쓰다듬으며 나직이 속삭였다.

"팔자!"

나의 결심에 토마스는 눈시울을 적셨다. 그러더니 새벽녘까지 베개가 다 젖도록 눈물을 흘렸다. 독일인의 특성이었다. 정을 주면 떼어버리기 힘든 성격. 그는 나의 인형들을 지극히 사랑했다.

먼동이 트고 우리는 그것들을 팔기로 결심했다.

"팔더라도 누구한테 팔까?"

작품이 떠나도 간간이 소식이나 들을 수 있는 곳에 파는 게 좋을 것 같았다.

지금도 그렇지만 나는 오랫동안 사람을 많이 만나는 걸 피해왔다. 어머니, 세 끼 밥을 해야 하는 주부, 그리고 예술가라는 직업을 함께 가진 탓에 전혀 시간이 없었기 때문이다.

전시회 개막식에는 많은 사람을 만나게 되지만 그 뒤 나의 일상사는 극히 단조로웠다. 아침 기상, 아이들 옷과 가방을 챙기고, 양말 건네주고, 점심 준비하고, 시장 가고, 아기 보고, 나머지 시간에 그림을 그려야 하는데 늘 내 개인 시간이 부족했다. 외출만 잠깐 해도 아이들은 구정물 독에 빠진 것처럼 엉망이었다.

나는 어머니로서의 의무가 소홀해서 가슴이 아픈 터라 일절 나의 예술작품을 위해서 외에는 시간을 내지 않기로 작정했다. 사람을 만나고 서로 얘기를 하고, 마음을 주게 되면 정신적으로 혹은 시간상으로 더 많은 나의 생활을 잘라내어야 했다. 가령 며칠 동안 손님이 우리 집에 머물면 내가 손님 시중을 신경 쓰는 동안 아이들은 층계에서 떨어져 이가 부러지고, 꽉 찬 전시계획에 큰 차질을 가져오게 되는 것이다.

내게도 때가 왔는지 미술품 소장가들에게서 의뢰가 와서 신작도 넘기고 본격적인 나의 아틀리에가 딸린 집을 찾으러 다녔다. 내가 록펠러 같다면야 문제가 다르겠지만 정해진 돈으로 좀 어렵더라도 뮌헨으로 출퇴근할 수 있는 지역에 집을 구하려니 전혀 없다시피 했다. 집 짓는 허가가 까다로운 바바리아, 특히 뮌헨 지방에서 집을 구한다는 게 무슨 전쟁을 하는 것 같았다. 나는 신문광고를 샅샅이 뒤졌다.

아이들이 큰소리로 떠들고 노래해도 주의를 줄 이웃이 멀찍이 있는 곳, 간섭 받지 않는 자유의 집을 찾았다.

어느 토요일, 신문광고를 보고 늦잠 자는 토마스를 깨웠다. 신문에 큰 농가를 처분한다는 광고가 났다. 뮌헨이나 아우구스부르크, 란스베르크라는 도시에 가까운 위치에 있는 펜징이란 곳으로 그 마을은 1200년대의 전형적인 농가 마을로 원형이 그대로 남아 있었다. 이제는 중소 도시의 생활권으로 들어가 농가는 10여 호뿐이고, 도시 생업에 종사하는 주로 뮌헨으로 출퇴근하는 샐러리맨들이 더 많은 곳이었다.

나는 "저 집은 내 꺼다!"라고 외쳤다.

다섯 아이와 두 어른이 잠잘 수 있는 바바리아 지방의 전형적인 특색을 담은 농가를 샀다. 200년 전 부농답게 지은 통통하고 긴 집이었다. 외양간에는 소 냄새가 아직도 나고 있었고 건초더미가 마구간 옆에 높이 쌓여 있었다. 그 마구간 천정의 높이가 10여 미터나 되는 것이 마음에 들었다. 농가 주인은 2년 전 남편이 죽어 대농가를 혼자 관리할 수도 없고 딸 넷은 전부 출가해서 할 수 없이 파는 거라고 했다. 그녀는 대대로 전통적으로 농업을 이어왔던 이 집이 그의 자손이 아닌 다른 사람에게 넘어간다는 것을 쓸쓸해 했다. 현관 앞에 어우러진 빨간 장미는 봉오리를 맺고 있었다.

우리는 화창한 5월 어느 날 농가를 대강 치우고 이사 준비를 했다.

나의 독일 생활 10여 년을 보냈던 그레벤젤 동네. 우리 이웃들은 짐을 싸주고, 날라주고, 점심을 만들어오고……. 그들답게 일을 분할해서 이사를 거들었다.

그들은 눈물을 글썽이며 아이들의 머리를 쓰다듬었다. 삐약거리는 병아리같이 고물고물한 한국 아이 셋이 그들에게 보여준 재롱. 우리 아이들을 악착같이 공부시켜 고등학교에 입학시켜 놓은 장본인들.

딸을 시집보내는 듯, 그들도 울었다. 얼마 멀지 않은 곳에 이사를 간다지만 그들은 아쉬워했다. 롤하르트 아저씨, 프리들 아줌마, 한슬 마이어 아줌마 들이 한 이웃의 잘못으로 당신들을 잃어버려 마음이 아프다고 눈시울을 적셨다.

이제 윤수의 좋은 피아노 연주도 못 듣는다고 또 울적해 했다.

뮌헨에 올 땐 짐 보따리가 얼마 안 됐는데 이삿짐은 엄청난 양으로 불어났다. 그림, 조각들, 장난감, 냄비 등…….

봄누리 친구인 마리안네는 그 후 이런 말을 했다.

"엄마는 밤새도록 울고, 아침 커피 마시면서도 울었어."

그 아주머니는 봄누리가 갓난아이였을 때 기저귀도 갈아주면서 돌봐줘서 내가 전시회를 준비하는 데 도움을 주었던 사람이었다.

다들 조용조용 말없이 한 예술가를 키운 분들이었다. 마음에 색깔을 가진 사람들이 모여 사는 그 동네를 떠났다.

나의 살던 고향은 꽃 피는 산골

저쪽 끝에는 드물게 보는 푸른 하늘에 나풀나풀 까만 머리칼을 날리며 한국의 어린아이들이 놀고 있었다. 토마스는 내 이마를 만져주며 외로우냐고 물었다. 그럴까? 그 외로움이 봄날의 내 생각과 풍경을 뒤범벅시키고 있는 걸까? 뮌헨에 정착한 뒤로 바늘로 찌르는 듯한 심한 외로움을 느꼈다. 나의 외로움은 심하게 줄다리기를 하여 이국 생활을 힘들게 했다.

_외갓집 가는 날

《조선일보》 창간 70주년 기념행사의 일환으로 내 개인전을 계획하여 초대한다고 알려왔다.

토마스가 고국 가는 비행기 표를 내 앞에 내밀자 오히려 덜컥 겁이 났다. 10년의 세월을 돌이켜보니 고향에 갈 자격이 있는지가 의심스러웠다.

"젊은 양놈한테 미쳐서 애들 밥도 안 해주고 해싸면 내 죽은 귀신이라도 독일로 날아가 니를 잡아묵을 끼다."

내가 서울을 떠나올 때 공항 한구석에서 들은 어머니의 마지막 독기 서린 작별 인사였다. 아이 셋을 끌고 미친 것같이 타국으로 떠나는 딸을 보고 어머니는 따뜻한 정의 눈물을 흘리는 대신, 나의 가슴에 독일 생활의 신조를 말뚝처럼 박아준 것이었다.

그 옆의 오라비는 또 뭐라 했던가. 내가 쉬이 다시 와 껍죽대고 전시회나 열까 봐 손까지 흔들며 미리 막았다.

"우리나라도 예술가가 많으니 너까지 수고할 필요 없다. 대가도 못된 주제에 외국에서 서너 번 전시하고 부풀려 선전해 고국 사람 속일 것 없어. 속을 사람두 없구⋯⋯."

그랬다. 애들 밥이나 잘 해주었는지. 진실한 예술가였는지.

그 두 주제가 고국 가기 전 나의 두근거리는 감동에 찬물을 끼얹었다.

나는 어머니의 마지막 작별의 말을 한 번도 머리에서 떠나보내질 않았다. 그래서 맛이 있든 없든 집에 꼭 붙어 있으면서 애들 삼시 세 끼 밥을 해주었다. 그 일은 세상 모든 어머니들이 다 하는 당연한 일이지만 나는 더욱 신경을 써 열심히 했다. 그럼으로써 나의 도덕성이 회복될 줄 알고서⋯⋯.

또 한 가지 그 예술이란 길은 참으로 오리무중이었다. 팝아트나 포스트모더니즘이 횡행하던 시절이라 내가 오래 걸려 만든 작은 작품을 그들은 건성으로 보아 넘기려 했다. 나의 작업은 애들 삼시 밥을 해주는 것처럼 반복되었다. 종이로 조각을 하고 조각을 그림처럼 보이게 하는 나의 모던한 작품을 눈, 코, 입 달린 것 만든다고 평을 소홀히 할 적에도 나는 궁둥이에 힘을 주고 좌식 생활에서 나오는 나의 작품을 쏟아냈다. 연줄 없이 좋은 평도 많이 받았다.

《프랑크푸르트 알게마이네》,《슈트 도이치 자이퉁》,《베를린 타게스 자이퉁》,《디벨트》,《쾰른 룬트 샤우》 등의 주요 신문뿐 아니라 각 지방 신문에서도 좋은 평을 받았다. 그 평이 실린 기사를 스크랩해놓은 것이 한 아름이 넘었다.

그런데 성의 없고 정신이 안 들어간 작품들이 유행의 기류를 타고 출세하는 주변을 보고 '혹시 나도?' 하고 바람이 나려 할 때 나는 뒤돌아 앉아 공을 들였다.

굴속에 우주를 끌어들이는 스님의 흉내라도 내고 싶었다. 그 길밖에 없었다.

"삼시 세 끼 밥", "삼시 세 끼 밥", "삼시 세 끼 밥", "삼시 세 끼 인형 작품"을 염불처럼 뇌며 되새김질을 했다. 그러다 팔리는 작가 축에 들게 되어 생활도 하며 나는 어머니로서 작가로서 뿌리를 내리기 시작했다. 작가가 뿌리를 내린다는 것은 외부에서 내려주는 것이 아니라 작가 자신 내부에서 스스로 내리는 것이다. 어디다 내놓아도 허세가 아닌 자기 자신이 "됐다!" 하는 말로 스스로를 인정하는 데 있는 것이었다. 스스로 인정한다는 것은 남이 인정해 주는 것보다 더 어렵고 망설여지는 것이다. 자기 자신을 통째로 알므로 거기에는 어떤 핑계나 요령도 용납이 안 되기 때문에.

전 세계 미술 시장이 거꾸로 흐르든 똑바로 흐르든 그 소용돌이 속에서 작은 소리라도 낼 수 있는 개성을 높이 쳐들어야 했다. 나는 어머니로서 작가로서의 양심이 우리 아이 다섯에게만은 그대로 살아 있게 하고 싶었다. 아이들의 판단은 바깥 어느 큰 평론가의 그 어떤 평보다 그리고 출세보다 더 무서운 나의 지침돌이 되었다.

"똑똑한 아이들은 판단이 정확하고 하는 일에 무리가 없으니까 어머니 인생을 정확히 볼 거야. 어머니의 인생이 자랑스러우면 아이들은 입맞춤을 보낼 것이고."

토마스의 말이었다.

그랬다. 나의 똑똑한 아이들은 초롱초롱한 열 개의 눈으로 가장 잘 아는 여자 김영희의 속을 매일 꿰뚫어보고 있는 것이었다. 남편보다 더 예리하고 정확한 입장에서 어머니를 보는 것이었다.

남편은 돌아누우면 남이기도 하고 맞대고 누우면 몸을 섞고 또한 재물과 정신까지 섞을 수 있는 제일가는 친구이지만, 평자의 위치에 서기란 힘든 법이다.

결국 나의 미술평론가는 유진, 윤수, 장수이며, 요즈음은 봄누리까지 가세했다.

"엄마, 좀 유치해. 엄마는 어떻게 생각해?"

유진이의 평이 떨어지면 나는 한 사나흘 그 작품을 이리 돌리고 저리 돌리며 생각하고 정리한다.

"애들아, 엄마 작품은 도대체 요즘 어떤 아류에 들어가니?"

"엄마는 그런 생각 조금도 하지 마. 유행 따르는 작가는 생명이 5년 내지 10년이면 끝나. 10년 전에 유명하던 작가의 작품 가격이 십분의 일로 떨어진 것을 봐. 독일 엔지니어들이 지키는 도덕성을 예술가들도 가져야 돼. 그것을 구식 논리라 하지만 이제 시대가 바뀌었어요."

독일의 도덕이라는 것은 성(性)을 중심으로 운위되는 도덕이 아니다. 성도덕은 어디까지나 개인 문제로 법적으로도 자유다. 그런데 보통 엔지니어들의 내력을 보면 그들은 발명하는 기계 하나하나마다 도덕성을 집어넣는 것이다. 기계 하나를 만들 때 엔지니어는 자신의 상식과 마음과 머리를 총동원해서 만드는 고유의 독특한 도덕심이 있는 것이다. 그들의 그러한 도덕은 일반화된 상식이었다.

꼭 엔지니어링 같은 기술에만 도덕이 있는 것이 아니라 순수예술 쪽에도 '뿌리 있는 정신세계'가 이제는 오히려 신사조로 밀려오고 있었다. 그것은 1990년대 초반부터였다. 영화나 미술이나 심지어 실내장식에서도 포스트모더니즘이나 팝이나 네오팝이 지나가고 있었다.

나는 유럽의 예술이라는 강가에 앉아 홀로 얼마나 외로웠던가. 별의별 주의나 평론이 얼마나 나를 혼동 시켰던가. 그 10년 동안 유행했던 아류의 배는 서서히 흘러가버리고 새로운 바람, 누구나 봐도 편안한, 신선한 재료로 구성된 예술의 바람이 불어오고 있었다. 공교롭게도 나의 예술과 닮은 향기를 지니고 불어오는 바람이었다.

내가 외로워할 때 피아노를 전공하는 윤수가 큰 힘이 되어주었다. '사심 없는 평과 사랑', 그 애가 그걸 주었다.

윤수는 이렇게 말하곤 했다. 피아노 치는 걸 쉽게 생각하고 일등을 하곤 했을 때는 우쭐대는 마음으로 피아노에 열중하지 못했다고. 사람들은 속일 수 있어도 자기 자신은 못 속인다고. '피아니스트가 사흘 안 치면 자신이 알고, 일주일 안 치면 관중이 안다'는 말을 실감하게 된다고. 열일곱 살 윤수의 예술과 자신에 대한 성실한 모습은 늘 내게 자극이 되었다. 생떼를 쓰던 윤수가 어느새 어른이 된 것이다.

신문 인터뷰를 할 때면 작가가 된 동기와 고뇌를 얘기해 보라 하는데, 나는 동기는 얘기할 수 있지만 예술의 고뇌나 철학에 대해서는 할 말이 없다. 나는 고뇌하려고 예술 하는 것은 아니다. 나는 고뇌를 일상생활에서 너무나 많이 겪은 여자다.

'기면 기고, 아니면 아니지' 하는 나의 말투, 그것은 나의 철학이다. '기면 기고', 그것이 진짜이면 설명서를 더 첨부할 필요가 있겠는가. 봐서 좋다고 느끼면 되었다. 내 작품이 관중에게 간사하게 떠오르지 않고 심연으로 보고 깊이 생각하게 했으면 성공이다. 보는 사람의 자유가 작가의 말이나 평론에 의해 혹시 가시철망을 두르지나 말았으면 하는 것만 나의 바람이다.

'정든 님 보면 옷고름 입에 대고 방긋 웃는다' 라는 민요 한 구절이 내 작품의 제목이다. '작품도 날고, 관중도 날고, 우리는 다 날고 싶다, 말없이 날고 싶다.' 이것이 나의 염원이다.

그리고 창작 작업을 하게 된 동기를 꼭 말하라 하면 토마스와 어떻게 사랑했느냐는 질문에 대답하듯이 그대로 말할 수 있다.

내 어린 시절은 앞에서 길게 말했듯이 아버지의 병의 수난기만 보아왔다. 돌아가신다, 가신다 하던 아버지가 어느 날 집으로 돌아왔다. 폐결핵이 차도를 보인 탓이었다. 그때 아버지는 살살 집안일을 하셨는데, 가을 문갈이를 하느라 정성을 기울였다. 여름비가 내리쳐 나무 문살에 퍼진 얼룩진 창호지를 뜯어내고 새 문종이를 문에 붙일 때 나는 아버지의 하얀 마음을 보았다. 갑자기 방 안으로 하얀 아버지의 마음이 가득 퍼졌다.

"영희야, 국화잎 몇 잎만 따오렴."

아버지의 명령에 향기 나는 국화잎을 따다 바치면 아버지는 사방 고르게 디자인을 해서 붙였다. 중국 대륙을 겁 없이 달렸던 사업가. 중국어, 일어가 능숙하고 영어도 이해해서 사업의 기반이 됐다는, 말 잘하는 아버지. 그는 이제 섬약한 흰 손길로 국화잎을 고르고 계셨다.

그 손길 위로 하얀 가을 햇살에 걸려 떨어지던 나무 그림자. 지금도 그렇듯이 하얀 공간만 보면 나는 그리고 싶다. 만들고 싶다. 그래서 그때 나는 수북이 쌓인 문창호지들을 조몰락거려 인형도 만들고 강아지도 만들고 쥐도 만들었다. 폐결핵 끝에 선 아버지의 조용하던 말씨 그리고 뭐든지 조용해야만 되는 그때의 분위기. 그래서 나는 그리고 만드는 데에만 골몰했다.

그래서 지금까지 왔다. 그리고 그것은 어느덧 내 생활의 일부가 되었다. 그 생활의 일부를 독일로 시집가면서 뗄 수 없어 데리고 갔다. 그리고 그곳에서도 계속 만들었다. 물론 만들면서 생각이야 없었겠냐만 그때그때 상황에 따라 김영희의 전체를 반영한 건 사실이다. 슬프면 울며 만들었고, 기쁘면 기쁘게 만들었고, 돈이 없을 때는 어떡하나 하며 한숨을 넣어 만들었다. 예술이 내 몸을 떠나서 고상한 이념 속에서 만들어진다는 것은 나는 천금을 줘도 받아들일 수 없다. 우선 내가 위로받아야 되므로. 그래서 나의 일은 위대한 것이 아니다. 남을 위해 정치를 한 것도 아니고 자선사업을 한 것도 아니므로. 그것은 내 인생의 일부인 것이다. 사람마다 입맛이 다르듯 나는 다른 내 입맛을 가졌을 뿐이다. 어쩌다 고국에서 공급받던 한지가 떨어지기라도 하면 돈 떨어진 것보다 더 불안했다. 아이들은 뒤에서 농담을 했다.

"엄마는 종이 중독증에 걸렸어."

그 말은 진짜 나의 단면이었다. 나는 그동안 독일에서 개인전만 70회를 넘게 하고 해프닝도 하고 연극도 했다. 그래도 성에 차지 않고 갈증은 더해갔다. 그런데 이제 곧 쉰을 앞에 둔 나이에 무서운 힘이 솟아오르고 있었다. "시작이다" 하는.

그 10년 세월은 나를 시험하던 시기였다. 노모의 생신이나 아버님의 제삿상 옆에나 얼씬거리는 친정 나부랭이로는 방문하고 싶지 않았다. 향수에 지친 여자가 확실한 것 없이 비행기나 타고 왔다 갔다 하다가 여기도 아니고 저기도 아니게 설자리 없는 여자가 될까 봐 나는 무서웠다. 나는 유치하지만 손바닥에 분명히 무엇이 쥐어져야 고국에 가기로 결심했다. 예술과 사랑을 동시에 뚜렷이 손바닥 위에 놓고 볼 수 있어야 했다. 예술 그리고 남편과의 사랑, 아이들과의 사랑 고향에의 사랑. 자신이 조금 생겼을 때였다. 비행기를 탔다.

조국을 떠날 때 엄마 치맛자락을 꼭 붙들고 어리둥절해 하며 따라오던 유진이는 다 큰 처녀가 되어 칠흑 같은 머리를 틀어 올리고 의젓이 공항으로 따라나섰다. 봄누리와 젖먹이 프란츠를 품에 안고 고국으로 가는 한국 아내를 떠나보내는 토마스의 눈은 감회의 눈물로 축축해져 있었다. 그는 손을 흔들었다. 그리고 외쳤다. 한 달 후에 서울에 가겠다고.

뮌헨 공항에서 그와 울며 헤어졌던 10년 전의 '러브스토리'는 현실로 무르익어 이제 남편의 위치에서 손을 흔드는 저 남자. 나는 문득 그가 아름답다고 생각했다. 꿈을 현실로 만져보는 사람이므로. 그리고 그에게 고마워했다.

기내에서 유진이는 내게 속삭였다.

"엄마, 한국에 도착하면 제일 먼저 오징어 사줘, 그리고 김밥도."

"아, 나도 오징어 줘."

가끔 오징어 맛을 본 봄누리도 먹는 타령을 했다.

가슴이 뻐근해오자 젖이 불어 뚝뚝 떨어졌다. 아기 프란츠는 가슴을 파고들며 젖을 빨았다. 고국을 향한 감동으로 불은 젖을 빨고 있었다.

조국은 인간의 젖줄이었다. 이제 그 '조국'이란 말이 2차 대전 후 반성을 거듭한 독일 국민에게는 좀 구식인 단어이지만 나에게는 그 말이 가슴에 꼭 와 닿았다. 조국의 향기가 없는 사람은 얼마나 마른 사람일까?

나는 연신 비행기의 벽을 손으로 밀었다. 서울에 얼른 도착하고 싶어서였다. 먼 날을 떨어져 살던 이방인으로서의 긴장감과 뚝심이 허물어지자 나는 점점 초조해지기 시작했다. 그리고 그 아스라한 꿈속의 고향을 실제로 눈으로 보고 만질 수 있다는 것에 흥분했다.

김포공항에서 짐을 챙기며 창밖을 내다보았다. 바깥은 삼복이었다. 10여 년 동안 한 번도 몸담아보지 않았던 찌는 더위였다. 뮌헨의 선선한 날씨 때문에 입고 왔던 털스웨터가 그 더위에 푹 절어들었다. 나는 그 더위에도 오싹 전율을 느끼며 닭살처럼 온몸에 두드러기가 일었다. 그랬다. 잊었던 여름날이었다. 긴 긴 여름 더위를 고국에 비단필처럼 쌓아두고 나는 바바리아의 선선한 초가을 날씨를 여름이라 하니까 여름인가 보다 하며 지냈다.

시내로 들어와 온돌방이 있는 호텔에 짐을 풀었다. 여독을 풀고 자시고 할 것도 없이 우리는 숙소에 들자마자 오징어를 한 축이나 사다 놓고 질경질경 씹어댔다. 유진이도, 나도 봄누리도 씹었다. 프란츠도 오징어 다리를 쭉쭉 빨아댔다. 고국에서의 첫 밤은 기갈 난 식구들의 오징어 씹기로 시작되었다. 고국에는 있을 게 다 있었다.

남대문시장에는 여전히 흥정하는 상인들과 손님들로 그득했고, 좌판을 깔고 앉아 과일을 파는 아줌마들의 기름진 얼굴에서 나는 푸득푸득 고향을 확인했다. 근사한 빌딩 앞을 지나가는 고물장수 모습에서도, 만원버스에서도, 그리고 쾅쾅거리는 데모대에서도, 조무래기들이 몰려 있는 골목에서도 나는 조국을 확인했다. 그것은 가슴에 작은 충격과 심각한 감동의 확인이었다.

"어머나! 저거 봐!"

나는 이 말을 연발했다. 이상한 일이었다. 그 거리에 존재하는 모든 사람들, 즉 어린이나 할머니나 신사나 아주머니, 그리고 청년들까지도 모두가 한국말을 하고 있었다. 그냥 귀에 쏙쏙 들어오는 언어들이었다. 문법이고 뭐고 고려해 볼 필요 없이 그냥 공기처럼 의식 없이 흩어지는 단어들이었다. 나는 나의 총명해진 귀를 의심하다가 그 좋은 말이 한국어임을 확인했다.

모두가 같은 얼굴을 하고 같은 말을 쓰는 편안한 나라에 내가 온 것이었다. 그 편한 나라가 바로 한국이었다. 나는 오징어 한 마리나 참외 하나 살 때도 될수록 말을 많이 했다. 괜히 여러 가지를 물었다. 그러면 그들은 내가 10여 년간 외로운 이방인 생활을 한 줄을 전혀 눈치 채지 못하고 말 많은 것을 타박했다.

"수박 하나 겨우 사면서 나 참 아줌마같이 말 많은 여자 첨 봤수. 비싸긴 왜 비싸! 비가 봇물 터지듯 한꺼번에 와서 밭을 싹 쓸었으니 그렇지. 테레비도 안 봤나벼. 나둬, 안 사도 되어. 요새 만 원이 돈인 줄 알어."

그녀에게 핀잔을 들어도 즐겁기만 했다. 10여 년 전 만 원 하나를 헐면 이것저것 사서 푸짐하게 손님 대접을 할 수 있었던 기억이 새로웠다. 만 원! 그 큰돈을 선뜻 내고 수박 하나 들고 일어서니 비로소 내가 먼 나라에 갔다 온 인간임이 실감 났다.

그러면서도 나는 10년의 세월을 건너뛰어 한국에서 어색하지 않게 착 들러붙어 살 수 있는 나의 기질과 술술 나오는 말과 행동에 만족했다. 나는 끼어들 수 있는 인간이었다. 결국 기름처럼 뜨지 않는 나의 존재를 새삼 허벅지를 꼬집어가며 확인하고 거리에 있는 모든 사람에게 감사했다.

바바리아 땅에서는 까만 머리 넓적한 얼굴이 어딜 가나 눈에 띄었다. 눈에 띈다는 것은 외로운 일이었다. 그런데 서울 그 천지, 복잡하고, 덥고, 어쩌구 저쩌구 하는 모든 허물이 있다고 해도 나는 그곳에서 눈에 띄지 않고 슬슬 지나갈 수 있었다. 외롭지가 않았다. 눈에 보이는 대로 말하면 단어들마다 다 잘 맞아떨어졌다.

서울에 가기 위해 뮌헨 공항으로 떠나는 차 안에서 나는 프란츠에게 젖을 물리며 멍하니 서울로 가는 현실을 음미하였다. 이런 저런 생각을 하다가 무심코 고개를 돌려 창밖을 보니 머리가 노란 사람이 지나가고 있었다. 그런데 눈에 띄는 미국사람은 한 둘이 아니었다.

"왜 오늘은 미국사람이 이렇게 많지?"

나는 의아해 하다 운전하는 사람도 미국사람임에 화들짝 놀랐다.

토마스였다.

아직도 내가 뮌헨에 있음을 확인하며 피식 웃었다. 그렇게 이방인으로 낯선 곳에서 살고 있음을 확인하는 쓸쓸한 순간이 우리나라에서는 없어서 좋았다.

박 회장님의 시골농장으로 숙소를 옮겨 짐을 풀고 작품 정리를 했다. 여름의 덥고 더운 날이 계속 되고 정원 가운데 깊숙한 연못에는 잠자리가 많이도 모여들었다. 된장잠자리, 고추잠자리, 왕잠자리, 그리고 말잠자리. 그것들은 내 어릴 적 꿈의 응어리를 몰고 한꺼번에 모여들었다.

"엄마 이곳은 꼭 이탈리아 같애. 기온 하며 새 울음소리들 하며……."

유진이는 긴 머리를 빗으며 내게 말했다. 나는 작품이 끝나면 밤마다 별을 보며 유진이와 둘이서 노래를 불렀다. 지치도록 불러 젖혔다.

"나의 살던 고향은 꽃피는 산골……."

"새야 새야 파랑새야……."

"푸른 하늘 은하수 하얀 쪽배에……."

유진이도 알고 나도 알고, 다 아는 노래만 계속 불렀다. 그러자 봄누리도 따라 불렀다. 프란츠는 그냥 깍깍댔다.

후끈후끈한 열기로 등줄기까지 찌릿찌릿해오고 폭염 속에 들풀들은 쉬쉬하며 자고 있었다. 장엄한 고국의 열기였다. 여름날 떠났던 형경 오빠의 녹음 속에 지쳐 돌아왔던 내 첫사랑의 여름이 홀끗 스쳐 지나갔다.

가끔 삼송리 시장에 걸어 나가 커피도 사고 수박 참외도 사고 순대도 샀다. 유진이는 삼송리 시장 바닥에 널려 있는 티셔츠가 참 싸다며 두 장을 샀다.

프란츠는 그때 수두 마마가 시작되어 신열에 시달렸으며 매운 음식에 고개를 저었다. 계속 병원에 다녀야 했다. 소아과에 앉아 있는 아기들 틈에 프란츠는 거의 눈에 띄지 않게 한국 아이의 모습을 하고 있었다. 어떠냐고 의사가 잠깐 물었는데도 나는 큰소리로 똑똑히 병의 원인을 말할 수 있었다. 그러면 의사는 넌지시 핀잔을 주곤 했다.

"아주머니, 제 귀청이 온전하니 그렇게 큰 소리로 말하지 않아도 됩니다. 그리고 내가 척 보면 다 아니 그렇게 아이 병에 이래라 저래라 아시는 척하지 마세요."

나는 가는 곳마다 핀잔을 들어도 흐뭇했다. 핀잔을 주는 의미까지도 백 퍼센트 이해했으니까. 독일 의사들은 척보면 안다 하지 않고 언제부터 열이 났느냐, 언제부터 묽게 똥을 쌌느냐 등등 그 원인들을 꼬치꼬치 물어 그렇잖아도 독일어 실력이 모자라는 나를 당황하게 하고 끙끙대게 했다. 나는 나의 유창한 한국어 해독에 만족했다. 나는 서슴없이 이해하고 말하는 자신이 얼마나 자랑스러운지 몰랐다. 프란츠가 수두 마마하는 것을 보고 시장 아주머니들은 한마디씩 했다.

"요새 마마하는 애기 츰 봤어!"

"개명한 세상에 저 물집 낀 아이 봐."

독일에서는 아주 급하고 위험한 병 아니면 면역성이 생기게, 앓을 것은 앓아야 된다며 될수록 의사는 내버려뒀다. 약을 자주 먹는 것은 안 좋다고 약을 잘 안 지어주고 주사를 맞는 것도 나쁘다고 안 놔주고 과일즙 같은 약한 물약만 주곤 했다.

삼송리 농장 댁에서는 맵고 짭짤한 푸성귀 반찬을 푸짐하게 상에 올렸다. 독일 지식층에서 유행하는 식물성 식단을 드디어 고국에서 만끽하였다.

밤이면 농장 댁 안방에서 들려오는 텔레비전 소리가 귓전에 울려 슬그머니 기어나가 툇마루 끝에서 넘겨다보면 배꼽 잡고 웃을 일이 한두 가지가 아니었다. 오랜만에 허리가 부러지고 숨이 막혀오는 웃음을 터뜨리곤 했다. 텔레비전에는 젊은 희극배우가 표정도 몸짓도 점잖게 입만 놀렸는데 그 말들이 어찌나 점잖은 표정과 어울리지 않는지 유진이도 나를 따라 옆에서 킥킥대고 웃었다.

나는 독일에서 표정 안 쓰고 몸짓 안 하는 카바레 희극배우의 공연을 본 것이 생각나 잠시 우울했다. 그 공연을 보러 온 공연장 안의 모든 사람들이 목젖까지 드러내고 웃고들 있었는데 나 혼자 심각했다. 표정과 몸짓이 없으니 말을 못 알아듣는 나는 심각한 희극배우의 표정에 따라 나도 심각할 수밖에.

"아이구… 아이구……."

배를 잡으며 나는 매일 밤 웃었다. 보통 연속극을 보면서도 히히거리고 웃었다. 너무 재미있어서였다. 같이 웃을 수 있다는 것이 기뻤다.

찌는 더위가 고개를 숙였다. 좀 상큼한 새벽 공기가 문틈으로 스며들었다. 그 날은 비가 살살 뿌려 농장 방에서 쭈그리고 마지막 작품을 손질하는데 사료를 날라 오는 상인 내외가 처량한 듯 나의 작품을 보더니 "아주머니! 그렇게 맨들어 하루 을마 벌어요. 그런 것 누가 사기나 하나요. 그런 물건 도매로 떼가는 사람도 있어요?"

그는 이것저것 여러 가지 물었다. 그 대신 나는 삼송리 터줏대감이라는 그 상인에게 세상 물정을 여러 가지 물었다. 그는 20년 전에 삼송리 땅을 헐값에 샀는데 이제는 엄청나게 땅값이 뛰어 잘살게 됐다고 했다. 그것도 그의 가게 터가 요지에 널쩍하게 자리 잡고 있어 걱정 안 해도 되고 지금이라도 당장 팔면 큰 부자가 되는 듯이 이야기를 했다.

"한 평에 얼마나 되나요?"

"꽤 되지요."

그러기에 나는 값을 많이 올려 "20만 원요?" 하고 물었다.

"예끼 아줌마 왜 이러슈. 이북서 내려오신 분은 아닌 것 같고 시골서 살다 오신가본데 그래도 그렇지 세상 물정을 그렇게도 몰라요. 한 이십 배 곱해 보슈."

그가 갑자기 나에게 흥미 없다는 듯 흥흥거리더니 주인 없는 마당에 사료를 놓고 떠났다. 그는 봉고차에 오르면서 흘금흘금 보는 눈치가 나를 의심하는 것 같았다.

'신고나 들어오면?'

날이 갈수록 변한 조국을 실감해도 그 실감은 가슴에까지 닿지 않았다. 나는 그래도 마냥 좋았다.

조국! 조국! 해가며 작품 손질을 하는데 토마스가 농장으로 나를 찾아왔다. 내 작품에 방해될까 봐 나를 공항에 나오지 말라고 하고 곧장 나 있는 곳으로 왔다. 농장 주변의 숲을 걸으며 그는 감회가 어린 듯 나를 바라보았다.

"행복해?"

그는 한국어로 물었다.

"응."

"널 이곳에서 보니까 정말 행복한 여자 같아. 너는 한국이 필요해."

그는 중얼거리며 깊은 포옹을 해주었다.

토마스는 매일같이 맨발로 삼송리 주변을 산책하고 그곳 사람들과 동동주를 마시고 술에 취해 들어왔다. 그는 우리를 사랑했다. 아내도 한국 아이인 유진, 윤수, 장수도 그리고 처가 나라의 말뚝까지도. 그것은 그가 사랑하는 사람들이 태어난 곳이므로 당연할지도 몰랐다. 그런데 왜 나는 토마스 나라를 아직도 낯설어 할까?

"왜 농약을 저렇게 많이 칠까?"

"왜 저렇게 쓰레기를 소홀히 할까?"

"왜 공업용 기름이 개천에 뜰까?"

"왜 서울 교통은 어지러울까?"

아이들은 독일 뮌헨의 자에 맞추어 우리나라 도시를 재고 심각하게 한국을 걱정했다. 그러나 그 걱정하는 소리도 나는 귀에 들리지 않았다. 그저 조국 땅에 와있는 것만으로 족했다.

초가을이 성큼 다가온 것 같았다. 자는 토마스에게 솜이불을 덮어주었다. 어머니 특유의 솜씨가 깃든 두툼한 솜이불의 감촉을 턱으로 느끼며 잠들던 날들이 떠올랐다.

이불에 사치가 많았던 어머니였다. 속이불, 겉이불, 여름 이불, 심지어 봄, 가을, 겨울 이불. 천의 재료나 방법도 여러 가지였다. 안팎을 명주로 호청을 해서 만들고 여름 이불은 모시와 삼베로 따로따로 겹을 해서 덮으셨다.

"옷은 번드르르한 여편네들이 이불 꼬라지 하고, 쯧 쯧."

그건 나를 두고 한 말인지도 몰랐다. 잘 생기고 훤칠한 아버지가 오입을 덜 하신 것은 어머니가 열한 명의 자녀를 키웠어도 얼룩 하나 없이 이불을 대령한 탓도 있었단다. 나로서는 웃을 일이지만. 여하튼 어머니의 이불에 대한 정성은 지극했다. 다듬이질을 더도 덜도 안하는 솜씨였다.

"그러면 다른 집 이불이 더러워서 오입을 안 하신 거예요?"라고 내가 반문하면 어머니는 나의 직설적인 질문이 너무 부도덕했는지 대답을 안 하셨다.

초가을 햇볕 좋은 날 나는《조선일보》창간 70주년 행사로 '김영희 종이조형전'이란 제목을 붙여 전시회를 열었다. 많은 관객이 왔다. 한국사람들이 한국의 모습을 한 이웃들을 보러 온 것이었다.

〈난을 들고 가는 여인〉〈산사길〉〈광대〉 등 그 전과 다름없는 내 고향의 말로 엮은 제목을 달았다.

제일 먼저 내 인형을 높이 평가했던 10여 년 전의 예용해 선생님도, 김정숙 선생님 그리고 국민학교 동창 영옥이도, 고 김수영 시인의 부인 김현경 씨도, 그리고 아직도 소녀티가 가시지 않은 친구 유리지도 왔다. 친구 미연도 왔는데, 그녀는 두드러진 중년의 모습이 되어 나타났다.

그녀가 홀시어머니 외아들에게 시집가 고생하던 시절이 생각났다. 추운 겨울날 동네 공중목욕탕에 갔다 오면 홀시어머니가 불구멍을 걸레에 물까지 축여 빈틈없이 틀어막아 젖은 머리를 감싸고 찬방에서 달달 떨었다 했다. 이제 그녀는 연탄 불구멍 막는 시어머니를 원망하지 않아도 되는 중앙난방식 아파트에 살고 있었다.

내가 전시하랴, 일곱 식구 서울 뜨내기 생활 챙기랴, 프란츠의 피부병 때문에 동동거리랴, 지치고 바쁜 중에도 아이들은 전철을 타고 친척 집으로 어디로, 신나게 서울로 시골로 돌아다녔다. 장수는 자연보호를 전혀 의식하지 않는다고 우리나라 사람을 은근히 평하는 말을 했다. 유진이도 그들이 한국에서 배운 대로 보니 조국 풍경이 옆으로 비뚤어진 느낌이라 점점 실망하는 눈치였다.

그들은 은근히 엄마의 창호지 작품에서 10여 년 동안 조국을 머리에 그리며 상상해왔다. 물이 흐르고 정자가 있고 어디 가나 맑은 공기 속에 길거리마다 꽃들이 피는 동양의 천국으로 상상을 했던 그들이었다. 서울의 탁한 공기와 지을 데 안 지을 데 질서 없이 집을 지었다는 평은 저녁마다 시작되었다.

그런데 제일 성질 급하고 깐깐한 윤수가 그 평 속에 계속 침묵을 지키더니 "그래도 나는 한국이 좋다" 하더니 말을 이었다. 전철을 타고 인천 이모 집에 가려면 차안이 목이 부러질 듯 만원이라도 앞뒤를 돌아보면 전부 똑같이 생긴 한국사람이라 좋다고 했다. 그는 우리가 살던 개봉동 원풍아파트를 앞뒤 샅샅이 훑어보고 어린 시절 생각에 눈물이 나왔다 했다. 꽃밭도 여전하고 놀이터도 시소도 그냥 그대로였단다. 그리고 전철가의 노점들도 여전해 군것질하던 추억이 떠오르더란다.

나는 가슴이 철렁했다. 그리고 밀려오는 슬픔의 파도가 내 속에서 또 찰싹거렸다. 윤수는 어린 시절의 추억을 버리지 않고 있었다. 윤수도 나처럼 이방인의 존재를 실감하며 독일 생활을 했구나! 그의 고향 답사는 학기가 시작될 때까지 계속되었다. 그는 까맣게 망각된 과거를 빠진 실타래 건지듯 건져내고 있었다. 제천읍 유치원 앞, 초등학교 운동장이며…….

그런데 차분한 유진이와 장수는 학기가 시작되기 전에 봄누리를 데리고 먼저 떠났다. 제 나라를 찾아가는 것처럼 반가운 얼굴로. 고국 답사의 의무가 끝난 아이들처럼 오히려 해방감을 느꼈다. 윤수는 여전히 여행을 계속하고. 그의 여행담은 늘 한국인의 인정에 초점이 맞추어져 있었다. 어디 가나 나누어 먹는 음식, 모르는 사람이라도 통하기만 하면 같이 금방 앉아 얘기하는 것 등을 그는 높이 칭찬했다.

"엄마가 전시회할 때 신문사에서 일하는 처음 보는 아저씨들도 '야 같이 가자' 해서 내게도 맛있는 점심을 많이 사주었어. 그리고 계속 농담을 했어."

"……"

"엄마 그 아저씨들이 날 보고 뭐라 그러는 줄 알아. 나 보고 독일 여자와 결혼하지 말래."

"……."

"엄마가 한국 여자 구해줘, 응?"

그의 숨어 있던 한국인의 기질이 터져 나오고 있었다. 그는 독일 땅에서 뭐든지 일등을 하고 싶어 했다. 피아노에 재질을 발휘해 여러 번 콩쿠르에서 일등상을 받았어도 그의 갈구는 끝이 없었다. 그 갈증과 욕구의 근원은 조국에의 향수 같았다. 마음 한구석에서는 그가 조국의 향취를 더 이상 맡지 말았으면 하는 걱정이 슬금슬금 일었다. 조국의 향취는 무엇과도 비교할 수 없을 만큼 진하고 깊다는 걸 알기 때문에. 다른 생각 말고 독일에서 학업을 끝내야 하고 그의 기반은 어쨌거나 그곳에서 먼저 잡아야 한다는 조바심. 그러나 그는 인간 내면의 소리에 귀를 기울인 것 같았다. 역시 그는 예술가였다.

다른 아이들이 조국에 실망할 때 그는 속 깊은 내면의 조국을 감지한 것이었다. 그가 외로운 청년임을 알고 나니 어미 가슴이 편할 리가 없었다. 나는 그와 온돌방에 나란히 누워 자며 조용히 타일렀다.

"윤수야, 예술가란 본시 국적을 너무 의식하면 외로워서 안 돼. 외로우면 사람이 약해져. 그저 떠돌아다니며 사람 사는 곳이면 어느 곳에서도 발표하고. 결국 예술인은 어느 의미로 이방인이야. 꼭 독일에만 있지 말고 한국도 왔다 갔다 하면 되지. 그리고 미국이든 프랑스든 어디서나 연주를 하는 게 음악가 아니니?"

나는 거듭거듭 변명했다. 그 변명은 나 자신에게 하는 것 같았다.

"엄마는 그런 말을 하면서 왜 10년 동안 한국에 안 왔어?"

"......"

토마스는 내 옆에 누워 모자가 떠드는 한국말 소리에 귀를 기울이고 있었다.

윤수는 우리나라를 떠나기 전날 조카 선이와 비원을 구경하고 오더니 킬킬거리고 웃었다. 어젯밤과는 달리 명랑한 윤수를 보니 마음이 놓였다. 그들이 비원 앞에서 떼를 지어 입장을 기다리고 있는데 뚱뚱한 서양 사람이 사투리로 독일말을 지껄이고 있었단다. 그래서 윤수가 말을 붙여 비원에 관해 표준 독일어로 설명하자 그는 눈을 똥그랗게 뜨고 바라보며 윤수의 독일어 실력에 놀라하더란다.

"당신 독일어 어디서 배웠냐?"는 독일인의 질문에 "이곳 한국 고등학교에서 배웠지"라고 윤수가 시침 뚝 떼고 말하자 그 독일인은 다시 "한국 고등학교는 그렇게 실력이 좋으냐. 동양사람 만난 중에 너같이 독일말 잘하는 사람 처음 봤다"며 흥분하더란다. 그래서 윤수가 "그럼, 한국 고등학생은 다 이 정도는 외국어 해. 다 천재니까"했단다.

윤수의 농담에 그 독일인은 심각한 표정을 지으며 고개를 끄덕이더란다. 선이와 윤수는 어수룩한 독일 남자를 놀려준 게 재미있어서 히히거리고 있었던 것이다. 윤수는 토마스 파파와 공항으로 달렸다. 검열을 받는 줄에 서 있던 윤수가 화들짝 놀라며 내 등 뒤로 숨었다.

"엄마, 내가 어제 비원에서 놀려준 그 독일사람이 같은 비행기를 타게 됐어. 저기 서 있는 사람이야. 어떡하지."

과연 윤수가 턱으로 가리킨 곳에 뚱뚱한 독일 중년남자가 차례를 기다리고 있었다.

"거봐라. 거짓말은 언제고 들통 나는 법이야."

나는 윤수를 타이르며 말했다.

그들은 먼저 가고 나는 조국에 더 남아 있었다. "한국의 가을은 청명하고 아름다우니 놀다오라"는 토마스의 권유 때문이었다.

토마스가 떠나기 전 프란츠를 그에게 맡기고 나는 어머니를 뵈러 늦은 고속버스를 집어탔다. 전화 없이 그냥 가고 싶었다. 어머니는 늘 집에 계실 테니까. 독일 종자 남세스럽다 해서 프란츠와 봄누리는 얼씬거리지도 못하고 아기 병도 있고 해서 서울을 못 떠났다. 어린것들을 데리고 오지 말라니 내 맘인들 오죽 불편할까. 그 노인 고집은 여전하구나. 나는 여름 내내 전화로 사정을 했으나 소용없었다.

그동안 노모를 뵙는다는 게 큰 숙제로 남아 있었다. 사실 고국을 찾는다는 것은 친정을 찾는다는 뜻도 되었다. 한 많은 시집살이에서 돌아와 석 달 열흘을 내내 퍼지게 자고 가는 게 친정이라는데…….

나는 김포공항에 떨어지자마자 마땅히 갈 곳이 없었다. 토마스의 아이 봄누리는 외할머니 본다고 독일에서부터 흥분해 있었고 매일 졸라댔다. 할머니 집은 어디냐, 할머니 키는 크냐 등등. 나는 어미 된 도리도 있고 또 가슴이 아파서 나이 지긋한 인천 사촌언니에게 부탁해서 할머니 역할을 해달라 했다. 마음이 넓은 언니는 봄누리 할머니 역할을 잘 해주었다. 봄누리는 한국 할머니라고 독일어 한국어 써가며 연신 얼굴을 부비며 좋아했단다.

고속버스는 산간지방을 뚫고 지나가고, 나는 어머니에게 점점 다가가고 있었다. 고속버스에서 내리니 예전 그대로 그 지점에 정류장은 있었고 터미널 앞에 자리 잡은 약방 이름도 그대로였고, 낯익은 약방주인의 모습이 불빛에 비쳤다. 읍에서 시로 승격됐다는 그 거리는 그래도 예전 모습이 배어 있었다. 정류장 주변의 노점들은 여전했다. 과일이 반들반들 닦여져 피라미드처럼 쌓여 있는 것까지 그전과 똑같았다.

윤수는 그때 정류장에만 오면 전근 간 아빠가 일주일에 한 번 오는 기쁨보다 그 주변의 노점에 더 관심이 많았다.

"오뎅 사줘! 고구마 사줘! 사탕 사줘!"

그때 윤수는 주전부리가 끝이 없었다. 그러면 유진이는 윤수를 나무랐다. 아빠가 오면 맛있는 것 사올 텐데 벌써부터 다 사먹느냐고. 그러면 나는 얼른 유진이의 말에 힘을 얻어 야단치곤 했다.

"지금부터 배를 불려놓으면 아빠가 사온 과자는 어떻게 먹니?"

그때 그는 보령의 작은 관청으로 발령이 나서 전근을 갔다. 나는 그때 학교 교사로 그냥 제천에서 아이들과 머물고 있었다. 젊은 아내인 나는 그와 일주일에 한 번 있는 상봉이 가슴 설레기만 했다. 토요일 오후만 되면 몸이 뜨겁게 달아올랐다.

나는 양손에 애들의 따뜻한 손을 잡고 연착하는 버스를 마냥 기다렸다. 아빠가 탄 버스가 성큼 안 오면 성질 급한 윤수는 욕을 해댔다. 윤수는 그때 온갖 욕을 동네에서 다 배운 터였다. 드디어 그가 큰 키를 휘청거리며 버스에서 내리면 아이들은 환호를 지르며 안기고 그는 조용히 아이들 머리 틈새로 나를 방긋 쳐다보곤 했다. 그리고 수줍어했다.

그 토요일의 기다림. 그가 세상을 떠나고 없는데도, 그 습관은 몇 년 동안 지속되어 나를 괴롭혔다. 주말만 되면 서성여지고 서서히 몸이 달아오르곤 했다. 그가 오므로 무언가 채비를 해야 되었다. 곰국을 끓이고 집안에 꽃도 꽂아 놓고.

"엄마는 토요일만 되면 곰국을 끓여."

아이들은 나의 습관에 젖어 토요일은 곰국과 불고기를 얻어먹는 날로 정해버렸다. 부산하게 상추를 씻고 불고기를 재다가 문득 '아, 그가 없구나!' 라는 생각을 하면 손가락에 힘이 다 빠져 손을 들어 올릴 수도 없을 지경이었다. 나는 몇 년을 늘 똑같은 짓을 했다. 주말에 바람 쐬러 나가자고 영옥이한테 제의가 오면 나는 거절했다. 누가 오든 주말 약속은 자동적으로 거절했다. 그가 올 것이므로······.

그런데 그가 아주 가버린 사람이라는 것을 생각해 내는 데는 또 한참이 걸렸다. 그리고 슬퍼했다. 주말에 찾아오는 그의 혼신을 떨어내는 데 그 얼마나 힘들었던가. 정신 차리려고 어떤 날엔 일부러 시내로 나가 술도 먹고 친구들과 떠들어 대기도 했다.

그 정류장 풍경에서 잊었던 추억이 갑자기 내 마음을 점령했다. 10여 년을 표류했던 이방인이 어정어정 서성대며 그 추억에 당황하고 있었다. 추석이 임박할 즈음이라 늦은 시각인데도 읍내는 인적이 드문드문 있었다. 근대밭이 있던 곳에는 집들이 빼곡히 들어찼다. 그런데도 어머니 집 가는 골목을 나는 찾을 수 있었다. 고개를 들어 밤하늘을 보니 삐딱한 달이 말끔하게 씻겨 있었다.

전후 이 읍내 거리에서 귀한 사탕이 입에 들어오면 아주 천천히 조심스레 빨았다. 그러다 납작한 둥근 사탕이 얼마나 깎였나 손바닥에 뱉어 확인하곤 했다. 사탕이 점점 삐뚤어지는 게 안타까웠다. 그러면서도 빨고 또 손바닥에 뱉어보고, 살살 빨다 또 확인하고······.

이제 중천에 뜬 달이 내가 빨았던 사탕처럼 안타깝게 새침히 삐뚤어져 있다. 사탕이 아니어서 달은 얼마 안 있어 만월이 되리라. 잊자고 노력했던 추억들, 사는 데 힘만 빠지게 하는 슬픈 추억들, 칼로 깎아내 다시피 한 상념이 한꺼번에 덮쳐왔다.

어머니 집 문 앞에 섰다.

초인종을 누르자 입시공부 하는 조카가 나왔다.

"누구세요?" 확인하는 소리.

"나야."

"누구라고요?"

"고모야."

그래도 그는 내 음성을 못 알아듣고 문을 안 연다. 그도 그럴 것이 그가 개구쟁이였을 때 내가 한국을 떠났으니까.

"지훈아, 나 독일서 온 고모야, 영희 고모."

나는 호랑이가 떡장수네 집 문 두드리는 형상으로 검열을 받아야 했다. 피식 하고 웃음이 나왔다.

"전화나 하고 오시지. 내가 잠들었으면 어떡할 뻔했어요."

"할머니 어디 계시니?"

"주무시나 봐요."

조카의 키는 훌쩍 커서 건장한 자세로 나를 내려다보고 있었다.

꽃밭에는 귀뚜라미가 또르르 또르르 울고 있었다.

어머니 방문을 여니 훅 하고 시멘트 냄새, 흙냄새가 섞여 풍긴다. 방을 수리하는지 벽지는 다 뜯어놓고 세간이 전부 마루로 옮겨져 있었다. 텔레비전이 그림도 없이 혼자 지직거리며 켜져 있었고 어머니는 예전처럼 모로 누워 새우잠을 자고 계셨다.

어머니였다! 그 얼굴에서 내 얼굴이 겹쳐 보였다. 나는 신식 여자로 어머니와 다르게 멋지게 살 것 같았는데, 어느덧 나도 일독에 빠진 중년이 되어 그녀의 일생과 비슷해진 것이다.

주름진 얼굴에서 그의 세월이 보였다. 그 주름살 하나에는 속깨나 썩인 막내딸의 내력도 들어 있었다. 나는 문을 조심스레 닫고 나와 어수선한 마루 한구석에 요를 깔고 잠을 청했다. 얼마를 잤을까?

달빛이 휘영청 했다. 푸르른 고국의 달빛. 어머니의 코고는 소리가 마루까지 들렸다. 이조 끝머리에 태어나서 온갖 신식 풍파를 다 겪고 장대 같은 아들을 몇이나 앞세우고, 3분의 1만 남은 자손 속에 주무시는 어머니였다.

갑자기 마루문이 벌컥 열렸다. 어머니는 그전에도 늘 그랬다. 코를 골아 깊이 잠들었나 싶은데, 어느 틈에 일어나서 일을 하는 분이었다.

어머니는 내 이불에 채여 흠칫 놀라신 모양이었다.

"어머니, 저예요."

"뭐시라꼬."

"영희예요."

"아이고 야야, 우째 소식도 없이 오나. 나는 무습었다. 이게 웬 물건인고 하고." 어머니는 나의 돌연한 출현에 적잖이 놀라 했다.

"니 혼자 왔나?"

"엄마가 순 한국 종자만 발 들여 놓으라 그랬잖아. 그래서 빨리 못 뵙고……. 힘들었어."

"……."

"어머니 건강은 어뗘셔요."

나는 반말 온말 섞어가며 어머니 손을 잡고 떠들었다.

"다리는 맨날 아푸제, 어제 오늘 된 병도 아니고……. 아(프란츠)는 우짜고 왔노?"

새벽녘, 아무도 듣는 이가 없어서인지 어머니 음성답지 않게 아주 낮은 소리로 물었다.

"또 물으시네. 그 아는 순 조선 종자가 아니라서 못 데리고 왔어요."

"……."

"즈그 아부지한테 맡기고 왔어요."

나는 좀 빈정거리는 투였지만 이제 어머니 맘을 알 것 같았다. 프란츠에 대한 소식을 묻는 것만도 나에게는 큰 영광인 것이었다.

"오빠 사업 잘 돼요?"

"느그 아부지 따라갈 자식 하나 없니라. 콧구멍만 한 사업 가지고……. 그래도 빚 안지고 그렇나 보드라."

"……."

"니 소식 들었나?"

"뭐요?"

"느 오래비가 딱 즈그 아부지 닮은 게 있는데, 사업 머리는 안 닮고 친구 퍼주는 성질만 닮았다. 느그 아부지는 억씨게 벌어가며 퍼줘서……. 큰 물독에 한 종재기 물 퍼냈다고 금세 표 나. 저 눔은 쪼매 벌고 크게 퍼주니 느그 올케가 혼난다."

식구들은 모두 밝고 건강했다. 오빠는 다들 가는 미국, 유럽 여행 제쳐놓고 만주를 통해 티베트까지 반년을 걸려 여행이 아닌 답사를 하고 많은 책을 사왔다고 자랑이 늘어졌다. 그것은 아버지를 우상화했던 작은오빠의 염원이었으리라.

아버지가 사업을 벌였던 그 모든 지방을 다 뒤지고, 그때 아버지를 기억했던 사람도 만나고 왔단다. 그 이야기를 들으니 10년 세월의 강이 또 내 앞에 흐르고 있었다.

"올케, 수고가 많아요. 고집 센 어머니 모시고 그 많은 제사 다 치르고……."

"……."

나는 늘 작은 올케에게 절을 하고 싶은 심정이었다.

독일에서 어머니와 몇 달도 화합이 안 돼 티격태격하던 내가 부끄러웠다. 그 고집 센 양반을 소리 없이 이제 아흔을 바라보는 때까지 모시고 있으니…….

어머니 옆을 뒹굴며 방구석에만 있는 내게 오빠는 제천 구경 하자 했으나 거절했다. 이곳은 내겐 아픔의 도시인 것이다. 상처를 건드리고 싶지 않았다. 어머니와 나는 참 오랜만에 푸근한 대화를 나누었다. 그 대화 속에는 그전처럼 미국 문화도 없고 독일놈이란 단어도 없이 우리 김씨네 집에만 화제가 머물러 나를 따뜻하게 해주었다.

어머니가 자꾸 되뇌시는 말. 더 늙으면이라 했는데, 이미 어머니는 팔십하고도 여섯이 더해진 나이였다.

아버지 성묫길에 그전 같으면 어림도 없을 자가용들이 돌다리에 꽤 왔다 갔다 했다. 나는 아버지 묘 앞에 큰절을 올리고 우리들에게 스승이었던 그분에게 묵념을 올렸다. 묵념이 끝나고 그만 나는 피식 웃고 말았다. 아버지가 돌아가시고 묘 자리를 볼 때, 풍수 보는 남선생님과 어머니가 나눈 대화가 생각나서였다.

"아들 잘되게 묘를 쓸까요, 딸 잘되게 쓸까요?"

그분이 농담 반, 진담 반 어머니의 의중을 떠보았을 때 어머니는 "딸은 무신 딸을? 아들 잘되게 해주소!" 하고 외쳤던 것이다. 나는 그때 '둘 다 잘되게 해야지요'라는 대답을 바랐는데……. 그런 어머니였다.

성묘 후 내려오던 길에 내 외투 주머니에서 집힌 사진 한 장. 어릴 때 앨범에서 여러 번 보던 만주 개원성의 아버지 회사 건물이 보였다. 그 사진은 누르끄레한 옛 사진이 아니라 갓 찍은 사진으로, 건물 앞에는 아버지 대신 작은오빠가 당당히 서 있었다.

작은오빠는 이 사진을 내 주머니에 찔러주며 말했다. 세월은 변해 아버지의 청춘을 담았던 그 만주 땅이 이제 여행길이 열려 오빠는 제일 먼저 아버지 회사를 찾아갔다고. 사진에 보던 그 모습이 많이 남았더라고.

작은 오라비는 머리도 많이 빠지고 많이 늙었다. 중년이 훨씬 기운 것 같았다.

"오빠, 토마스가 어머니 뵙고 싶다고 윤수와 같이 온다는데?"

"오라고 그래."

"엄마는?"

"어머니 화내셔도 피해 다니면 된다."

그 후 들은 얘기로, 내 딴에는 큰돈을 어머니께 듬뿍 드렸는데도 토마스는 10년 전과 똑같이 입장 거절을 호되게 당했단다. 절을 하려다 밀려난 토마스를 오라비는 윤수와 함께 동해안 등지로 위로여행을 보내주었다. 나는 작은 오라비 내외에 감사했다. 토마스는 경이 형님 최고라고 여러 번 말하곤 했다.

소탈하고 책 읽기 좋아했던 무경이 오빠가 서울서 중고등학교, 대학까지 마치고 불쑥 제천읍에 내려와 부모님 모시고 있을 때 가끔 외로워했다. 문학에의 갈구였다. 그 속을 나는 알았다. 그가 전공한 독문학은 해마다 희미해지고 이제 독어로 인사도 못 나눌 지경이 되었다. 독문학의 꿈은 아련히 멀어지고 지금은 제재소를 하는 오빠였다. 그는 평생 남 못 속일 사람 같았는데 그 큰 덩치에 어울리지 않게 나에게 속삭였다.

"영희야, 너 토마스에게 내가 독문학 전공했단 말 했니?"

"아니?"

"토마스에게 내 공부한 얘기는 빼라."

그는 토마스와 부딪칠 때마다 독일어 한 마디 못하는 불안감을 떨쳐내지 못했다. 나는 토마스가 제천으로 떠나던 날 묻지도 않은 말을 해 버렸다. '우리 오빠는 대학에서 경제학을 했다'고.

'어머니 생전에 또 와 뵈어야 할 텐데' 생각하며 어머니와 작별을 했다. 기차역까지 나온 오빠는 가다가 읽으라며 김기림의 수필집을 나에게 주었다.

"너 떠나는 날 공항에 나가마."

철로 변에는 단풍이 벌써 물들고 있었다. 그 주변 풍경들은 차라리 울음을 타서 그린 한 폭의 수채화 같았다. 유진 애비를 만나고 싶어 오르내리던 기찻길. 그가 암이란 선고를 받고 다시 실려올 때 눈물이 범벅이 되어 빙글거리고 돌던 선로길들…….

김기림 씨의 〈길〉이란 수필을 다시 읽으니 뭉클뭉클 우리나라의 진짜 언어가 감회 깊게 솟아올랐다. 언제 적 글이라고 소녀 때 읽던 글이 오십이 다 돼 읽어도 그 글은 조금도 늙지 않은 채였다. '인생은 짧고 예술은 길다'고 했다. 참말이었다.

나는 느긋이 아련한 슬픔에 젖어들었다. 옆자리의 아줌마가 소매를 쓸며 말을 걸었다.

"여봐유 아줌마, 그런 책만 읽지 말구 좋은 말씀도 읽으슈."

그녀가 내미는 책자는 붉은 십자가가 박혀 있는 무슨 증인이라고 하는 교회 책자였다.

나는 바바리아 땅으로 날고 있었다. 비행기 속에서 생각하니 고국에서 보낸 몇 달이 꿈속에서 일어난 일 같았다. 나는 어디로 향하고 있는 걸까.

또 이상한 현상이 일어나고 있었다. 바바리아로. 그렇다! 분명 바바리아라 이름 지어진 낯선 땅으로 날아가고 있었다. 한국사람인 내가 왜 그리로 갈까. 아이 다섯과 남편이 기다리고 있는 나라니까.

어느 날 아침 전화벨이 울렸다.

"엄마, 보고 싶어, 빨리 와. 학교가 시작됐어." 아이들의 말.

"영희, 미안해. 일정을 당겨오라 해서. 우리는 네가 필요해, 사랑해." 토마스의 말.

여자의 일생이란 그런 것일까. 모태의 둥지를 못 벗어나는…….

자식이 오라면 오고, 남편이 손짓하면 가야 되는. 다 아는 사실이지만 새삼스러웠다. 그러나 나는 살진 여인이 되어 그곳으로 가고 있었다.

한국에 올 때보다 더욱 풍만한 모습으로.

6·25 전후에 내가 동네에서 그리던, 파티복을 입은 눈이 동그란 공주님, 한없이 넓고 풍요한 아름다운 공주님의 모습으로.

정말 그랬다. 나는 크고 부드럽고 아름다운 고향의 서정을 짜 넣어 재봉한 야회복을 입고 있었다. 이제 나는 전후 가난한 시대의 소녀가 아니었다. 나는 먼 바바리아 땅에서도 고귀하고 풍요한 공주님으로 살 것 같았다. 가슴이 부풀었다. 큰 희망이 샘솟았다.

'세계적인 작가.' 그것이 허세라도 꼭 해낼 것 같다. 이제 나는 술술 말할 줄 알고 거침없이 들은 줄 아는 똑똑한 여자임을 고국에서 확인했으므로. 그리고 배꼽 잡을 정도로 웃을 수 있는 힘이 내게 있으므로.

나는 초록색 덧창문이 달린 바바리아 나의 집, 초록빛 사랑들이 손짓하는 그곳으로 힘찬 날개를 펴고 계속 날아갔다.

아이를 잘 만드는 여자

초판 1쇄 인쇄 2008년 8월 1일   초판 1쇄 발행 2008년 8월 5일

지은이 김영희 펴낸이 김태영

비즈니스 1파트장 신민식
기획편집 7분사_ 분사장 오연조 책임편집 홍정인
1팀 박경아 홍정인 2팀 김은주 오윤경 황남상 3팀 성미옥 디자인팀 고은이
마케팅분사_곽철식 이귀애 제작_이재승 송현주

펴낸곳 (주)위즈덤하우스 출판등록 2000년 5월 23일 제13-1071호
주소 서울시 마포구 도화동 22번지 창강빌딩 15층 전화 704-3861 팩스 704-3891
전자우편 wisdom7@wisdomhouse.co.kr 홈페이지 www.wisdomhouse.co.kr
출력 탑그래픽스 종이 화인페이퍼 인쇄·제본 영신사

값 12,000원 ISBN 978-89-5913-324-6 03810

*잘못된 책은 바꿔드립니다
*이 책의 전부 또는 일부 내용을 재사용하려면 사전에 저작권자와 (주)위즈덤하우스의 동의를 받아야 합니다

이 책의 국립중앙도서관 출판시도서목록(CIP)은 e-CIP 홈페이지(http://www.nl.go.kr/cip.php)에서 볼 수 있습니다.
(CIP 제어 번호 : CIP2008002263)